Besuche Amy im Netz!
amydawsauthor.com/deutsch
Abonniere den deutschen Newsletter:
www.subscribepage.com/amydaws_deutscher_newsletter

www.facebook.com/amydawsauthor
instagram.com/amydawsauthor
www.tiktok.com/@amydawsauthor

EBENFALLS VON AMY DAWS

Die Harris-Brüder:
Challenge – Ein Bad Boy zum Verlieben
Endurance – Ein Feind zum Verlieben
Keeper – Ein bester Freund zum Verlieben
Surrender – Ein Boss zum Verlieben
Dominate – Ein Fußballstar zum Verlieben

Um herauszufinden, wann diese und weitere Bücher
herauskommen, schau hier auf Amys Website nach:
amydawsauthor.com/deutsch

Und wenn du einfach per E-Mail informiert werden möchtest, wenn
das nächste Buch erscheint, abonniere Amys deutschen Newsletter:
www.subscribepage.com/amydaws_deutscher_newsletter

ANMERKUNG DER AUTORIN

Es wird in diesem Roman einige Fußballdaten und Erwähnungen geben, die nicht den Tatsachen entsprechen. Für diese Geschichte und um sie zu einem angenehmen Leseerlebnis zu machen, habe ich mir einige Freiheiten genommen.

Ich wünsche dir viel Spaß mit Gareth und Sloan.

Sie sind ziemlich heiß.

SURRENDER

EIN BOSS ZUM VERLIEBEN

EIN BRITISCHER SPORT-LIEBESROMAN

Amy Daws

1

EINE FESTE BERÜHRUNG

Gareth

29 Jahre alt

„Gareth!" Die laute Stimme meiner Schwester hallt durch das Telefon, sobald ich den Anruf entgegennehme. „Du musst Camden anrufen. Er dreht völlig durch, weil er den Zug zum Stadion nehmen musste, weil Tanner und Booker ohne ihn zum Training gegangen sind und Dad einen neuen Spieler scoutet und, oh mein Gott, ich verliere noch meinen Verstand! Das sind erwachsene Männer!"

Der Lautsprecher meines Handys scheppert wegen des schrillen Tons ihrer Stimme. Ich muss es von meinem Ohr wegziehen, damit mein Trommelfell nicht platzt. Lautlos entschuldige ich mich bei der Friseurin, die versucht, mein Haar zu gelen.

Aber das ist nicht Vis Schuld. Unsere drei jüngeren Brüder sind den Three Stooges viel zu ähnlich. Wenn sie nicht ausgewachsene Profisportler wären, würde ich schwören, dass sie in einer Fallstudie über das Funktionieren von Affen in der Gesellschaft zu sehen wären.

Ich nehme einen tiefen Atemzug. Meine Antwort ist langsam und kontrolliert, denn ich weiß, dass es genau das ist, was Vi hören muss. „Vi, leg einfach auf, wenn sie so werden. Ich sage ihnen schon seit Jahren, dass sie bei Dad ausziehen müssen. Sie sind immer noch zu abhängig von dir und du musst aufhören, ihnen bei der Lösung all ihrer Probleme zu helfen."

Vi stöhnt. „Ich weiß, Gareth. Aber es ist schwer. Sie sind eine besondere Art von dumm."

Ich muss mir ein Lachen verkneifen. „Das sind sie, aber du weißt, dass sie es schon noch hinbekommen werden. Irgendwann müssen sie erwachsen werden."

„Ich weiß, ich weiß", seufzt sie tief. „Danke. Das ist genau das, was ich hören musste."

„Kein Problem", antworte ich lächelnd.

Diese Routine zwischen Vi und mir ist so alt wie wir selbst. Selbst jetzt, wo wir erwachsen sind, unterbricht sie immer noch die lächerlichen Kämpfe, in die unsere Brüder unten in London verwickelt sind, und ich muss sie von hier in Manchester aus wieder beruhigen. Sie ist wie ein Feldwebel an der Front und ich bin der Kommandant, der von der Sicherheit des Königspalastes aus das Sagen hat. Kontrolle ist mein zweiter Vorname.

„Ich muss mir immer wieder vor Augen halten, dass ich genau deshalb endlich aus Dads Haus ausgezogen bin", antwortet Vi. „Um etwas Abstand von diesen Idioten zu bekommen. Aber irgendwie machen sie all ihre Probleme immer noch zu meinen Problemen."

„Tja, das ist eben die Familie Harris", brumme ich ins Telefon. „Kommst du zurecht?"

„Ja, es geht mir besser. Danke, Gareth", gurrt sie und ihr Tonfall ist zehnmal entspannter.

„Jederzeit, Schwesterherz."

„Bist du bei deinem Fotoshooting?"

Ich nicke. „Sie versuchen gerade, mich zu schminken, während wir reden."

„Oh je! Okay, ich lasse dich gehen. Ruf mich danach an!"

Wir legen auf und ich schaue zu dem männlichen Visagisten auf, der mit einem Schwamm auf mich zukommt. „Übertreibe es mit dem Ding nicht", warne ich.

„Oh, keine Sorge, das werde ich nicht tun." Er kichert und fügt flirtend hinzu: „Du brauchst es nicht. Jetzt mach die Augen zu, Hübscher."

Ich schließe sie und versuche, mich zu entspannen, aber eine weibliche Stimme mit amerikanischem Akzent ertönt hinter mir. „Hi, mein Name ist Sloan Montgomery. Sie können mich Sloan nennen. Können Sie mir bitte Ihren Namen sagen?"

Der Visagist hört auf, mein Gesicht zu berühren, und meine Augen öffnen sich, als er zurücktritt. Er lässt die Puderdose auf den Tresen fallen und verlässt den gemütlichen Haar- und Make-up-Bereich, in dem ich mich befinde, um mich mit einer Brünetten allein zu lassen, die hektisch auf einem iPad herumwischt.

Die Frau sagt nichts mehr, sie ist offensichtlich mit dem beschäftigt, was auf dem digitalen Bildschirm zu sehen ist. Sie ist groß und ihr Haar bildet lange, kastanienbraune Wellen, die ihr über die Schultern fallen. Sie trägt ein schlichtes schwarzes Kleid, und ihre langen, dunklen Wimpern umspielen ihre blassen Wangen. Ich muss mir ein Lachen verkneifen, weil sie immer noch nicht von dem verdammten Bildschirm aufgeschaut hat.

Ich kneife die Augen zusammen und räuspere mich. „Sprechen Sie mit mir?"

Ihre Augenbrauen ziehen sich für eine kurze Sekunde zusammen, dann glätten sie sich. Mit einem höflichen Lächeln blickt sie schließlich auf und starrt mein Gesicht im Spiegel an. Ihr Mund ist ein wenig zu groß für ihre zarten Gesichtszüge. Ihre Lippen sind prall, sehen aber natürlich aus, anders als die der Frauen meiner Mannschaftskollegen. Ihre honigfarbenen Augen sind groß und funkeln im warmen Schein der LED-Lampen. Sie besteht fast nur aus Lippen und Augen und hat eine winzige Nase.

Und sie sieht nicht beeindruckt von mir aus.

Sie zieht eine perfekt gezupfte Augenbraue hoch und antwortet entspannt: „Ja, ich spreche mit Ihnen."

„Und Sie fragen mich nach meinem Namen?" Ich verschränke meine Arme vor der Brust. „Sie wissen wirklich nicht, wer ich bin?"

Ihr Lächeln bleibt, auch wenn sie sich über die Lippen leckt. „Ich nehme nicht gerne an, zu wissen, wer jemand ist."

Das macht mich nachdenklich, denn seit ich heute am Set angekommen bin, hat mich jede einzelne Person, mit der ich in Kontakt gekommen bin, angestarrt wie ein wertvolles Artefakt, das sie aus einem Museum stehlen wollen. Das kommt davon, wenn man ein erfahrener Fußballspieler eines Teams in der Premier League ist.

Mit nur einundzwanzig Jahren wurde ich Stammspieler bei Manchester United. Jetzt, mit neunundzwanzig, bin ich praktisch ihr Aushängeschild, ob es mir gefällt oder nicht. Dieser Umstand sorgt für eine gewisse Vertrautheit zwischen mir und fast jedem Fremden, den ich treffe. Die Leute reden mit mir wie mit einem lang vermissten Freund, bei dem sie als Kind übernachtet haben. Als würde es bedeuten, dass sie mich intim kennen, nachdem sie mich acht Jahre lang jede Woche auf dem Platz haben spielen sehen. Wenn man dann noch bedenkt, dass meine Brüder alle für das Championship-League-Team unseres Vaters in London Fußball spielen, sind die Harris-Brüder in England so etwas wie ein Phänomen. Ganz zu schweigen davon, dass unser Vater in den achtziger Jahren selbst ein berühmter Fußballspieler bei ManU war. Der Vater unserer Mutter hat sogar eine Zeit lang in Schweden gespielt. Die Legende unserer Familie eilt uns voraus. Das ist nichts, was mich arrogant macht. Es ist einfach eine Tatsache.

Deshalb bringt mich diese Amerikanerin, die so tut, als würde sie mich nicht kennen, in die Abwehr, und das nicht, weil es meine Position auf dem Spielfeld ist.

„Was denken Sie denn, wer ich bin?", frage ich. In meinem Tonfall liegt eine unverhohlene Herausforderung.

Ihr Lächeln ist verkniffen, als wäre sie aufgeregt und würde versuchen, es zu verbergen. „Spielen wir gerade ein Ratespiel?"

Ich kneife verhalten die Augen zusammen. „Nein, aber ich hätte nichts dagegen, ein Fragespiel zu spielen." Ich drücke mich vom Tresen ab, sodass sich mein Stuhl zu ihr dreht und ich sie direkt ansehen kann. Sie ist noch eindrucksvoller als ihr Spiegelbild. Ein grüner Ring liegt um ihre Pupillen und verwandelt ihre blassbraunen Augen in eine atemberaubende, waldähnliche Farbe.

Ihr prüfender Blick fällt auf meine Beine, die unter einer Jeans verborgen sind. Er gleitet über mein weißes Baumwollhemd, bevor er auf meinem Gesicht landet. Ein bedauerndes Flackern überschattet ihre Augen, als sie antwortet: „Ich fürchte, ich habe keine Zeit für Spielchen, Mr. Harris."

„Sie *wissen* also, wer ich bin", antworte ich.

Sie atmet ein und macht einen Schritt nach vorne, um mich in ihren schwarzen Stöckelschuhen zu überragen. „Ich habe Sie nach Ihrem Namen gefragt, weil ich drei Kicker für diese Werbekampagne stylen muss und sicher sein wollte, dass ich den richtigen habe."

„Wir werden hier Fußballer genannt, Süße." Ich zwinkere ihr frech zu und füge hinzu: „Und Sie haben mich gerade recht selbstsicher Mr. Harris genannt, warum also überhaupt fragen?"

„Weil ich nicht glaube, dass das Ego von *Fußballern* noch mehr gestreichelt werden muss, als es bereits der Fall ist", gibt sie mit nachdrücklichem Tonfall zurück. „Und ich mag es nicht, dass alle Sportler, mit denen ich hier arbeite, sich nicht vorstellen. Ich finde das unhöflich." Sie hält sich mit der Hand den Mund zu, als wolle sie sich selbst davon abhalten, noch mehr zu sagen.

Ein Lächeln erhellt mein Gesicht, als ihre Wangen rosa werden. Diese Frau ist wunderschön und stärker, als sie es sich selbst eingesteht.

Meine Antwort ist unbeschwert – ein Ton, den ich nicht jedem gegenüber an den Tag lege. „Bitte, Miss Montgomery, halten Sie sich nicht zurück."

„Ich habe Ihnen gesagt, dass Sie mich Sloan nennen sollen", antwortet sie und reibt sich mit der Hand über die Stirn.

Ich nerve sie. Ich nerve nicht viele. Tatsächlich küssen mir die meisten Leute ständig den Hintern und versuchen, etwas aus mir herauszuholen, also ist das eine lustige Abwechslung.

„Es tut mir leid", sagt sie und schaut über ihre Schulter. „Ich bin ein wenig gestresst. Der Fotograf drängt mich, weil das Licht draußen perfekt ist, also müssen wir Sie wirklich anziehen …"

„Nein, Sie haben recht. Es tut mir leid", unterbreche ich sie und ihre großen Augen richten sich auf die meinen. „Sie haben recht. Es ist unhöflich, mich nicht vorzustellen. Mein Name ist Gareth Harris. Bitte nennen Sie mich Gareth. Es ist mir ein Vergnügen, Sie kennenzulernen, Sloan."

Ich strecke die Hand aus, um die ihre zu schütteln. Mit einem verwirrten Blick lässt sie ihre zarte Hand in die meine gleiten und bei unserer Berührung wird ihr Gesicht heiß. Es ist klar, dass ich sie völlig überrumpelt habe. Aber wenn es etwas gibt, das ich hasse, dann ist es, in dieselbe Kategorie wie alle anderen Fußballer in dieser Gegend gesteckt zu werden. Diese Frau versucht einfach nur, ihren Job zu erledigen, und sie muss sich von Leuten wie meinen Teamkollegen vermutlich einiges gefallen lassen. Vor allem, weil sie umwerfend schön ist.

Mein Daumen streift über einen Ring an ihrem Finger. Ich schaue nach unten und ein überraschender Schock der Enttäuschung durchfährt mich, als ich sehe, dass es ein Ehering ist.

„Es ist mir auch ein Vergnügen, Sie kennenzulernen", antwortet Sloan. Sie schüttelt ihren ursprünglichen Schock ab und schaut wieder hinter sich. „Wir müssen Sie wirklich anziehen, und ich muss vorher noch ein paar Dinge mit Ihnen klären."

Ich lasse ihre Hand los und greife nach den Armlehnen des Stuhls, um aufzustehen, sodass ich auf Augenhöhe mit ihr stehe. In ihren

Absätzen ist sie nur ein paar Zentimeter kleiner als ich. Da ich einen Meter fünfundachtzig groß bin, dürfte sie ungefähr einen Meter zweiundsiebzig erreichen.

„Ich habe einen Vermerk in Ihrem Vertrag, der besagt, dass Sie Stoffanforderungen haben", erklärt Sloan, aber ihre Stimme klingt weit entfernt, während der Geruch ihres zuckersüßen Parfums in meine Nase dringt.

Mein Körper zittert unwillkürlich aufgrund der unwillkommenen Erinnerung, die der Duft hervorruft. Es ist das Bild meiner Mutter, die in der Wohnung unserer Familie in Manchester, in der wir als Kinder lebten, Pfannkuchen macht. Mein jüngster Bruder Booker ist erst ein paar Wochen alt und liegt in einem Stubenwagen neben ihr. Vi hält ihm Spielzeug vor die Nase, ohne zu wissen, dass er noch nicht alt genug ist, um sich für Spielzeug zu interessieren. Die Zwillinge Camden und Tanner ringen auf dem Boden im Essbereich. Und ehe ich mich versehe, taucht das Bild meines Vaters auf, der hinter meiner Mutter auftaucht und sie an den Seiten kitzelt. Mum quiekt und dreht sich um, um ihm mit dem Pfannenwender einen Klaps zu verpassen. Bei der fröhlichen Szene dreht sich mir der Magen um.

Am Ende war es anders.

„Gareth?" Sloans Stimme ist lauter, als würde sie versuchen, meine Aufmerksamkeit zu erhaschen.

Ich schüttle den Kopf und die neblige Erinnerung verschwindet so schnell, wie sie gekommen ist. „Ja? Was ist?"

„Ist alles in Ordnung mit Ihnen?" Sie kommt näher, die Sorge steht ihr ins Gesicht geschrieben, aber der Geruch trifft mich wieder.

„Mir geht's gut", brumme ich und trete zurück, um die Kontrolle über meinen verdammten Verstand wiederzuerlangen. „Lassen Sie uns einfach weitermachen. Haben Sie einen Kleiderständer? Normalerweise kann ich mir das aussuchen, was mir am besten passt."

Sie runzelt die Stirn über meinen Tonfall. „Haben Sie taktile Überempfindlichkeit?"

„Taktile was?" Ich seufze verärgert, weil ich nicht über meine Probleme mit Stoffen sprechen möchte. Deshalb hasse ich Werbedeals und alles, was Styling erfordert. Die Leute versuchen, alle Entscheidungen für mich zu treffen, und ich mag es nicht, kontrolliert zu werden.

Wenn mein Manager mich nicht so sehr dazu drängte, würde ich mir die Mühe sparen.

Ich gehe an ihr vorbei und schaue mich im Atelier nach den Kleidungsmöglichkeiten um. „Zeigen Sie mir einfach, wo die Kleidung ist, und wir bringen es hinter uns."

„Mr. Harris." Sloan sagt meinen Namen mit einer solchen Entschlossenheit, dass ich mich auf dem Absatz umdrehen muss, um mich ihr zuzuwenden. Sie drückt das iPad an ihre Brust und verengt ihren Blick. „Ich bin heute die Stylistin am Set und versuche, Ihre Bedürfnisse besser zu verstehen. Dann kann ich die Kleidungswünsche ausführen."

Ich fahre mir mit der Hand durch die Haare und ziehe eine Grimasse, als mir einfällt, dass der Friseur sie bereits gegelt hat. „Es ist schwer zu erklären", murmle ich und wünschte, ich wäre irgendwo anders als hier.

Als sie mein Unbehagen spürt, wird Sloans Gesichtsausdruck sofort weicher und ihr ganzes Verhalten ändert sich. Sie legt das iPad auf dem Stuhl hinter sich ab und geht mit sanftem Blick auf mich zu. Ihre schwarzen Wimpern umspielen ihre cremefarbenen Wangen, während sie an meinem Körper herunterschaut. „Sind das Ihre Klamotten von zu Hause?"

Ich nicke, mein Kiefer ist aufgrund ihrer Nähe angespannt. Sie streckt ihre Hand aus und ich zucke zusammen, als sie ihre Handfläche fest auf meine Brust legt. Ihre Berührung ist hart und druckvoll, was mir erlaubt, mit einiger Erleichterung auszuatmen. Wenn sie weich und federleicht wäre, würde ich wahrscheinlich anfangen zu zittern. Ich hasse sanfte Berührungen. Sie hinterlassen eine kribbelnde Spur, die mir wie Nägel auf einer Kreidetafel vorkommt. Die Wahrheit ist, dass es mir dadurch schwerfällt, Intimität mit Frauen zu genießen. Ich bin der einzige Fußballer der Welt, der nicht alles vögelt, was zwei Beine hat.

Aber bei Sloan ist es, als wüsste sie etwas. Etwas, das ich selbst nicht ganz verstehe. Ihre Augenbrauen heben sich, als sie mit ihrer Hand über meinen Brustmuskel und meine Seite streicht und die starke, druckreiche Erkundung über meine Bauchmuskeln fortführt, als wäre sie eine Bildhauerin, die Ton formt. Es ist seltsam, dies mit einer Fremden zu erleben, aber die Art, wie sie mich berührt, ist beruhigend. Meine rasenden Gedanken entspannen sich. Mein verkrampfter Kiefer klappt auf, als sie um mich herumgeht und mit ihrer Hand fest über meine

Rippen streicht. Sie lässt mich los, um am Kragen meines Hemdes zu ziehen.

„Sie haben das Etikett entfernt", stellt sie fest. Ihr Atem ist warm in meinem Nacken.

Ich räuspere mich. „Sie reizen meinen Nacken … Das hier ist noch dran." Ich hebe den Saum meines Hemdes an, um die seidenen Pflegehinweise zu offenbaren, die darin eingenäht sind.

Sie bewegt sich um mich herum, ihr Duft weht über mich hinweg, während sie ihren Kopf zum Lesen beugt. Ich zwinge mich, in diesem Moment zu bleiben und nicht in eine Erinnerung zurückzufallen. Ich bemerke, wie ihr Blick auf meinen Bauchmuskeln verweilt, bevor er sich auf das Etikett richtet.

Sie schaut auf und lächelt halb. „Das ist ein schönes Hemd."

Ich zucke halbherzig mit den Schultern. „Es ist nur ein Hemd."

Sie schüttelt den Kopf und murmelt: „Importiert aus Italien und eine Sonderanfertigung."

Bevor ich realisieren kann, was sie als Nächstes vorhat, senkt sie ihren Kopf und fängt an, meinen Hosenbund von hinten zu befummeln. Sie zieht an meiner Jeans und plötzlich trifft Luft auf meine Arschbacken. Ein Laut hallt in ihrer Kehle wider, als sie diesmal mehr als nur einen Blick auf meine nackten Bauchmuskeln erhascht.

Unwillig, sich vergraulen zu lassen, fummelt sie am Schild des Jeansstoffs herum. Als sie loslässt, kehrt ihr errötetes Gesicht zu mir zurück. „Ich glaube, ich weiß genau, was Sie brauchen."

Ich kann nicht anders, als über ihren zaudernden Tonfall zu lächeln. „Sie meinen, außer Unterwäsche?"

Ihr zurückkehrendes Lächeln ist aufrichtig und vielleicht sogar ein wenig lebensverändernd. „Ja, Mr. Harris. Mir fallen ein paar Dinge ein, die Sie brauchen."

Ich lache. „Dann hoffe ich, dass ich Sie das ganze Jahr über anstellen kann, denn es ist schön, wenn mir zur Abwechslung mal jemand sagt, was ich tun soll."

ZWEI JAHRE SPÄTER

ERNSTHAFT, LADY GODIVA?

Sloan

Ich fahre in die Einfahrt der Rossmill Lane und kurble mein Autofenster herunter, um den Code auf dem Tastenfeld des Tores einzugeben. Noch bevor meine Finger die Tasten berühren, öffnet sich der große schmiedeeiserne Zaun von selbst. Ich schaue auf und sehe, dass sich unser Hausmeister Xavier nähert.

Ich lächle und winke ihm fröhlich zu, als er in seinem weißen Pritschenwagen an mir vorbeifährt. Er winkt nicht zurück. Ich strecke meinen Kopf heraus, um ihn zu grüßen und nach der Familie zu fragen, das Übliche, aber er bleibt nicht stehen. Es sieht sogar so aus, als wolle er den Blickkontakt mit mir komplett vermeiden. *Das ist seltsam,* denke ich mir und mich überkommt ein Gefühl des Unbehagens. Xavier ist doch sonst so freundlich. Ich frage mich, was los ist?

Zugegeben, am Anfang war er nicht immer so freundlich. Er und der Rest des Personals hielten mich für verrückt. Ich kann es ihnen nicht verdenken. Eine aufgeweckte, quirlige Amerikanerin zieht mit ihrem reichen britischen Ehemann in eine Villa in Manchester in England ein und stellt lächerliche Fragen darüber, wie sie ihren Kaffee mögen und welche Art von Gebäck sie zum Frühstück bevorzugen. So benehmen sich die meisten Ehefrauen in dieser Gegend definitiv nicht, also ist es verständlich, dass ich anfangs etwas irritierend war. Ganz zu schweigen davon, dass die Briten etwas weniger offen sind. Sie mögen es nicht, alles zu teilen. Sich miteinander zu verbinden. Gesellig zu sein.

Ich hingegen lebe davon.

Aber ich dachte, Xavier und ich hätten die britische Kälte längst hinter uns gelassen. Erst letzte Woche haben wir über die Koliken seines Babys gesprochen und darüber, wie er seine Frau besser unterstützen kann. Er grüßt mich jetzt immer, egal, wie schlecht sein Tag ist.

Meine Gedanken werden abgelenkt, als ich ein unbekanntes Auto vor dem Haus parken sehe. Die Angestellten parken normalerweise auf der Ostseite des Anwesens, und ich weiß, dass dieser kleine silberne Audi keinem von ihnen gehört.

Ich parke daneben und steige aus meinem Wagen aus, um hineinzugehen, wobei ich den Schauder ignoriere, der mir über den Rücken läuft. Meine Augen sind nach unten gerichtet, während ich in meiner Tasche nach meinen Schlüsseln krame, sodass ich die Person, die vor mir steht, nicht sofort sehe. Ich sehe sie nicht, als ich die erste Stufe erreiche. Ich sehe sie auch nicht, als ich die zweite Stufe erreiche. Die dritte. Die vierte. Die fünfte. Erst bei der achten Stufe merke ich, dass mich ein anderer Mensch beobachtet.

Ein Mensch, der gerade aus meinem Haus gekommen ist.

Eine Frau.

Mein Blick fällt zuerst auf ihre Füße – Plateau-Stiefeletten mit roten Sohlen von Louboutin. Sie sind mit Kristallen besetzt, und ich weiß sofort, dass ich ein sechstausend Dollar teures Paar Schuhe vor mir habe. Als Stylistin für Kleidung und Accessoires ist es mein Job, teure Dinge zu erkennen. Ich kleide einige der wohlhabendsten Fußballspieler in Manchester und auch deren Partner. Ich style die Ehefrauen von Managern, die Geliebten von Schönheitschirurgen und sogar einige Londoner Filmstars. Ich kaufe für andere Leute teure Kleidung. Das ist mein Beruf, seit ich vor drei Jahren nach England gezogen bin, und ich habe alles gelernt, was der Job mit sich bringt.

In all den drei Jahren, in denen ich mit den wohlhabendsten Einwohnern Manchesters gearbeitet habe, hatte ich jedoch nicht ein einziges Mal das Bedürfnis, die Leute mit kristall-verkrusteten Schuhen zu stylen.

Das ist definitiv keine Kundin von mir.

Mein Blick geht an den Schuhen vorbei und gleitet an einem Paar nackter, weiblicher Beine hinauf. Ich frage mich kurz, ob sie in sechstausend Dollar teuren Stiefeln nackt vor meiner Haustür steht, aber dann sehe ich den Hauch eines Lederrocks ganz oben an ihren Schenkeln. Gerade genug, um ihre Schamlippen zu bedecken. Schön für sie.

Ihr Aussehen wird nicht anständiger, als ich meinen Blick auf ihren

Oberkörper hebe und ihr mindestens zwanzig Zentimeter tiefes Dekolleté betrachte. Ist dieser dunkle Fleck der Rand einer Brustwarze, der herausschaut? Wow, was für eine tapfere Soldatin wir hier haben. Eine moderne Lady Godiva vor meiner Haustür!

Als ich mich dazu durchringe, zu ihrem Gesicht aufzublicken, weiß ich genau, was ich sehen werde, bevor ich es überhaupt sehe. Der schockierte Gesichtsausdruck einer blonden, kaum zwanzigjährigen Frau mit verschmiertem Make-up und sexzerzausten Haaren, die sechstausend Dollar teure Schuhe trägt. Blondie hier ist nicht aus dieser Gegend.

Ich bin nicht mit viel Geld aufgewachsen. Meine Mutter war alleinerziehend und hatte zwei Jobs, nur um von der Hand in den Mund zu leben. Ich weiß noch, dass ich dachte, meine Schwestern und ich wären reich, als sie uns am Ende des Sommers jeweils einen Fünfzig-Dollar-Schein für Schulkleidung gab.

Aber Perspektive ist alles. Und nachdem ich für Leute gearbeitet habe, die so reich sind, dass die Königin von England neidisch wäre, weiß ich, wann jemand Geld hat und wann nicht. Keiner ist besser als der andere. Nur … anders. Es gibt einen sechsten Sinn, den man bekommt.

Es genügt zu sagen, dass Blondie sich diese Schuhe nicht selbst gekauft hat.

„Ich wollte nur …", beginnt die Blondine zu sprechen, aber ich hebe meine Hand, um sie mitten im Satz zu unterbrechen.

„Sie wollten gerade gehen", presse ich hervor und verziehe das Gesicht über das Geräusch, das meine zusammengebissenen Zähne in meinem Kopf verursachen. Ich könnte noch so viel mehr sagen, aber diese Frau – dieses Mädchen – verdient meine Worte nicht. Der Mann, der ihr diese Stiefel gekauft hat, schon.

Ohne einen weiteren Blick auf sie zu werfen, öffne ich die Haustür und gehe die große Treppe aus dem achtzehnten Jahrhundert hinauf zu unserem Schlafzimmer. Das ganze Haus knarrt bei jedem Schritt, als stünde es kurz vor dem Einsturz. Es ist das älteste in der Nachbarschaft. Und anstatt es abzureißen und etwas Modernes zu bauen, wie die meisten Anwesen in dieser Gegend, wurde es in seiner gruseligen, edwardianischen Barockpracht restauriert.

Meine Schritte sind langsam und sicher. Meine Atmung ist gleichmäßig, während ich mich auf das vorbereite, was passieren wird. Wenn mein Mann, Callum Coleridge, ein Gentleman wäre, hätte er eines der sieben freien Schlafzimmer benutzt, die wir haben. So etwas gehört sich, wenn man beschließt, seine Frau nach sechs Jahren zu betrügen. Es wäre unhöflich und klischeehaft, die Hure im Hauptschlafzimmer zu ficken. Wohlhabende Briten legen viel Wert auf Anstand, nicht wahr?

Aber siehe da, noch bevor ich die Tür zu unserem Schlafzimmer erreiche, höre ich die Stimme meines Mannes rufen: „Hast du etwas vergessen, Callie Baby?"

Callum und Callie. Das würde auf dem Briefpapier so süß aussehen. Ich drücke die Tür zum Hauptschlafzimmer auf und mein Blick fällt auf unser Bett – ein riesiges, hundert Jahre altes Monstrum mit vier Pfosten. Heute Morgen war es perfekt gemacht. Ich habe darauf geachtet, dass alle vier Ecken der Stockenten-Bettdecke, die Callums Mutter ausgesucht hat, sauber eingeschlagen waren, obwohl wir Leute haben, die wir für solche Dinge bezahlen.

Jetzt sind diese Entchen zerknittert und durcheinander, wie die Fotos des Gemetzels, die Callum mit nach Hause bringt, wenn er von einem Jagdwochenende auf dem Land zurückkommt.

Verdammte Stockenten.

Mein Blick wandert vom Bett zu meinem Mann, der ohne Hemd in der Tür des angeschlossenen Badezimmers steht und seine teure, maßgeschneiderte Hose zuknöpft. Eine Hose, die ich für ihn gekauft habe. Eine Hose, die ich ihm auf den Leib habe schneidern lassen. Eine Hose, die an ihm verdammt gut aussieht.

Er schaut lächelnd auf, aber sein Gesicht wird lang, als er mich statt seiner geliebten Callie Baby sieht. Er zuckt zusammen, als hätte man ihm in die Eier getreten. Habe ich ihm in die Eier getreten? Ich schaue auf meine Füße hinunter, die beide in anständigen schwarzen Stiletto-Stiefeletten fest auf dem Boden stehen. An meinen glitzert nichts. Das ist wahrscheinlich das, was unserer Ehe gefehlt hat. Kristall-verkrustetes Schuhwerk.

„Sloan, ich …" Er verstummt.

„Ja, ich bin's, Sloan. Ich habe deine Callie *Baby* getroffen, richtig?" Ich zeige mit dem Daumen auf die Tür. „Ich habe sie unten gesehen. Sie scheint lustig zu sein. Hat sie ihre Hose hier oben vergessen?" Ich schaue mich im Zimmer um und sehe, dass sich das cremefarbene

Spannbetttuch an einer Ecke des Bettes gelöst hat. „Ich habe mich gefragt, ob sie ihre Hose vergessen hat, denn ich glaube nicht, dass der Lederstreifen um ihre Vagina als Rock zu bezeichnen ist. Sie sollte wirklich in Erwägung ziehen, mich zu engagieren, um sie zu stylen. Ihr Schuhwerk zeigt, dass sie sich meine Dienste leisten kann."

Callum räuspert sich und strafft die Schultern. „Ich wollte mit dir über all das hier reden." Er kommt mit derselben Arroganz auf mich zu, die er immer ausstrahlt.

Wie kann er gerade jetzt arrogant sein? Ich habe ihn buchstäblich mit heruntergelassenen Hosen erwischt, aber er kommt auf mich zu wie ein Geschäftsmann bei einer Vorstandssitzung. Ich schüttle den Kopf, als ich seine Worte vernehme. Hat er „all das" gesagt, als gäbe es *das* wirklich? Nicht nur eine einmalige Sache?

Ich trete zurück und beschließe, meine Suche nach Lady Godivas Kleidung fortzusetzen. Vor allem, weil es für meinen geistigen Zustand wichtig zu sein scheint, Augenkontakt zu vermeiden. Wenn ich wirklich innehalte, um darüber nachzudenken, was er mit „all das" meint, dann weiß ich, dass das, was ich seit Jahren vermutet habe, wahr wird. Und ich wollte nicht, dass es wahr wird. Ich lebe in einem fremden Land, in einer Villa, die meiner Schwiegermutter gehört, und style Leute, die einen Reichtum haben, von dem ich nicht einmal wusste, dass es ihn im echten Leben gibt. Ich bin völlig überfordert und weigere mich, eine weitere Veränderung in meinem Leben zu akzeptieren.

„Hör auf, vor mir wegzulaufen. Wir müssen reden", bellt Callum mit seiner fordernden, herrischen Stimme. Dieselbe Stimme, die ich in den letzten sechs Jahren aus jenem Mund gehört habe, der nur spricht und nie zuhört.

Ich schlucke an einem schmerzhaften Kloß in meinem Hals vorbei und schaue auf. „Willst du über das Fremdgehen reden? Oder den Grund, warum Callie Baby im Freien keine Hosen trägt? Denn beides sollte irgendwann mal angesprochen werden."

Seine Lippen kräuseln sich angesichts meines Sarkasmus. Callum hasst Sarkasmus. Ist das zu glauben?

„Das bahnt sich schon eine ganze Weile an, Sloan."

Ich liebe es, dass er keinen Kosenamen für mich hat. In unseren sechs Ehejahren hat er mich nie mit etwas anderem als Sloan angesprochen.

„Du willst mir also sagen, dass du mich, deine Frau, nicht zum ersten Mal betrügst?" Meine Augen sind weit aufgerissen und blinzeln, während ich die Verzweiflung in meinem Bauch kaum verbergen kann.

„In den letzten Jahren hatten du und ich nicht ..."

„Hatten wir keine wirkliche Verbindung?" Ich sehe ihn mit zusammengekniffenen Augen an. „Ja, das habe ich gemerkt."

„Unsere Ehe war eine Farce und das weißt du", spottet er. „Was zwischen uns passiert ist, war ein Unfall, und ich dachte, ich tue das Richtige. Aber ich habe Bedürfnisse, Sloan."

„Oh mein Gott, willst du über Bedürfnisse reden?", rufe ich und ein Lachen entweicht mir. Ich sollte nicht lachen. Das ist überhaupt nicht lustig, aber ihn das sagen zu hören, treibt mich an den Rand der Hysterie. „Willst du hören, was meine Bedürfnisse sind, Callum?"

Er lässt seine Hände in die Taschen gleiten, und bei seinem Anblick wird mir plötzlich schlecht. Seine enthaarte Brust. Sein perfekt geschnittenes, sandblondes Haar, das zu einer Seite gekämmt ist wie bei aufgeblasenen Schülern eines elitären Internats. Seine manikürten Fingernägel. Ja, manikürt. Ich mache seine Termine.

Er sieht im Moment nicht wie ein millionenschwerer CEO aus. Er sieht aus wie ein Trottel. Wie eine Witzfigur. Wie ein Angeber. Wie der fremdgehende Bastard, der er ist.

Meine Stimme ist laut, als ich fortfahre. „Meine Bedürfnisse beginnen und enden mit unserer Tochter!" Mittlerweile schreie ich. Da bin ich mir ziemlich sicher. Ich habe vor allem ein Klingeln in den Ohren, sodass ich mich selbst nicht richtig hören kann, und dieses Maß an Emotionen ist für mich ungewohnt. „Meine Bedürfnisse endeten, als ihre begannen."

Er rollt mit den Augen. Er rollt tatsächlich mit seinen verdammten Augen! „Sie ist seit drei Jahren in Remission!", brüllt er.

„Remission heißt nicht, dass sie wieder völlig gesund ist!", rufe ich und blinzle den Ansturm von Tränen aus den Augen. Ich kann nicht glauben, dass ich diesen Streit mit dem Vater meines Kindes habe. Der Mann, den ich geheiratet habe, als ich im sechsten Monat schwanger war, weil seine Mutter gedroht hat, ihm seinen Treuhandfonds wegzunehmen, wenn er die Dinge nicht in Ordnung bringt. „Sophia ist noch ein Kind, Callum. Sie ist erst sechs Jahre alt und hatte drei dieser Jahre Krebs. Sie hat immer noch Albträume, dass sie wieder im Krankenhaus liegt. Ihre Heilung hört nicht einfach auf, weil sie zur Krebsfreiheit einen Ballon geschenkt bekommen hat!"

„In deinen Augen wird es ihr nie besser gehen", knurrt er mit zusammengebissenen Zähnen. „Und ich bin es leid, so zu leben. Du scherst dich einen Dreck um mich, und das schon seit dem Tag, an dem du erfahren hast, dass du mit Sophia schwanger bist."

Ich schüttle den Kopf, und in meinem Inneren bricht der Schmerz aus. Ein tiefer, dunkler Schmerz, den ich jahrelang ignoriert habe, weil ich keinen Ärger machen wollte. Ich wollte unsere Familie nicht zerstören. Ich wollte nicht zugeben, dass ich wusste, dass wir uns nicht liebten. Dass ich wusste, dass Callum mich betrügt. Ich wusste schon länger, dass es zwischen uns nicht funktionierte, aber ich wollte das einzige Leben, das Sophia kennt, nicht zerstören. Ich verstehe den Schmerz, ohne Vater aufzuwachsen und keine Sicherheit im Leben zu haben, wenn man zu jung ist, um zu helfen. Sie hat schon genug gelitten für jemanden, der das Pech hatte, mit einem Tumor geboren zu werden. Das ist ihr gegenüber nicht fair!

Meine Stimme ist leise, als ich antworte: „Cal, wir sind deinetwegen hierher nach England gezogen. Ich habe meinen ersten Job als Designerin für dich aufgegeben! Wir leben in der Villa deiner Mutter, mit Personal, einem Butler und verdammten Stockenten auf der Bettdecke – alles nur für dich! Wenn ich mich nicht um dich schere, warum habe ich dann mein ganzes Leben in Chicago entwurzelt?"

„Weil du Sophia nicht verlieren wolltest", schnauzt er mit kaltem, berechnendem Blick. „Weil du wusstest, dass meine Mutter nie zugelassen hätte, dass du sie behältst, und wir haben die Mittel, um diese Realität möglich zu machen."

Mein Herz sinkt. Droht er wirklich damit, sie mir wegzunehmen? Ganz ehrlich? Das kann nicht sein. Das kann alles nicht passieren. Ich kann Sophia nicht verlieren. Nicht an Cal, nicht an seine Mutter, an niemanden. Ich kann es kaum ertragen, auch nur eine Nacht von ihr getrennt zu sein. Wir haben so viel zusammen durchgemacht. Ich war bei jedem einzelnen Termin mit ihr dabei. Ich war dabei, als der Arzt mir sagte, dass mein sechs Monate altes Baby einen Gehirntumor hatte. Ich war es, die ihren winzigen Kopf über einer Toilettenschüssel hielt, nachdem sie eine Reihe von Bestrahlungen über sich ergehen lassen musste. Ich war es, die sie tröstete, als der Arzt einen weiteren zentralvenösen Katheter legen musste, weil die Krankenschwester keine Vene finden konnte. Ich streichelte ihren kahlen Kopf. Ich küsste ihre blauen Flecken. Ich! Callum war nur im Hintergrund, während ich mit Sophia daran arbeitete, ihre Berührungsangst zu überwinden, weil die Erinnerungen an Krankenhäuser sie verfolgten. Das kann doch nicht wahr sein. Ich kann meine Tochter nicht teilen!

Meine Stimme fühlt sich an wie Säure, als ich sage: „Vielleicht, wenn wir zur Therapie gehen …"

Cals hochmütiges Lachen unterbricht mich. „Du verstehst mich nicht, Sloan. Ich werde das nicht mehr tun. Du … Ich bleibe nicht bei dir. Ich habe die Scheidung mit gemeinsamem Sorgerecht eingereicht. Wenn du einen Aufstand machst, werde ich das volle Sorgerecht beantragen." Sein Gesichtsausdruck ist grimmig.

Es fühlt sich an, als hätte ich einen Schlag in den Magen bekommen. Meine Knie fühlen sich schwach an und der Raum beginnt sich zu drehen, als ich flüstere: „Aber du verbringst doch sowieso kaum Zeit mit Sophia. Selbst jetzt verbringt sie die Nacht bei deiner Mutter, weil ich heute Abend arbeiten muss. Du hättest auf sie aufpassen können. Stattdessen bist du hier und fickst Lady Godiva!"

„Lady was?" Er schnaubt und zieht sich sein Hemd an, während er seine Füße in seine Slipper schiebt. „Sophia bedeutet meiner Mutter alles, und das werde ich ihr nicht nehmen."

„Ihr? Ihr! Was ist mit mir?", schreie ich und sinke zu Boden, während die Realität um mich herum zusammenbricht. „Was ist mit dem, was du mir wegnimmst, Cal?"

„Du bist hysterisch, Sloan. Wir werden die Einzelheiten in der Anwesenheit unserer Anwälte besprechen." Er geht an mir vorbei und bleibt dann in der Tür stehen. Er dreht sich auf dem Absatz um und sieht mich mit erhobenem Kinn an, wie ein Diktator, der mit all seiner Macht und seinem Reichtum über sein Volk herrscht. „Und verschwende dein Geld nicht damit, um das volle Sorgerecht zu kämpfen. Meine Anwälte werden dich begraben."

Mit diesem Nagel im Sarg geht er, ohne noch einmal zurückzublicken.

Ich lasse den Kopf hängen. Er hat recht. Cal hat die besten Anwälte, die man für Geld kaufen kann, und mehr Geld, als ich jemals haben werde. Selbst wenn ich versuchte, das volle Sorgerecht zu bekommen, würde ich verlieren. Abgesehen von dieser Taktlosigkeit ist er ein Aushängeschild der Gesellschaft von Manchester. Seine Firma beschäftigt Hunderte von Mitarbeitern. Der Name der Familie Coleridge – den ich in unserer Ehe nie annehmen durfte – wird verehrt.

Der winzige Fetzen Kontrolle, den ich über mein Leben hatte, ist offiziell weg, nur weil ich nach Hause gekommen bin und meinen Mann beim Fremdgehen erwischt habe. Mir bleibt nichts anderes übrig, als mich damit abzufinden, dass ich eine Teilzeitmama für das Beste sein werde, was mir je passiert ist.

Es dauert über eine Stunde, bis ich mich vom Boden meines Schlafzimmers erhebe und mich ins Bad schleppe, um zu pinkeln. Es ist seltsam, wie der Körper weiterarbeitet, wenn die Seele tot ist. Alle meine Organe haben das Wasser, das ich heute getrunken habe, weiter verarbeitet und mich darauf aufmerksam gemacht, dass ich mich trotz meiner Trauer erleichtern muss. Trotz meiner Verzweiflung.

Beim Händewaschen starre ich mich im Spiegel an. Meine langen braunen Haare kleben an den getrockneten Tränen auf meinen Wangen. Die Vertiefungen meiner Augen sind dunkel und geädert. Das Weiße in meinen Augen ist rot. Ein wenig Rotz ist auf meiner Oberlippe verkrustet. Ich bin achtundzwanzig Jahre alt, aber die Frau, die mich ansieht, ist eine sechzigjährige Drogenabhängige. Ich kann nicht anders, als dankbar zu sein, dass Sophia heute Abend bei Cals Mutter ist. Ich würde es hassen, wenn sie mich so sähe.

Meine Hände zittern, als ich mir die Strähnen aus dem Gesicht streiche und mein Haar zu einem tiefen Pferdeschwanz binde. Callums bedrohliche Worte durchdringen jeden Teil meiner Seele. Sie durchdringen die Erinnerungen, die ich an Sophia habe, als sie geboren wurde. Die Bilder, die ich von ihr als Kleinkind habe, ohne Augenbrauen und Wimpern. Die empfindlichen Hände und die Haut, die sie mich nur selten berühren ließ, weil sie darauf konditioniert wurde zu denken, dass Berührung Schmerz bedeutet. Seit ihren Behandlungen sind drei Jahre vergangen, aber ich habe sie gerade erst wieder dazu gebracht, ein kleines Mädchen zu sein. Sie ist nicht länger ein krankes Baby, das sich vor jedem fürchtet, der in ihre Nähe kommt. Früher hat sie geweint, wenn ich versucht habe, ihre Hand zu halten. Der Krebs hat alles versucht, um ihre Lebensgeister zu töten. Lebensgeister, die selbst an ihren dunkelsten Tagen wunderschön waren. Ich habe mein Leben der Aufgabe gewidmet, sie von all dem zurückzuholen, und jetzt verändert Cal alles.

Das ist Folter.

Deshalb wäre ich auch mit ihm verheiratet geblieben. Um nicht einen einzigen Tag ihres kostbaren, wunderbaren Lebens zu verpassen. Bis zu diesem Punkt wurden so viele Entscheidungen für mich getroffen. Es ergibt Sinn, dass Cal auch entscheidet, wann alles zu Ende ist.

Ich ziehe meinen Drei-Karat-Diamantring ab und lege ihn zittrig neben das Waschbecken. Er steht für eine Lüge. Er steht für einen Betrüger. Einen Schürzenjäger. Ein Ungeheuer. Er steht für eine Seite von mir, die ich im Spiegel kaum ansehen kann.

Als ich mein Telefon im Schlafzimmer klingeln höre, zucke ich zusammen. Ich schäme mich zu sagen, dass ein kranker Teil von mir hofft, dass es Cal ist, der anruft, um sich zu entschuldigen. Meine Gedanken sind völlig außer Kontrolle geraten. Zu denken, dass ich ihn nach allem, was passiert ist, zurücknehmen würde. Dass ich ihn zu Hause willkommen heißen würde, nachdem er dafür gesorgt hat, dass ich mich schrecklich fühle. Was ist nur los mit mir?

Ich schreite aus dem Bad und fische mein Handy aus der Seitentasche meiner Handtasche. Das helle, sommersprossige Gesicht meiner Näherin und Geschäftspartnerin leuchtet auf meinem Bildschirm auf.

Meine Stimme ist heiser, als ich abhebe. „Hey, Freya."

„Hallo, Sloan!" Ihr Cornwall-Akzent ist schrill und glückselig ahnungslos. „Oh mein Gott, mein internationaler Flug hat kostenloses WLAN! Kannst du das glauben? Ich kann so viel *Heartland* auf Netflix gucken, wie ich will!"

„Das ist schön", antworte ich mit einem gezwungenen Lachen. Zum Glück ist Freya so sehr in ihrer eigenen Welt gefangen, dass sie den seltsamen Klang meiner Stimme nicht bemerkt.

„Ich wollte nur sichergehen, dass du die Anzuglieferung für Gareth Harris nicht vergessen hast. Er muss heute Abend geliefert werden, weil morgen früh seine Familie in die Stadt kommt. Ich habe ihn bei deinem Butler abgegeben, und er hängt in deinem Wandschrank."

Gedankenlos murmle ich ein Dankeschön, bevor ich den Anruf

beende, dankbar, dass Freya nichts bemerkt hat. Ich habe nicht die Kraft, ihr zu sagen, was passiert ist. Ich habe nicht die Kraft, zu glauben, dass es wahr ist. Zu glauben, dass sich mein Leben wieder einmal für immer verändert hat, ohne dass ich es selbst entschieden habe.

Das Letzte, was ich jetzt tun möchte, ist Gareth Harris zu sehen. Er ist der Einzige meiner Kunden, den ich wirklich respektiere. Er ist der Einzige meiner Kunden, der mich in den zwei Jahren, in denen ich für ihn arbeite, nicht ein einziges Mal von oben herab angeschaut oder mir das Gefühl gegeben hat, unbedeutend zu sein. Von allen Menschen, die ich in England getroffen habe, seit ich hierhergezogen bin, ist er derjenige, den ich vielleicht sogar als Freund bezeichnen würde.

Aber ich will nicht, dass er diese Seite von mir sieht. Ich will nicht, dass er mich gebrochen sieht, also werde ich eine professionelle Fassade aufsetzen. Das muss ich auch, denn bald werde ich nicht mehr verheiratet sein. Bald muss ich für mich und Sophia sorgen, so wie meine Mutter für mich und meine Schwestern gesorgt hat. Ich werde keinen Zugang zu Callums Vermögen haben. Dafür hat seine Mutter mit unserem Ehevertrag gesorgt.

Ich werde die alleinerziehende, berufstätige Mutter sein müssen, mit der ich aufgewachsen bin.

Nein. Ich muss besser werden.

Ich muss mich durch dieses neue Leben gestärkt fühlen und meine Unabhängigkeit annehmen. Ich kann das tun. Ich kann wieder die Kontrolle über mein Leben erlangen.

DU BIST DER BOSS

Gareth

Ein Latte-Palast.

So nennt mein idiotischer Bruder Tanner mein Zuhause. *Ein Latte-Palast. Eine Sex-Villa. Eine Vögel-Festung.* Ich könnte so weitermachen, denn seine widerwärtigen Phrasen sind endlos, aber wenn ich sie wiederhole, werde ich vielleicht genauso dumm wie er.

Ich stehe in meinem Ankleidezimmer, lasse das feuchte Handtuch von meiner Taille fallen und greife nach oben, um ein marineblaues T-Shirt aus Baumwolle von einem Bügel herunterzuziehen. Die Auswahl unterbricht den perfekten Regenbogen der Farben, die mit einem Abstand von genau zwei Zentimetern zueinander auf Holzbügeln aufgereiht ist, alle sorgfältig geordnet und aufgehängt. Mein Kleiderschrank ist zwar unerträglich groß, aber tadellos organisiert. Das muss er auch sein, wenn man bedenkt, dass eine ganze Seite des Schranks aus Glas besteht, das wie ein riesiges Fischglas auf mein Schlafzimmer blickt.

Mein ganzes Haus gleicht einem Aquarium, mit raumhohen Glasfenstern, auch in meinem Schlafzimmer. Es ist schon ironisch, wenn man bedenkt, dass ich in dieses abgelegene Haus im ländlichen Astbury gezogen bin, um dem Leben in der Schneekugel in Manchester zu entfliehen. In meinen frühen Zwanzigern wollte ich in die Fußballszene eintauchen. Ich wohnte in einer schicken Wohnung in der Innenstadt im Partyviertel, obwohl ich nur selten ausging. Mein Haus hatte einen Butler und einen Chauffeur, die ich nie benutzte. Die Paparazzi lauerten regelmäßig vor meiner Wohnung, nur um einen Blick darauf zu erhaschen, was ich zu Mittag aß. Und wenn es keine Fotografen waren, dann waren es Fans, die versuchten, Fotos von mir zu machen. Ich konnte nicht einmal einen Kaffee trinken gehen, ohne mich beobachtet zu fühlen.

Das hat man davon, wenn man ein ManU-Fußballspieler ist. Die Stadt ist besessen von Fußballspielern. Mit zwei Profimannschaften und dem Nationalen Fußballmuseum in der Mitte der Stadt leben, schlafen und atmen die Menschen hier Fußball. Überall, wo man hinsieht, gibt es jemanden, der ein Trikot der Mannschaft trägt oder einen Straßenverkäufer, der Schaumstofffinger und Fahnen verkauft. Und in jedem Stadtpark sitzen ein paar alte Knacker auf einer Bank und streiten sich darüber, welche Mannschaft aus Manchester mehr Silber im Trophäenschrank hat.

Es ist ein seltsames Gefühl, Teil von etwas zu sein, von dem die Leute so besessen sind, aber das ist der Job, für den ich mich verpflichtet habe. Es ist der Job, der mir Millionen eingebracht hat. Und es ist der Sport, der jetzt meine Familie zusammenhält, nachdem wir einst völlig auseinandergerissen wurden.

Unser Vater, Vaughn Harris, war ein Starstürmer bei ManU, als sie '83 und '85 den FA Cup gewannen, aber er hörte auf, als unsere Mutter '93 an Krebs erkrankte. Ohne sich auch nur von der Mannschaft zu verabschieden, löste er seinen Vertrag auf, verkaufte die Wohnung in Manchester und zog mit uns in ein leerstehendes Haus in Chigwell außerhalb von London, das ihm gehörte. Dort wurde unsere Mutter immer kränker und er immer wütender. Als sie starb, war er nur noch die Hülle eines Mannes. Äußerlich sah er aus wie ein Mensch, aber innerlich bestand er aus Stein. So blieb er viele Jahre lang, und ich musste die durch ihn entstandene Lücke ausfüllen. Um unsere Familie zusammenzuhalten.

Erst als der Bethnal Green F. C. ihn umwarb, um sein Team zu managen, änderte er sich. Doch anstatt das wiedergutzumachen, was er uns allen so lange angetan hatte, tat er einfach so, als sei nichts geschehen. Er fing an, uns zu ermutigen, Fußball zu spielen und unsere gottgegebenen Talente zu nutzen. Meine Brüder waren so eifrig und begeistert, dass ich nicht nein sagen konnte.

Also spielten wir. Wir kickten einen Ball herum und merkten bald, dass wir alle schnelle Füße und die natürliche Bewegung von Fußballspielern hatten. Es lag uns im Blut. Dad meldete uns an der Bethnal Green Academy an, also wuchsen wir sozusagen auf dem Tower Park Spielfeld auf. Vi war auch oft dort, aber sie schien nie am Spielen interessiert zu sein. Sie passte auf, dass wir alle die Schule abschlossen.

Aber die Schule war nichts, womit wir viel Zeit verbrachten. Wir zogen es vor, Bälle zu holen und mit der Mannschaft zu spielen. Fußball war das Einzige, was Dad interessierte, also war es alles, was wir taten.

Im Grunde genommen war unser Vater nicht mehr unser erbärmliches Exemplar eines Vaters, sondern wurde unser Sportmanager. Wir hatten nie ein Mitspracherecht. Wir konnten nicht einmal mitbestimmen, für welches Team wir spielten. Es wurde erwartet, dass wir für Bethnal spielten. Wir waren nur Spieler in *seinem* Spiel.

Ich schnappe mir eine Jeans aus dem Regal und ziehe sie an. Dabei achte ich darauf, dass ich alles in die Jeans stopfe, bevor ich den Reißverschluss schließe. Ich werfe einen Blick über die Schulter und schaue auf die große Uhr, die neben drei Großbildfernsehern an der Wand hängt. Ein bisschen viel für ein Zimmer, aber das hier ist eine Junggesellenbude. Und mit einer Familie voller Fußballer gibt es normalerweise mehr als ein Spiel gleichzeitig, das ich sehen muss.

Sloan Montgomery wird jeden Moment eintreffen. Dass ich eine persönliche Stylistin habe, ist etwas, womit mich meine Brüder gnadenlos aufziehen. Aber als Kapitän von ManU muss ich zu vielen Veranstaltungen gehen. Und weil ich so wählerisch bin, was meine Kleidung angeht, ist ihre Hilfe eine große Erleichterung.

Seit früher Kindheit habe ich Schwierigkeiten, bestimmte Stoffe zu tragen. Alles, was sich an meinem Körper steif anfühlt – wie unebene Nähte oder raues Material – lässt mir Schauder über den Rücken laufen. Mein Vater hat aufgrund meines Problems sogar die Trikots unserer Fußballmannschaft bei einer speziellen Firma bestellt.

Einkaufen war ein Albtraum, also trug ich die Handvoll Kleidung, die für mich funktionierte, immer wieder. Normalerweise kümmere ich mich nicht um Klatschblätter, aber die Zeitungen fingen an, sich über mein Aussehen zu äußern. Als ich Sloan vor ein paar Jahren bei einem Werbeshooting traf und sie genau wusste, was los war, verstand es sich von selbst, sie zu engagieren.

Und seien wir mal ehrlich: Mit meinem Gehalt bei ManU, meinen Produktwerbungen und meinen geschäftlichen Investitionen habe ich mehr Geld, als ich gebrauchen kann. Mein leerer Fischglas-Schrank sah auch ziemlich erbärmlich aus. Jemanden zu beauftragen, diesen für mich zu füllen, war eine erwachsene Entscheidung, auch wenn die einzige andere Person, die mein Zuhause zu Gesicht bekommt, meine Hauswirtschafterin Dorinda ist.

Innerhalb einer Woche überschwemmten Sloan und ihre Assistentin meinen Kleiderschrank mit einer ganz neuen Auswahl an weichen Hemden, makellosen Anzügen, teuren Jeans und Boxershorts, die ich selten trage. Sachen, die sich nicht wie nasses Styropor anfühlen, das auf Gummi gleitet. Sloan hat sich sogar die Zeit genommen, die Etiketten von den Halsausschnitten zu entfernen. Sie achtet auf alles, sodass ich nie einen zweiten Gedanken an die Kleidung verschwenden muss. Ich liebe das. Die Selbstsicherheit, die sie angesichts meiner Bedürfnisse hat, ist ein Luxus, den ich nicht allzu oft in meinem Leben hatte.

In den letzten Jahren hat sich zwischen uns eine Art Freundschaft entwickelt, was viel aussagt, denn ich habe nicht wirklich Freunde. Natürlich habe ich Teamkollegen und meinen Nachbarn, aber ich halte alle auf Abstand. Ich habe keine Zeit für Erwartungen. Außerdem bin ich normalerweise anderen Leuten gegenüber misstrauisch, denn bei dem Erfolg, den ich habe, treffe ich nur selten jemanden, der keine eigennützigen Hintergedanken hat.

Wenn ich tatsächlich Freizeit hätte, würden meine Geschwister mit Sicherheit einen Weg finden, jede Sekunde davon zu nutzen. Jeden Tag bekomme ich einen Anruf von mindestens einem von ihnen. Oft ist es Booker, der sich meldet, weil er so unbeholfen und bedürftig ist. Dad ruft an, um über Fußball zu reden; Camden ruft an, um über Frauen zu reden; und Tanner ruft an, um einen Schwanzwitz zu erzählen. Meistens ist es Vi, die mir ein Problem schildert, mit dem einer unserer erwachsenen, idiotischen Brüder zu kämpfen hat, und wie wir damit umgehen werden, denn das ist mein Job. Das mache ich, seit ich knapp acht Jahre alt bin, und es ist zum Schicksal meines Lebens geworden.

Man muss nicht erwähnen, dass ich ein extrem privater Mensch bin, deshalb war es nicht leicht, die Tatsache zu ignorieren, dass ich mich mit Sloan sofort verbunden fühlte, als ich sie traf. Sie hat irgendwie etwas an sich, was das Zusammensein mit ihr einfach macht. Vielleicht war es die Art und Weise, wie sie instinktiv wusste, wie sie mich berühren konnte, ohne dass ich es ihr wirklich sagen musste. So entstand ein Band zwischen uns.

Und ihr Anblick in meinem Schlafzimmer in den letzten zwei Jahren war ein zusätzlicher Bonus. Allerdings habe ich immer nur hingesehen, denn der Klunker an ihrem Finger ist nichts, was ich übersehen würde. Tatsächlich fällt er mir jedes Mal auf, wenn sie vorbeikommt. Mir fällt auch auf, dass sie nie über ihren Mann oder ihr Privatleben spricht. Sie ist ein umwerfendes, kleines, unantastbares Geheimnis.

In meinem Kopf haben sich eine Million verschiedene Szenarien abgespielt, wie Sloans Leben außerhalb meines Schlafzimmers aussieht. Ich stelle mir vor, dass sie in ihrer Ehe unglücklich ist. Ich stelle mir vor, dass ihr Mann viel reist und nur nach Hause kommt, um sie zu vögeln. Er fragt nicht einmal, er nimmt einfach. Ständig nimmt er, weil er es so will. Ich frage mich, ob sie jemals einen Orgasmus hat. Ob sie jemals vor Lust schreit. Oder ob ihr Mann sie jemals fragt, was *sie* sich wünscht. Was *ihre* Meinung ist. Ich bezweifle das, denn eines habe ich über Sloan gelernt: Sie kann ein Chamäleon sein, was ich ziemlich frustrierend finde.

Sie war schon oft bei mir zu Hause, um Anproben durchzuführen und meinen Kleiderschrank aufzufüllen. Jedes Mal, wenn sie kommt, hat sie die verblüffende Angewohnheit, ihre Stimmung so zu verändern, dass sie zu der meinen passt. Wenn ich wütend auf meinen Vater bin, oder wenn wir ein Spiel verloren haben und ich schlecht drauf bin, spürt sie das instinktiv und spricht mich liebevoll an. Oder wenn ich gerade mit einem meiner Brüder telefoniert habe, der mich immer zum Lachen bringt, saugt sie mein Verhalten wie ein Schwamm auf und strahlt mich mit ihrer Wärme an. Ich weiß noch, wie Vi mich anrief, um mir zu sagen, dass sie und ihr Verlobter ein Mädchen bekommen. Ich war so verdammt glücklich, als Sloan auftauchte, während ich am Telefon war. Nachdem ich aufgelegt hatte, lachten wir so sehr, dass sie kaum meine Maße für den Smoking nehmen konnte, den sie für mich anfertigen ließ.

Ich habe noch nie jemanden wie sie getroffen, der so anpassungsfähig ist. Ich frage mich, ob sich überhaupt jemand an ihre Stimmung anpasst. Wie viel von sich selbst unterdrückt sie jeden Tag, nur um andere Menschen glücklich zu machen?

Wer macht Sloan glücklich?

Trotzdem hat sich in den letzten Jahren eine stille Freundschaft zwischen uns entwickelt. Ich fühle mich wohl mit ihr und wir sind inzwischen so vertraut miteinander, dass sich alle unsere Treffen ganz natürlich anfühlen. Wir wissen, was wir voneinander erwarten können, und diese Erkenntnis hat etwas Friedliches an sich.

Aber ich würde lügen, wenn ich nicht zugäbe, dass ich von ihren festen Händen auf meinem Körper träume, so wie es bei unserer ersten Begegnung der Fall war. Sie achtet darauf, mich nicht mehr so zu berühren, und ich frage mich, ob sie von diesem Tag genauso beeindruckt war wie ich. Ich mochte diese Seite von Sloan. Das unerschütterliche Selbstvertrauen, das sie hat, ist sexy. Ich frage mich, welche Nuance von ihr ich heute Abend sehen werde? Wahrscheinlich die Nuance, die ich projiziere.

Ich ziehe mir mein Shirt über den Kopf und schreite barfuß aus meinem Schrank, gerade als es am Tor meiner umzäunten Einfahrt summt. Ich gehe hinüber zu dem kleinen LCD-Bildschirm, der neben dem Lichtschalter angebracht ist. Er zeigt einen schwarzen Geländewagen, der vor dem Tor wartet. Ich tippe auf eine Taste und Sloans Gesicht füllt den Bildschirm. Die Qualität der Überwachungskamera ist nicht besonders gut, aber ich kann ihre Gesichtszüge erkennen. Sie sieht anders aus als sonst. Aber immer noch sexy.

Sexy verheiratet.

„Ich weiß, dass du da bist." Ihre Stimme dringt durch den Lautsprecher und lässt mich zusammenzucken. „Da leuchtet ein kleines rotes Licht, das vor einer Minute noch nicht da war. Kannst du mich bitte reinlassen?"

Ich runzle die Stirn über ihren ungewöhnlich forschen Ton, aber ich verberge es, als ob sie mich durch die Einwegkamera sehen könnte. Ohne ein Wort zu sagen, drücke ich auf den Einlassknopf und mache mich auf den Weg aus meinem Schlafzimmer, wobei ich kurz vor dem Spiegel im Flur stehen bleibe, um mein Aussehen zu überprüfen.

Meine dunkelbraunen Haare sind zerzaust und noch feucht von der Dusche, also fahre ich mit den Händen hindurch, um sie zu glätten. Meine haselnussbraunen Augen sehen müde aus und die Falten zeigen, dass ich nicht mehr in meinen Zwanzigern bin. Meine Bartstoppeln sind lang und ungleichmäßig verteilt, aber das Rasieren hebe ich mir für den Morgen eines Spieles auf. Das ist Teil meines Rituals, und an Spieltags-Ritualen ändert man nichts.

Ich jogge die Treppe hinunter, öffne die Doppeltür und lehne mich gegen den Türrahmen, als Sloan aus ihrem Auto steigt. Ihre Schritte sind lang, ihr hochgewachsener Körper ist geschmeidig und trainiert unter dem schlichten schwarzen Kleid. Ihr kastanienbraunes Haar hat sie zu einem Pferdeschwanz gebunden, der im Abendlicht die Konturen ihres blassen Teints hervorhebt. Es ist spät für einen Hausbesuch und ich bin mir sicher, dass sie nicht glücklich darüber ist, fast eine Stunde nach Astbury zu fahren. Obwohl die meisten Frauen begeistert wären, wenn sie in der Modebranche mit einem Fußballer arbeiteten. Sie würden über ihre Worte stolpern und ihr Dekolleté zur Schau stellen. Alles, um bemerkt zu werden.

Sloan scheint jedoch nicht wegen des Ruhms in der Branche zu sein. Sie kleidet sich nie, um zu beeindrucken. Sie ist nie von ihrem berühmten Gegenüber fasziniert. Sie macht kein Aufhebens.

Sie hebt den Blick, als sie die Treppe hinaufsteigt, und mein Herz sinkt. Ihr normalerweise strahlender, honigfarbener Blick ist rot umrandet und die Haut unter ihrer Nase ist rosa. Sie sieht aus, als ob sie geweint hätte.

„Hey, Gareth. Wie geht es dir?" Ihr zittriges Lächeln ist unaufrichtig. Gezwungen. Sie sieht so schön aus wie immer, aber irgendetwas stimmt nicht.

„Ist alles in Ordnung?", frage ich besorgt, während ich darüber nachdenke, was wohl passiert sein könnte.

„Natürlich!" Sie lächelt wieder, aber das Beben ihres Kinns sagt das Gegenteil. „Ich habe deinen Anzug."

Ich starre sie verwirrt an, denn diese Seite von Sloan habe ich noch nie gesehen. Normalerweise ist sie fröhlich und gefasst, immer ordentlich. Aber es ist klar, dass sie im Moment völlig durcheinander ist, und es macht mich fertig, dass sie so tut, als wäre alles in Ordnung.

Das ist das Problem, wenn man eine Freundin hat, über die man außerhalb der Arbeit nur wenig weiß. Das ist so ähnlich wie mit den Mannschaftskameraden. Ich weiß vielleicht, welchen Fuß unser Stürmerstar bevorzugt oder was für ein Getränk er in seiner Wasserflasche hat, aber ich weiß nichts über sein Privatleben. So ist es auch bei Sloan. Ich weiß, dass sie Tee hasst, aber Teetassen liebt. Und dass sie ein echtes und ein falsches Lachen hat, wobei das echte ein seltenes Einhorn ist, das nur herauskommt, wenn sie völlig überrascht ist. Aber nichts von diesem Wissen hilft mir dabei, herauszufinden, mit welchem Ballast sie an meine Türschwelle gekommen ist.

„Ist jemand gestorben?", frage ich und komme gleich zur Sache, denn je länger sie vor mir steht und so tut, als ginge es ihr gut, desto unhöflicher werde ich.

„Nein!", ruft sie und ihr falsches Lächeln fällt schließlich, während ihre schockierten Augen zu mir wandern. „Warum fragst du das?"

„Weil es klar ist, dass etwas nicht stimmt, Sloan, und ich will verdammt sein, wenn ich hier stehe und nicht ein paar Antworten bekomme."

„Warum glaubst du, dass etwas nicht stimmt?", fragt sie und bedeckt sich mit dem Kleidersack, als sich ihre Rüstung aufzulösen beginnt.

„Weil es dir ins Gesicht geschrieben steht und du eine beschissene Lügnerin bist." Ich trete näher an sie heran und höre das Zittern ihres Atems, als sie einatmet. Das löst ein tiefes, brennendes Bedürfnis aus, das, was sie verletzt hat, in Ordnung zu bringen. Verzweiflung färbt meine Stimme. „Sag mir, was ich tun kann?" *Wen muss ich verdammt noch mal umbringen?*

Ich weiß, dass ich ziemlich stark rüberkomme, aber ich kann einfach nicht anders. Ich habe schon immer heftig reagiert, wenn Frauen weinen. Vielleicht liegt es daran, dass ich nur eine Schwester habe und meine Brüder und ich ihren Schutz so ernst nehmen, dass ich fast im Gefängnis gelandet wäre, nachdem ich den letzten Wichser gewürgt hatte, weil er ihr das Herz gebrochen hatte. Vielleicht bin ich aber auch so, weil ich als Junge monatelang meine Mutter gegen meinen Vater verteidigen musste, da er nicht damit umgehen konnte, dass sie im Sterben lag.

Die Tränen in Sloans Augen scheinen nicht nachzulassen, als sie zu mir aufblickt. Es scheint eher schlimmer zu werden. Ihre Stimme ist heiser, als sie antwortet: „Du kannst mich einfach meine Arbeit machen lassen." Das ist Forderung und Bitte in einem. Sie könnte es brüllen oder darum betteln und ich würde mich fügen, wenn das den traurigen Ausdruck von ihrem Gesicht nähme.

„Was immer du sagst." Ich trete zurück und halte die Tür auf. „Bitte, komm rein."

Sie geht an mir vorbei und hinein. Ihre Haltung wird gerader, jetzt, wo sie wieder eine Aufgabe hat, und ich mache mir eine weitere mentale Notiz über Sloan. Sie mag keine Konflikte. Der cremige Duft ihres Vanilleparfums umweht mich und ich folge ihm wie ein ausgehungerter Hund, als sie sich auf den Weg zur Treppe macht.

„Hat sich dein Trainingsplan in letzter Zeit geändert?", fragt sie, räuspert sich und versucht, den Fokus auf mich zu lenken. „Ich habe die gleichen Maße für deinen Anzug verwendet, und vorher war er nicht zu eng an den Beinen."

„Ähm, ja. ManU hat einen neuen Trainer und …" Ich plaudere weiter über die neue Beinarbeit, die wir gemacht haben, während ich versuche, nicht zu stolpern, als ich merke, dass ihre linke Hand das Geländer umklammert.

Ihr Ringfinger ist nackt.

Das heißt, ohne Ehering.

Bei all den Malen, die ich sie gesehen habe, hatte ihr Ring nie gefehlt. Kein einziges Mal. Das muss etwas bedeuten.

Mein Blick wandert gedankenlos von ihrer zarten Hand zu den Kurven ihrer Hüften. Es ist erstaunlich, wie das Fehlen eines Eherings den Blick auf eine Frau verändert. Das schwarze Kleid, das sie trägt, ist nichts Besonderes, aber die oberschenkelhohen Stiefel, die oben ein paar Zentimeter Oberschenkel zeigen … *Fuck.*

Plötzlich schmerzen mich ihre Tränen nicht mehr. Sie erregen mich. Wenn sie über eine gescheiterte Ehe weint, kann ich mir unzählige Möglichkeiten vorstellen, wie sie ihn wirklich vergessen kann. Mein Magen schlägt Salti bei der Vorstellung, wie Sloan nackt ist und meinen Namen schreit.

Die Tatsache, dass mein Körper so reagiert, ist beeindruckend. In den letzten Jahren gab es nicht viele Frauen, die ich zweimal angeschaut habe. Ich habe die Harris-Huren-Groupies satt, die sich bei jeder Gelegenheit unverhohlen an mir reiben. Die Bedürftigkeit, die sie ausstrahlen, macht mich nicht mehr an. Sie erwarten von mir, dass ich sie an die Wand knalle und ihnen das Hirn rausficke. Dass ich zum dominanten Alpha werde, und das ist nicht, wonach ich suche. Ich bin erschöpft davon, die Kontrolle über jeden anderen Aspekt meines Lebens zu haben. Ich kann es nicht gebrauchen, dass sie mit Gedanken darüber zu mir kommen, wer zu sein sie von mir erwarten.

Selbst wenn ich versuche, mich zu zwingen, mich auf sie einzulassen, weigert sich mein Körper, zu reagieren. Es ist keine Impotenz, denn ich habe kein Problem damit, in meinen Träumen steinhart zu werden. Und in letzter Zeit waren sie so intensiv, dass ich aufwache und mich nur ein paar Mal berühren muss, bevor ich komme wie ein verdammter Güterzug. Das Problem ist nur, dass es die Frauen, die ich in meinen Träumen sehe, im echten Leben nicht gibt.

Sloan dreht sich um, um in mein Schlafzimmer zu gehen und lässt den Kleidersack auf mein Bett fallen. Sie öffnet den Reißverschluss und holt drei Anzüge in verschiedenen Blautönen heraus. Die Weiblichkeit ihres kurvenreichen Körpers in dem maskulinen Design meines Zimmers ist immer wieder ein Anblick. Mein Zimmer ist in verschiedenen Schattierungen von Grau, Schwarz und Weiß gehalten. Am Fußende meines Bettes steht ein anthrazitfarbenes Loungesofa, das wie etwas aussieht, das man in einem High-End-Porno erwarten würde. Die Wahrheit ist, dass es noch nie so attraktiv aussah wie jetzt, wo Sloan in meinem Zimmer ist und zum ersten Mal seit unserem Kennenlernen scheinbar ungebunden ist.

„Ich habe drei Optionen für deine Pressekonferenz mitgebracht", sagt sie seufzend, während sie sie auf der grauen Bettdecke ausbreitet. „Einer davon sollte auf jeden Fall über deine Oberschenkel passen, sonst muss ich denken, du nimmst Steroide."

Ich gluckse, erleichtert darüber, dass sie sich amüsiert. „Ich versichere dir, ich nehme definitiv keine Steroide."

„Ich weiß, dass du das nicht tust", antwortet sie, während sie sich mir zuwendet. Sie verschränkt die Arme und lässt ihren Blick mit einem neugierigen Gesichtsausdruck zu mir hinaufgleiten. „Sag mal, Gareth, warum hast du morgen früh ein Interview mit der Presse? Normalerweise sprichst du nach einem Spiel mit der Presse. Das ist nichts, wofür ich dich in der Vergangenheit gestylt habe."

Ich räuspere mich, versuche, die Tatsache zu ignorieren, dass Sloan in all ihrer weiblichen Pracht perfekt in diesen Raum passt, und antworte: „Wir spielen zum ersten Mal gegen Arsenal, seit mein Bruder Camden bei ihnen als Stürmer unterschrieben hat."

„Und?" Sie ruckt mit dem Kinn, wodurch ein paar Strähnen ihres glänzenden Haars zurückfallen, die im blauen Deckenlicht meines durchsichtigen Kleiderschranks schimmern. „Ich bin mir sicher, dass beim Kicken schonmal Brüder gegen Brüder gespielt haben."

„Es heißt Fußball, Sloan", korrigiere ich sie mit einem Augenzwinkern. Sie schenkt mir ein trockenes Lächeln, und zu sehen, wie ihr Gesicht wieder zu ihrem alten Selbst zurückkehrt, sorgt dafür, dass ich mich wie ein verdammter Champion fühle. Diese Diskussion haben wir fast jedes Mal, wenn wir uns sehen, und ich freue mich, dass sie ihr dabei hilft, sich besser zu fühlen. „Und du hast recht. Brüder haben schon gegen Brüder gespielt. Aber nicht die Harris-Brüder."

„Was ist so besonders an den Harris-Brüdern?", fragt sie, neigt den Kopf zur Seite und mustert mich noch einmal von Kopf bis Fuß.

Mein Lächeln schwankt. „Ich schätze, das liegt daran, dass wir zu viert sind und alle spielen."

„Ihr spielt alle Fußball?" Ihre Augenbrauen heben sich vor Überraschung.

„Ja", antworte ich mit einem Lachen. Ich liebe es, dass sie mich nach zwei Jahren gemeinsamer Arbeit noch nie gegoogelt hat. „Meine drei Brüder haben alle zusammen für Bethnal Green gespielt – den Verein aus der Championship League, den unser Vater leitet. Aber Camden hat bei Arsenal unterschrieben, also spielt er jetzt mit mir in der Premier League, und die Medien haben einen Heidenspaß damit."

Sie seufzt schwer und schüttelt den Kopf. „Wow. Vier Jungs, alle Profisportler. Eure Mutter muss erschöpft sein."

Ihre beiläufige Bemerkung trifft mich härter, als ich es erwartet hätte. Man sagt, dass Trauer mit der Zeit besser wird. Irgendwann werden die Teile, die zerbrochen sind, wieder heilen. Bei mir war das nicht der Fall. Vielleicht liegt es daran, dass ich bei meiner Mutter war, als sie ihren letzten Atemzug getan hat. Das Gefühl, wie ihr Körper in meinen Armen schlaff wurde, konnte ich nie abschütteln.

Für mich ist die Trauer ähnlich wie die Knöchelverletzung, die ich mir vor Jahren zugezogen habe. Die Ärzte sagten, es sei eine wirklich schlimme Verstauchung, aber mit guter Physiotherapie und Training würde ich wieder hundertprozentig fit werden. Allerdings habe ich nie alles zurückbekommen, was ich verloren habe. Ich werde die Sehne immer ein bisschen mehr spüren. Ich werde immer ein bisschen anders auftreten, egal wo ich hingehe. Ich werde meine Umgebung ein bisschen bewusster wahrnehmen. Und wenn ich die Augen schließe, erinnere ich mich an das schreckliche Knacken in meinen Knochen, und die Übelkeit prasselt auf mich ein wie das Gewicht einer ganzen Fußballmannschaft.

Mein Kiefer zuckt, während ich versuche, den frischen Schmerz zu verbergen, den Sloans Worte verursacht haben. Ich räuspere mich und antworte: „Meine Mutter starb, als ich acht war."

Sloans Miene entgleist und der Ausdruck, der sich über ihre Züge legt, ist wie ein Tritt, wenn jemand am Boden liegt. „Oh mein Gott, Gareth. Es tut mir so leid. Ich bin so ein Kotzbrocken!" Sie bedeckt ihre Wangen mit den Händen und schüttelt entsetzt den Kopf hin und her.

„Du bist kein Kotzbrocken." Das Wort klingt komisch, wenn ich es sage. „Du wusstest es nicht. Es ist in Ordnung."

„Gott, du warst acht?" Sie scheint mit ihren Gedanken ganz woanders zu sein. „Du warst acht und ohne deine Mutter. Nur deine Brüder und dein Vater … Es tut mir so leid."

„Meine Schwester Vi war da. Sie ist jünger als ich, aber eine alte Seele. Sie hat uns alle zusammengehalten." Meine Worte scheinen ihr nicht zu helfen, sich zu beruhigen, also füge ich hinzu: „Wir hatten Vi und Fußball. Viel mehr brauchten wir nicht."

Ihre Mundwinkel sind nach unten gezogen. „Trotzdem. Fünf Kinder und keine Mutter. Es tut mir so leid, Gareth."

„Hör auf, dich zu entschuldigen. Mir geht's gut." Ich spanne meinen Kiefer an und kämpfe gegen Gefühle, die ich normalerweise fest unter Verschluss halte. Das ist der Grund, warum ich Menschen auf Abstand halte. Oberflächliche Beziehungen sind einfacher. Sicherer.

Und ich hasse es, über meine Mutter zu reden.

Ich hasse es, an sie zu denken. Ich hasse es, mich an sie zu erinnern. Wenn die Medien versuchen, mich auf sie anzusprechen, schalte ich sofort ab. Mein Agent stellt all meinen Interviews diese Information voran, und ich möchte jetzt unbedingt das Thema wechseln.

„Wie geht's dem Ehemann?", frage ich, obwohl ich weiß, dass beschissen ist, das zu fragen. Sie ist offensichtlich aufgebracht, aber sie hat es geschafft, mit wenig Aufwand in mein Privatleben einzudringen. Es wird einfacher sein, den Spieß umzudrehen.

Ihre Augen blitzen zu meinen auf, als wäre ein Stromstoß durch ihre Adern geschossen. „Warum fragst du?"

Sie sieht genauso verwirrt aus, wie ich mich bei dieser ganzen Unterhaltung fühle. Tote Mütter und heimliche Ehemänner. Heute Abend verwischt jede einzelne unserer einst gemütlichen persönlichen Grenzen.

Ich schaue auf ihre Hand hinunter. „Mir ist aufgefallen, dass dir etwas fehlt."

Sie zieht ihre Hand vor der Brust hoch und kaut nachdenklich auf ihrer Unterlippe, während sie auf den Boden schaut. Ihr Daumen streicht über die Innenseite ihres Ringfingers, auf dem eine leichte Bräunungslinie zu sehen ist. „Wir sind nicht mehr zusammen. Es ist irgendwie noch frisch", fügt sie mit einem traurigen Gesichtsausdruck hinzu.

Stille bricht über uns herein. Ich sollte etwas sagen. Etwas Respektvolles. Etwas Anständiges. Etwas Bedeutungsvolles. Etwas, das sie aufmuntert. „Es tut mir leid, das zu hören." *Oder etwas schmerzhaft Allgemeines.*

„Ja, danke." Sie blickt zu mir auf und kneift fragend die Augen zusammen. „Ich nehme an, das ist die richtige Antwort, oder?"

„Ich denke schon?" Ich antworte mit einer Frage, weil ich mir nicht sicher bin, worauf sie hinauswill.

Auf der Suche nach ihrer Antwort schaut sie sich im Raum um. „Es sollte mir leidtun. Ich sollte besorgt sein. Ich sollte traurig sein, oder?" Sie sieht mich an, um meine Antwort zu erfahren.

Ich kann nur mit den Schultern zucken. Für mich sieht sie traurig genug aus. Obwohl, vielleicht ist traurig nicht genau der Ausdruck, den ich in ihren rotgeränderten Augen sehe. Eher *verloren.* „Ich finde, du solltest fühlen, was du fühlen willst", antworte ich ernst.

„Das ist es ja!", ruft sie mit großen, ängstlichen Augen. „Ich weiß nicht, wie ich mich fühlen soll. Meine Ehe ist vorbei und ich weiß nicht, wie ich mich fühlen soll. Ich habe auf der ganzen Fahrt hierher darüber nachgedacht und es macht mich verrückt, dass ich es nicht einfach weiß." Sie zupft nervös an einer Haarsträhne, die sich aus ihrem Pferdeschwanz gelöst hat. „Kannst du mir sagen, was ich fühlen soll? Bitte?"

„Nein", sage ich schnell und trete einen Schritt zurück. Wenn ich ihr sage, wie sie sich meiner Meinung nach fühlen soll, dann wäre das glücklich. Erregt. Befreit. Ich würde ihr sagen, dass sie sich verdammt euphorisch fühlen soll, weil sie frei ist, zu tun, was sie will und mit wem sie will. Aber wenn ich ihr das sagen würde, wäre nur mir gedient, nicht ihr. „Es ist dein Leben. Ein Leben, das ich gerade erst kennenlerne. Es steht mir also nicht zu, dir deine Gefühle vorzuschreiben. Sie sollten einfach … natürlich kommen."

„Nun, das tun sie nicht." Ihr Tonfall ist verzweifelt. Sie sieht aus, als würde sie gleich wieder ausrasten.

„Sie müssen da sein", erwidere ich, trete näher an sie heran und verabscheue den verlorenen Ausdruck in ihren Augen. „In neun von zehn Fällen bin ich ein gefühlloses Arschloch, aber selbst ich würde irgendwie darauf reagieren, nicht mehr mit der Person zusammen zu sein, die ich liebe."

„Das ist es ja!", quiekt sie und ihre Stimme wird immer schriller. „Ich glaube nicht, dass ich ihn liebe! Ich habe nur mit ihm existiert! Und jetzt, wo ich dir das gesagt habe, was denkst du, wie ich mich fühlen soll?"

Das ist das bizarrste Gespräch, das ich je geführt habe, und das will viel heißen, denn meine Brüder haben mit mir schon stundenlang über die Größe ihrer Eier gesprochen. Aber bei all den Visionen, die ich von Sloan und ihrem Mann hatte, habe ich nie daran gedacht, dass sie ihn nicht einmal liebt.

Ich schlucke schwer und antworte: „Versuch, das Erste zu sagen, was dir in den Sinn kommt. Ich habe mich von meinem Mann getrennt und ich fühle mich ..."

„Außer Kontrolle!", ruft sie. Ihre Augen sind weit aufgerissen und voller Tränen. Sie rückt näher an mich heran, wobei eine Dringlichkeit dazu führt, dass ihre Hände vor ihrem Körper zittern. „Ich habe das Gefühl, dass ich während meiner gesamten Ehe keine Kontrolle hatte und dass eine Scheidung daran nichts ändern wird. Er wird immer noch die ganze Macht haben, und ich werde immer noch keine Kontrolle über mein eigenes verdammtes Leben haben."

„Das kann nicht wahr sein", behaupte ich. „Du wirst nicht mehr mit ihm zusammen sein. Das ist die ultimative Freiheit. Und du hast ein unglaubliches Geschäft aufgebaut. Du arbeitest für einige der reichsten Menschen in England."

„Er hat mich zu diesem Job gedrängt! Und diese Leute sagen mir einfach, was ich tun soll!", antwortet sie mit einem Lachen, dem ich nicht ganz traue.

„Sie fragen dich nach deiner Meinung", schnaube ich. „Du sagst ihnen, was sie anziehen sollen."

Sie lächelt, aber es sieht aus, als würde es wehtun. „Ich bin eine verherrlichte Auftragserfüllerin. Ich kaufe ein und wähle sorgfältig aus, dann schickt man mich zurück, um etwas anderes zu besorgen. Du bist mein einziger Kunde, der das trägt, was ich dir gebe. Warum ist das so, Gareth?"

Sie tritt noch näher an mich heran und ergreift mit ihren langen, zarten Fingern die Seiten meiner Arme. Ich zucke zurück, denn normalerweise fühlen sich ihre Hände auf mir stark und beruhigend an. Aber bei ihrem verrückten Gesichtsausdruck bin ich mir nicht sicher, was ich jetzt fühlen soll. „Ich weiß es nicht. Ich glaube, ich vertraue dir einfach", murmle ich.

„Du bist der Einzige." Sie schnieft und schluckt einen Kloß im Hals hinunter, während sie auf meine Brust starrt. „Du bist der Einzige, der mir zuhört."

Sie drückt ihre Stirn an meine Brust und ihr Körper zittert an meinem. Instinktiv schlinge ich meine Arme um sie. Eine Hand legt sich in ihren Nacken, die andere auf ihren unteren Rücken. Wir haben uns noch nie so umarmt, aber sie passt perfekt unter mein Kinn und ich merke, dass sie das braucht. Ich drücke sie fest an mich, in dem vergeblichen Versuch, ihr den Schmerz zu nehmen. Dann stelle ich mir vor, wie ich ihrem verdammten Ehemann eine reinhaue, weil er sie zu diesem außer Kontrolle geratenen, emotional gequälten Chaos gemacht hat. Sloan hat so viel Besseres verdient.

„Wie kann ich das für dich in Ordnung bringen?", frage ich und möchte sie auf den Kopf küssen, halte mich aber zurück, weil ich nicht weiß, ob sie diese Berührung gutheißen würde. „Ich bringe Dinge in Ordnung, also sag einfach, was du brauchst."

Sie hebt den Kopf, ihr Blick landet auf meinem Gesicht und konzentriert sich auf meine Lippen. Mein Blick fällt daraufhin auf ihren Mund. Ihre Lippen sind rosa und feucht und gerade so weit geöffnet, dass ich die Spitze ihrer Zunge sehen kann. Eine Veränderung in der Luft lässt mich einen tiefen, reinigenden Atemzug nehmen. Sie scheint wie zuvor den Tränen nah zu sein, aber in ihren Augen funkelt es wie nie zuvor. Es ist elektrisch. Faszinierend. Bedeutungsvoll.

Ich kann ihr Parfüm riechen und die Wärme ihres Atems an meinem bärtigen Kiefer spüren, und das macht Dinge mit mir. Dinge, denen ich wahrscheinlich Einhalt gebieten sollte. Ihr geht es eindeutig nicht gut, aber was jetzt passiert, ist nicht freiwillig.

„Warum bist du so nett zu mir, Gareth?", fragt sie meine Lippen.

Ihre Stimme ist tief und anders, als ich sie je gehört habe. „Ich habe hier nicht viele Freunde und du bist einer der Einzige, der *nett* ist."

Meine Stimme klingt heiser, als ich antworte: „Ich ma-mag dich."

Ihr Blick wandert über meine Gesichtszüge und erfasst jeden Millimeter meiner Miene, als würde sie nach einer Lüge suchen. Es tut weh, sie so zu sehen. Sloan ist immer so rücksichtsvoll und geduldig. So verständnisvoll. Was für ein kranker Bastard könnte sie dazu bringen, so sehr an sich selbst zu zweifeln?

Ich würde nie dafür sorgen, dass sie sich so fühlt. Tatsächlich würde ich buchstäblich alles tun, um ihr den Schmerz zu nehmen, den sie fühlt. Zu sehen, wie sie zusammenbricht, fühlt sich gefährlich an, als könnte sie jeden Moment zerbrechen und verschwinden.

Ich beuge mich zu ihren Lippen vor. Der süße Duft, der von ihr ausgeht, lässt mir das Wasser im Mund zusammenlaufen. Ich kann die Süße ihrer Haut förmlich schmecken und wir haben uns noch nicht einmal berührt. „Sag mir, was du willst, Treacle."

Sie holt schnell Luft und packt mich fester am Bizeps. „Was bedeutet Treacle?"

Meine Augen schließen sich, weil ich es nicht laut sagen wollte. Es ist ein Wort aus dem Osten Londons, das ein alter Trainer für Bethnal oft benutzt hat, und aus irgendeinem Grund ist es hängen geblieben. „Es ist ein britischer Begriff für süß. Treacle ist eine Art süße Melasse."

Sie rümpft angewidert die Nase. „Warum solltest du mich Melasse nennen?"

Ich presse meine Lippen zusammen, um das Lachen zu unterdrücken, das in meiner Brust aufsteigt. „Weil du süß riechst. Du hast schon immer süß gerochen, seit ich dich das erste Mal getroffen habe. Wie Sirup."

„Oh", sagt sie, schaut nach unten und denkt darüber nach. „Und das gefällt dir?", fragt sie, wobei sie hoffnungsvoll zu mir aufblickt.

Zuerst nicht, ist die Antwort, die mir durch den Kopf schießt. Stattdessen drücke ich meine Nase an ihren Hals. Er ist weich und bekommt eine Gänsehaut, als ich tief einatme. Ich berühre ihren Hals mit meinen Lippen und murmle: „Jetzt schon."

Sloan schluckt langsam, als ich mich zurückziehe und ihre geröteten Wangen betrachte. „Es ist also eine Art Kosename?"

„So könnte man es nennen."

Ihre Augen füllen sich mit Tränen und ich befürchte, dass ich zu weit gegangen bin. Ein Tropfen gleitet ihre Wange hinunter und ich nehme ihr zartes Gesicht in meine Hände. Mein Daumen streicht die Feuchtigkeit langsam weg. „Es tut mir leid, wenn das zu viel war. Ich werde es nicht noch einmal sagen. Ich möchte einfach nur, dass dein Schmerz verschwindet. Ich muss dafür sorgen, dass diese Tränen aufhören."

„Es ist nicht zu viel", krächzt sie und lehnt sich an mich, sodass unsere Körper aneinander gepresst sind. Ich dachte, es wären meine Lippen an ihrem Hals, die sie aufregen, aber jetzt sind wir uns so nah, dass ich jeden ihrer Atemzüge spüren kann. „Ich hatte noch nie einen Kosenamen."

Ich war noch nie inspiriert, einen zu geben, denke ich. Stattdessen antworte ich: „Du solltest das und so viel mehr haben, Sloan. Sag mir einfach, was du willst, und ich werde es dir geben." Mein Körper erwacht auf eine Weise zum Leben, wie ich es noch nie erlebt habe, und ich muss mich beherrschen, um sie nicht auf der Stelle zu vernaschen. Aber das ist das Letzte, was sie braucht. Sie ist mit der Aussage zu mir gekommen, dass sie sich außer Kontrolle fühlt. Ich werde dieses Gefühl nicht noch verstärken.

„Was meinst du?", fragt sie und beobachtet meine Lippen, während sie mit ihrer Zunge über ihre eigenen leckt.

„Sag mir, was ich tun soll. Gib mir einen Befehl. Was immer du willst. Du bist im Moment nicht außer Kontrolle, Sloan. Du hast alles unter Kontrolle. Mit mir. Ich gebe dir *alles.*"

Ein Atemzug, den sie angehalten hat, entweicht ihren Lippen in einer Art abgehacktem Stöhnen, als würde der Gedanke, dass ich ihr nachgebe, sie erregen. Gott, ich will sie erregt sehen. Ich will so sehr sehen, wie sie sich gehen lässt, dass ich brüllen könnte.

Sie atmet ein und haucht gegen meine Lippen: „Ich … will eine Menge Dinge." Ihr Blick wandert an meinem Körper hinunter und ihre Brust hebt und senkt sich mit tiefen, mühsamen Atemzügen.

„Wenn man bedenkt, wie sehr ich dich jetzt will, bin ich mir verdammt sicher, dass du alles von mir haben kannst."

Ihr Blick fällt auf meine Augen und darin brennt eine Glut, die vorher nicht da war. „Alles?"

Ich schlucke langsam, denn mit diesem einen Wort drückt eine schwere, wichtige Last auf mich herab. „Alles.“

Ihre Stimme ist schnell und zügig, wie ein Blitz. „Ich will dich nackt sehen.“

Fuck.

Es hat sich gerade bestätigt, dass die Frau, von der ich seit unserem Kennenlernen auf neunzehn verschiedene Arten fantasiert habe, mich nackt sehen will. Das ist ganz und gar nicht das, was ich erwartet habe, aber mehr, als ich mir je erhoffen konnte. Ich möchte meine Siegerfäuste in die Luft strecken und vor Freude johlen, aber ich werde meine kindliche Aufregung verbergen.

Sie ist im Moment zerbrechlich. Roh. Es muss um ihre Wünsche gehen. Nicht um meine. Es ist wichtig, dass sie weiß, dass ich sie ernst nehme. Und ich will auf gar keinen Fall, dass das alles aufhört.

Ich lasse ihre Wangen los, trete zurück und ziehe mir mein Shirt über den Kopf. Bevor ich die Augen öffne, ist sie bei mir und streicht mit ihren Fingern über meine Schultern und durch die kurzen Haare auf meiner Brust. Ihre Augen beobachten das Geschehen, während ihre Nägel in meine Haut drücken und dabei dünne rote Linien hinterlassen.

Mein Grunzen lässt sie ihre Augen wieder auf die meinen richten. „Gefällt dir das?“, fragt sie nervös und versucht, meinen Gesichtsausdruck zu lesen.

Ich schlucke mit einem Nicken und versuche, meine bevorstehende Erektion unter Kontrolle zu halten. Es gefällt mir zu sehr. So gut haben mir die Hände einer Frau auf meinem Körper schon seit Ewigkeiten nicht mehr gefallen. Meine Stimme ist kehlig. „Es gefällt mir sehr.“

Meine Brust hebt und senkt sich schneller, je länger sie mich ansieht und mich mit neuer Kraft mustert. „Können wir das wirklich tun?“, fragt sie.

„Ja“, antworte ich automatisch, da ich mehr brauche. „Wir können tun, was immer du willst.“ Und ich meine wirklich, was immer sie will.

„Knöpf deine Jeans auf“, flüstert sie zittrig und geht einen Schritt zurück, um meine Reaktion zu beobachten.

Ihre Augen sind stark und voller Leidenschaft. Sie sehen selbstbewusst aus, nicht mehr verrückt und außer Kontrolle. Ihr diese Kontrolle zu geben, macht mich so an, wie ich es noch nie erlebt habe.

Ich greife nach unten, öffne den Knopf meiner Jeans und ziehe den Reißverschluss mit einer einfachen Handbewegung herunter. Sloans Blick wandert den Pfad aus Haaren entlang, der von meinem Bauchnabel bis zu meinem Schritt verläuft. Sie beißt sich auf die Lippe und legt den Kopf in den Nacken, als würde sie versuchen, die Kontrolle über sich zu behalten.

Fuck. Ich fasse sie nicht einmal an und sie reagiert so heftig. Hör verdammt noch mal nicht auf, Treacle.

„Sag mir mehr", krächze ich, meine Stimme ist tief und heiser, während ich auf die schöne Haut an ihrem Hals starre. „Sag mir alles, was ich tun soll."

Sie nickt und ihre Schultern heben sich durch die neu gewonnene Kraft, die sie so sehr anzunehmen versucht. Ihre Hände gleiten ihren Körper hinauf zu ihrem Nacken. „Reibe dich", sagt sie. „Durch deine Jeans."

Meine Augenbrauen heben sich. Gott, warum bin ich in diesem Moment so stolz auf sie? *Sie ist einfach umwerfend, deshalb.*

Ich drücke die Wärme meiner Handfläche auf den Schritt meiner Jeans und passe auf, dass ich nicht mehr tue, als sie verlangt hat. Mein Schwanz wird hart, wenn ich sehe, wie sie mich beobachtet. Sie ist eine verdammte Vision.

Mein Unterarm spannt sich an, als ich beginne, meinen Schritt zu massieren. Mein Schwanz drückt gegen den Saum meiner Jeans und wird von Sekunde zu Sekunde größer.

„Greif in deine Jeans. Reibe deinen nackten … Schwanz." Sie zögert beim letzten Wort und zieht ihre Lippen in den Mund, da sie sich ihrer selbst nicht sicher ist.

„Alles, was du willst", flüstere ich und meine Stimme zittert, da meine Erregung ein wenig beängstigend ist.

Meine Antwort gibt ihr Selbstvertrauen. Sie leckt sich über die Lippen und betrachtet die Adern an meinem Arm, während ich meine Hand in meine enge Jeans gleiten lasse. Ich bin jetzt steinhart, aber da ist kein Platz zum Spielen. Egal, ich befolge ihre Befehle und alles fühlt sich so verdammt gut an.

„Ich will dich sehen, Gareth", stöhnt sie fast. „Zieh deine Jeans aus."

Gott sei Dank, denke ich mir, als ich die Jeans von meinen Beinen gleiten lasse und sie aus dem Weg kicke. Sie hat mich schon tausend

Mal gebeten, meine Jeans für Anproben auszuziehen, aber normalerweise denke ich immer daran, Unterwäsche anzuziehen, wenn sie vorbeikommt. Vielleicht war es Schicksal, dass ich das heute Abend vergessen habe.

Ich bin komplett nackt, während sie vollständig bekleidet bleibt. Es ist das Erotischste, was ich je mit einer Frau erlebt habe. Es gibt eine Veränderung im Raum. Im Universum. Eine Veränderung in unserer Achse. Die Macht, die sie über mich hat, während ich nackt und verletzlich vor ihr stehe, ist ein berauschendes, sexy Gefühl. Ein seltsames Verlangen, auf die Knie zu fallen und sie zu verehren, überkommt mich, aber ich bleibe auf den Beinen und streichle langsam meinen Schwanz vor ihren halb geschlossenen Augen.

„Wirst du auf die Knie gehen?", fragt sie und wringt die Hände vor sich.

Ich sehe sie an, als ob sie meine Gedanken lesen könnte. „Wirst du es verlangen?" Ich will den Befehl hören. Ich sehne mich danach.

Ihr Kiefer spannt sich an. „Geh auf die Knie."

Die Überzeugung in ihrer Stimme ist wie ein Defibrillator in meiner Brust, der den letzten Rest an Kontrolle, mit dem ich mein ganzes verdammtes Leben gelebt habe, aus meinem Körper schockt. Ich bin in einer verdammt sexy Fantasiewelt gelandet, in der sie die Königin ist und ich ihr Diener bin. *Und, verdammt noch mal, es ist genau wie in meinen Träumen.* Mein Verstand hat sich ausgeschaltet und ist ungehemmt. Ich bin bereit zuzuhören, zu antworten, zu gefallen. Ich bin bereit und warte auf weitere Befehle, denn zum ersten Mal in meinem Leben habe ich nicht die Kontrolle. Ich bin nicht der prominente Fußballer. Ich bin nicht der große Bruder. Ich bin nicht das Unterstützungssystem, der Vermittler, der Beschützer. Ich muss keine Dinge lösen oder eine bestimmte Rolle spielen. Ich kann einfach ich selbst sein, ohne Erwartungen. Ich bin … frei.

Das Gefühl ist völlig befreiend. Ich will sie nicht herausfordern. Ich will sie glücklich machen. Ich will die Selbstsicherheit in ihrer Stimme behalten. Ich will ihre Befehle befolgen und bete wie verrückt, dass sie mich mit ihrem Körper belohnt.

Mein Griff um meinen Schwanz wird fester und ich schließe kurz die Augen, um mich zu konzentrieren, damit ich nicht wie ein verdammter Teenager komme.

„Sieh mich an", sagt sie.

Mein Blick fällt auf den ihren.

Sie ist auch an einem anderen Ort. Ihre Stimme ist anders. Der emotionale Schwamm, der sie einst war, ist verschwunden. Sie kontrolliert die Gefühle im Raum. Die Atmosphäre. Die Lust. Sie hat mich gefunden, versteckt in diesem fernen Fantasieland, in dem sie die Königin ist und ich ihr gehöre. Ganz ihr. Wir sind an einem Punkt angelangt, an dem es kein Zurück mehr gibt, und alles um uns herum wird zusammenbrechen, wenn wir unserem Verlangen nicht nachgeben.

Ich starre auf ihre Stärke und werde härter, während sich jeder Muskel und jede Ader entlang meines Schwanzes dehnt und anspannt. Ich will sie so verdammt sehr.

Sie lässt ein Stöhnen hören und sagt: „Steh auf. Zieh mich aus. Jetzt sofort. Schnell … bitte."

Ich stehe auf, durchschreite die paar Meter zwischen uns und greife nach dem unteren Teil ihres Kleides. Es gibt ein leises Geräusch von reißendem Stoff, als ich es ihr über den Kopf ziehe, aber ich kann mir nicht helfen. Ein Rausch hat mich gepackt. Und so sehr ich auch auf ihren schwarzen Spitzen-BH und ihren winzigen Slip hinunterschauen möchte, kann ich mich nicht von ihrem Blick losreißen.

„Ich will, dass du mich an den Haaren packst und mich so hart wie möglich gegen die Kommode fickst. Halte dich nicht zurück. Sei nicht sanft mit mir. Bring mich zum Schreien." Ihre Muskeln zucken unter ihrer Haut. Sie kämpft so sehr darum, die Kontrolle zu behalten, aber sie ist immer noch eine Vision.

Ich habe Bilder im Kopf, wie ich ihre Befehle nicht befolge und bestraft werde. Der Anblick ist alles, wovon ich nicht wusste, dass ich es will.

Ich packe sie an der Taille, ziehe sie an meinen Körper und führe sie rückwärts zur Kommode. Ich starre auf ihre Lippen und komme gerade näher, als sie sagt: „Küss mich nicht. Wag es ja nicht, mich zu küssen."

Ich knurre fast vor Erregung und wirble sie so schnell auf ihren Fersen herum, dass sie das Gleichgewicht verliert und auf die Kommode fällt. Sie beugt sich über das Möbelstück und hält mir ihren Hintern entgegen, wie ein leckeres Buffet, das ich nicht ohne Erlaubnis anfassen darf.

„Zieh mir den Slip aus und vergrab deinen Schwanz in mir. Und du solltest besser ein Kondom benutzen, so wahr mir Gott helfe."

Ihre Stimme ist am Ende ein Schrei, als ich den Stoffstreifen in ihrer Ritze packe und ihn mit einem kräftigen Ruck von ihr reiße. Ich nehme ihren Slip in die Hand und schreite zu meinem Nachttisch hinüber. Ich lasse den Stoff in die Schublade fallen und schnappe mir eine Folienpackung.

Ich gehe zurück zu ihr und reiße das Kondom mit meinen Zähnen auf.

„Ich habe nicht gesagt, dass du es öffnen darfst!", ruft sie, während sie mich über ihre Schulter beobachtet und auf meinen wippenden Schwanz starrt. „Bring es her."

Ich tue, was man mir sagt, und es ist das Geilste, was ich je mit einer Frau gemacht habe, dabei habe ich sie noch nicht einmal penetriert. Sie nimmt schweigend das Kondom und zieht das gummiartige Ding aus der Verpackung.

„Du hast mir die Kontrolle gegeben, also nehme ich sie mir." Ihr Blick ist ein mächtiges Kupferbecken, das im schummrigen Licht meines Zimmers funkelt. Sie packt meinen Schwanz und zieht daran. „Ich will es dir anziehen."

Ich grunze und unterdrücke ein Stöhnen, während sie mich mit ihrem Todesgriff festhält. Mein Schmerz lässt sie ehrfürchtig lächeln. Gott, ist sie schön.

„Ich mag deine Stimme", sagt sie. Sie klingt wie die alte Sloan, aber sie räuspert sich und fügt hinzu: „Sie ist wirklich sexy. Ich will sie hören, wenn du in mich eindringst, okay?"

„Geht klar, Treacle", antworte ich.

Mit einem zufriedenen Grinsen lässt sie sich auf die Knie fallen und rollt das glitschige Kondom über mich. Ich bin so erregt, dass ich wahrscheinlich in dieser Sekunde ejakulieren könnte. Es ist schon viel zu lange her. Aber ich bin mir sicher, dass das schlecht für mich ausgehen würde, also konzentriere ich mich auf ihre Befehle und gebe mich wieder ihren Wünschen hin.

„Jetzt packst du meinen Pferdeschwanz und fickst mich hart. Richtig verdammt hart. So hart, dass ich alles vergesse." Ihre Stimme ist ein wenig manisch, aber die Bedürftigkeit spricht mich an.

Ihr Befehl ist mein Wunsch, denke ich bei mir. Ich wickle ihr dichtes, kastanienbraunes Haar um meine Faust und reiße sie herum, sodass sie sich über die Kommode beugt und ihr Arsch auf gleicher Höhe mit meinem Schwanz ist. Gut, dass sie noch ihre Stiefel anhat, sonst würde es mit der Höhe nicht passen. Ich beuge meine Knie und positioniere meine Spitze zwischen ihren Falten. Meine Fingerspitzen streichen über ihren Eingang, um sie vorzubereiten, und die Nässe löst in mir den Wunsch aus, vor Stolz zu brüllen.

„Sprich, Gareth!", fordert sie, als ich meine Stirn zwischen ihre Schulterblätter drücke.

„Du bist völlig durchnässt und das macht mich verrückt", knurre ich.

„Mehr!", schreit sie.

„Du bist so durchnässt, dass ich jeden Tropfen auflecken möchte, der aus dir herauskommt, weil ich seit der Sekunde unseres Kennenlernens an deine feuchte kleine Muschi denke."

„Oh mein Gott", stöhnt sie und breitet ihre Hände auf der Kommodenoberfläche aus. „Ich will auch, dass du mich leckst. Ich will, dass du mit deiner Zunge ungefähr neunzig verschiedene Dinge machst. Aber jetzt musst du mich erst einmal ficken. Ich muss ausgefüllt werden, Gareth. Ich will spüren, wie dein großer Schwanz mich dehnt."

Ich stoße mit aller Kraft in sie hinein und sie schreit auf. Verdammt, sie ist so eng. Warum ist sie so eng? Wenn ich mit ihr verheiratet wäre, würden wir jeden verdammten Tag ficken und sonntags zweimal. Was ist nur mit ihrem Mann los? Warum denke ich gerade jetzt an einen anderen Mann?

„Gareth!", schreit sie und bettelt allein mit dem Klang meines Namens um mehr.

„Du bist so verdammt eng. Dein Mann ist ein verdammter Idiot."

„Sprich nicht von ihm!" Sie greift mit einer Hand nach hinten und gräbt ihre Nägel in meinen Hintern.

Ich zucke zusammen und kneife die Augen zu, um mich selbst am Kommen zu hindern. Fuck. Schmerz und Vergnügen sind in der Tat ein schmaler Grat. Ich ziehe an ihrem Pferdeschwanz und ihr Griff um meinen Hintern lockert sich. „Deine enge, feuchte Muschi mag meinen großen Schwanz, also mach dich bereit, denn ich halte mich nicht zurück."

Mein Hintern und meine Oberschenkel spannen sich an, während ich in sie stoße und gleichzeitig mit meinen Fingern ihre Klitoris kneife.

Sie schreit. Sie schreit so verdammt laut, dass ich zögere.

„Hör nicht auf, verdammt!" Sie knallt ihre Handflächen gegen den Spiegel an der Kommode. Ich entdecke ihr Gesicht im Spiegelbild und sie fixiert mich mit einer Drohung. „Wenn du aufhörst, bin ich schneller weg, als du das Kondom von deinem Schwanz ziehen kannst."

„Verdammtes Luder", murmle ich und reiße an ihrem Pferdeschwanz, sodass ihr Kopf zur Decke gezogen wird, während ich so schnell in sie stoße, dass ich den ganzen Dekoscheiß auf der Kommode umschmeiße. Der Spiegel wackelt, als sie sich darauf abstützt und versucht, dem Ansturm standzuhalten, aber ich höre nicht auf. Ich kann nicht aufhören. Ich befolge ihre Befehle und sie lobt mich mit den geilsten Lauten, die ich je von einer Frau gehört habe. Die ganze Szene ist die freieste und erregteste, die ich je in meinem ganzen beschissenen Leben erlebt habe. Diese starke, sexy und selbstbewusste Frau hat gesagt, dass ich sie ficken soll und irgendwie ist es genauso heiß, ihr zu gehorchen, wie sie zu ficken.

Als ich spüre, wie sich ihre Muschi um mich herum zusammenzieht, stößt sie einen lauten, ohrenbetäubenden Schrei aus. Ich knirsche mit den Zähnen, während ich zu Gott bete, dass sie mir bald sagt, dass ich kommen soll, denn ich glaube nicht, dass ich es noch eine Sekunde länger aushalten kann.

„Komm, Gareth. Komm verdammt noch mal mit mir!", brüllt sie mit gebrochener, hoher Stimme, atemlos und keuchend.

Sofort spritzt heiße Flüssigkeit aus mir heraus und umschließt die Spitze meines Schwanzes, als ich in das Kondom ejakuliere und immer noch in sie stoße, während ich explodiere. Der Druck ihrer engen Muschi, die bei meinen Bewegungen um mich herum bebt, ist wie ein vibrierender Schraubstock, der mich völlig in Ekstase versetzt.

„Heilige verdammte Scheiße", schreit sie und ihre Stimme klingt wieder mehr nach ihr.

Ich öffne den Mund, um zu antworten, aber das Summen meines Sicherheitspanels lässt mich mitten im Atemzug stoppen.

„Was zum Teufel?", quiekt sie. „Erwartest du … Erwartest du jemanden?" Sie stößt mich von sich und reißt sich von mir los, als wäre sie infiziert worden.

„Nein!", rufe ich genervt, als sie anfängt, ihren Körper mit ihren Händen zu bedecken.

„Oh mein Gott, du bist Sportler. Natürlich erwartest du jemanden!" Sie zieht den Träger ihres BHs hoch, der ihr über die Schulter gerutscht ist, und geht in ihren Stiefeln in die Hocke, um ihr Kleid aufzuheben.

„Ich sagte, ich erwarte niemanden!"

„Das glaube ich dir nicht!", brüllt sie.

„Du hast keinen Grund, es nicht zu tun!"

Das lässt sie innehalten, aber sie ist offensichtlich nicht überzeugt.

„Außer der Tatsache, dass ihr Fußballer die größten Schlampen in Manchester seid. Das sagen jedenfalls alle."

„Ich habe seit einem verdammten Jahr niemanden mehr gevögelt!", brülle ich, fühle mich aber sofort schlecht, weil ich ihr ins Gesicht geschrien habe. Ich trete einen Schritt zurück und mildere meinen Tonfall. „Ich habe keine Ahnung, wer zum Teufel um diese Zeit hier sein könnte."

Noch immer nur mit einem Kondom bekleidet, eile ich zum Bildschirm und tippe auf den Knopf, um zu sehen, wer in dem weißen Mercedes sitzt. Ein bärtiger Freak mit Männerdutt starrt mich an. „Mein Gott, das ist Tanner."

„Wer ist Tanner?", fragt Sloan, die ihr Kleid an ihre Brust drückt.

„Mein Bruder", knurre ich mit zusammengebissenen Zähnen. „Er ist hier, um sich das Spiel morgen anzusehen, aber er sollte eigentlich erst morgen früh kommen."

Ich drücke wortlos auf den Einlassknopf und Sloan und ich beginnen, unsere Klamotten aufzusammeln. Ich gehe auf die Toilette und ziehe das Kondom ab, das meine bisher größte Ladung enthalten muss. Als ich hinauskomme, tritt Sloan auf mich zu.

„Was machst du da?", frage ich und werfe einen Blick auf ihren vollständig angezogenen Zustand.

„Ich brauche eine Minute!", schnauzt sie und geht in Richtung Toilette. „Geh einfach runter und halte ihn hin!"

Ich schüttle den Kopf und schlüpfe wieder in meine Jeans. Ich spüre immer noch, wie das Sperma aus meiner Spitze in den Jeansstoff sickert. Die Textur ist eiskalt, aber nach diesem epischen Fick werde ich wahrscheinlich noch tagelang tropfen. Ich ziehe mir mein Shirt über den Kopf und mache mich auf den Weg nach unten, barfuß, zitternd und unglaublich aufgeregt.

Euphorie überkommt mich, als ich die Tür aufreiße, gerade als Tanner mit Taschen in der Hand die Treppe hinaufschreitet. Eine kurvige, dunkelhaarige Frau steht neben ihm und runzelt die Stirn über etwas, das sich hinter mir im Haus befindet.

„Tanner!" Meine Stimme dröhnt, tief und kehlig, vielleicht sogar ein wenig heiser von dem ganzen Dirty Talk, den ich gerade gemacht habe. Nervös streiche ich mir die Haare aus dem Gesicht und ziehe mein Shirt über die Leistengegend, während meine Augen zwischen ihm und dem Eingang hinter mir hin und her huschen, weil ich nicht weiß, was zum Teufel Sloan gerade macht. Ich huste ein unbeholfenes Geräusch aus und sage: „Ich bin überrascht, dich heute Abend zu sehen."

Das Mädchen sieht Tanner stirnrunzelnd an. „Hast du ihm nicht gesagt, dass du früher kommen willst?"

Tanner zuckt mit den Schultern. „Daran habe ich gar nicht gedacht."

Das Mädchen sieht aus, als wolle sie sich für die Unhöflichkeit meines Bruders entschuldigen, als Sloans Hand meinen Arm berührt, um mich aus dem Weg zu schieben. Das Gefühl ist wie Nadelstiche.

„Es ist in Ordnung. Wir sind hier fertig", sagt sie entspannt und selbstbewusst, als hätte sie mich nicht vor fünf Minuten noch oben dominiert. Sie wirft sich einen leeren Kleidersack über die Schulter und lächelt.

„Wer ist das?" Tanner grinst und das Erstaunen steht ihm ins Gesicht geschrieben.

„Das ist niemand", antworte ich schnell und will ihm den Blick aus dem Gesicht schlagen, bevor Sloan die Flucht ergreift. Ihre Augen blicken mich mit kaum unterdrückter Wut an. „Ich meine, sie ist jemand, aber … Sloan ist meine persönliche Einkäuferin."

„Persönliche Einkäuferin?" Tanners neugieriger Tonfall geht mir sofort auf die Nerven.

„Ich bevorzuge Promi-Stylistin", korrigiert Sloan, deren Tonfall scharf und unversöhnlich ist, während sie an uns vorbeigeht. Wehmütig schaue ich ihr hinterher und hasse es, dass das, was gerade passiert ist, so abrupt endet. „Und ich muss jetzt wirklich los. Ich habe diesen späten Anruf nur als Gefallen getan. Viel Glück bei Ihrer Veranstaltung morgen, Mr. Harris."

Ohne einen Blick zurückzuwerfen, schreitet sie zu ihrem Auto. Tanners Freundin runzelt die Stirn, als sie Sloan weggehen sieht. Ich frage mich, ob sie bemerkt hat, wie unordentlich Sloans Pferdeschwanz aussieht.

„Wer zum Teufel war das wirklich?", fragt Tanner, legt mir eine Hand auf die Schulter und wackelt mit den Augenbrauen. „Cam und ich dachten, du wärst zölibatär!"

Ich rolle mit den Augen. Das habe ich bis vor ein paar Minuten mehr oder weniger auch getan.

Während ich mit meinem Bruder und Belle in der Küche stehe – der Frau, mit der er für den nächsten Monat eine Beziehung vortäuscht, um aus einem anzüglichen Medienskandal herauszukommen – vibriert mein Handy, das auf dem Tresen liegt. Die beiden sind damit beschäftigt, sich gegenseitig anzuhimmeln, also entsperre ich es und lese die SMS, die reinkam.

Sloan: Das wird NICHT wieder passieren. Nie wieder.

Ich runzle die Stirn, Enttäuschung trübt meine Laune. Widerwillig tippe ich zurück.

Ich: Du bist der Boss.

Und ein guter Boss noch dazu.

EIN KLEINER ORT NAMENS HÖLLE AUF ERDEN

Es ist sechs Monate her, dass ich mit Gareth Harris geschlafen habe. Seit diesem einen, glänzenden, lebensverändernden Moment der Lust bin ich an einen kleinen Ort namens Hölle gezogen.

Es ist heiß in der Hölle. Und kalt. Heiß und kalt. Nicht warm. Nicht köchelnd. Nicht einmal Zimmertemperatur. Nur ganz heiß oder ganz kalt. So war mein Leben in den letzten Monaten, in denen ich mich mit Anwälten und Cal … und Cals Mutter herumschlagen musste.

Jetzt starre ich sie über den Tisch im Sitzungssaal hinweg an und bin endlich bereit, die Dokumente für mein neues Leben als Teilzeitmutter zu unterschreiben.

Callums Mutter, Margaret, sitzt pflichtbewusst neben ihm und hat ihre kleinen Hände in ihrem kleinen Schoß. Die beiden sehen für mich wie Fremde aus. Natürlich erkenne ich Margarets blond gefärbten Bob und ihre Vorliebe für beige drapierte Mode. Und Cal sitzt mit demselben selbstgefälligen Gesichtsausdruck da und trägt einen Anzug, von dem er wahrscheinlich nicht mehr weiß, dass ich ihn gekauft habe. Aber abgesehen von einer leichten Gesichtserkennung kenne ich diese Familie überhaupt nicht.

Ich war sechs Jahre lang mit Cal verheiratet. Wir lebten drei Jahre lang zusammen in Chicago und dann drei weitere Jahre in Manchester. Ich fuhr Sophia jeden Sonntag in den Lake District, um Margaret zu besuchen. Ich habe Margaret allerdings nie besonders gemocht. Sie ist vornehm, prüde und macht jedes Mal, wenn ich sie sehe, abfällige Bemerkungen über meine Kleiderwahl. Zu sagen, dass sie kein Fan von mir ist, wäre eine große Untertreibung. Aber wie durch ein Wunder hat sich ihr Eindruck von mir durch die Scheidung noch verschlechtert. Jetzt starrt sie mich an, als wäre ich ein verärgertes Mitglied ihrer Belegschaft.

Wie schnell sich die Dinge doch verändert haben.

Cals Anwalt spricht zuerst, während er sich ein Glas Wasser aus dem Krug vor ihm einschenkt. „Da Margaret Coleridge unheilbar krank ist, verlangt mein Mandant eine fifty-fifty Aufteilung des Sorgerechts. Eine Woche mit und eine Woche ohne Kind, wobei jeder Sonntag für einen Besuch bei Margaret im Lake District reserviert ist, egal, wessen Woche es ist.“

Ich möchte spöttisch schnauben. Ich möchte schreien. Ich möchte weinen. Cals Mutter hat Lungenkrebs. Ein Krebs, den sie bekämpfen könnte, sich aber dagegen entschieden hat, weil sie ihre Haare nicht verlieren will. Das ist der Grund, warum wir überhaupt nach England gezogen sind. Weil Cals Mutter im Sterben liegt. Weil Cal während ihrer letzten Monate in ihrer Nähe sein wollte. Hier sitzen wir nun, drei Jahre später, und die Frau ist immer noch am Leben und kontrolliert uns alle wie eh und je.

Mein Anwalt beugt sich vor und flüstert mir ins Ohr. „Ich weiß, das tut weh. Aber vergessen Sie nicht, dass Sophias Erbe davon abhängt und dass das alles nur vorübergehend ist.“ Übersetzung: Wenn die scheinbar unsterbliche Margaret endlich den Löffel abgibt, können wir versuchen, die Sorgerechtsvereinbarung neu zu verhandeln.

Meine Scheidung von Cal hat sechs Monate gedauert, weil ich mich geweigert habe, einer echten Fifty-Fifty-Aufteilung zuzustimmen. Ich wollte, dass Cal sich jedes zweite Wochenende nimmt, wie die meisten abwesenden Väter, aber seine Mutter saß ihm im Ohr. Als sie drohte, Sophia den Treuhandfonds wegzunehmen, brauchte mein Anwalt zehn berechnete Stunden, um mich zum Einlenken zu bewegen.

Geld ist ein furchtbarer Grund, um diesen Bedingungen zuzustimmen, aber ich weiß, wie es ist, in einem Job zu arbeiten, der nicht der wahren Leidenschaft entspricht. Letztendlich wird der Treuhandfonds Sophia Möglichkeiten geben, die ich nie hatte. Er wird ihr die Kontrolle über ihr eigenes Leben geben. Etwas, das ich verdammt noch mal bis heute nicht habe.

Cals Anwalt nimmt einen Schluck Wasser und fährt fort: „Callum Coleridge wird weiterhin auf dem Coleridge-Anwesen in der Rossmill Lane wohnen …“

Mein Anwalt wirft ein: „Und meine Mandantin hat sich ein paar Blocks weiter am Weygates Drive ein Haus gesichert. Sie vermietet das Gästehaus an ihre Geschäftspartnerin, die, wie Sie verlangt haben, sämtliche Hintergrundprüfungen bestanden hat."

Als Margaret den Mund noch ein Stückchen mehr zusammenkneift, muss ich alles geben, um nicht über den Tisch zu springen und ihr die Augen auszukratzen. Niemand sagt, dass ich das Gästehaus vermieten *musste*, weil ich es mir nur so leisten konnte, in der gleichen Gegend wie mein Kind zu leben. Zugegeben, Freya ist eine Freundin, nicht nur eine Kollegin. Und die Tatsache, dass mein Haus ein Gästehaus hat, bedeutet, dass es keineswegs eine Bruchbude ist.

Aber das ist es, was nötig ist. Als ich den Ehevertrag mit Cal unterschrieb, wollte oder brauchte ich sein Geld nicht. Meine Mutter schrie mich an, weil ich nicht verhandelte, und heute weiß ich, dass sie recht hatte. Unser Umzug nach Manchester brachte uns in eine Gegend und einen Lebensstil, der sich sehr von dem in Chicago unterschied. Da ich mich weigere, mehr als einen Steinwurf von Sophia entfernt zu sein, tue ich alles, was nötig ist, um ihr Leben so unbeeinflusst wie möglich zu gestalten.

Mein Anwalt fährt fort: „Und Sie stimmen immer noch zu, dass Ms. Montgomery bei Notfällen als Erste angerufen wird."

Cals Anwalt beugt sich vor und flüstert ihm ins Ohr. Die beiden nicken, bevor er antwortet: „Das ist richtig."

Margaret räuspert sich und Cal legt einen besorgten Arm um sie. „Brauchst du etwas Wasser, Mutter?"

Sie nickt und er beeilt sich, ihr ein Glas einzuschenken, wobei er nervös etwas auf den Tisch schwappt.

Wo war diese Person, als Sophia krank war? Warum war er während unserer Zeit in den Krankenhäusern nicht so hingebungsvoll? Ist es das Erbe, das er erhalten wird, wenn sie endlich stirbt, das ihn so aufmerksam macht? Würde er sich mehr um Sophias Wohlergehen kümmern, wenn ich Geld hätte? Ist Margaret klar, wie unbeteiligt ihr Sohn in all den dunklen Monaten war, die wir in den Krankenhäusern verbracht haben?

Ich beiße mir auf die Zunge, als der Anwalt weitermacht, obwohl ich am liebsten weinen würde bei dem Gedanken, sieben Tage lang von Sophia getrennt zu sein. Diese ganze Situation ist unmenschlich.

Sie ist unanständig. So sollte eine Familie nicht sein. Wir sollten jederzeit Zugang zueinander haben, wann immer wir wollen. Nicht nur an festgelegten Tagen.

„Also gut", sagt Cals Anwalt. „Ich glaube, wir sind uns über alle anderen Bedingungen einig. Wir müssen nur noch unterschreiben."

Mein Anwalt schiebt mir den Vertrag rüber, die gelben Zettel ragen überall dort heraus, wo ich unter Callums Namen unterschreiben muss. Ein verherrlichter Vertrag über mein Leben, alles schwarz auf weiß, mit mir ganz unten, wie immer.

Meine Hand zittert, als ich meine Rechte als Vollzeitmutter abschreibe. Ich folge den Befehlen der Männer in diesem Raum und wünsche mir eine Zeitmaschine, mit der ich zurückgehen und alles ungeschehen machen könnte. Aber nein. Diese Zeiten sind vorbei. Mit Geld kommt Macht. Solange ich das eine nicht habe, kann ich das andere nicht haben.

Außer natürlich, man ist Gareth Harris. Er scheint die Macht nicht so sehr zu begehren wie Callum. Er scheint die Macht aufgeben zu wollen. Die Kontrolle. Er will nicht seine eigenen Klamotten aussuchen und Befehle bellen wie so viele andere reiche Leute.

Er genießt es, kontrolliert zu werden.

Ich bin gezwungen, meine Augen zu schließen, um die Erinnerung an die Nacht, die ich mit ihm erlebt habe, zu verdrängen. Es war der letzte Moment, in dem es in meinem Leben wirklich Freude gab. Ich habe keine Ahnung, was über mich kam. Was wir getan haben, war verrückt. Es war irrational. Es war unergründlich. Es war Perfektion.

In den letzten sechs Monaten bin ich Gareth aus dem Weg gegangen und habe mir eingeredet, dass ich nicht jede Sekunde genossen habe, die Kontrolle über einen so starken Mann zu haben. Ich mochte es nicht, wie sich meine Nägel in sein muskulöses Fleisch gruben. Ich hasste den Ton seiner Stimme, als er meine Befehle befolgte. Denn wenn ich mir erlaube, mich daran zu erinnern, wie erregt ich war, als er vor mir kniete und sich mir völlig hingab, beginnt mein ganzer Körper zu zittern.

Was zehnmal schrecklicher ist, ist nicht die seltsame sexuelle Erfahrung, die wir geteilt haben. Es ging nicht nur darum, eine Person zu ficken, um eine andere zu vergessen. Es war die Tatsache, dass Gareth in einem der finstersten Momente meines Lebens die Fähigkeit hatte, in meinen Körper einzudringen und mich wieder auf die Beine zu bringen. Er stabilisierte mich in einer Zeit, in der ich am liebsten zusammengebrochen wäre.

Eine solche Verbindung mit einem Menschen zu haben, ist etwas, das ich noch nie erlebt hatte. Und dass ein Mann seine Bedürfnisse hinter meine stellt, war definitiv etwas Neues. Ich würde alles dafür geben, dieses Gefühl der Stärke noch einmal zu erleben.

5
HALLO, FREMDER

Gareth

„Haltet die Brust hoch, meine Herren! Erst eintauchen, dann zurückziehen. Behaltet die perfekte Kontrolle über den gesamten Bereich!" Unser Assistenztrainer Raul schreit uns mit seinem starken französischen Akzent Dehnungsformationen zu, während er um uns herumgeht, wie wir in einem perfekten Kreis auf dem Spielfeld des Trafford Training Centre stehen. „Erst eintauchen, dann zurückziehen."

Mein Teamkollege Hobo lacht neben mir. „Ich liebe es, ihn einzutauchen und zurückzuziehen." Seine braunen Augen blitzen mich mit einem anzüglichen Grinsen an. „Wann hast du das letzte Mal getaucht und gezogen, Harris?"

„Ist das ein Angebot, Hobo?", frage ich barsch und schaue ihn unbeeindruckt an. „Denn ich muss sagen, dass mein Typ etwas weniger verzweifelt ist."

Ein paar unserer Teamkameraden brüllen vor Lachen, während Hobos Gesicht in sich zusammenfällt. Rauls Stimme unterbricht alle. „Keiner von euch wird die Fähigkeit haben, einzutauchen und zurückzuziehen, wenn ihr nicht die Klappe haltet und euch auf die Aufgabe konzentriert."

Während wir uns in eisiger Stille durch die Formationen bewegen, schweifen meine Gedanken zu der Frau, in der ich am liebsten immer wieder eintauchen würde. Es ist ein verdammtes Jahr her, seit ich mit Sloan geschlafen habe. Ich würde denken, dass jene Nacht ein Traum war, wäre da nicht der zerrissene schwarze Tanga, der immer noch als Beweis in meinem Nachttisch liegt.

Es war auch ein Jahr voller unbeantworteter Anrufe und SMS. Ich habe Tanner sogar gezwungen, die Männer für seine Hochzeit im letzten Sommer von Sloan stylen zu lassen, in der Hoffnung, dass ich dadurch etwas Zeit mit ihr verbringen könnte. Aber sie kam und ging so schnell wie ein Blitz und tat alles, was sie konnte, um sicherzustellen, dass wir keine Zeit zum Reden bekamen. Ich habe auch versucht, Blumen an die Adresse auf ihrer Visitenkarte zu schicken, um mich auf erbärmliche Weise zu entschuldigen, aber sie kamen mit einem Zettel zurück, auf dem stand, dass ihre Adresse geändert wurde.

Ich schüttle den Kopf und versuche, den Gedanken an sie wieder zu verdrängen. Soweit ich weiß, ist sie wahrscheinlich wieder bei ihrem Mann. Offensichtlich hat ihr diese Nacht viel weniger bedeutet als für mich.

Für mich war es ein sexuelles Erwachen, von dem ich nie gedacht hätte, dass es passieren könnte. Es war die Erkenntnis, dass der Grund, warum ich nicht viele großartige sexuelle Erfahrungen mit Frauen gemacht habe, vielleicht darin liegt, dass sie nicht auf diese Weise passiert sind. Ich will all das und mehr. Aber wie soll ich überhaupt versuchen, eine solche Beziehung mit einer anderen Frau einzugehen? Ich bin zu berühmt. Es würde auf jeden Fall an die Öffentlichkeit gelangen. Was mit Sloan passiert ist, war spontan und kein einziges Wort davon ist an die Presse durchgesickert. Es ärgert mich nur noch mehr, dass ich sie nicht erreichen kann, denn sie ist die einzige Frau in Manchester, der ich wirklich vertraue.

Ich schüttle das mulmige Gefühl ab, denn ich muss weitermachen. Mich auf mein Spiel konzentrieren. Wir haben ein Spiel gegen Huddersfield, und ihre Stürmer gehören zu den besten der Liga. Ich muss mein Team fokussieren und auf dem Punkt halten. Wir haben einen großartigen Start in die Saison hingelegt. Wir können es uns nicht leisten, das aus den Augen zu verlieren.

Ich sehe mich in der Anlage von Trafford um, in der mehr als dreihundert Menschen beschäftigt sind. Der Bau dieses hochmodernen Geländes hat über sechzig Millionen Pfund gekostet. Die ManU-Mannschaft trainiert im Hauptgebäude, aber es gibt noch einen ganzen Anbau, in dem die Spieler der Akademie trainieren. Die Unterstützung und das Geld, das ManU in seine Sportler steckt, sind beispiellos.

Ich erinnere mich an das erste Mal, als ich den Rasen im Old Trafford betrat. Ich war ein einundzwanzigjähriges Arschloch mit mehr Talent, als ich gebrauchen konnte, aber ich wollte unbedingt meinen Vater ärgern und auf jede erdenkliche Weise schlagen.

„Harris!" Unser Cheftrainer, Maurice DuPont, ruft meinen Namen und ich drehe den Kopf zu ihm, wo er mit ein paar Männern in Anzügen an der Seitenlinie steht. „Komm hier rüber!"

Ich springe auf und jogge hinüber zu den drei Männern, die sich den Mund bedecken, während sie reden. Stirnrunzelnd komme ich langsam näher und beobachte sie vorsichtig.

„Harris, weißt du, wer diese Männer sind?", fragt der Trainer und starrt mich an, als ob ich in Schwierigkeiten wäre.

Meine Augen blicken auf die beiden stämmigen, glatzköpfigen Männer, die vor mir stehen. „Ich fürchte, ich weiß es nicht, Coach."

Der Coach verengt die Augen und verschränkt die Arme vor der Brust. „Diese Männer sind im Vorstand der FPA. Sie sind hier, um mir zu sagen, dass du irgendeinen verdammten Preis gewonnen hast."

Verwirrung steht mir ins Gesicht geschrieben, als ich mich fragend an sie wende. „Ich habe was gewonnen?"

„Gareth Harris", der kleine Runde tritt näher an mich heran und greift nach meiner Hand, „im Namen der Football Press Association möchte ich Ihnen offiziell zur Wahl als Englands Spieler des Jahres gratulieren."

Ich runzle ungläubig die Stirn, als der andere Mann – ein größerer Kerl mit rundem Bauch – die Hand ausstreckt und die meine als Nächstes schüttelt. „Diese Auszeichnung wird an den Spieler verliehen, der nachweislich eine statistisch herausragende Saison hatte und große humanitäre Anstrengungen gezeigt hat. Was Sie hier in Manchester mit dem von Ihnen organisierten Fußballprogramm für unterprivilegierte Jugendliche geleistet haben, ist gelinde gesagt beeindruckend."

„Und der Stunt, den Sie und Ihre Brüder im letzten Sommer in London gemacht haben, hat viel Aufmerksamkeit erregt", fügt der Kleine lachend hinzu. „Sie vier sind in Mankinis gelaufen ... so etwas hat Großbritannien noch nie gesehen!"

Ich zucke vor Verlegenheit zusammen, als ich mich an die lächerliche Szene erinnere, zu der Tanner uns alle überredet hat. Vor etwa einem Jahr gründete mein Bruder eine gemeinnützige Organisation, um Kleidung für Obdachlose und einkommensschwache Einwohner Englands zu finanzieren. Er organisierte einen Promi 5K und eine Jobmesse und ein reicher Spender bot an, eine ohnehin schon hohe

Spende zu verdoppeln, wenn die Harris-Brüder in neongrünen Mankinis an dem Rennen teilnehmen würden.

Zum Glück war das im Juli und nicht im Dezember.

„Die Leute haben es geliebt!", ruft der kleine Mann, während er seine beiden Hände vor sich verschränkt. „Und genau diese Art von unkonventionellem Denken wird von der FPA gefeiert!"

„Mein Bruder Tanner ist derjenige, der die Anerkennung dafür verdient", argumentiere ich. „Mein letztes Hemd ist seine Wohltätigkeitsorganisation."

Die Männer lächeln sich reumütig an, bevor der Kleine antwortet: „Ich bin mir sicher, dass er mit der Zeit Anerkennung bekommen wird. Aber wegen seiner Sperre im letzten Jahr waren seine Statistiken für die Saison nicht gut genug. Und Gareth, was Sie hier in Manchester geleistet haben, ist nichts Geringes."

Der Große nickt zustimmend. „Als Sie vor fünf Jahren das ganze Geld ausgegeben haben, um das alte Trainingsgelände in Manchester für ein kostenloses Fußballprogramm wieder zum Leben zu erwecken, dachte die ganze Stadt, Sie wären verrückt."

„Aber es war sowohl für die Stadt als auch für Manchester United großartig. Deshalb werden wir Sie in ein paar Monaten bei unserer jährlichen Preisverleihungsgala hier in Manchester ehren. Herzlichen Glückwunsch, Junge."

„Meinen Sie, Sie können einen anständigen Smoking mieten?" Der große Mann lacht über seinen offensichtlichen Versuch, einen Witz zu machen.

„Ich bin … sprachlos", sage ich mit heruntergefallener Kinnlade.

Die beiden Männer klopfen mir auf den Rücken und gratulieren mir noch einmal, bevor sie gehen. Der Trainer murmelt etwas davon, dass er nichts für Sentimentalitäten übrig hat. Anstatt mir zu sagen, dass er stolz auf mich ist, sagt er mir, dass ich den Rest des Trainings ausfallen lassen und mir den Tag freinehmen soll.

Ich bin ganz benommen, als ich den Platz verlasse, und lasse alles, was sie gesagt haben, noch einmal Revue passieren. Ich fühle mich ein wenig schuldig, denn der Beginn des Programms war, gelinde gesagt, ein wenig egoistisch. In meinen ersten Jahren hier war ich ein Arsch. Ich war defensiv der stärkste Spieler auf dem Platz, aber ich hatte keine Freude daran. Keine Errungenschaften. Die Wahrheit ist, dass ich die meiste Zeit meiner Freizeit damit verbracht habe, in London mit der einen Person zusammen zu sein, mit der ich mehr Probleme hatte als mit irgendjemandem sonst auf der Welt, und darüber zu grübeln, wie ich sein Vermächtnis in der Mannschaft übertreffen könnte.

Dann hatte ich einen Durchbruch, als Vi mir half zu erkennen, dass alles, was ich tat, darin bestand, mich in unseren Vater zu verwandeln – den Mann, den ich den größten Teil meines Lebens gehasst habe. Dieser Weckruf war der Auslöser dafür, ein Jugendförderungsprogramm namens Kid Kickers ins Leben zu rufen. Ich wollte, dass jeder Fußball spielen kann, unabhängig davon, wie viel Geld er hat oder wer seine Eltern sind. Schließlich wusste ich, wie es ist, ohne eine Beschäftigung aufzuwachsen, die einen auf Trab hält, die einen in Bewegung hält, die den Kopf frei hält. Ich wünschte nur, ich hätte schon früher in meinem Leben Fußball haben können.

Ich erinnere mich noch gut daran, dass ich wütend auf Dad war, als ich das erste Mal mit seinem Team zu trainieren begann. Wütend, dass er mir den Sport so viele Jahre vorenthalten hatte. Als Kind kann man sich seine eigene Ausrüstung nicht leisten. Man kann sich nicht für Teams, Camps oder Training anmelden. Das alles kostet Geld. Fußball ist ein teurer Sport, also ist man auf die Gnade der Eltern und deren Verdienste angewiesen. Und wenn man einen geistlosen Vater hat, wie ich es hatte, gehen die meisten Chancen für den Großteil des Lebens an einem vorbei.

Ich wollte mehr für Kinder. Möglichkeiten, die ihre Mentalität verbessern könnten. Also habe ich eine Menge Geld in die Renovierung von The Cliff gesteckt – das alte Trainingsgelände von ManU. Es gibt fünfzig Mitarbeiter, die Kid Kickers über Wasser halten und sich um den täglichen Betrieb des Programms kümmern. Ich kümmere mich nur um die Finanzierung, die Presse und gelegentlich um die Trainer, um sicherzustellen, dass die Kinder die besten Fähigkeiten erhalten, die wir ihnen beibringen können.

Zu einer Preisverleihungsgala zu gehen, kommt mir vor, als würde ich aus den Kämpfen anderer zu meinem eigenen Vorteil Kapital schlagen, aber ich wüsste nicht, wie ich mich aus der Teilnahme herausziehen könnte.

Als ich die Umkleidekabine betrete, bin ich so vertieft in meine eigenen Gedanken, dass ich zu halluzinieren glaube, als eine vertraute Gestalt vor dem Spind eines meiner Teamkollegen steht.

„Sloan?", höre ich mich sagen und weiß, dass sie es unmöglich sein kann.

Ein erschrockener Aufschrei kommt von der Gestalt, als sie sich umdreht und die Wahrheit meiner Gedanken bestätigt. „Oh mein Gott, Gareth. Du hast mich fast zu Tode erschreckt."

Mir fällt die Kinnlade herunter, als ich sehe, wie sie sich einen Kleidersack an die Brust drückt. Es ist schon so lange her, dass ich sie alleine gesehen habe. Jetzt steht sie hier in meiner Umkleidekabine, als hätte ich sie selbst hergezaubert.

„Was machst du denn hier?", frage ich, stemme meine Hände in die Hüften und umklammere die Seiten meines roten Trikots. Ich werfe einen flüchtigen Blick in die Umkleidekabine, um mich zu vergewissern, dass die Sterne günstig stehen und ich mit Sloan unter vier Augen in einem Raum bin.

Ihr Gesicht wird rot, als sie den Kleidersack aufhängt und den Bund ihres gelben Rocks zurechtrückt. „Ich bringe eine Uniform für Laurent vorbei. Er lässt uns seine Trikots ändern. Er mag kurze Shorts. Das ist sehr französisch von ihm." Sie schaut nervös zur Tür. „Der Wachmann hat gesagt, dass die Mannschaft beim Training ist und niemand hier drin sein wird."

„Ich habe früher Schluss gemacht." Ich kann nicht anders, als sie von Kopf bis Fuß zu mustern. Sie sieht aus, als hätte sie ein wenig abgenommen, aber ihre Kurven sind immer noch präsent wie eh und je. Auch ihr Haar sieht länger aus. Es fällt locker und in Fülle über ihren Rücken. Meine Hand sehnt sich danach, sie wieder zu berühren.

„Wie schön für dich." Ihre breiten Lippen verziehen sich zu einem gezwungenen Lächeln, während sie den langen Weg durch den Raum zur Tür geht. Sie drückt ihren Hintern praktisch gegen die Spinde, um so weit wie möglich von mir entfernt zu bleiben. „Ich sollte jetzt wirklich gehen …"

„Du bist mir aus dem Weg gegangen", sage ich, verschränke die Arme vor der Brust und bleibe vor der Tür stehen.

„Bin ich nicht!", ruft sie, während sie mit Babyschritten durch den Raum geht und mit ihren Fingern herumfuchtelt. „Ich habe dich gesehen, als dein Bruder im letzten Sommer geheiratet hat."

„Ganze zwei Minuten lang und du hast die ganze Zeit gezuckt."

„Ich habe nicht gezuckt!", argumentiert sie abwehrend. „Ich war beschäftigt. Ich bin mit neuen Kunden überschwemmt worden. Das Geschäft läuft wirklich gut."

„Sloan", ich sehe sie mit zusammengekniffenen Augen an, „wir haben uns früher sehr regelmäßig gesehen. Was ist daraus geworden, dass ich angeblich dein Lieblingskunde bin?"

„Du bist mein Lieblingskunde." Sie lacht nervös und streicht sich eine Strähne ihres kastanienbraunen Haares aus dem Gesicht. „Sei nicht albern."

„Bist du geschieden?", frage ich direkt. Wenn ich sie alleine habe, nutze ich das voll aus.

Sie hält mitten im Schritt inne und antwortet: „Ja."

Meine Augenbrauen heben sich. „Warum verhältst du dich dann so?"

„Ich weiß nicht, wovon du redest." Sie macht einen Schritt zur Tür, aber ich mache einen Schritt zur Seite und streife mit meinen Brustmuskeln ihre üppige Brust, als ich ihr den Weg versperre.

Das gedämpfte Stöhnen, das sie von sich gibt, lässt die Erinnerung an unsere gemeinsame Nacht vor meinem geistigen Auge aufblitzen. Der Funke, den wir hatten, ist immer noch da, und er reicht aus, um mich wochenlang warmzuhalten. „Sloan."

„Gareth." Sie sagt meinen Namen so fest, dass ich mich sofort in die Situation zurückversetzt fühle, in der sie mir befohlen hat, mich auszuziehen.

Ein kleines Lächeln umspielt meine Lippen. „Ja?"

Ihre honigfarbenen Augen blicken mich mit einem neuen Gefühl der Entschlossenheit an. „Tritt zur Seite, damit ich gehen kann."

Ich neige den Kopf und schenke ihr ein freches Grinsen. „Ist das ein Befehl?"

Ihre Kinnlade fällt vor Empörung herunter. „Willst du, dass ich dich in die Knie zwinge, verdammt?"

Ich lächle über das schwache Anzeichen der Belustigung in ihrer Miene. Das ist so sexy. Ich weiß nicht, warum ich stolz auf sie bin, wenn sie so ist, aber ich bin es verdammt noch mal. Die Stärke in den Tiefen ihrer Augen ist faszinierend.

„Versprechen, Versprechen", murmle ich leise lachend.

Ihre Mundwinkel zucken nach oben, dann runzelt sie die Stirn, sichtlich frustriert darüber, dass sie Spaß hat. „Wir sollten das nicht tun."

„Was?", frage ich, strecke die Hand aus und umfasse ihren Ellbogen mit meiner Hand. Meine Finger streichen über die weiche Haut ihrer Armbeuge und ihr Blick wandert nach unten, um die Bewegung zu beobachten. „Ich vermisse dich, Sloan. Wir waren doch mal Freunde."

Ihre Lider sind fast völlig gesenkt, als sie sich die Lippen leckt und antwortet: „Wir waren nie Freunde."

Ich grinse. „Wir waren freundlich zueinander."

Sie grinst zurück. „Zu freundlich, wenn ich mich recht erinnere."

Mein Humor verlässt meine Miene und ich fixiere sie mit einem aufrichtigen Blick. Ich vermisse sie wirklich. Ich vermisse ihr Gesicht und die Wirkung, die sie auf mich hat. Durch sie fühle ich mich leichter, auch wenn sie nervös zuckt. „Nun, ich habe nicht viele Freunde, aber dich zähle ich zu ihnen."

Meine Worte lassen ihre Beherrschung schwinden. Ich strecke eine Hand aus und streiche ich ihr eine verirrte Haarsträhne hinters Ohr. Ihre Augen schließen sich und die unglaublich langen Wimpern umspielen ihre Wangen perfekt, während ich mich zu ihr hinunterbeuge und ihr ins Ohr flüstere: „Es ist schön, dich wiederzusehen, Treacle."

Sie reißt die Augen auf. „Das! Das ist der Grund, warum ich dir aus dem Weg gegangen bin."

„Wegen eines dummen Spitznamens?"

„Er ist nicht dumm." Sie sieht beleidigt aus.

„Was ist es dann?"

Ihre Augen leuchten kurz auf, als sie auf meine Lippen hinunterschaut. „Er ist ... schön. Er ist schön, aber ich bin geschieden und habe viel Ballast, und ich bin noch nicht bereit für eine neue Beziehung."

„Wer hat denn etwas von einer Beziehung gesagt?", frage ich völlig ernsthaft. Ich kann mich nicht daran erinnern, wann ich das letzte Mal eine Freundin hatte. Es gab ein paar Frauen, mit denen ich regelmäßig ausgegangen bin, aber keine richtige Beziehung. Keine, die ich jemals in Betracht gezogen hätte, zu meiner Familie nach Hause zu bringen. Gott bewahre. Sie würden ein Mädchen bei lebendigem Leib verspeisen.

Sloans Gesicht wird rot und sie bedeckt ihre Wangen mit ihren

Händen. „Ich habe nur gemutmaßt. Gott, ist das peinlich. Siehst du! Ich bin so schrecklich aus der Übung, dass ich dachte …"

„Du denkst zu viel, Tre", erkläre ich und unterbreche sie, bevor sie vom Thema abschweift. Sie ist so aufgeregt und unsicher, dass ich mich am liebsten hinknien und sie anflehen würde, wieder die Kontrolle zu übernehmen. Ich will, dass sie die Kraft findet, die sie letztes Jahr mit mir hatte und ihre innere Göttin akzeptiert. Bei der Vorstellung kribbelt mein Schwanz in meiner Hose. Aber vor allem will ich, dass sie mir nicht mehr aus dem Weg geht.

„Ich muss jetzt wirklich los, Gareth."

Ihr Gesicht wirkt resigniert, also trete ich mit einer Leichtigkeit in meiner Miene zurück, die selten ist, wenn ich in der Gesellschaft eines anderen bin. „Nun gut. Aber wir sollten das wirklich irgendwann mal wieder machen."

„Was?" Sie lacht schallend, geht an mir vorbei und verströmt ihren herrlichen Duft um mich herum. „Ich weiß gar nicht, was wir machen! Wir treffen uns in einer Umkleidekabine. Ist es das, wovon du sprichst?"

Ich wackle mit den Augenbrauen. „Für manche ist es eine Fantasie."

Sie bestraft meine Frechheit, indem sie mir mit dem Handrücken auf die Brust schlägt. Fest. „Ich gehe zurück zur Arbeit, bevor ich mich noch mehr erniedrige. Wir sehen uns, Mr. Harris."

Ich lächle und reibe die schmerzende Stelle, die sie hinterlassen hat. *Das ist die Treacle, an die ich mich erinnere.*

ALLEINERZIEHENDE MOM ODER MUM?

Sloan

„Mummy, ich will Fußball spielen", singt Sophia, deren Kopf unter ihrer violetten und blaugrünen Steppdecke hervorlugt.

„Es heißt *Mommy*, Süße. Nenn mich Maaahhhmmmy", korrigiere ich, im Wissen, dass ich mich wie ein Arsch verhalte, aber ich hasse es, dass sie jeden Tag britischer wird.

„Maaahmmmy, kann ich Fußball spielen?" Sophias weit aufgerissene braune Augen sind voller Unschuld, als sie zu mir aufblickt.

Schwer seufzend antworte ich: „Meinst du richtiges Fußball?"

„Das, wo sie den Ball auf dem Rasen herumkicken und richtig coole Socken tragen."

Ich stöhne leicht. „Soph, das ist ein Sport für Jungs."

„Nein, ist es nicht! Es gibt Mädchen aus meiner Schule, die spielen."

Lächelnd schlüpfe ich unter die Decke auf ihrem Bett und drehe mich auf die Seite, um sie anzusehen. Sie dreht sich ebenfalls zu mir um. Wir liegen Nase an Nase in ihrem winzigen Einzelbett. Braune Augen gegenüber braunen Augen. Braune Haare vermischen sich mit braunen Haaren. Mein kleines Mini-Ich. Ich hebe meine Hand und streiche über die Spitzen ihrer dunklen Wimpern. Sie schließt die Augen, während ich über ihre Lider streiche und staune, dass ihre Wimpern länger sind als meine, was schon etwas heißen will, denn meine wurden bereits für falsch gehalten. Ich zeichne ihre perfekten Augenbrauen nach, die man zupfen müsste, wenn sie nicht die süßeste Siebenjährige wäre, die ich je gesehen habe.

Es gab einmal eine Zeit, da hatte sie keine Augenbrauen. Sie hatte keine Wimpern. Sie hatte keine Haare. Ich fahre mit der Hand durch ihre langen Strähnen, dicht und üppig. Voller neuen Lebens.

Sie hat überlebt.

Mein Baby hat etwas durchgemacht, was kein Kind jemals durchmachen sollte. Das große K ist eine schreckliche Sache, die jedem passieren kann. Aber wenn es ein sechs Monate altes Kind trifft, ist es niederschmetternd. Trotzdem hat dieser helle, strahlende Stern überlebt und wir sind seit vier Jahren krebsfrei. Jetzt konzentriere ich mich voll und ganz darauf, den magischen Meilenstein der fünfjährigen Remission zu erreichen, wenn ich endlich wieder aufatmen kann.

Vier Jahre sind vorbei, eins steht noch aus.

Zum Glück spricht sie nur noch selten über ihre Zeit in den Krankenhäusern. Ihre Gedanken sind jetzt in der Gegenwart und in der Zukunft … in ihrem Leben hier in England.

Daher der Fußball.

Deshalb Mummy.

Deshalb habe ich eine britische Tochter und muss mich irgendwann damit abfinden.

„Bitte, *Mom*, kann ich Fußball spielen?"

Ich gebe ihr einen sanften Kuss auf den Kopf. „Soph, lass uns noch ein Jahr warten. Ich habe ein paar Fußballspiele gesehen und die können ganz schön heftig werden. Ich glaube, du bist sowieso noch zu jung, um dir über Sport Gedanken zu machen."

Ihre pelzigen kleinen Augenbrauen ziehen sich auf eine liebenswert ernste Weise zusammen. Nur mit Mühe kann ich mir ein Lächeln verkneifen.

„Ich bin nicht zu klein. Ich bin groß. Es gibt Kinder, die kleiner sind als ich und schon spielen."

Ich schüttle langsam den Kopf und antworte: „Dieses Jahr nicht, Süße. Vielleicht nächstes Jahr." *Wenn du die Fünf-Jahres-Marke erreicht hast.*

Sie stößt ein wütendes Grunzen aus, rollt sich von mir weg und starrt finster an die Wand. Ich küsse sie auf den Hinterkopf und schlüpfe aus dem Bett. Ich knipse das Deckenlicht aus und flüstere: „Gute Nacht, Sopapilla."

Sie schnieft hochmütig. „Gute Nacht, Mummy Gumdrops", murmelt sie in das Kissen.

Maaahhhmmmy, denke ich mir und trete aus ihrem Schlafzimmer, um die Tür zu schließen. Ich atme schwer aus, mache mich auf den Weg nach unten und wende mich nach rechts in Richtung Küche, denn ich sehne mich nach einer Tasse von etwas, das viel stärker ist als britischer Tee.

„Hallo", zwitschert Freya hinter der Nähmaschine, die sie auf dem langen Eichentisch im Essbereich aufgebaut hat, den wir in ein Näh-zimmer umfunktioniert haben.

„Hey." Ich beuge mich über den Tisch und schaue in die Kaffee-tasse neben ihr. „Was trinkst du?"

„Tee", antwortet sie mit einem Grinsen. „Und mit Tee meine ich Chardonnay der gekühlten Sorte." Ihre runden, sommersprossigen Wangen verziehen sich zu einem breiten Lächeln. „Soll ich dir eine Tasse holen?"

„Bitte." Ich lächle freundlich und setze mich ihr gegenüber an meine eigene Maschine. Ich werfe einen Blick auf das rote Gucci-Etui-kleid, das sie für die Ehefrau eines ManU-Spielers enger macht, und wünschte, ich könnte anstelle von ihr daran arbeiten.

Freya geht in die Küche, wobei ihre runden Hüften schwingen. Sie ist eine angenehm mollige Rothaarige mit Sommersprossen, so weit das Auge reicht. Wir haben uns kennengelernt, als ich über eine Online-Anzeige eine Näherin suchte, die für mich arbeiten sollte, da mein Kundenstamm über meine Möglichkeiten hinausging. Ich bin gelernte Bekleidungs- und Textildesignerin und kenne mich daher gut mit der Nähmaschine aus, aber die Änderungen und das Merchandi-sing konnte ich nicht übernehmen. Und Freya ist ein Genie im Um-gang mit dem Nahttrenner.

Als Freundin und Kollegin war sie für mich im letzten Jahr die Rettung. Ihre konstant gute Laune und ihre lustige Lebensfreude haben meine Wochen ohne Sophia ein bisschen erträglicher gemacht. Wer weiß, was für ein Chaos ich ohne sie wäre.

Freya stellt einen passenden Kätzchen-Kaffeebecher mit Wein vor mich hin. „Mmm, guter Tee." Ich kichere und nehme einen stär-kenden Schluck.

Freya setzt sich wieder hin und nickt sehr ernst. „Er ist pflanzlich."

Ich schüttle den Kopf. „Die Besten sind es immer."

Wir kichern beide kurz, aber ihr Gesicht verzieht sich, als sie sagt: „Morgen ist Sonntag."

Ich nehme einen tiefen Atemzug. „Morgen ist Sonntag."

„Glaubst du, dass du dieses Mal nicht weinen wirst?"

Ich schaue Freya direkt an und bete um die Kraft, von der ich weiß, dass sie nicht kommt. Allein die Erwähnung des Tages, an dem Sophia mich glücklich verlässt, um sieben Tage mit Callum zu verbringen, treibt mir immer wieder Tränen in die Augen. „Nein", krächze ich, angewidert von mir selbst.

Ich frage mich oft, was für eine Mutter ich für ein Kind gewesen wäre, das nicht an Krebs erkrankt war. Für ein normales, gesundes Kind. Würde es mir etwas ausmachen, wenn es jede zweite Woche weg wäre? Würde es mir etwas ausmachen, nicht zu wissen, was es isst oder wie es ihm geht? Ob sein Vater sich vergewissert, dass es kein Fieber hat? Ob es seine Vitamine nimmt, wie es sollte? Oder verliere ich nur wegen Sophias Krankheit die ganze Woche, während derer sie weg ist, den Verstand?

„Oh, Sloan", sagt Freya seufzend. „Hat der Zumba-Kurs, den ich vorgeschlagen habe, nicht geholfen? Diese Trainer sind so fröhlich."

Ich schüttle den Kopf. „Nein, nichts hat geholfen."

Seit der Scheidung habe ich elf verschiedene Arten von Sportkursen ausprobiert, um mich von der Zeit abzulenken, in der Sophia weg ist. Ich habe es mit Yoga versucht. Ich habe versucht, zu meditieren. Ich habe es mit weinhaltigen Malkursen versucht, weil ich dachte, dass mir vielleicht der Alkohol fehlt. Mein Arzt hat mir sogar Antidepressiva verschrieben, aber ich konnte sie nicht dauerhaft nehmen. Ich fühlte mich wie ein Zombie, und ich will nicht zu den medikamentenabhängigen Geschiedenen gehören, die keinen Tag ohne eine Pille überstehen können.

„Verflixt, diese Abmachung gilt schon seit Monaten. Ich dachte, es würde mittlerweile einfacher werden."

„Ich auch", murmle ich und trinke einen Schluck aus meiner Tasse. Der einzige Silberstreif am Horizont ist, dass Sophia trotz Callums schlechter Erziehungskompetenz in den letzten Jahren die Zeit mit ihm immer zu genießen scheint.

„Das ist wahrscheinlich nicht der beste Zeitpunkt, um dir das zu sagen, aber vielleicht ist der Fokus auf die Arbeit das, was du brauchst. Es gibt einen neuen potenziellen Kunden, der am Montag ein Treffen mit dir wünscht."

Ich werde hellhörig, denn neue Kunden bedeuten große, neue Provisionen. „Das ist großartig! Aber warum sieht dein Gesicht so aus?"

„Nun, er hat sich auf eine Empfehlung von Gareth Harris hin gemeldet." Sie drückt mit dem Fuß auf das Pedal ihrer Maschine und das Geräusch des Motors hindert mich daran, mit einer Ausrede zu antworten, die mir sonst so leicht über die Lippen kommt.

Freya weiß, dass ich Gareth seit vielen Monaten aus dem Weg gehe. Obwohl, es nicht annähernd so schrecklich war, wie ich dachte, als ich ihn letzte Woche zum ersten Mal gesehen habe. Ich habe mich nach der Nacht, in der wir miteinander geschlafen haben, so aufgeregt. Es war unprofessionell, nicht damenhaft, schmutzig, versaut, pervers und eine Million anderer Dinge. Ich redete mir ein, dass das zwischen uns nur deshalb geschah, weil er Mitleid mit mir hatte. Schließlich weinte ich.

Ich hatte erwartet, dass Gareth mich wegen des seltsamen Abends, den wir zusammen verbrachten, mitleidig anschauen würde. Stattdessen stand er in der Umkleide und lächelte dieses selbstgefällige Lächeln. Er zog diese ernsten Augenbrauen hoch. Er *flirtete* mit mir.

Er schien sich nicht vor mir zu ekeln. Er sah auch nicht so aus, als würde er sich unwohl fühlen. Ich bin ihm aus dem Weg gegangen, weil ich mir sicher war, dass ich es tun musste. Aber nach der letzten Woche schäme ich mich mehr für das Ausweichen als für den eigentlichen Sex, den wir vollzogen haben.

Und ich würde lügen, wenn ich nicht zugäbe, dass ich deshalb in der letzten Woche mehr an ihn gedacht habe. Ich habe die Szene in meinem Kopf nachgespielt. Ich habe mich an das Gefühl seiner festen Muskeln unter meinen Händen erinnert.

Freya hält die Maschine schließlich an und beobachtet mich neugierig. Ich setze mich aufrecht hin und bete, dass die Hitze in meinen Wangen nicht sichtbar ist. „Wo wohnt dieser Kunde?"

„Astbury."

Ich rolle mit den Augen. „Sind sie Nachbarn oder was?"

„Auf dem Grundstück nebenan", antwortet sie. „Aber, mein Gott, die Grundstücke in Astbury sind riesig. Es ist ja nicht so, dass er dich durch die verdammten Fenster sehen kann", schimpft Freya.

Sie hat keine Geduld mehr für die Lockvogel-Nummer, die wir mit Gareth abgezogen haben. Wahrscheinlich, weil sie alle unsere Termine mit ihm wahrnehmen muss und ich ihr nicht verraten will, warum.

„Weigerst du dich, hinzugehen? Ist es das, was du mir sagen willst?"

„Ich kann sowieso keine Beratungen machen, Sloan!", antwortet sie. „Ich habe keinen Stil, ich habe Können. Du bist der Glückspilz, der beides hat."

Ich fixiere sie mit entschlossenem Blick zu und frage: „Um wie viel Uhr soll ich für den neuen Kunden da sein?"

„Eigentlich ist es ein Paar", korrigiert sie. „Ein Fußball-Duo aus Mann und Frau."

„Beide spielen?", frage ich überrascht, da ich nie mit Sportlerinnen arbeite. Überwiegend, weil sie nicht genug verdienen, um mich einzustellen. „Wie niedlich. Ein Fußball-Ehepaar."

„Sie sind nicht verheiratet", korrigiert Freya. „Aber ich habe nachgesehen und in der E-Mail steht, dass die Beratung für beide gilt."

„Okay", gebe ich nach. „Ich sollte mich wohl vorbereiten."

„Ich habe auch einen Anzug, den du zu Gareth bringen musst, wenn du schon dabei bist."

Mein Gesicht fällt. „Nein, Freya. Auf keinen Fall." Ich kann auf keinen Fall zu seinem Haus zurückgehen. Ich kann nicht auf das Grundstück fahren und so tun, als wäre nichts passiert.

„Du fährst den ganzen Weg da raus!", argumentiert sie.

„Das ist mir egal!"

Sie lässt die Schultern sinken. „Sloan, er ist unser nettester Kunde. Wir statten ihn jede Saison mit einer komplett neuen Garderobe aus und er braucht praktisch jeden zweiten Monat einen neuen Anzug. Verärgere Gareth nicht. Wenn wir ihn verlieren, müssen wir anfangen, mehr Beetches zu stylen!"

Trotz der Erwiderung, die mir auf der Zunge liegt, kichere ich über die Art, wie sie Bitches sagt. Sie meint damit die hübschen Frauen in Cals Kreis, die reiche Ehemänner, keine Jobs und keinen Sinn für Humor haben.

Sie sieht mich finster an. „Du weißt, dass ich es hasse, die Beetches zu stylen. Sie wissen meine Kurven nicht zu schätzen."

„Ich glaube nicht, dass es deine Kurven sind, mit denen sie ein Problem haben", werfe ich ein. „Ich glaube, es ist dein ständiges Bedürfnis, über *Heartland* zu reden."

„Es ist ein wundervolles, herzliches Familiendrama mit Pferden!", erwidert sie, wobei ihre Stimme vor Rührung bricht. „Du weißt das, weil du und Sophia es euch mit mir anseht und Sophia jetzt Trick-Pony-Reiterin werden will. Und du kannst mich mal. Ich habe gesehen, wie du geweint hast, als Amy Fleming geheiratet hat."

„Nun", ich hebe mein Kinn, um zu argumentieren, „sie kam auf einem verdammten Pferd mit ihrem Vater und Großvater zum Altar. Es war verdammt schön."

„Da hast du verdammt recht!", brummt sie. „Und scheiß auf diese Beetches, weil sie kein wunderschönes kanadisches Programm wollen."

Wir brechen beide in Gelächter aus, bevor wir innehalten, um an unserem Chardonnay zu nippen.

„Du weißt, dass du das tun musst. Ich habe dir Zeit gegeben, weil ich wusste, dass du wegen der Scheidung viel durchmachen musstest, aber abgesehen von deinen Depressionen alle zwei Wochen ist hier schon seit einiger Zeit alles in Ordnung." Sie hält inne und schenkt mir ein sanftes Lächeln. „Es wird Zeit, dass du mit deinem Leben weitermachst und zumindest deinen Job erledigst."

„Ich weiß", stöhne ich und stehe von meinem Stuhl auf, weil ich mich zu nervös fühle, um mit ihr am selben Tisch sitzen zu bleiben. Es ist eine Sache, ihn zu treffen, ohne Zeit zum Nachdenken zu haben. Es ist etwas ganz anderes, mehrere Stunden zu haben, um mich damit zu beschäftigen, dass ich ihn tatsächlich wiedersehen werde. „Ich gehe … mich auf Montag vorbereiten, schätze ich."

„Das ist die richtige Einstellung!" Sie greift nach meinem Arm, als ich an ihr vorbeigehe. „Du willst mir immer noch nicht in aller Ausführlichkeit erzählen, warum du Gareth Harris seit einem Jahr aus dem Weg gehst, oder?"

„Richtig."

„Wollte nur fragen." Sie zwinkert.

„Ich hab dich lieb", rufe ich über meine Schulter.

„Das solltest du ernst meinen", sagt sie zum Schluss.

HARRIS-SONNTAGSESSEN

Gareth

„Happy Birthday to youuuuuu!"

Tanners schrilles Jodeln lässt mich finster dreinblicken, bevor ich mich umdrehe und ihm in den Bauch schlage, damit er die Klappe hält.

„Aua, du Idiot!", brüllt er laut, gerade als alle im Raum aufhören zu singen.

„Idiot!", quietscht die gerade ein Jahr alt gewordene Stimme mit all der Begeisterung eines fröhlichen kleinen Mädchens an ihrem Geburtstag.

Alle Blicke richten sich auf unsere Nichte Adrienne, die liebevoll Rocky genannt wird. Sie ist ein blauäugiges, blondes Prachtstück in einem flauschigen rosa Kleid und sitzt in ihrem rosa gestrichenen Hochstuhl, der mit einem Regenbogen bunter Bänder geschmückt ist. Auf dem rosa Kuchen vor ihr brennt eine einzelne Geburtstagskerze.

„Scheiße", stöhnt Tanner und reibt sich den Bauch an der Stelle, wo ich ihn geschlagen habe.

„Scheiße!", wiederholt Rocky kichernd und fast der ganze Raum atmet scharf ein.

„Tanner!", ruft Vi und wirft ihm einen mörderischen Blick zu.

Seine Augen werden groß. „Es ist Gareths Schuld. Der Wichser hat mir den Ellbogen in die Eingeweide gerammt!"

„Wichser!", singt Rocky.

„Das war's. Ich ziehe in ein anderes Land", presst Vi lächelnd durch zusammengebissene Zähne hindurch, während sie sich vorbeugt, um mit zuckersüßer Stimme zu Rocky zu sprechen. „Wir werden weit weg von deinen frechen Onkeln ziehen, die nicht wissen, wie sie sich vor ihrer Nichte benehmen sollen. Wir werden an einen Ort ziehen, wo meine dummen Brüder uns nicht finden können, nicht wahr, mein kleiner Schatz?"

„Dumm!", ahmt Rocky nach.

Ich schwöre, ich höre, wie Vi anfängt zu weinen.

Vis Verlobter, Hayden, wirft uns allen einen finsteren Blick zu.

Tanner erwidert seinen Blick schmollend. „Ich bin genauso verärgert wie du. Ich versuche schon seit Monaten, Rocky dazu zu bringen, Onkie Tan zu sagen, aber sie will es nicht tun. Gib der Prinzessin ein Schimpfwort und sie wiederholt es wie ein verlierender Fußballer auf dem Spielfeld!"

Ich verpasse dem schmollenden Tanner einen Stoß mit dem Ellbogen und nicke Hayden entschuldigend zu. Wir kehren alle dazu zurück, Rocky zu ermutigen, ihre Kerze auszupusten, und ich kann nicht anders, als mit den Augen zu rollen, als ich sehe, wie wir von hinten aussehen müssen. Was für ein Anblick. Ein Haufen Erwachsener, die sich im Esszimmer unseres Elternhauses im Osten von London um einen rosafarbenen Hochstuhl versammelt haben.

Auf der linken Seite von Rockys Hochstuhl sind Vi und Hayden – die stolzen Eltern, die heute den ersten Geburtstag ihrer Tochter feiern. Vis riesiger Bernhardiner-Mischling Bruce steht auf Augenhöhe mit unserer geliebten Rocky und sabbert, in der Hoffnung, dass sie einen leckeren Happen fallen lässt.

Und dann sind da noch Camden und seine Braut Indie. Letzten Monat haben sie uns alle mit einer heimlichen Hochzeit in Schottland geschockt. Indie ist die neue offizielle Mannschaftsärztin des Fußballvereins unseres Vaters, sodass sich ihre Termine immer überschneiden. Als sie jedoch feststellten, dass sich die Termine von Arsenal und Bethnal an einem der seltenen freien Wochenenden überschnitten, entschlossen sie sich zu einem Kurztrip, um den Bund fürs Leben zu schließen, ohne das ganze Brimborium einer offiziellen Hochzeit. Da Camden und Tanner Zwillinge sind, war Tan ein schmollendes Baby wegen der geheimen Hochzeit, zu der keiner von uns eingeladen war. Aber ich wusste, dass das alles damit zu tun hatte, dass Indie keine Familie hat, die an der Hochzeit teilnehmen würde. Camden würde alles tun, um sie vor diesem Schmerz zu bewahren.

Neben Indie steht ihre beste Freundin Belle – eine Fetalchirurgin, ebenso brillant wie sie –, die trotz aller Widrigkeiten glücklich mit unserem idiotischen Bruder Tanner verheiratet ist. Wie unsere Zwillingsbrüder Ärztinnen gefunden haben, die sie tatsächlich heiraten wollten, werde ich nie ganz verstehen.

Auf meiner anderen Seite ist der Jüngste unserer Familie, Booker. Er hat seine Arme gemütlich um seine beste Freundin aus Kindertagen, Poppy, geschlungen. Seine geschickten Torhüterhände streicheln ihren kleinen, im fünften Monat schwangeren Bauch. Noch sind sie nicht verlobt, aber so wie es sich zwischen ihnen entwickelt, ist das sicher nur eine Frage der Zeit.

Dad steht auf der gegenüberliegenden Seite von Rocky und lächelt breiter als ich ihn je in meinem Leben habe lächeln sehen. Die Tatsache, dass er eine Enkelin hat, hat ihn verändert, und ich weiß ehrlich gesagt nicht, was ich heutzutage von ihm halten soll.

Unsere Familie hat sich im Allgemeinen verändert. Innerhalb von nur drei Jahren haben meine Schwester und meine drei Brüder eine komplette Kehrtwende gemacht. Früher interessierten wir uns lediglich für Sonntagsessen bei Dad, Fußballpläne, Fußballaufstellungen, Spielergebnisse und neue Spieler. Jetzt geht es andauernd um Babys, Geburtstage, Verlobungen und Hochzeiten. Ich bin der Älteste von uns allen, aber ich sitze hier und fixiere mich auf dieselbe verdammte Frau vom letzten Jahr, die nicht einmal mit mir sprechen will.

Ich dachte, ich sei fast über sie hinweg, bis ich sie letzte Woche sah. Sie flirtete in der Umkleidekabine mit mir. Ich weiß es. Die ganze Zeit dachte ich, sie bereut, was passiert ist, aber der kleine Funke, den sie in jener Nacht, in der wir gevögelt haben, in ihren Augen hatte, war wieder da. Selbst als sie mich am Ende geschlagen hat, sah ich das Feuer in ihren Augen.

Ich sehne mich nach dieser Art von Feuer in meinem Leben.

„Gareth!" Haydens Stimme unterbricht meine Gedanken. „Willst du Vanille oder Schokolade?"

Ich schüttle mich aus meinen tiefen Gedanken, nehme ihm den Schokoladenkuchen aus der Hand und setze mich auf den Hocker am Ende der großen Küchentheke. Ich schaue nach unten, breche einen Bissen ab und versuche, meine abschweifenden Gedanken zu verbergen, bevor meine neugierige Familie etwas mitbekommt.

Vi serviert Booker ein Stück Vanillekuchen, als dieser sich neben mich stellt. „Alles in Ordnung, Gareth?" Seine dunklen Augen mustern mich mit Sorge. „Du wirkst angespannt."

Ich zucke abweisend mit den Schultern. „Mir geht's gut."

„Dir geht es nicht gut", wirft Vi ein und reicht Tanner, der sich neben Vi auf den Tresen gehievt hat, ein Kuchenstück. „Du bist schlecht gelaunt und ich kann nicht umhin, mich zu fragen, ob das daran liegt, dass du dieses Jahr schon viele Sonntagsessen verpasst hast."

„Das war nicht aus freien Stücken", behaupte ich mit vollem Mund. Das hier ist verdammt lecker. Gott, ich liebe es, wenn Vi backt. „Mein Zeitplan war verrückt."

Vi beäugt mich misstrauisch. „Sieh dich im Raum um, Gareth. Du bist nicht der einzige Fußballer hier, der viel unterwegs ist, aber der Rest von uns schafft es, nach Hause zu kommen. Wir essen schon seit Jahren sonntags bei Dad zu Abend. Das ist wichtig. Und dieses Jahr ist es nicht anders als letztes Jahr."

Außer, dass es so ist, denke ich mir, als ich mich unter all den glücklichen Paaren um mich herum umschaue.

Tanner nimmt einen Bissen und stupst Vi an die Schulter. „Ich glaube, es ist ein Mädchenproblem."

Alle Köpfe drehen sich zu mir um, aber Dad unterbricht den Moment. „Ich glaube, unserer kleinen Rocky Doll muss die Windel gewechselt werden." Er hebt sie aus dem Hochstuhl und schreitet zielstrebig aus der Küche. Ich muss mich zwingen, nicht mit den Augen zu rollen, da er Bookers Windeln nach Mums Tod nur noch selten gewechselt hat.

Eine dunkle Erinnerung trifft mich wie eine Tonne Ziegelsteine. Dad sitzt am Esszimmertisch in unserem Haus in London und ich komme in die Küche, um Mum etwas zu trinken zu holen.

Gareth

8 Jahre alt

„Was machst du da?", schnauzt Dad mich von seinem Platz am Tisch aus an. Dort sitzt er schon seit Stunden. Kein Buch. Kein Fernseher. Kein Essen oder Trinken. Er starrt nur auf seine geballten Fäuste vor sich.

Meine Augen verengen sich. Ich schaue zu Vi hinüber, die sich auf dem Boden abmüht, Bookers Windel zu wechseln. Sie schüttelt ängstlich den Kopf. Aber ich habe keine Angst, also antworte ich: „Mum hat Durst.“

Ich fülle ein Glas und drehe mich um, nur um ihn hinter mir stehen zu sehen.

„Ich werde es ihr bringen.“ Er greift nach dem Glas, seine verschwitzten Finger greifen nach den meinen, die um das Glas gewickelt sind.

„Nein!“, schreie ich und ziehe es zurück an meine Brust.

„Ich sagte, ich bringe es ihr!“, brüllt er und greift wieder nach dem Glas. Ich weigere mich erneut und versuche, ihn wegzustoßen, als das Glas mit Wasser auf den Boden fällt.

„Sieh dir an, was du getan hast!“, rufe ich und bücke mich, um die Scherben aufzuheben, bevor Booker herüberkrabbelt und sich daran schneidet. Ich schaue zu unserem Vater auf, der nur auf das Chaos starrt. Sein Gesicht ist ausdruckslos, wie eine Zeichentrickfigur ohne jegliche Gefühle. Er bückt sich, um zu helfen, aber ich stoße ihn zurück. „Geh weg. Ich bringe das Wasser zu Mummy. Wenn du das tust, werdet ihr euch nur streiten, und ihr geht es heute wirklich schlecht!“

Er atmet tief ein und geht ohne ein weiteres Wort.

Ich stehe auf und schaue Vi an. „Geht es dir gut?“

Sie nickt, ihre kleinen vierjährigen Augen sind tränennass.

„Nimm Booker mit nach oben, während ich das hier wegputze.“

Vi war erst vier und kämpfte damit, ein einjähriges Kind festzuhalten, und ich kümmerte mich um unsere sterbende Mutter. Jetzt wechselt Dad Windeln und lädt zum Sonntagsessen ein, als wären wir schon immer eine große, glückliche Familie gewesen. Manchmal ist es schwer, sich daran zu erinnern, wie es vor Mums Tod war. Manchmal fühlt es sich an, als wäre es erst gestern gewesen.

Vi wendet sich an Tanner. „Wie kommst du darauf, dass Gareth ein Mädchenproblem hat, Tan?“

„Nur so ein Gefühl“, antwortet Tanner selbstgefällig. Ich funkle die beiden an, während sie über mich diskutieren, als wäre ich gar nicht hier. „Außerdem glaube ich, dass er seine persönliche Einkäuferin gevögelt hat, als Belle und ich letztes Jahr in Manchester waren, um Cam und Gareth gegeneinander spielen zu sehen."

Vi schnappt nach Luft. „Was meinst du? Hast du sie erwischt?"

„Nun, nein, nicht wirklich." Er sieht niedergeschlagen aus. „Aber die beiden schlenderten aus seinem Haus und sahen total selbstzufrieden aus. Stimmt's, Belle?"

Belle lacht unbeholfen neben ihm und murmelt: „Das würde ich nicht sagen." Ihr Blick wandert zu Indie, als ob sie ein geheimes Gespräch führten.

Tanner fährt fort: „Letzten Sommer wollte Gareth unbedingt, dass wir die Anzüge für meine Hochzeit von seiner Einkäuferin kaufen, obwohl ich ihm gesagt habe, dass es mir völlig egal ist, was wir anziehen."

„Schön, Tan!", wirft Belle ein und stößt ihn mit ihrem Ellbogen an.

„Sei still. Ich versuche hier, ein Argument vorzubringen, Weib." Unbeirrt wendet Tanner seinen Blick zu mir und spricht mich jetzt direkt an. „Ich glaube, du hast nach einer Ausrede gesucht, um in ihrer Nähe zu sein, und warst ziemlich enttäuscht, als sie so schnell wie möglich wieder verschwunden ist." Tanner streicht sich über den Bart und sieht mich mit einem herausfordernden Funkeln in den Augen an.

Ich starre ihn ausdruckslos an. „Es war mir egal, wie lange sie dort war. Ich wusste nur, dass wir wahrscheinlich alle im Union-Jack-Smoking auftauchen würden, wenn man die Anzüge dir allein überlassen hätte."

Tanner hält nachdenklich inne, als würde ihm die Idee gefallen. Nach einer Sekunde schüttelt er schnaubend den Kopf. „Blödsinn, Gareth. Ich glaube, du magst sie. Ich glaube, du liebst sie vielleicht sogar." Belle verpasst Tanner einen heftigen Klaps auf den Kopf mit seinem lächerlichen Männerdutt, woraufhin er entrüstet dreinblickt.

Vi sieht mich mit großen, hoffnungsvollen Augen an. „Ist an seinem Gerede etwas dran, Gareth? Stehst du auf deine persönliche Einkäuferin?"

„Sie ist Modestylistin und macht verdammt viel mehr als nur einzukaufen." Ich stoße ein Lachen aus, weil mir die Art und Weise, wie sie mich befragen, unangenehm ist und meine ganze Familie Druck auf mich auszuüben scheint, um Antworten zu bekommen.

Mein Kopf ruckt, als ich Camdens heißen Atem an meinem Hals

spüre. „Es ist ewig her, dass ich dich mit einer Frau gesehen habe, Bruder."

Ich stoße ihn weg. „Na und? Ich bin sowieso zu beschäftigt, um mit einer Frau klarzukommen. Ich habe Kid Kickers, Mannschaftskapitän-Verantwortung und all eure verdammten Dramen, die ein verdammter Vollzeitjob sind. Es ist genug. Nur weil ihr alle heiratet und Familien gründet, muss ich das nicht auch noch tun."

„Natürlich nicht!", antwortet Vi und stemmt die Hände in die Hüften, so wie es ihre mütterliche Art ist. „Aber das heißt nicht, dass du nicht auf sie stehen kannst. Also, tust du es?"

Achselzuckend und die Tatsache hassend, dass es in dieser Familie unmöglich ist, ein Geheimnis zu bewahren, antworte ich steif: „Ich habe vielleicht … gedacht, dass etwas zwischen uns passieren könnte, aber das wird nicht geschehen. Ende der Geschichte." Ich muss sie mir vom Leib schaffen, bevor sie in Manchester auftauchen und versuchen, zu helfen.

„Nicht Ende der Geschichte", wirft Camden ein, der immer noch viel zu nahe bei mir steht. „Wann hast du das letzte Mal mit ihr gesprochen?"

Ich schaue an die Decke und versuche mich daran zu erinnern, was wir letzte Woche gesagt haben, als wir uns getrennt haben. „Es waren schon Monate vergangen, bevor ich sie letzte Woche zufällig getroffen habe."

„Monate?", brüllt Tanner. „Sie kauft immer noch für dich ein, oder?"

„Ja, aber sie schickt jetzt ihre Assistentin."

„Sie geht dir verdammt noch mal aus dem Weg!" Er johlt vor Lachen, als würde ihn ihre Ablehnung mit großer Freude erfüllen.

„Aber er ist umwerfend", sagt Indie mit sanfter Stimme inmitten des lauten Geplappers der Familie Harris.

Tanner und Booker brechen in Gelächter aus, während Camdens Kinnlade vor Entsetzen herunterfällt. Er wirft einen anklagenden Blick auf Indie, die hinter uns steht und nervös ihre Brille mit Gepardenmuster zurechtrückt. Ihre Augen werden groß, als sie aufmerksam wird, als hätte sie nicht gemerkt, dass sie das laut ausgesprochen hat. Auch Vi und Belle können ihr Kichern nicht verbergen.

Indie fängt an, eine Ausrede zu plappern. „Auf diese raue, maskuline Art und Weise. Ich bevorzuge natürlich die hübschen, jungenhaften Züge meines Mannes." Sie streckt ihre Hand aus, um über Camdens blondes Haar zu streichen, woraufhin er in gespieltem Ekel ihr Handgelenk abwehrt.

„Hübsch und jungenhaft?" Sein Gesicht ist todernst. „Ich werde dir verdammt nochmal zeigen, was hübsch ist." Er bückt sich, wirft sich Indie über die Schulter und marschiert zur Hintertür, die in den Garten führt. „Brillchen und ich werden in fünfzehn bis zwanzig Minuten zurück sein!"

„So geht das, Bruderherz!", jubelt Tanner. „Du bist mein verdammter Held!"

„Ausdrucksweise!", schreit Vi und reibt sich die Schläfen in kleinen Kreisen.

Tanner wird rot im Gesicht. „Rocky ist oben bei Dad!"

„Nun, du solltest es dir zur Gewohnheit machen!", schnauzt sie zurück.

„Meine Güte", stöhne ich und bedecke mein Gesicht mit den Händen. „Unsere Familie ist mehr als gestört. Was ist noch schlimmer als gestört?"

„Mmm", sagt Belle, hebt einen Finger und isst einen Bissen Kuchen am anderen Ende der Theke. „Ich glaube, das Wort, das du suchst, ist psychotisch." Sie leckt sich mit freundlichem Gesicht über die Lippen.

„Das ist es", antworte ich mit wackelndem Finger. „Ihr seid alle psychotisch."

„Nun, wir sind verwandt, also gehörst du zu dieser verdammten Klapsmühle." Tanner wirft sich eine Erdnuss in den Mund und streicht sich mit einem stolzen Grinsen über den Bart.

„Aber im Ernst", sagt Vi und bringt uns wieder zurück zum Thema. „Das ist so seltsam, dass sie nicht mit dir gesprochen hat. Warum sollte sie das tun?"

„Sie ghostet ihn." Poppy singt ihre Aussage von ihrem Platz neben Booker am Tresen. Alle Köpfe drehen sich zu ihr um. Sie sieht überrascht aus, unser aller Aufmerksamkeit auf sich zu haben.

„Was zum Teufel bedeutet ghosten?", frage ich, nur ein wenig neugierig.

„Ähm", beginnt sie und spielt nervös mit ihrem kurzen blonden Haar. „Das ist, wenn jemand jegliche Kommunikation mit einer Person einstellt, in der Hoffnung, dass diese Person den Wink mit dem Zaunpfahl versteht und aufgibt."

„Wir sind Harrise!", brüllt Tanners und strafft die Schultern. „Wir werden nicht geghostet, weil wir nicht aufgeben. Stimmt's, Gareth?"

Ich rolle mit den Augen. „Ich glaube, nach einer Weile habe ich es mehr oder weniger aufgegeben."

„Du hast sie also geghostet", fügt Poppy wissend hinzu.

Ich schiebe meinen Kuchenteller weg und antworte: „Zuerst habe ich versucht, mit ihr zu reden, aber sie wollte nichts mit mir zu tun haben. Ich habe einfach … Verdammt, ich weiß es nicht. Ich habe einfach nichts mehr gemacht."

„Aber hattet ihr eine Verbindung?", fragt sie.

Ich nicke zögernd. Gott, ist das seltsam. Normalerweise bin ich derjenige, der allen anderen Ratschläge erteilt. Ich hasse es, im Mittelpunkt zu stehen, aber ich bin verdammt neugierig auf Poppys Gedanken.

„Das klingt für mich eher nach Jitter Ghosting."

Ich falle innerlich in mir zusammen. Ich habe fast Angst, zu fragen. „Was zum Teufel ist Jitter Ghosting?"

Poppy beugt sich vor, ihre grünen Augen leuchten vor Aufregung. „Das ist, wenn du viel für die andere Person empfindest, aber du bist gelähmt aus Angst vor Ablehnung, also sagst du gar nichts. Normalerweise trifft das auf Menschen zu, die zu feige sind, um zu sagen, was sie wirklich denken." Ihre Augen blicken nervös durch den Raum, während wir alle starren und ihr an den Lippen hängen. „Zumindest ist es das, was ich die Kinder in der Schule sagen höre."

„Verdammt noch mal, meine Babymama ist ein Genie!", verkündet Booker und drückt Poppy einen feuchten Kuss auf die Wange. Dann beugt er sich vor und flüstert: „Sonnenschein, habe ich dich jitter geghostet?"

„Ein bisschen", antwortet sie mit einem kleinen Achselzucken und legt ihre Hände auf ihren Bauch. „Aber jetzt ist alles gut, Lammkotelett. Wir sind alle besser dran."

Ihre ekelhaften Kosenamen füreinander reichen aus, um unsere Aufmerksamkeit abzulenken. Im Hintergrund höre ich Tanner einen Plan aushecken, wie ich Sloan sehen kann. Ich glaube, ich höre ihn sogar einen Harris-Shakedown erwähnen, aber ich bin mit meinen Gedanken ganz woanders.

Als ich Sloan letzte Woche gesehen habe, war sie besorgt über eine Beziehung, was nicht annähernd das war, woran ich gedacht habe. Ich habe keine Zeit für eine Freundin. Ich bin viel zu sehr mit dem Team und meinem Familiendrama beschäftigt, das an der Tagesordnung ist. Ich habe auch kein Interesse daran, meine tiefsten, dunkelsten Geheimnisse mit jemandem zu teilen. Letzteres führt im Allgemeinen sogar dazu, dass die Frauen wütend von mir wegstürmen.

Aber meine Reaktion, nachdem wir gefickt hatten, war sehr traditionell. Blumen, SMS, Telefonanrufe. Das ist eine Menge, um es einer frisch geschiedenen Frau entgegenzuschleudern. Sie war gerade aus einer schlechten Ehe herausgekommen. Das Letzte, was sie brauchte, war traditioneller Scheiß. Was habe ich mir nur dabei gedacht?

Vielleicht ist sie eher bereit, zuzustimmen, wenn ich mit etwas Untraditionellem auf sie zukomme. Und der Gedanke an untraditionell und Sloan klingt sogar besser als Vis köstlicher Kuchen.

FREUNDE MIT VORZÜGEN

Sloan

Es ist ein ungewöhnlich warmer Novembertag, als ich mit heruntergelassenen Fenstern nach Astbury fahre, um Hobart Walter, einen deutschen Mittelfeldspieler von ManU, und seine Freundin Brandi Smith, eine Stürmerin von Manchester City, zu besuchen. Zwei rivalisierende Teams und zwei rivalisierende Geschlechter.

Ich atme tief die frische Landluft ein und hoffe, dass sie meine Nerven beruhigt, als ich die Schotterstraße entlangfahre, die an der Einfahrt zu Gareths Grundstück vorbeiführt. Wehmütig schaue ich den Weg entlang und frage mich, ob er zu Hause ist. Dann schüttle ich verärgert den Kopf. Ich muss heute konzentriert sein. Ich musste im letzten Jahr konzentriert sein. Deshalb konnte ich nach dem, was passiert war, nicht einfach in Gareths Haus zurückkehren. Deshalb habe ich seine Anrufe nie angenommen. Ich war damit beschäftigt, mit kaum dreißig Jahren eine Midlife-Crisis zu haben. Ich musste mich auf das Leben als alleinerziehende Mutter vorbereiten. Ich musste mit den Problemen der realen Welt fertig werden. Ich hatte keine Zeit, über den One-Night-Stand mit einem Kunden nachzudenken, den ich an dem Abend hatte, als ich erfuhr, dass mein Mann mich verlassen würde.

Guter Gott, ich bin erbärmlich.

Das Walter-Anwesen hat ein ähnliches Sicherheitstor wie das von Gareth. Nachdem ich eingelassen wurde, fahre ich vor ein altes Haus, das mich an das erinnert, in dem ich mit Callum gewohnt habe. Ich nehme mir vor, professionell zu sein, schnappe mir meine Tasche mit meiner Mappe und ein paar Zeitschriften und schreite den Kiesweg zur Eingangstür hinauf.

Ein großer, schlanker Mann mit einem starken Akzent vom Festland tritt aus der riesigen Doppeltür und kommt auf mich zu, als ich die oberste Stufe erreiche. „Ah, Ms. Montgomery! Danke, dass Sie den ganzen Weg hierhergekommen sind!“ Er streckt mir die Hand entgegen und ich ergreife sie, während er mir fast den Arm aus dem Gelenk schüttelt. „Mein Name ist Hobart. Nennen Sie mich Hobo. Das tun alle anderen auch.“

Ich lächle höflich und antworte: „Schön, Sie kennenzulernen, Hobo. Darf ich fragen, warum man Sie so nennt?“

Er fährt sich mit der Hand durch seine lockigen braunen Haare. „Nun, meine Fußballkarriere war ein ziemliches Chaos. Ich habe mehr Wechsel hinter mir als Joey Barton, aber nicht aus denselben Gründen, wohlgemerkt. Ich habe einfach ein Zigeunerleben im Fußball geführt. Die Leute nannten mich Hobo, weil es eine Zeit lang so aussah, als ob ich obdachlos sein würde. Aber ManU hat es geschafft, mich ein ganzes Jahr zu halten, also hoffen wir mal!“

Ich lache höflich über den verlegenen Ausdruck auf seinem Gesicht. „Nun, ich bin froh, dass Sie sich jetzt ein bisschen mehr eingelebt haben. Und bitte, nennen Sie mich Sloan.“

„Wird gemacht“, sagt er mit einem aufrichtigen Grinsen. „Es ist so schön, Sie kennenzulernen. Gareth spricht sehr gut von Ihnen.“

Gänsehaut breitet sich bei der Erwähnung von Gareths Namen auf meinem Körper aus. Die Tatsache, dass Gareth mich in den höchsten Tönen gelobt hat, selbst nachdem ich ihn abblitzen ließ, löst in mir ein Gefühl aus, bei dem sich mir fast die Zehen krümmen.

Hobo scheint meine Reaktion nicht zu bemerken, denn er lehnt sich zu mir und flüstert: „Ich wollte nur leise erwähnen, dass meine Frau nicht glücklich über dieses Treffen ist, also können wir die Gebühren später besprechen?“

Meine fragend hochgezogene Augenbraue verschwindet, als eine große Blondine hinter ihm auftaucht und sich mit einer Hand auf die Hüfte gestützt an den Türrahmen lehnt. Ich kann nicht anders, als ein wenig zu starren, als sie dort in ihrer ganzen kraftvollen und einschüchternden Pracht steht. Sie trägt schimmernde schwarze Fußballshorts und einen schwarzen Sport-BH mit einem weißen Nike-Logo auf der Brust. Ihre Schultern heben und senken sich schnell, was darauf hindeutet, dass sie gerade ein hartes Training absolviert hat. Ich kann nicht anders, als grün vor Neid zu werden, wenn ich die Konturen ihres perfekten Sixpacks sehe, das bei jedem Ausatmen sichtbar wird.

„Das ist meine Ehefrau, Brandi Smith." Hobo stellt uns vor. „Brandi, das ist Sloan Montgomery."

„Sie müssen nicht hier sein", sagt sie mit walisischem Akzent und schüttelt mir die Hand. „Hobo hält das für eine gute Idee, aber ich finde es lächerlich."

„Schatz", sagt Hobo mit warnende Ton. „Das ist nicht lächerlich. So spielt man das Spiel."

„Ich spiele das Spiel." Sie richtet ihre eisblauen Augen auf ihn. „Es heißt Fußball."

Er schnaubt genervt. „Mein Schatz ist unerträglich."

„Es ist nicht meine Schuld, dass du in einer Woche mehr verdienst als ich in einem ganzen Jahr." Sie wendet sich von Hobo ab und verschränkt die Arme vor der Brust, um im Stillen zu schmollen.

Hobo atmet schwer aus und sieht wieder mich an. „Ich habe Sie hierher gebeten, weil man eine gewisse Rolle spielen muss, wenn man Werbeverträge bekommen will. Man muss den Sponsoren zeigen, dass man den Look hat. Ich nehme demnächst an einer Preisverleihungsgala teil, bei der es viel Presse, einen roten Teppich und das ganze Drum und Dran geben wird. Ich werde diese bezaubernde Frau an meinem Arm haben und sie muss phänomenal aussehen. Sie ist sexy und stark. Es gibt keinen Grund, warum sie nicht auf Plakatwänden in der ganzen Welt zu sehen sein sollte."

Sie rollt mit den Augen, aber ich sehe einen zärtlichen Blick zwischen den beiden, der deutlich macht, dass es hier um viel mehr geht als um einen Werbevertrag.

„Er hat irgendwie recht", füge ich hinzu und lenke ihre Aufmerksamkeit wieder auf mich. „Ich habe schon viele Sportler gestylt und es hat nicht lange gedauert, bis ich gelernt habe, dass das Spiel nur ein Teil des Jobs ist."

Hobo lächelt triumphierend. „Super. Wo fangen wir an?"

Nachdem ich etwa anderthalb Stunden lang Brandis und Hobos Kleidung durchgesehen und ihnen einige Kataloge gezeigt habe, bekomme ich einen Eindruck von viel mehr als nur ihrem Stil. Stilistisch neigt Hobo zu nicht zusammenpassender, exzentrischer Mode. Sehr europäisch. Brandi mag Komfort und sportliche Linien. Ein Ringerrücken-Kleid, das ihre Beine zeigt, ist eine naheliegende Wahl, denn ihre muskulösen Oberschenkel könnten wahrscheinlich eine Walnuss knacken.

Ihre Beziehung hingegen ist einfach niedlich. Hobo ist der lustige Typ. Brandi ist diejenige, die mit den Augen rollt und ihm mit dem Ellbogen in die Rippen stößt. Sie nähren einander. Der eine ist nur lustig, wenn der andere genervt ist. Es ist entzückend. Und als er mir erzählte, dass sein deutscher Kosename für sie – Schatz – wortwörtlich gemeint ist, bin ich vielleicht ein bisschen ins Schwärmen geraten. Bis ich natürlich daran dachte, wie Gareth mich in der Nacht, in der wir zusammen waren, genannt hat.

Treacle, was „süß" bedeutet.

Die Erinnerung daran zaubert ein kleines Lächeln auf mein Gesicht, und es ist nicht nur das Kompliment hinter dem Wort. Es ist die liebevolle Art, wie er es sagte. Sogar in der Umkleidekabine, als er den Kosenamen mit seiner tiefen, heiseren Stimme aussprach, krümmten sich meine Zehen in meinen Stiefeln.

Meine Handflächen sind schweißnass von meinen abschweifenden Gedanken, als wir uns auf den Weg nach unten machen. Ich glaube, die Welt spielt mir einen urkomischen Streich, als ich am Fuß der Treppe niemand anderen sehe als den Mann, der meine Gedanken verzehrt.

Gareth.

Und nicht nur irgendein Gareth.

Ein oberkörperfreier Gareth.

Ein oberkörperfreier, verschwitzter Gareth.

Das Plastik seiner Wasserflasche knackt geräuschvoll, als er die restlichen Tropfen schluckt und sie in seiner großen Hand zerdrückt.

„Hallo Nachbar!", ruft Hobo schallend, springt vom Geländer, das er gerade heruntergerutscht ist, und klopft Gareth auf die Schulter.

„Hallo Hobo. Brandi." Gareths tiefe Stimme hallt im Eingangsbereich wider und lässt nicht nur meine Ohren vibrieren. Er lässt seinen Blick zu mir gleiten und zieht die Augenbrauen hoch. „Sloan."

Guter Gott. Ich muss tief einatmen, damit ich nicht die Treppe hinunterfalle, so wie sein Blick an meinem Körper hinuntergleitet. Ich trage ein Pulloverkleid. Es ist schlicht geschnitten, aber figurbetont. So wie es aussieht, gefällt Gareth der Anblick.

„Hey, ähm, Gareth", krächze ich wie eine Idiotin, als er sich mit seinem zusammengeknüllten weißen T-Shirt den Schweiß von der Stirn tupft. Irgendwie eklig. Irgendwie heiß. Mist! Musste er wirklich im November oberkörperfrei laufen gehen? Wir sind in England, verdammt noch mal.

„Wir sind gerade fertig", sagt Brandi, hüpft die letzte Stufe hinunter und nimmt von Gareth einen freundlichen Kuss auf die Wange entgegen. „Wie ich sehe, hast du dich am Wasser bedient."

Er zuckt mit den Schultern. „Die Hintertür war offen."

Er kommt auf mich zu und beugt sich vor, um seine Lippen auf meine Wange zu drücken. Es ist eine scheinbar platonische Geste, aber wie eine Dumme drehe ich in letzter Sekunde meinen Kopf in die falsche Richtung und wir stoßen fast mit den Nasen zusammen. Dies wiederum führt dazu, dass ich in meinen hohen Schuhen stolpere, weshalb ich die Hände ausstrecke, um mich an seiner Brust abzufangen.

Seiner nackten Brust.

Seiner nackten, verschwitzten Brust.

Ich zwinge mich zu einem entschuldigenden Lächeln, das ich nicht fühle. Gareth und ich küssen uns nicht zur Begrüßung. Wir haben uns noch nie zur Begrüßung geküsst. Wir haben uns nicht einmal in der Nacht geküsst, in der wir Sex hatten! Er ist das, was die Briten als *cheeky* bezeichnen, und ich bin diejenige, die deswegen wie ein Trottel dasteht.

Zum Glück fangen die drei an, über Fußball zu reden, sodass ich mich darauf konzentrieren kann, normal zu atmen. Das ist der Grund, warum ich Gareth aus dem Weg gehe. Weil Sex die Dinge verändert. Denn jetzt kann ich ihn nicht mehr wie einen normalen Mann ansehen. Jetzt sieht er … anders aus.

Ich werfe einen weiteren Blick auf ihn, im Versuch herauszufinden, was an ihm so sexy ist. Abgesehen von den gemeißelten Bauchmuskeln, denn mal ehrlich, wie können die überhaupt echt sein?

Er ist beileibe kein klassischer Schönling. Er ist nicht einmal so bezaubernd wie Hobo. Und er ist definitiv das komplette Gegenteil von Callums Aussehen des privilegierten Privatschülers. Wenn man sich Gareths Gesichtszüge individuell ansieht, fällt auf, dass er extrem unvollkommen ist. Er hat einen Höcker auf dem Nasenrücken, seine Zähne sind leicht schief und die Stoppeln auf seinem Kiefer sind ein einziges Durcheinander. Ehrlich gesagt ist er das, was ich als fehlerhaft bezeichnen würde.

Aber dann ist da noch die dunkle Behaarung auf seiner Brust. Und die tiefen Linien seiner Hüften, die in seinen Jogginghosen verschwinden. Und die Art und Weise, wie er sich benimmt, ist etwas, das mir unweigerlich auffällt. Er ist selbstbewusst, ohne überheblich zu sein. Dazu noch sein dichtes, dunkles Haar und er ist wie ein köstliches, großes, mysteriöses und gutaussehendes Bad-Boy-Dessert, das die perfekte Mischung aus knusprig und cremig ist. Ein echter, schimmernder Gladiator.

„Und, hat Sloan euch geholfen?", fragt er, wobei er seine glühenden haselnussbraunen Augen auf mich richtet.

„Auf jeden Fall!", antwortet Hobo fröhlich.

„Sie hat ein paar coole Ideen", sagt Brandi etwas gedämpfter.

„Die hat sie", räumt Gareth ein und lächelt mich wissend an.

Sind seine Wimpern schon immer so lang gewesen?

„Ich habe einen Anzug für dich", presse ich hervor. Plötzlich möchte ich ihm das Kleidungsstück sofort geben, damit ich nicht in sein Haus gehen muss. Die Funken. Die Spannung. Die Anziehung. Es ist alles noch da, und wenn wir zu ihm nach Hause gehen und er mich mit diesen unanständigen Augen anlächelt, weiß ich, was passieren wird.

„Sehr gut", antwortet er und geht den Flur entlang in Richtung Rückseite des Hauses. „Bring ihn vorbei, wenn du hier fertig bist."

„Du kannst ihn jetzt einfach mitnehmen", sage ich zu seiner verschwindenden Gestalt. „Er ist nur in meinem Auto … Wo willst du hin?"

„Ich bin laufen." Er deutet mit dem Daumen auf die Glasschiebetür. „Hobo und ich haben einen Wanderweg zwischen unseren Grundstücken."

„Das ist schöner als auf der Straße zu joggen, wo die neugierigen Arschlöcher alle versuchen, Fotos zu machen", fügt Hobo hinzu. „Obwohl sie sich einen Dreck um mich scheren. Heutzutage interessieren sie sich nur noch für Mr. Preisträger."

„Preisträger?", frage ich und werfe einen neugierigen Blick auf Gareth.

Er hält im Flur inne, greift sich in den Nacken und verzieht verlegen das Gesicht. „Es ist nichts. Wir sehen uns, Sloan."

Angst zieht mein Inneres zusammen. Er sieht viel zu gut aus, als dass ich mit ihm allein sein könnte. „Vielleicht kann ich den Anzug einfach hier lassen und du kannst ihn später abholen?"

„Ich garantiere dir, dass ich vor dir zu Hause sein und noch Zeit für eine Dusche haben werde." Er zwinkert mir zu und verschwindet wie ein Blitz durch die Hintertür.

Mein Blick starrt sehnsüchtig auf seine Rückenmuskeln, die unter seiner Haut gleiten und sich verschieben, während er die Verandatreppe hinuntereilt und in Richtung der Hügellandschaft läuft.

Warum musste er eine Dusche erwähnen? Was soll ich mit dieser Information anfangen? War das eine Einladung oder so? Oh mein Gott, ich bin so aus der Übung.

Und so im Arsch.

Ein Räuspern neben mir lässt meinen Kopf zu Hobo und Brandi zurückschnellen. „Also, habt ihr noch irgendwelche Fragen?"

Etwa dreißig Minuten später fahre ich auf Gareths Grundstück. Vielleicht habe ich ja auf dem Schotterweg geparkt und ein paar tiefe Atemübungen gemacht, die ich beim Yoga gelernt habe. Nicht, dass es geholfen hätte. Auf jeden Fall brauchten meine Handflächen Zeit, um zu trocknen, bevor ich das Lenkrad sicher greifen konnte.

Es ist schon eine Weile her, seit ich in Gareths Haus war, und ich kann nicht anders, als es sehnsüchtig anzustarren, während ich den Kiesweg entlangfahre. Ich habe immer darüber gestaunt, wie modern es ist. Die meisten Häuser in der Gegend sind alte Anwesen, wie das von Hobo oder Callum.

Gareths Anwesen ist ein wunderschönes Kunstwerk. Offensichtlich das leidenschaftliche Projekt eines Architekten, das sich perfekt in die üppige, grüne Landschaft einfügt. Eine perfekte Schneekugel in einer Oase der Natur. Das Innere ist genauso atemberaubend wie das Äußere. Es ist prächtig und mit vielen bequemen Möbeln ausgestattet. Nette, flippige Akzentstücke. Und gerade genug einzigartiger Schnickschnack, dass es sich anfühlt, als wäre es nicht einfach einem Katalog entnommen worden.

Ich habe Gareth einmal gefragt, ob er es selbst gebaut hat, und weiß noch, dass ich ein wenig enttäuscht war, als er sagte, dass er es nicht getan hätte. Aber er sagte, dass er die Immobilie haben musste, als er sie sah. Er sagte, es sei ihm wichtig, dass sein Zuhause ganz anders sei als sein Elternhaus.

Ich wollte ihn fragen, was er damit meinte, aber ich hatte nicht den Eindruck, dass er das mit mir teilen wollte. Ich weiß immer ganz genau, wann ich auf mehr Informationen drängen und wann ich mit dem Fragen aufhören sollte. Meine Mutter hat immer gescherzt, dass ich eine Empathin sei, weil ich die Stimmung einer Person spüren kann und mich anpasse, bis sie sich wohlfühlt. Das ist keine Fähigkeit, die ich je verfeinert habe. Es ist einfach das, was mir in die Wiege gelegt wurde. Ich mag es, den Frieden zu bewahren. Frieden ist gut. Frieden ist ruhig. Alle lieben den Frieden. Mich eingeschlossen.

Das bedeutet auch, dass ich dazu neige, Konflikten aus dem Weg zu gehen, weshalb es einfacher schien, Gareth so lange zu meiden. Aber so wie unsere letzten Interaktionen verlaufen sind, bin ich zuversichtlich, dass wir wieder zu der friedlichen Existenz zurückkehren können, die wir einmal hatten.

Gareth steht auf der Treppe vor seinem Haus und wartet auf mich, als ich parke. Er trägt einen dunkelgrünen Pullover, seine starken Hände stecken in den Taschen seiner verblichenen Jeans. Seine abgewetzten Oxfordschuhe aus Leder passen perfekt dazu. Ich habe alles gekauft, was sich gerade an seinem Körper befindet, und das macht mich stolz.

Das und ich liebe Gareths Stil.

Ja, ich weiß, dass ich diejenige bin, die seine Kleidung auswählt. Aber ich treffe mich mit allen meinen Kunden, um ihren Stil zu ermitteln, bevor ich ein einziges Teil für sie kaufe. Gareth steht auf klassischen, maskulinen und unaufdringlichen Luxus. Man würde nicht wissen, dass er Tausend-Dollar-Schuhe trägt, wenn man keine High-End-Kleidung kennt. Das ist das Schöne daran, denn er kann im Park spazieren gehen oder sich im Büro seines Agenten hinsetzen und passt immer genau hinein.

Callum trug nur ein paar der Sachen, die ich für ihn gekauft hatte.

Er kombinierte meine Sachen immer mit seinen eigenen. Das ärgerte mich, denn er hielt seinen Stil gerne für besser als den meinen. Als wir uns das erste Mal trafen, grinste er von oben herab über mein Kleid von Target.

Als wir nach Manchester zogen, fing er an, mich zu fragen, warum ich mich nicht wie die Frau von so-und-so anziehen konnte. Wenn Sophia nicht gewesen wäre, hätte ich es nicht einen Monat mit ihm ausgehalten.

„Du bist gekommen." Gareths tiefe Stimme vibriert zwischen meinen Schenkeln, als ich fast stolpere, während ich die Treppe zu ihm hinaufsteige.

„Du hast mich quasi gezwungen", antworte ich, werfe seinen Anzug über meine Schulter und versuche, die Röte zu unterdrücken, die mich beim Aufeinandertreffen unserer Blicke durchströmt.

„Wohl kaum", antwortet er mit einem amüsierten Blick. „Du siehst gut aus, Sloan."

„Ähm, danke." Ich zupfe an meinem Ärmel und frage mich, warum sich das hier plötzlich wie ein verdammtes Date anfühlt. „Hier ist dein Anzug."

Ich halte ihn ihm hin. Seine Augen verengen sich für einen kurzen Moment verschwörerisch, bevor er lächelt. „Warum kommst du nicht rein?"

Ich schaue in den Himmel und bete um Kraft. „Ich glaube wirklich nicht, dass das eine gute Idee ist, Gareth."

Er gluckst halbherzig. „Warum? Denkst du, dass etwas passieren wird? Kannst du dir in meiner Nähe nicht mehr trauen? Ist es das?"

Das herausfordernde Glitzern in seinen Augen lässt mich die meinen zusammenkneifen. „Ich kann mir selbst gut trauen." *Nur bei meiner Libido bin ich mir nicht so sicher.*

„Komm schon, Sloan. Ich habe dich vermisst", lockt er mich und nimmt mir den Kleidersack aus der Hand. „Schwing deinen Hintern hier rein und lass uns reden."

Schwer ausatmend folge ich ihm durch das Foyer. Mein Blick fällt sofort auf die große Treppe, die zu seinem Zimmer hinaufführt. Die Erinnerungen an jene Nacht treffen mich wie eine Tonne Ziegelsteine.

„Kann ich dir etwas zu trinken bringen?", fragt er und lenkt meine

Aufmerksamkeit auf ihn, wie er neben mir steht. „Wasser? Kaffee? Ich habe keinen Alkohol hier.“

Stirnrunzelnd antworte ich: „Ich muss sowieso arbeiten.“ Auch wenn ein starker Drink dieses Gespräch ein wenig erträglicher machen könnte.

„Richtig.“ Er greift sich in den Nacken und schaut über seine Schulter. Er deutet auf den langen Esstisch aus dunklem Holz, der unter einer modernen Edison-Lampe steht, und sagt: „Setzen wir uns.“

Er zieht einen Stuhl am Kopfende des Tisches hervor, damit ich mich hinsetzen kann. Dann nimmt er den Platz neben mir ein.

„Und, wie läuft's?“, frage ich im verzweifelten Versuch, die schwere Stille zu füllen. „Wie gefällt dir deine Kleidung in dieser Saison? Gibt es Probleme mit der Textur? Ich weiß, dass du den Kaschmirpulli von Burberry gehasst hast, obwohl ich dachte, er würde funktionieren …“

„Sloan“, Gareths Stimme unterbricht mich mitten im Gedanken, „ich habe dich nicht eingeladen, um über Klamotten zu reden.“

Mein Blick fällt auf den Tisch. „Ich wusste, dass das ein Fehler war“, murmle ich.

„Du wusstest, dass was ein Fehler war?“ Seine Stimme ist so sanft, dass ich tief einatmen muss, um mich zu beruhigen.

„Hierherzukommen“, antworte ich und kneife mir in den Nasenrücken. „Ich sollte nicht hier sein.“

Gareth rutscht auf die Kante seines Sitzes und sein männlicher Duft trifft mich wie eine Abrissbirne, während sich Bilder von ihm, wie er nackt ist, in meinem Kopf festsetzen. „Sloan, du kannst nicht einfach so tun, als wäre jener Abend zwischen uns nicht passiert.“

„Das kann ich ganz sicher!“, behaupte ich, lehne mich in meinem Sitz zurück und spüre, wie mich eine Gänsehaut überkommt. Ich habe mich so sehr bemüht, nicht über die Erinnerungen an jenen Abend nachzudenken. Mit einigem Erfolg, wie ich hinzufügen möchte. „Was zwischen uns passiert ist, ist schon so lange her, Gareth. Ganz ehrlich, warum denkst du immer noch daran?“ Sicherlich hatte er seitdem mindestens ein Dutzend andere Frauen.

„Weil ich nicht *aufhören* kann, daran zu denken.“ Seine Augen sind todernst. Sie gehen durch mich hindurch und sagen Worte, von denen ich mir nie hätte vorstellen können, dass er sie sagt. „Ich bin kein Dummschwätzer, Sloan. Ich spiele keine Spielchen. Ich bin nicht hinter Frauen her. Aber wenn ich ein Jahr lang nicht aufhören kann, an eine Person zu denken, dann werde ich verdammt noch mal etwas unternehmen."

„Zum Beispiel deine Freunde zu einer Beratung zwingen", erwidere ich und frage mich, ob der arme Hobo und Brandi überhaupt eine Beratung mit mir wollten.

„Ich habe niemanden gezwungen", antwortet er. „Hobo hat mich wegen Brandi um Rat gefragt, und ich weiß, dass du Beziehungen in der Branche hast. Du schienst die ideale Ansprechpartnerin zu sein."

Schweigen bricht über uns herein und ich fange an, an der Nagelhaut meines Fingers zu zupfen, um Gareths Blick auszuweichen. Seine gerunzelte Stirn wird mich noch ins Grab bringen. „Ich weiß nicht, was ich sagen soll."

„Willst du damit sagen, dass du nie an den Abend denkst, den wir zusammen hatten?" Seine Stimme ist wie warmer Honig, der in meinen Mund tropft.

Meine Schultern heben sich. „Natürlich denke ich daran", schnauze ich.

Er atmet durch seine Nase aus. „Und? Sind es positive Gedanken?"

Ich sehe auf und er verbirgt ein Lächeln, das die Falten um seine Augen göttlich aussehen lässt. „Nein … Manchmal …Vielleicht."

Er schüttelt den Kopf, sichtlich genervt. „So etwas habe ich in meinem ganzen Leben noch nie gefühlt."

Ich berühre meine Lippen, um sicherzugehen, dass die Worte nicht aus meinem eigenen Mund kommen, denn er spricht genau meine Gedanken aus. Aber das ändert nichts an der Tatsache, dass das, was wir getan haben, falsch war. Er ist ein Kunde!

Der Humor in seinem Gesichtsausdruck verschwindet, als er die nächste Frage stellt. „Hör mal, hast du versucht, mich zu ignorieren? Versuchst du, mich aus deinem Leben auszuschließen, damit ich dich in Ruhe lasse?"

„Nein", antworte ich, während die Angst alle fünf Sinne beansprucht. „Gareth, ich will weiter mit dir arbeiten."

„Du willst mich nur nicht mehr ficken."

Meine Nerven kochen über. Mein Blick geht nach unten, während ich tief einatme. Das Wort aus seinem Mund ist wie ein sofortiger Stromstoß in meinem Slip. Die Art und Weise, wie seine Zähne seine Unterlippe festhalten, um den Buchstaben *F* auszusprechen, verursacht mir ein kribbelndes Gefühl. Ich weiß, dass er an dem Abend, als wir zusammen waren, alle möglichen unanständigen Dinge gesagt hat, aber das ist schon so lange her, und ich war damals in einem anderen Universum. Ich habe jenen Abend in einen Traum verwandelt. Eine Fantasie. Das hier ist die Realität, und doch möchte ich ihn nur bitten, dieses Wort immer und immer wieder zu sagen.

„Sag das Wort bitte nicht noch einmal", stöhne ich, fahre mir mit den Händen durch die Haare und presse meine Schenkel zusammen, während ich versuche, die Tatsache zu ignorieren, dass seine Unterlippe etwas dicker ist als seine Oberlippe.

„Welches Wort?", fragt er, scheinbar aufrichtig.

„Das … unanständige Wort."

Vorsicht, Sloan, man sieht deine Mom-Jeans.

„Unanständiges Wort?" Das bringt ihn zum Glucksen.

Wie kann er in diesem Moment lachen? Mein Körper ist sich quälend bewusst, wie nahe wir uns sind, wenn wir nebeneinander sitzen. In den letzten fünf Minuten hat sein Knie unter dem Tisch dreimal gegen meins gestoßen und ich kann nur daran denken, wie sehr ich mir wünsche, dass es wieder passiert. Ich bedecke mein Gesicht mit den Händen, um ihn nicht ansehen zu müssen.

Er beugt sich vor und flüstert: „Du meinst das Wort ficken?" Das leise Klicken des *K* veranlasst mich, durch den Spalt zwischen meinen Fingern zu spähen. Seine Augen sind intensiv auf mich gerichtet, als er hinzufügt: „Sloan, ich denke seit Monaten nur daran, wie sehr ich dich wieder ficken will." Seine Lippen werden feucht, als er mit seiner Zunge darüber fährt. „Dich zu ficken war der Höhepunkt meines Jahres, Treacle."

„Gareth!" Ich stöhne frustriert seinen Namen, lasse meine Hände fallen und zucke vor seinen ehrlichen Worten zurück. „Das ist so verrückt … und unangemessen!" Und wunderbar, sexy und frustrierend.

„Warum?", fragt er und schaut ungläubig drein. „Weil du es nicht magst? Oder weil du nicht über deinen Ex hinweg bist?"

„Ich denke definitiv nicht an meinen Ex", antworte ich mit einem unreifen Augenrollen und wehre mich gegen den schaudernden Gedanken, immer noch an Cal gebunden zu sein.

„Wenn es daran liegt, dass ich dein Kunde bin, dann ist mir das völlig egal. Es geht um Kleidung, Sloan. Was wir haben, ist viel wichtiger als Mode.“

„Es geht hier nicht um die Kleidung“, verteidige ich mich.

Er verengt seine Augen. „Bereust du unseren gemeinsamen Abend?“

„Nein“, antworte ich reflexartig und will mir dann vor Scham den Mund zuhalten.

„Was ist dann das Problem?“

„Ich weiß es nicht!“, antworte ich schnell, denn ich weiß, dass ich ihm nicht die Wahrheit sagen kann. Dass ich all seinen Kontaktversuchen aus dem Weg gegangen bin, weil ich mitten in einem Kampf um das Sorgerecht für meine Tochter steckte, von deren Existenz er nichts weiß.

„Du gibst mir ganz schön viele gemischte Signale.“ Er fährt sich mit den Händen durch sein dunkles Haar und zerzaust es so schön, dass es mich juckt, es zu berühren. „Du sagst, dass du es nicht bereust, aber du bist da drüben und zuckst. Was geht nur in deinem Kopf vor?“

„Das ist mir verdammt peinlich!“, brülle ich.

Sein Gesicht fällt. „Was denn?“

Ich blinzle schnell. „Was? Willst du die Liste?“

„Mindestens die ersten fünf Punkte darauf“, erwidert er.

„Nun, ich schäme mich dafür, wie ich dich behandelt habe“, antworte ich ehrlich. Wenn er die Liste hören will, werde ich sie ihm geben. „Ich habe dich angeschrien, gekratzt und bedroht.“

„Heißt das, dass es dir nicht gefallen hat?“, fragt er.

„Nein, ich habe es geliebt! Ich habe es so sehr geliebt, dass ich gedemütigt bin.“ Gott, was ist nur los mit mir, dass es mir gefallen hat, ihn vor mir knien zu lassen? Ich weiß, dass es diesen Lebensstil gibt, aber ich bin Mutter und Geschäftsinhaberin. Ich bin eine, die es den Leuten recht macht! Das sieht mir nicht ähnlich.

„Wenn du es geliebt hast, wofür musst du dich dann schämen? Ich wollte, dass du es tust. Ich … habe es auch geliebt.“ Er zögert, als er den letzten Teil sagt, und scheint auch ein wenig unsicher zu sein. Bis jetzt war er so ruhig und gefasst. Ihn schwanken zu sehen, ist auf eine seltsame Art tröstlich. „Hör zu, Sloan. Wir sind zwei Erwachsene. Was soll daran schlimm sein?“

„Ich verstehe nicht, warum es dir gefallen hat.“ Ich sehe ihn fragend an, denn ich will wissen, warum ein starker, sexy und berühmter Sportler sich von einer Frau kontrollieren lässt.

Dass sich die Aufmerksamkeit auf ihn richtet, lässt ihn innehalten. Er bewegt sich unbehaglich, bevor er sich zusammenreißt und antwortet: „Ich habe in so vielen Bereichen meines Lebens die Kontrolle. Ich habe sie gerne an dich abgegeben.“

Ich schnaube fast. „Machst du das mit all deinen Frauen?“

„Frauen?“, wiederholt er und reibt sich irritiert den Nacken. „Du sagst das so, als gäbe es viele. Erstens gibt es die nicht. Und zweitens habe ich so etwas noch nie mit einer anderen Frau gemacht. Nur mit dir.“

Nur mit dir.

Ich wiederhole seine Worte in meinem Kopf und sie fühlen sich gut an. Tröstlich. Ein kleines Lächeln zerrt an meinen Mundwinkeln. Ich kann es nicht verhindern. Diese Information hat etwas unglaublich Ermutigendes an sich. *Nur mit mir.*

Gareth grinst jetzt. Er grinst und sieht so verdammt gut aus, dass es schwer ist, mich zu konzentrieren. „Hat es dir gefallen, die Kontrolle zu haben?“, fragt er, wobei er mich mit seiner Körpersprache dazu überredet, mich zu öffnen.

Ich nicke steif. Nervös. Vorsichtig.

„Warum machen wir es dann nicht noch einmal?“

„Jetzt gleich?“, quieke ich schrecklich undamenhaft.

Das leise Glucksen, das in seiner Brust vibriert, veranlasst mich dazu, meine Schenkel zusammenzupressen. „Nicht unbedingt. Ich meine nur, vielleicht können wir das zu einer Sache zwischen uns machen.“

„Ich habe so viel um die Ohren, Gareth. Ich glaube wirklich nicht, dass ich dafür bereit bin.“

„Bereit wofür?“, fragt er.

„Eine Beziehung mit Manchesters beliebtestem Kicker!“ Ich fahre mir mit den Händen durch die Haare und versuche, das Zittern in meinem Körper zu stoppen.

„Fußballer“, murmelt er leise und lehnt sich über den Tisch, um meine Hände zu ergreifen. „Und ich habe dir schon letzte Woche gesagt, dass ich keine Beziehung vorschlage, Sloan.“

Meine Wirbelsäule richtet sich auf. „Was genau willst du denn?“

„Du kommst gerade aus einer beschissenen Ehe. Ich bin nicht daran interessiert, mich zu binden." Seine Hände erstarren in den meinen, während er auf unsere Verbindung hinunterschaut und nach dem richtigen Wort sucht. „Nennen wir es einfach *Freiheit*."

Er nimmt meine Hand in die seine und fährt mit seinem Finger eine Linie auf meiner Handfläche entlang. Meine Haut ist so blass und weich gegen seinen rauen Griff, aber seine Berührung ist warm und tröstlich. Und sie macht Dinge mit mir. Unanständige Dinge und verlockende Dinge.

Ich lasse einen zittrigen Atemzug los und flüstere: „Welche Art von Freiheit?"

Er lächelt mich halb an und seine dunklen Augen strahlen Hoffnung aus. „Die Art, bei der wir beide diese neu entdeckten Gefühle erkunden können … zusammen."

„Welche Gefühle meinst du genau?", frage ich, während mein Puls so stark pocht, dass er ihn wahrscheinlich in meinem Finger spüren kann.

„Die Art, bei der du die ganze Kontrolle hast, so wie an jenem Abend mit mir … immer und immer wieder … und immer wieder." Er zieht eine meiner Hände zu seinem Mund und presst seine dicken Lippen auf die Spitze meines Zeigefingers.

Meine Stimme bebt. „Das war ein verrückter Abend."

„Ein verrückter Abend, den ich mit dir wiederholen möchte." Die Aufrichtigkeit in seinem Blick ist rein. „Kannst du dir vorstellen, das regelmäßig zu tun?"

„Ist es wirklich das, was du willst?"

„Sehr sogar", sagt er heiser, während seine Augen verletzlich wirken und mich anziehen, wie das Licht eine Motte anzieht.

„Das wäre also nur eine lockere Freundschaft mit Vorzügen?", frage ich, um sicherzugehen, dass ich alle Fakten kenne.

„Freundliche Freunde", antwortet er. „Nicht mehr. Und nicht weniger."

Ich räuspere mich. „Aber du wärst trotzdem mein Kunde?"

„Natürlich", antwortet er leichtfertig. „Daran wird sich nichts ändern."

Ich schlucke langsam. „Aber ich habe Verantwortung, Gareth. Dinge, von denen ich nicht weg sein kann."

„Ich auch", argumentiert er. „Es ist Fußballsaison. Ich bin mit dem Training, den Spielen und den Medien beschäftigt. Du weißt, dass mein Terminkalender verrückt ist. Ich verlange keine sieben Tage die Woche, Sloan."

„Was willst du genau?"

Er zuckt mit den Schultern. „Wann immer wir beide frei sind." Bei ihm klingt das so einfach.

Für mich ist es allerdings nicht einfach. Ich bin Mutter. Ich habe ein Kind. Ein Kind, das ich nur alle zwei Wochen zu sehen bekomme.

In diesem Moment fällt mir die offensichtlichste Erkenntnis ein. Warum ist mir das nicht schon früher eingefallen? Gareth kann meine dunklen Wochen aufhellen. Meine Tage, an denen ich nur über Sophia nachdenke und darüber, was Cal mit ihr macht oder nicht macht. Anstatt in eine Depression zu verfallen, kann ich einen Teil meiner Freizeit mit Gareth verbringen. Es ist wie Zumba, nur dass ich mir die Bewegungen ausdenke!

Mein Gesicht erhitzt sich bei dem Gedanken, dass ich zu dieser Verrücktheit ja sagen könnte. „Wo würden wir diese … Freiheit ausleben?"

Seine Augen verengen sich, als er sich in Gedanken zurückzieht. „Ich trainiere von Dienstag bis Freitag in Carrington, also könnte ich danach zu dir kommen …"

„Nein!", schreie ich fast und stelle mir Freya auf der Couch vor, wie sie über *Heartland* quiekt, während Gareth mich bittet, ihn zu versohlen. *Oh mein Gott, würde er mich ihn versohlen lassen?*

„Zu mir also?", fragt er, während er mich mustert. „Ich dachte nur, da ich eine Stunde von Manchester entfernt wohne, würdest du etwas Zentraleres bevorzugen."

„Bei dir ist perfekt." Ich zwinge mich zu einem Lächeln und schaue mich in seinem Haus um, neugierig auf all die Räume, die ich noch nicht gesehen habe. Es ist weit weg von Manchester. Es ist weit weg von der Realität. Es ist ideal. „Aber wir brauchen Regeln oder so etwas", stoße ich hervor. „Ich muss wissen, welche Erwartungen du hast. Wie weit wir gehen werden." Mein Gesicht erhitzt sich von den unanständigen Gedanken, die sich ihren Weg aus den dunklen Spalten meines Geistes bahnen. Ich stelle mir Kerker, Sexhotels und seltsame Clubs vor. Für diese Art von Lebensstil bin ich sicherlich nicht gerüstet.

„Glaubst du nicht, dass wir das einfach so herausfinden können?", fragt er mit einem freundlichen Lächeln. „Ich habe keine Erwartungen, Sloan."

„Okay, aber ich würde gerne etwas recherchieren. Ich bin nicht sehr erfahren, Gareth. Ich meine, um Himmels willen, ich habe noch nicht einmal einen Mann geküsst, seit …" Ich halte inne und denke daran, dass ich mich nicht daran erinnern kann, wann Cal mich das letzte Mal geküsst hat. „Sehr, sehr langer Zeit."

„Du brauchst keine Recherchen anzustellen, um dich daran zu erinnern, wie man küsst, Sloan." Er lehnt sich über den Tisch und trifft mich mit seinem ganzen rauen Duft und Charme. „Ich kann dein Gedächtnis sofort auffrischen."

Ich lecke mir über die Lippen und starre auf seinen perfekten Schmollmund. Gott, es wäre unglaublich, ihn zu küssen. Seine Lippen mit meinen zu berühren und genau zu wissen, wie er schmeckt.

Der Gedanke lässt mir das Blut in den Adern gefrieren. Hier geht es nicht um eine Beziehung. Es geht um Sex. Ich habe den Gelegenheitssex in meinen Zwanzigern verpasst, weil ich geheiratet und ein Baby bekommen habe. Das ist meine Chance, das wiedergutzumachen. Ich will nicht alles vermasseln, indem Gefühle ins Spiel kommen.

Der Gedanke, Gareth zu küssen, fühlt sich sehr persönlich an. Sehr real. Sehr beziehungsähnlich. Ich brauche keine Beziehung. Alles, was ich brauche, ist eine Ablenkung, um die Wochen ohne Sophia zu überleben.

„Kein Küssen", platze ich heraus. Es hat schon beim ersten Mal funktioniert, als wir zusammen waren. Das wird sicher auch wieder funktionieren.

Seine Augen verengen sich. „Gar nicht?"

„Nicht auf den Mund." Ich werde rot.

„Warum?" Er sieht aufgewühlt aus.

„Weil es zu intim ist", erkläre ich, denn ich kenne die Komplikationen, die ein Kuss auslösen würde. „Ich habe eine Million andere Dinge im Kopf, da können mir Gefühle nicht in die Quere kommen."

Er schaut zwischen meinen Augen hin und her, als würde er nach etwas suchen, dann schüttelt er den Kopf und lehnt sich in seinem Stuhl zurück. „Weißt du was? Das ist schon in Ordnung. Ich möchte, dass du alle Entscheidungen triffst, also ist mir alles recht, was du sagst."

Das bringt mich zum Lächeln. „Dann ist es abgemacht."

„Es ist abgemacht."

Nach einer längeren Pause stehe ich auf, um zu gehen, und Gareth folgt mir zur Tür. Er beugt sich fast vor, um mir zum Abschied einen Kuss auf die Wange zu geben, aber er überlegt es sich anders und zieht sich zurück. „Darf ich dich auf die Wange küssen?"

Mit den Augen rollend, antworte ich: „Fangen wir jetzt damit an?"

Er stützt sich mit der Hand am Türrahmen ab, wie ein verdammtes Model bei einem Cover-Shooting. „Ich wüsste nicht, warum nicht."

Ich richte meine Wirbelsäule auf und nicke ihm einfach zu. „Ja, du kannst mich auf die Wange küssen."

Er beugt sich vor und sein glucksender Atem ist warm auf meiner Haut. Seine Lippen streifen meinen Kiefer und verweilen einen Moment, während er den Bereich hinter meinem Ohr einatmet. „Jetzt bist du am Zug, Treacle."

Ich nehme mir einen Moment Zeit, um über diese Tatsache zu staunen.

Kontrolle.

Vollständige und totale Kontrolle.

Es fühlt sich zur Abwechslung verdammt gut an.

SMS-VERTRAG

Gareth

Um zehn Uhr vibriert mein Telefon auf dem Nachttisch und zeigt an, dass eine SMS eingegangen ist. Ich schalte den Fernseher stumm und wische mit dem Daumen über den Bildschirm. Ich kann mir ein Grinsen nicht verkneifen, als ich Sloans Namen sehe.

Sloan: Erwartest du von mir, dass ich eine Domina bin?

Gareth: Nein.

Sloan: Weil ich nicht so sein will.

Gareth: Hast du online recherchiert?

Sloan: Ja, und ich bin für so etwas nicht geschaffen. Ich habe gerade einen wirklich verstörenden Porno gesehen und bin zu dem Schluss gekommen, dass du dir jemand anderen suchen solltest.

Gareth: Ich will niemand anderen und ich will auch nicht das, was du gerade siehst. Ich will nur dich.

Sloan: …

Sloan: …

Sloan: Du erwartest also nicht, dass ich eine dieser Frauen in einem Korsett mit einer Peitsche bin, die deinen Schwanz in einen ledernen Keuschheitsgürtel wickelt?

Gareth: Lieber nicht.

Gareth: Ich will nur, dass du frei bist. Du versuchst, das, was wir tun, in eine Schublade zu stecken, und darum geht es hier nicht.

Sloan: Nun, ich versuche herauszufinden, was du willst.

Gareth: Ich will, was du willst.

Sloan: ICH WEISS NICHT, WAS ICH WILL.

Gareth: Doch, das tust du. Denke zurück an den Abend, an dem wir zusammen waren. Was hat dir daran gefallen?

Sloan: …

Sloan: …

Sloan: Es hat mir gefallen, dass du dich selbst berührt hast.

Gareth: Es hat mir gefallen, dass du mir dabei zugesehen hast, wie ich mich selbst berühre.

Sloan: Warum?

Gareth: Weil ich es mochte, dir zu gefallen. Dir zu gefallen, hat mir gefallen. So schließt sich der Kreis, verstehst du? Hat es dir gefallen, die Kontrolle zu haben?

Sloan: Ja.

Gareth: Warum?

Sloan: Weil ich noch nie die Kontrolle hatte. Dadurch habe ich mich stark gefühlt. Ich fühle mich nicht oft stark.

Gareth: Siehst du? Du verstehst das.

Sloan: Warum hat es dir gefallen?

Gareth: …

Gareth: …

Gareth: Weil ich dadurch nicht die Person sein musste, auf die sich alle verlassen. Dadurch konnte ich den ganzen

Quatsch in meinem Kopf vergessen und einfach nur fühlen. So vieles in meinem Leben war an meine Vergangenheit und meine Zukunft gebunden. Dass du das Sagen hattest, half mir, in der Gegenwart zu bleiben.

Sloan: Was ist in deiner Vergangenheit passiert?

Gareth: Siehst du, das ist eine Frage, die jemand stellen würde, wenn er in einer Beziehung wäre.

Sloan: OMG, du hast recht! Sag's mir nicht!

Gareth: Mach dir keine Sorgen. Das wird nicht vorkommen.

Sloan: Du hast also wirklich keine Erwartungen?

Gareth: Keine, außer, dass ich dich will.

Sloan: …

Sloan: …

Sloan: Gareth, warum willst du mich?

Gareth: …

Gareth: …

Gareth: Ich will die Seite von dir, die du niemandem sonst zeigst. Du hast sie mir einmal gezeigt und ich kriege sie nicht mehr aus dem Kopf.

Sloan: …

Sloan: …

Sloan: Wenn ich dem zustimme, darf niemand davon erfahren.

Gareth: Okay …

Sloan: Ich meine es ernst. Ich will nicht in den Zeitungen landen oder dass die Leute wissen, dass ich mit einem

Kunden schlafe. Ich habe einen Ruf zu wahren. Kann ich dir vertrauen, dass unsere Beziehung absolut privat bleibt?

Gareth: Sloan, du kennst mich. Wirf mich nicht in einen Topf mit all den anderen Fußballern, mit denen du arbeitest. Vertrau mir, wenn ich dir sage, dass das zwischen dir und mir auch zwischen uns bleibt.

Sloan: Wirst du morgen Nachmittag um fünf zu Hause sein?

Gareth: Auf jeden Fall.

Sloan: Okay, wir sehen uns dann.

Gareth: Ich freue mich schon darauf.

Ich lege mein Handy zurück auf den Nachttisch und schalte den Fernseher aus, denn ich bin viel mehr an Gedanken über Sloan interessiert als an Fußballreportagen. Ich lehne mich zurück, verschränke die Hände hinter dem Kopf, starre an die Decke und stelle fest, dass sie die erste Frau ist, mit der ich seit Jahren gerne Zeit verbringe. Und das ist ein verrückter Gedanke.

Es ist nicht so, dass ich ein Problem damit habe, mich zu Frauen hingezogen zu fühlen. Die Wahrheit ist, dass ich den weiblichen Körper verdammt beeindruckend finde, und ich könnte schon bei dem Gedanken an Sloan nackt unter mir einen Steifen bekommen. Aber der Druck, mit Frauen auf einer persönlichen Ebene in Kontakt zu treten, war nie etwas, das ich wollte. Ich habe mich immer als Junggeselle im Endstadium gesehen, der von seinen Geschwistern und deren Familien mehr erfüllt ist, als dass er jemals etwas Eigenes haben möchte. Ich kann mir nicht vorstellen, Kinder zu haben. Jemand, der jeden Tag von mir Trost, Hilfe und Führung erwartet ... Das ist ein verdammt großer Druck.

Sobald jemand anfängt, persönliche Dinge mit mir zu teilen, wird ihm klar, wie viel ich ständig zurückhalte. Auch mit meinen Geschwistern spreche ich kaum über Privates. Ich helfe ihnen bei ihren Problemen, aber ich brauche ihre Hilfe nicht bei meinen.

Deshalb bin ich dankbar, dass ich jemanden gefunden habe, den ich als Freund betrachten und mich mit klaren Grenzen und Erwartungen auf diese Vereinbarung einlassen kann. Sloan hat etwas an sich, das mich sicher macht, dass sie sich nicht in mich verlieben wird. Sie hat eine Mauer um ihr Herz, und das ist etwas, das in unserer Situation sehr gut funktionieren wird.

Gefühle können nicht Teil dieser Vereinbarung sein.

Sloan steht in einem beigen Trenchcoat vor meiner Tür und weckt Fantasien jenseits meiner kühnsten Träume. Ihr verlegenes Lächeln bringt mich dazu, sie küssen zu wollen, aber ich weiß, dass das eine wichtige Grenze für sie ist, also werde ich sie respektieren. Die Tatsache, dass sie überhaupt hier ist, ist ein Sieg an sich.

„Also, ich habe eine Idee", sagt sie, als sie mein Haus betritt und ihre kleine Tasche im Foyer auf den Boden fallen lässt. Sie bückt sich, um darin zu kramen, und richtet sich dann mit einem kleinen Maßband in der Hand auf. „Ich werde dich für einen Anzug abmessen."

„Du wirst was tun?"

„Aber zuerst, stört es dich, dass ich etwas Wein mitgebracht habe?", fragt sie mit wilden Augen und leicht außer Atem, während sie das Maßband in ihre Tasche stopft.

„Ähm, nein. Ich werde nichts trinken, aber du kannst gern", antworte ich bedauernd. Ich hätte darauf vorbereitet sein und welchen für sie kaufen sollen.

„Gut", antwortet sie und beugt sich wieder vor, um in ihrer Tasche zu kramen. Sie hält mir eine Flasche mit Weißwein hin, die ich nehmen soll.

„Was hast du noch in der Tasche?" Meine Augen sind groß und verwundert.

„Das ist egal", sagt sie fest. „Mach den für mich auf."

Ich ziehe meine Lippen in den Mund, um mein Grinsen über ihren herrischen Ton zu unterdrücken. „Ja, Madam."

„Oh mein Gott, nenn mich nicht Madam", schimpft sie und folgt mir in die Küche, gleich hinter dem formellen Esszimmer, wo wir beschlossen haben, diese verrückte neue sexuelle Vereinbarung zu beginnen.

„Also, wie soll ich dich nennen?", frage ich und werfe einen Blick über die Schulter, um ihre Stilettos zu bewundern. Gott, ich will so gerne wissen, was sie unter dem Mantel trägt, dass ich mir nicht sicher bin, ob ich mich auf ein Gespräch unter Erwachsenen konzentrieren kann.

„Ich mag Treacle." Ihre Stimme ist sanft und nachdenklich, als ich die Flasche auf der großen Kücheninsel abstelle.

Ich öffne schnell den Wein und hole ein stielloses Weinglas aus dem Schrank. „Dann also Treacle." Ich lächle, während ich etwas von der goldenen Flüssigkeit in das Glas gieße und es ihr reiche. Unsere Finger berühren sich, als sie es mir abnimmt, und ihr scharfes Einatmen bleibt nicht unbemerkt. Sie ist heute Abend besonders sensibel. Das wird lustig werden.

„Unser Konzept ist also ganz einfach", sagt sie, trinkt ihren Wein und starrt beim Sprechen in die Ferne. „Ich sage dir, was du tun sollst, und du tust, was man dir sagt."

„Hört sich gut an." Ich unterdrücke ein amüsiertes Lachen.

„Das ist kein echtes BDSM. Das ist nur … Realitätsflucht. Oder wie du es genannt hast. Freiheit."

„Auf jeden Fall."

„Das bedeutet, dass wir jedes Mal, wenn ich zu Besuch komme, von unserem echten Leben befreit werden. Wir werden unsere Privatleben an der Tür lassen und uns nur auf den Sex konzentrieren."

„Hört sich gut an", antworte ich und mein Blick fällt auf ihre spitzen schwarzen Stiletto-Pumps. Was, wenn sie da drunter nackt ist? Verdammt, es wird wirklich schwer sein, ihr die ganze Macht zu überlassen.

„Und ich habe das Sagen." Sloans Worte klingen, als wolle sie eher sich selbst überzeugen als mich.

„Das ist genau das, was ich will", antworte ich und schaue sie an. „Ist es immer noch das, was du willst? Du wirkst nervös."

„Ja!", ruft sie mit großen, drängenden Augen. „Ich meine, das ist es, was ich will. Auf der Fahrt hierher habe ich mich in Stimmung gebracht. Das wird ein Spaß, wie ein Rollenspiel. Aber ich bin keine Figur, sondern die Regisseurin!"

Ich lache über ihren Enthusiasmus. Das Funkeln in ihren Augen ist Belohnung genug dafür, dass ich ihren Wünschen nachgebe und meine zweitrangig mache. Das ist eine völlige Veränderung der Frau, die ich in den letzten Jahren kennengelernt habe. Sie nimmt endlich einmal etwas für sich selbst in Anspruch und die Vorfreude darauf, sie wirklich darin versinken zu sehen, könnte mich umbringen.

„Dann lass uns loslegen, Sherlock."

Sie runzelt die Stirn über meine Bemerkung. „Hast du gerade einen Scherz wegen meines Mantels gemacht?"

Ich runzle ebenfalls die Stirn. „Ich mache Witze."

„Wann machst du Witze?"

„Okay, ich bin kein Stand-up-Comedian, aber ich bin auch nicht Mr. Ernst."

„Nein, du bist Mr. Unterwürfig." Sie grinst und beißt sich auf die Lippe.

„Wenn du anfängst, mich so zu nennen, Sloan, schwöre ich …"

„Ich will, dass du mich fickst", verkündet sie, stellt ihr Glas auf dem Tresen ab und verbreitert entschlossen ihren Stand. Sie ist eine beeindruckende Vision von Macht und Kontrolle, wie eine echte Wonder Woman.

Mein Körper reagiert sofort. „An einem bestimmten Ort, Treacle?"

Sie lächelt. Sie mag es, wenn ich sie so nenne und ich möchte ihr so gerne gefallen. „In deinem Kleiderschrank."

Ich beiße mir auf die Lippe und, verdammt noch mal, ich glaube, ich werde schon ein bisschen hart. „Dein Befehl ist mein Wunsch."

„Halt die Klappe, bevor ich dir den Hintern versohle." Sie kichert und zuckt bei ihren Worten zusammen, als würde sie sie anprobieren und sich noch nicht ganz sicher sein, ob sie passen. Es ist so ziemlich perfekt.

Ich schieße um die Insel herum und werfe sie mir über die Schulter. „Versprechen, Versprechen."

Sie gibt mir einen herzhaften Klaps auf den Hintern, während ich sie nach oben bringe und mich daran erfreue, dass dieses ganze verkorkste Arrangement schon zehnmal besser ist, als ich es mir vorgestellt habe.

Sloan

Oh mein Gott, ich werde schon geil, wenn ich nur an seinen gläsernen Kleiderschrank denke, ganz zu schweigen von der Tatsache, dass sein Arsch unter der engen Jeans, die er trägt, steinhart ist. Ich habe von dem Schrank in Gareths Schlafzimmer geträumt, seit ich ihn das erste Mal gesehen habe. Es ist eine verdammte Schande, ihn an einen Mann zu verschwenden. Ich könnte den Raum zum Glänzen bringen.

Gareth hält nicht an, um das Licht in seinem Zimmer anzumachen. Er trägt mich einfach weiter hinauf in seinen hoch gelegenen Kleiderschrank, der sein riesiges Bett überblickt. Ich hoffe, dass ich von diesem Möbelstück irgendwann einmal gut Gebrauch machen kann.

Er stellt mich auf die Füße. Wir atmen beide schwer, aber ich glaube nicht, dass es an der Anstrengung liegt, dass er mich die Treppe hochgetragen hat. Das blaue Licht sorgt sofort für die richtige Stimmung und meine Finger sehnen sich danach, ihn zu berühren. Er trägt wieder eines seiner klassischen weißen T-Shirts, die jede Muskelpartie zeigen, und ein paar Brusthaare lugen aus dem V-Ausschnitt hervor. Ich möchte so viele Dinge mit ihm machen, dass ich gar nicht weiß, wo ich anfangen soll.

„Ich bin nervös", gebe ich zu und verliere etwas von meiner früheren Tapferkeit.

„Musst du nicht", antwortet er und streicht mit seiner warmen Hand über meine Wange. Seine haselnussbraunen Augen sind dunkel und seine Stirn ist ernst, als er mir in die Augen schaut. „Du weißt, wie man das macht, Sloan. Du hast es schon einmal getan. Denk einfach daran, was dich beim letzten Mal inspiriert hat."

Ich schließe meine Augen und mein ganzes Leben spielt sich vor meinen Augenlidern ab. So viele Entscheidungen sind für mich getroffen worden. Von dem Moment an, als ich auf den Plastikstab gepinkelt habe, über die Erkenntnis, dass Sophia kein gesundes Baby war, bis zu dem Tag, an dem Cal mir sagte, dass wir nach England ziehen würden. Die Scheidung. Das geteilte Sorgerecht. Cals Mutter. Keine meiner derzeitigen Lebensumstände wurde von mir verursacht, abgesehen von Sophia, die kein Umstand ist. Sie ist die Rettung meines gesamten Lebens. Ich will für sie stark sein. Ich will meine innere Stärke wiederentdecken und mir selbst beweisen, dass ich mehr bin als jemand, der einfach auf die unangenehmen Überraschungen des Lebens reagiert. Ich habe die Kontrolle über das Spielfeld.

„Geh auf die Knie, bitte", sage ich. Meine Stimme klingt wie die einer Fremden.

Gareth kann sein zufriedenes Grinsen nicht verbergen und lässt sich auf die Knie fallen. Die langen Säulen seiner Oberschenkel sind außerordentlich dick unter der engen Jeans. Fußballerbeine. Sexy Fußballerbeine, mit denen ich Dinge anstellen darf.

Meine Hände zittern, als ich die doppelreihigen Knöpfe an meinem Mantel befühle. Gareths Augen folgen meinen Bewegungen, während ich die Plastikknöpfe durch die Löcher schiebe. Als ich den Mantel öffne und meine spontan gekauften La Perla-Dessous zum Vorschein kommen, zeigt sein Blick, dass sich die Ausgaben hundertprozentig gelohnt haben.

Gareths Adamsapfel wandert langsam seine Kehle hinunter, während sein Kiefer mit schmerzhafter Zurückhaltung zuckt. Das Verlangen in seinen Augen lässt mich in meinen Schuhen wackelig werden, wie eine Gravitationskraft, die mich anzieht.

Ich breche meinen Fokus und ziehe mein Maßband heraus, bevor ich mir den Mantel von den Schultern schiebe. Er fällt mit einem hörbaren Aufprall auf den Boden. Er nimmt das violette, durchsichtige und bestickte Set in Augenschein und schaut mich fasziniert an, wobei sein Gesicht mehr aussagt, als seine Worte es je könnten.

Sophias Geburt hat den Sex zwischen mir und Cal ruiniert. Er war im Kreißsaal, als sie geboren wurde, und ich konnte sehen, dass ihn einige Dinge, die er sah, verstörten. Und zwar nicht auf die niedliche „Oh, er ist ein Mann und so zimperlich" Art und Weise. Es war eher die Art „Ich beurteile alles, was ich sehe, sehr streng". Einige Monate später wurde dieser Gedanke bestätigt, als wir auf einer Party in Chicago waren und er einen Witz darüber machte, dass meine Vagina nach der Entbindung wie ein Tatort aussah. Das war beschämend und hat mich tief verletzt. Er nahm einen schönen Moment und machte daraus eine geschmacklose Pointe. Das hat unser Sexualleben noch mehr verletzt. Ich kämpfte damit, mich begehrenswert zu fühlen, also wurde der Sex immer seltener, bis wir schließlich ganz aufhörten. Dann wurde Sophia krank und das Leben drehte sich um etwas viel Größeres als Sexmangel und Körperprobleme.

Aber zu wissen, dass ich nicht mit Gareth verheiratet bin – dass es nur eine vorübergehende Beziehung ist, bei der es nicht um Gefühle geht –, ist befreiend. Es ist mir egal, ob ich mich da unten anders fühle. Wir haben seit einem *Jahr* nicht mehr miteinander geschlafen und er will mich immer noch. Vielleicht hat die Zeit geheilt, was immer sich da unten verändert hat.

Ich strecke meine Hand aus und drücke die dicken Muskeln, die Gareths Schultern säumen. „Du magst es, wenn man dich fest anfasst, oder?", frage ich, um sicherzustellen, dass er sich bei der Massage genauso wohlfühlt wie ich.

Er räuspert sich. Als er spricht, scheint es ihm schwerzufallen. „Ja."

„Magst du Schmerzen?", frage ich, während ich noch die Bilder von der gestrigen Pornosause im Kopf habe.

Seine Schultern zucken unter meinen Handflächen. „Ich glaube schon, aber ich weiß es nicht genau."

Ich nicke nachdenklich. „Ich bin mir nicht sicher, ob ich schon so weit bin. Im Moment interessiert mich nur der Aspekt der Kontrolle. Ist das okay?"

„Treacle", er spricht meinen Spitznamen mit einer solchen Ehrfurcht aus, dass mir die Knie weich werden, „es geht nicht darum, was ich will. Es geht darum, was du mir geben willst."

Ich atme tief ein. „Ich möchte dir einen Anzug machen."

Er runzelt die Stirn. Offensichtlich ist mein Gedankengang ein ganz anderer als der seine und ich verstehe seine Verwirrung. Wenn ich an der Nähmaschine sitze, befinde ich mich in meinem Zen-Zustand. Der Gedanke, etwas für einen so schönen Mann wie Gareth zu nähen, ist wie ein Vorspiel.

„Ich kann nähen, Gareth", sage ich und gehe um seine kniende Gestalt herum, um hinter ihm zu stehen. „Ich kann wirklich gut nähen. Und obwohl ich dir immer nur Designerkleidung gekauft habe, habe ich diese Fantasie, wie du etwas trägst, das ich mit meinen eigenen Händen gemacht habe." Ich halte ein Ende des aufgerollten Maßbandes fest und lasse den Rest auf den Boden fallen. „Also muss ich dich vermessen."

Gareths Glucksen ist ein Geschenk. „Das habe ich nicht erwartet."

Mit einem nervösen Stirnrunzeln frage ich: „Ist das in Ordnung?"

„Es ist mehr als in Ordnung." Er dreht den Kopf, sieht mich über die Schulter an und das sündhafte Versprechen in seinen Augen gibt mir die nötige Kraft, um weiterzumachen.

Ich beuge mich vor, nehme den unteren Teil seines T-Shirts und fordere ihn auf, seine Arme zu heben. Er gehorcht und ich werfe das T-Shirt zur Seite. Ich fühle mich euphorisch von dem starken männlichen Duft, der von ihm ausgeht. Ein Hauch von Seife, Deodorant und die Wärme seines eigenen Duftes. Ich kehre zu ihm zurück und genieße den Blick auf seine nackte Brust. Er hat eine Tarzan-Statur, wie ich sie noch nie gesehen habe. Er ist barfuß, trägt eine enge Jeans und kniet vor mir.

Ich vermesse seinen Hals. Seine Brust. Seine Rumpflänge und seine Bauchgegend. Seine Armlänge und seinen Bizeps. Ich merke mir jede Zahl. Bei jeder Messung ziehe ich das Band besonders fest um seine Muskeln und beobachte, wie sich die Haut darunter spannt. Sein tiefes Stöhnen zeigt mir, dass er diesen ruhigen Austausch genießt.

„Steh auf", sage ich, lege mir das Maßband um den Hals und trete zurück, um seine Bewegungen zu beobachten.

Als er sich zu seiner vollen Größe streckt, ist die Erektion, die unter seiner Jeans steckt, schockierend. Ich weiß, dass er groß ist. An unserem zusammen verbrachten Abend habe ich das ziemlich schnell gemerkt. Aber ihn mit der Erwartung zu sehen, ihn wirklich in mich aufzunehmen, lässt meinen Körper vor Verlangen summen.

Inspiriert trete ich in seinen persönlichen Raum und berühre seine Leistengegend. Seine Arme strecken sich aus, um mich zu halten, aber ich mache einen tadelnden Laut. Ich ergreife seine beiden Handgelenke, ziehe sie von mir weg und drücke sie hinter seinem Rücken zusammen.

„Falte deine Hände", flüstere ich ihm ins Ohr.

Er gehorcht, als meine spitzenbedeckten Brüste seine Brust berühren.

Ich gehe in die Knie und messe seine Innennaht. Meine Finger streicheln die Beule in seiner Jeans und ich bin so dankbar, dass das heute mein Leben ist. Er löst den Griff seiner Hände auf dem Rücken, als meine Nase über seine Länge streift.

„Nein", sage ich und ziehe seine Finger aus meinen Haaren, obwohl sie sich gut anfühlen, denn diese Kontrolle fühlt sich noch besser an. „Du bist kein guter Zuhörer, Gareth."

Sein Grinsen ist sündhaft. „Du machst es mir nicht leicht, Tre."

Ich stehe auf, sodass wir uns wieder gegenüberstehen und nehme das Maßband von meinem Hals. Ich gehe hinter ihn und wickle den langen Strang um seine gefalteten Hände, um sie zu einem wirklich unglamourösen Knoten zu binden.

Er dreht sich zu mir um, damit ich mein Werk bewundern kann. Seine Brustmuskeln sind groß und wölben sich vor Zurückhaltung. Seine Muskeln dehnen und spannen sich an. Das Beste von allem ist, dass seine halb geschlossenen Augen auf mich gerichtet sind und darauf warten, was ich als Nächstes vorhabe.

Ich verschränke meine Arme vor der Brust und beiße mir auf die Fingerspitze.

Gareth knurrt.

Er knurrt tatsächlich wie ein eingesperrtes, wildes Tier. Das ist so verdammt wild und sexy zugleich. Es ist eine so aufschlussreiche, ungehemmte Reaktion, dass ich mich mutig fühle. Ich kann mir ein Kichern nicht verkneifen und gehe auf ihn zu. Ich gehe in die Hocke und richte mich langsam wieder auf, während ich meine spitzenbedeckten Brüste über seine mit Jeansstoff bekleidete Erektion gleiten lasse. Der scharfe Luftzug, den er einatmet, als ich ihn durch seine Jeans drücke, ist das Sahnehäubchen auf dieser ach so aufregenden neuen Torte.

Unter der Schwere meiner Handfläche wächst er noch mehr. Als sein Kopf mit einem Stöhnen nach hinten fällt, greife ich mit meiner freien Hand nach oben und ziehe seinen Kiefer zu mir herunter. Seine Augen sind auf mich gerichtet, während er sich auf die Lippe beißt.

„Küss meinen Hals", sage ich. Gierig senkt er seinen Kopf und fährt mit seiner Zunge von meinem Schlüsselbein bis zu meinem Kinn und saugt auf eine schmutzige, ungekünstelte Art und Weise an meinem Kinn. Das lässt mich ein wenig den Verstand verlieren. „Küss meine Muschi. Küss sie so, wie du sie in unserer ersten gemeinsamen Nacht küssen wolltest."

Er zieht sich zurück und ist todernst, als er sagt: „Dafür könnte ich meine Hände brauchen."

Ich beobachte ihn einen Moment lang spekulativ. „Okay."

Sobald seine Hände frei sind, sinkt er auf die Knie und zieht mein rechtes Bein über seine Schulter. Seine Zunge stößt durch meinen Slip in mich hinein und schiebt die harte Textur des feuchten Stoffes in die Stelle, die danach schreit, gefüllt zu werden. Ich vergesse all meine früheren Unsicherheiten. Ich vergesse meine Vergangenheit. Alles, worauf ich mich konzentrieren kann, ist der rasende Aufstieg, der in meinen Lenden pulsiert.

Gareth verändert seinen Winkel, streckt seine Zunge flach auf meiner Klitoris aus und beginnt, mit seinem Gesicht zwischen meinen Schenkeln zu reiben. Es ist schockierend, intensiv und köstlich erotisch. Meine Stimme überrascht mich, als er das Nervenbündel perfekt trifft und ich schreie: „Oh mein Gott! Heilige Scheiße, hör nicht auf damit!"

Auf mein Kommando hin beginnt eine Raserei. Er packt den Streifen meines Slips und zieht ihn zur Seite, während seine Zunge über die nackte Haut streicht. Die Berührung seines Mundes, der meine Mitte verschlingt, ist so, als wäre man sein ganzes Leben lang farbenblind gewesen und würde nun zum ersten Mal feuriges Rot sehen. Meine Schreie werden noch lauter, als er meinen Hintern packt und mich so fest an sein Gesicht zieht, dass ich nicht weiß, wie er überhaupt noch atmen kann.

„Nein, nein, neeein!" Ich schreie auf, als sich mein ganzer Körper zusammenzieht und in einem Aufruhr von bebender, schmerzhafter Erleichterung zerbricht. Meine Innenseiten der Oberschenkel beben, als mein Bein nachgibt. Gareth zieht sich zurück und fängt mich in seinen Armen auf, als ich auf den Boden falle. Er legt mich auf den plüschigen Teppichboden und stößt zwei seiner Finger in mich hinein, massiert mein immer noch krampfendes Zentrum und küsst dabei anbetend meine Hüftknochen. Ich glaube nicht, dass ich noch mehr aushalten kann. Mein Körper scheint zu versuchen, ihn hinauszudrängen, aber meine Hüften drücken weiter gierig gegen seine Finger. Die feuchten Geräusche im stillen Kleiderschrank sind so sinnlich, dass ich von neuem anfange, den Berg zu erklimmen. Ein weiterer Orgasmus überlagert den letzten.

„Heilige Scheiße!", schreie ich, als er seinen Finger in meinen G-Punkt drückt. „Gareth!", schreie ich, greife in einem verrückten, sexuellen Moment der Hemmungslosigkeit nach seinen Haaren und ziehe fest daran. „Fuuuck!" Meine Stimme verliert sich in einem heiseren, erstickten Schrei, als ich meine Schenkel zusammenpresse und erneut zum Höhepunkt komme, wobei ich seine seidigen Strähnen umklammere, als wären sie ein Rettungsseil, das mich davor bewahrt, ins Meer gesogen zu werden.

Dieser Orgasmus ist mehr als atemberaubend. Er ist unfassbar. Es ist unglaublich, dass ein Mann mich nur mit seinem Mund und seinen Fingern so fertigmachen kann.

Ich verliere völlig das Zeitgefühl, als ich auf dem weichen Teppich in Gareths gläsernem Kleiderschrank liege. Ich bin erschöpft, ich bin befriedigt und ich versuche, in meinem Kopf herauszufinden, ob der Orgasmus auf Gareth zurückzuführen ist oder auf die Kontrolle, die ich in den Momenten davor über ihn hatte. Was auch immer es war, ich will mehr. Sehr viel mehr. Ich bin mir nicht sicher, wie ich jemals aufhören soll.

Plötzlich weicht Gareths Hitze von meinem Körper. Ich setze mich auf und sehe, dass er auf den Fersen sitzt. Er ist ohne Hemd und keucht, sein Gesicht glänzt mit dem, wovon ich nur vermuten kann, dass es von mir ist. Aber es ist nicht nur sein schmutziges, heißes Aussehen, das mich aus dem Konzept bringt. Es ist das Erstaunen in seinem Gesicht, das mich verunsichert.

Ich ziehe meine Knie an die Brust. „Was ist los?", frage ich und schiebe mir eine Haarsträhne aus dem Gesicht. „Was ist los? Warum siehst du mich so an?"

„Mein Verstand ist zerstört", krächzt er und atmet schwer aus, wobei seine Bauchmuskeln noch stärker hervortreten, als sich sein Körper zusammenzieht. Ich schaue auf seine Erektion hinunter, die durch seine Jeans anschwillt. Es sieht schmerzhaft aus. „Ich hätte allein vom Zuschauen kommen können."

Moment, was? „Ist das dein Ernst?"

„Ganz und gar." Er lacht und fährt sich mit der Hand durch sein zerzaustes Haar. Seine zusammengesackte Körperhaltung ist nervenaufreibend. „Sloan, ich war in meinem ganzen Leben noch nie so erregt von einer Frau."

„Okaaay", antworte ich langsam, weil ich nicht weiß, worauf er hinaus will.

„Ich erzähle dir das, weil es eine gute Sache ist. Ich habe lange damit gekämpft, mit Frauen sexuell in Kontakt zu kommen. Niemand hat mich so angemacht wie du … niemand."

Ich kann nicht anders. Ich lache. Ich lache wirklich verdammt laut. Wie ich – Sloan Montgomery aus Chicago, die ihr ganzes Leben lang nur eine kleine Handvoll Sexualpartner hatte – sexuelle Kontrolle über Manchesters Star-Fußballer haben kann, ist unbegreiflich.

„So lustig ist das nicht." Gareths irritierter Gesichtsausdruck bringt mich dazu, meine Lippen zusammenzupressen, um meine Belustigung zu unterdrücken.

„Es tut mir leid", gebe ich zu und rutsche in meinen albernen Dessous auf ihn zu. „Ich kann nicht anders, als zu lachen, denn diese ganze Situation ist verrückt."

„Verrückt dumm oder verrückt unglaublich?"

„Unglaublich!", antworte ich, drücke meine Hände flach auf den Boden und lehne mich zu ihm. „Gareth, ich hatte gerade zweimal einen Orgasmus, ohne Sex mit dir gehabt zu haben. Ganz zu schweigen davon, dass du ein Sportler bist, der wahrscheinlich der sexyste Mann Englands ist, und du lässt dich von mir zu meinem Vergnügen *kontrollieren*. Hast du eine Ahnung, wie ich mich gerade fühle?"

„Nein … Sag es mir." Seine Augen sind groß und erwartungsvoll. Vielleicht sogar ein bisschen verängstigt.

„Ich fühle mich, als könnte ich Bäume ausreißen! Ich habe das Gefühl, Berge versetzen zu können. Als könnte ich alles tun! Ich habe das Gefühl, dass ich wieder anfangen kann, meine eigenen Designs zu entwerfen. Verdammt, ich will eine Wohltätigkeitsorganisation gründen. Ich will Krebs heilen. Ich will verdammt noch mal leben!"

„Was hast du vorher gemacht?", fragt er.

„Existiert." Ich atme schwer aus und blinzle die Tränen weg, die mir in den Augen brennen. „Ich werde diesen Abend nie vergessen."

Gareth sieht mich nachdenklich an, seine stürmischen haselnussbraunen Augen blicken ernst und verwirrt drein. Ohne eine Erklärung abzugeben, erhebt er sich und fährt sich mehrmals mit den Händen durch die Haare, seine Gedanken eindeutig woanders.

„Wo gehst du hin?", frage ich, als er auf die Tür des Kleiderschranks zugeht.

„Etwas Wasser holen." Er hält inne und umklammert den Türrahmen, die Adern in seinen Armen sind angespannt und treten hervor. Ohne Blickkontakt herzustellen, antwortet er: „Ich hole dir auch welches."

Ich runzle die Stirn über seinen seltsamen Gemütswechsel und sehe zu, wie er sich zurückzieht. *Was zum Teufel ist gerade passiert?*

Gareth

Ich drücke meine Stirn gegen den kühlen Edelstahl des Kühlschranks, während ich ein Glas mit Eiswasser für Sloan fülle. Mein Schwanz fühlt sich in meiner Jeans wie ein Titanstab an und mein Gang die Treppe hinunter hat nichts zur Beruhigung meiner Nerven beigetragen.

Was ist nur los mit mir, dass ich eine fast nackte Frau wie Sloan in meinem Kleiderschrank zurückgelassen habe?

Fuck.

Wir haben uns schon unzählige Male gesehen. Ich weiß, wie schön sie ist. Ich weiß, wie sich ihr Körper unter meinen Fingern anfühlt. Aber dieses Mal war sie ein anderer Mensch. Sie war stark. Selbstsicher. Glücklich. Sie ließ nicht zu, dass jemand anderes für sie dachte, als sie vor mir stand und wie eine verdammte Königin aussah, die bereit war, sich das zu nehmen, was sie von ihrem Land will.

Jetzt tut mein Schwanz richtig weh. Es fühlt sich an, als ob das ganze Blut in meinem Körper zu dem Anhängsel zwischen meinen Beinen strömt. Alles, was ich will, ist, so tief in ihr zu versinken, dass wir uns für die nächste Stunde verlieren. Aber ich kann mich nicht verlieren. Wenn dieses Arrangement zu schnell zu innig wird, habe ich Angst vor der möglichen Bedeutung all dessen. Ich fühle mich zu sehr mit ihr verbunden, zu sehr im Einklang mit ihr. Sogar ihr verdammter Geruch verfolgt mich auf eine Weise, die ich nicht begreifen kann.

Ich brauche etwas Zeit zum Durchatmen. Um Abstand zu gewinnen und zu mir selbst zu finden.

Sie bekommt die Kontrolle über meinen Körper. Sie bekommt die Kontrolle über meinen Verstand. Aber mein Herz und meine Seele gehören mir. Ich weigere mich, wie mein Vater zu werden und mich einer Frau völlig hinzugeben, auf Kosten von allem, was mir wichtig ist. Das ist genau der Grund, warum ich Sloan nach Hause schicken muss, bevor wir heute Abend Sex haben. Das wird mich wahrscheinlich umbringen. Da bin ich mir sogar sicher. Aber ich muss sicherstellen, dass wir beide in der richtigen Stimmung sind, bevor wir weitermachen, damit es zwanglos bleibt.

Langsam gehe ich die Treppe hinauf, das Eis im Glas klirrt bei jedem Schritt. Es fühlt sich an, als würde ich in den Tod gehen. Ich muss vorsichtig sein, sonst könnte ich sie ganz und gar verschrecken. Das Letzte, was ich will, ist sie zu verängstigen und ihr das Gefühl zu geben, dass das, was sie heute Abend getan hat, falsch war.

Als ich mein Zimmer betrete, sehe ich, dass Sloan immer noch in meinem Kleiderschrank steht und meine Klamotten durchwühlt. Sie nimmt ein graues T-Shirt herunter und zieht es sich über den Kopf, wobei sie ihre schmalen Arme durch die Ärmel schiebt. Der Saum reicht bis zur Mitte des Oberschenkels. Ich hätte nicht gedacht, dass sie in mehr Klamotten noch mehr sexyer aussehen könnte, aber ich habe mich wohl geirrt.

Sie kommt aus dem Schrank und sieht, dass ich sie von der Tür aus beobachte. Ihr Lächeln ist reumütig, während sie ihren Mantel vor sich in den Händen hält. „Ich habe gar nicht daran gedacht, dass ich eigentlich andere Klamotten hätte mitnehmen sollen." Sie gleitet auf mein Bett und zieht ihre Füße unter sich, während sie ein Kissen auf ihren Schoß legt. „Den Trenchcoat anzuziehen, kommt mir jetzt komisch vor."

„Du kannst nackt herumlaufen, wenn du willst", erwidere ich grinsend und setze mich zu ihr aufs Bett. Ich reiche ihr das Wasser und stütze mich auf einem Kissen an der Glaswand am Kopfteil ab.

„Vielleicht sollte ich das von dir verlangen." Sie wackelt mit den Augenbrauen und mein amüsierter Gesichtsausdruck verblasst. Sie nimmt einen Schluck und streicht sich mit der Zunge über die feuchten Lippen. „Du scheinst … anders zu sein. Ist alles in Ordnung?"

„Ja", antworte ich ruhig, während sich meine Muskeln aufgrund ihrer Wahrnehmungsfähigkeit anspannen. „Warum fragst du?"

„Weil deine Stimmung nicht mehr so ist, wie sie da drinnen war." Sie zeigt auf den Kleiderschrank. „Ich dachte, das ist es, was du willst."

Ich schließe meine Augen und fühle mich wie ein riesiges Arschloch. „Das ist es, was ich will."

„Was ist dann das Problem?", fragt sie und fährt mit dem Finger über das Kondenswasser am Rand des Glases. „Ist es mein Körper?"

Ich erbleiche völlig überrumpelt. „Machst du Witze?"

Sie hält das Glas fest in der Hand und sieht zu mir auf. „Ich meine, ich bin neunundzwanzig Jahre alt. Ich bin kein junger Hüpfer mehr."

Sie meint es ernst. Sie meint es sogar absurd ernst. Ich muss ihr diese Idee sofort aus dem Kopf schlagen, bevor sie außer Kontrolle gerät.

„Sloan, an deinem Körper ist kein einziger Zentimeter verkehrt. Du bist so verdammt sexy, dass ich dachte, ich würde gleich in meiner Jeans explodieren, als ich die Tür öffnete und dich in diesem Trenchcoat sah." Ich fahre mir mit der Hand durch die Haare und atme langsam aus, während Wut durch meine Adern strömt, weil sie nicht von alleine verunsichert wurde. Jemand hat ihr nicht jeden Tag gesagt, wie verdammt schön sie ist, und dieser Jemand braucht einen Tritt in den Arsch. „Und wenn ich ein Mädchen wollte, würde ich mir eins suchen. Aber das will ich nicht. Ich will eine Frau. Ich will dich."

Ihre Mundwinkel verziehen sich zu einem sanften Lächeln. „Nun, was ist es dann, denn irgendetwas stimmt eindeutig nicht?"

Ich kneife die Lippen zusammen, weil ich weiß, dass ich es bereuen werde, aber dass es letztlich das Beste ist. „Es ist alles in Ordnung, aber ich denke, wir sollten für heute Abend aufhören."

„Was aufhören? Damit aufhören?" Sie zeigt zwischen unseren beiden Körpern hin und her. „Ich dachte, hier ginge es um Sex. Wir hatten noch nicht einmal Sex und du schmeißt mich raus?"

„Ich schmeiße dich nicht raus", antworte ich mit zusammengebissenen Zähnen. „Heute Abend ging es nicht nur um Sex. Es ging darum, zu sehen, ob du mit all dem hier umgehen kannst."

„Ich dachte, ich habe mich ziemlich gut geschlagen!"

„Das hast du auch", antworte ich, fahre mir mit der Hand durch die Haare und drücke meinen Nacken. „Ich denke nur, dass es für uns beide wichtig ist, eine Pause zu machen und uns zu vergewissern, dass wir einen klaren Kopf haben."

Die Haut zwischen ihren Augenbrauen runzelt sich, als sie näher zu mir rückt. „Mein Kopf fühlt sich ganz klar an. Du hast doch gesagt, du magst es, wenn ich die Kontrolle übernehme."

„Das habe ich … das tue ich." Ich zeige auf meinen Schritt. „Aber ich denke, ein bisschen Abstand nach unserem ersten Experiment ist das Beste für uns beide."

„Gareth." Sie knurrt meinen Namen und steht auf, stellt das Wasser auf dem Nachttisch ab und sieht mich mit Feuer in den Augen an. „Du hast mir die Kontrolle gegeben, also warum versuchst du, sie mir jetzt zu nehmen?"

„Ich nehme sie dir nicht weg. Ich vergewissere mich nur, dass es dir mit dieser *Vereinbarung* ernst ist." Ich betone das Wort, weil ich nicht will, dass einer von uns beiden mit seinen Gefühlen durcheinanderkommt.

„Mein durchnässter Slip zeigt, dass ich es verdammt ernst meine." Sie dreht sich auf dem Absatz um, geht durch den Raum und ballte ihre Hände zu süßen kleinen Fäusten. „Das ist doch Schwachsinn."

Ich schüttle den Kopf, stehe auf und stelle mich ihr von der anderen Seite des Bettes aus entgegen. Sie ist verdammt umwerfend. Ihr Kiefer ist vor Wut angespannt, ihr Hals ist von ihren Emotionen purpurrot gefärbt. Es ist wirklich schwer, sie so sehr zu wollen, wie ich sie gerade will.

Ich stähle mich und antworte: „Heute Abend ging es darum, dass du dich selbst befriedigst, und das hast du getan. Das ist die ultimative Kontrolle."

Sie verschränkt die Arme vor der Brust und ich muss meinen Augen sagen, nicht auf ihre Brüste zu schauen, die dadurch nach oben geschoben werden. „Das ist so dumm!"

„Ich halte es für das Beste", presse ich hervor und es tut mir genauso weh, die Worte auszusprechen, wie sie zu hören. Sie starrt mich mit kaum unterdrückter Wut an, und ein Teil von mir möchte lachen. Sie ist süß, wenn sie wütend ist. „Sei nicht sauer, Sloan. Wir befinden uns in einem Marathon, keinem Sprint."

Ein hörbares Knurren ertönt von ihr, als sie mein T-Shirt auszieht und sich mühsam den Mantel überstreift, wobei sie mir ein letztes Mal den Anblick auf ihren wunderbaren Körper freigibt. Ein Bild, das mir später helfen wird.

„Für jemanden, der wollte, dass eine Frau die Kontrolle übernimmt, scheinst du ganz schön viel zu bestimmen."

Mit langen, abgehackten Schritten stapft sie um das Bett herum zur Tür. Ich muss mir ein Lächeln verkneifen, denn sie ist verdammt noch mal umwerfend. Ich folge ihr die Treppe hinunter. Es geschieht unfreiwillig. Sie ist wie eine verdammte magnetische Kraft, die mich anzieht.

„Ich rufe dich später an“, sage ich, während sie sich bückt und die Tasche aufhebt, die sie neben der Haustür auf den Boden fallen gelassen hat.

„Nein, das wirst du nicht!“, ruft sie und dreht sich auf dem Absatz zu mir um. „Ich rufe dich an, wenn ich dich danach noch ertragen kann.“

Ein Lachen bricht sich seinen Weg aus meiner Brust. „Für jemanden, der gerade zwei Orgasmen hatte, bist du ganz schön feindselig. Ich bin hier derjenige mit blauen Eiern.“

Sie schaut auf meinen Schwanz hinunter und das Feuer in ihren Augen flammt wieder auf. „Wage es ja nicht, dir einen runterzuholen!“, verkündet sie und ihre goldenen Augen blitzen mit plötzlicher Entschlossenheit zu mir auf. „Die Beule in deiner Hose gehört mir, nicht dir. Wenn ich beschließe, dass ich mit deinen Stimmungsschwankungen umgehen kann, werde ich mich darum kümmern.“

Mein Magen schlägt Purzelbäume. Im Handumdrehen hat Sloan wieder die Kontrolle. Ich schlucke langsam und antworte: „In Ordnung, Treacle.“

Sie verengt ihre Augen und knurrt ein tiefes Grollen, als sie sich umdreht und aus meinem Haus stürmt. Ich lehne mich an den Türrahmen, ohne Hemd, barfuß und mal wieder steinhart, während ich beobachte, wie ihre schöne Figur immer kleiner wird.

Gareth, du bist ein verdammter Idiot.

VOGELBAD-KILLERIN

Sloan

„Guten Morgen!", ruft mir Freya über den Lärm der Nähmaschine hinweg zu, als sie durch die Hintertür ins Haus schreitet. Ihr Blick fällt auf das, woran ich gerade arbeite. „Was ist das?"

Ich hebe meinen Fuß vom Pedal und nehme einen Schluck von meinem Kaffee. „Ein Anzug."

Ihr Gesicht verzieht sich. „Das kann ich sehen. Warum nähst du ihn?"

„Weil mir danach ist", antworte ich mit zusammengebissenen Zähnen, ziehe den Stoff heraus und schneide den Faden mit meiner Schere ab.

Sie schaut auf meine Kleidung hinunter. „Warum hast du deinen Mantel noch an?" Ich runzle die Stirn und schnaube, als sie hinzufügt: „Warum siehst du aus, als hättest du nicht geschlafen?"

„Weil ich es nicht getan habe", murmle ich, schiebe den Stoff unter die Nadel und drücke das Pedal wieder, bis die Maschine auf volle Geschwindigkeit beschleunigt. „Und ich habe nicht viel darunter an."

Ich war die ganze Nacht auf, um diesen Anzug zu nähen. Ich habe das Schnittmuster, das ich gezeichnet habe, genau nach Gareths Maßen ausgeschnitten. Leider bin ich gerade erst mit der Hose fertig geworden. Ich bin aus der Übung. Ich hätte meine Nähkünste in den letzten Jahren in Manchester nicht verkommen lassen sollen.

Noch eine Art, wie ich mein verdammtes Leben von Männern habe kontrollieren lassen.

Meine Maschine bleibt plötzlich stehen. Mit großen, verwirrten Augen schaue ich hinüber und sehe, dass Freya den Stecker aus der Wand gezogen hat. „Was machst du da?", schreie ich, als die Wut in mir hochkocht.

„Erklär mir, warum du aussiehst wie eine verkaterte Jackie Kennedy, dann gebe ich dir den Strom zurück." Sie stemmt die Hände in die Hüften und tippt erwartungsvoll mit dem Fuß.

„Weil Gareth Harris mich wahnsinnig macht!", knurre ich laut. „Er wollte, dass ich die ganze Macht habe, aber gerade als ich anfing, Fuß zu fassen, hat er mir den Boden unter den Füßen weggezogen."

Freyas grüne Augen sind vor Aufregung aufgerissen, als sie sich auf den Stuhl neben mir fallen lässt, den Stecker noch in der Hand. „Vögelst du etwa Gareth Harris? Oh Gott, bitte sag ja, denn das wäre die perfekte Fantasie, die in der Realität manifestiert wurde, an der ich mich laut meines Therapeuten beteiligen sollte!"

„Ich hatte letzte Nacht nicht einmal die Chance, ihn zu vögeln!", schreie ich, wobei meine Stimme fast eine Oktave höher als normal ist.

Sie wirft einen Blick auf den sexy BH, der unter dem Trenchcoat hervorschaut. „Du bist in dem Ding aufgetaucht und nichts ist passiert?"

Ich verenge meine Augen und richte meine Schere auf sie. „Oh, es ist etwas passiert."

Sie setzt ein falsches Lächeln auf, nimmt langsam meine Hand in die ihre und lässt die Schere sinken. „Lass uns keine scharfen Instrumente zur Wortbetonung benutzen, wenn du nicht geschlafen hast, ja?"

Ihr singender Tonfall trägt nicht gerade dazu bei, meine Wut zu besänftigen, die schon die ganze Nacht brodelt. „Wir haben rumgealbert und dann hat er gesagt, ich soll nach Hause gehen und nachdenken! Was hat das zu bedeuten?"

Sie runzelt die Stirn. „Vielleicht macht er sich Sorgen, dass es seit deiner Scheidung zu früh ist?"

„Das sollte nicht seine Angelegenheit sein. Es sollte meine sein!"

Freya atmet langsam aus. „Sloan, Liebes, Gareth Harris ist kein Lebemann. In den Zeitungen wird er nie mit Frauen abgebildet. Er geht nicht einmal mit Frauen zu Veranstaltungen mit rotem Teppich. Er wird als der sexyste Einzelgänger Englands beworben! Wenn er sich auf eine Beziehung mit dir einlässt, ist er wahrscheinlich nur besonders vorsichtig."

„Das ist eine übertrieben nette Art, es auszudrücken", schnauze ich. „Weißt du, was ich glaube, was er ist? Ein gemeiner Kerl!"

Sie kichert, wird aber schnell nüchtern, als ich nicht grinse. „Also, wie hast du es belassen?"

„Ich bin wieder am Zug. Ich hatte alles so gut unter Kontrolle. Jetzt muss ich mich noch einmal ins Zeug legen." Ich stütze meine Ellbogen auf den Tisch und massiere kleine Kreise auf meinen Schläfen.

„Das ist viel besser als Zurückweisung, Liebes." Freya reibt mir aufmunternd die Schulter.

„Es fühlt sich nicht so an", murmle ich.

Freya sieht sich die ausgeschnittenen, gemusterten Stücke aus marineblauer Stretch-Baumwolle an, die auf dem Tisch liegen. Da ich Gareths Probleme mit Textur kenne, bin ich sicher, dass er diesen Stoff lieben wird. Der sehr leichte Stretchanteil bedeutet auch, dass er an seinen Körper angepasst werden kann, damit er teurer aussieht, als er ist.

„Für wen ist der Anzug?", fragt Freya.

Ich rolle mit den Augen. „Was denkst du denn?"

Sie hebt die Brauen. „Einen Maßanzug für einen Typen zu machen, muss bedeuten, dass du ihn magst."

„Ich würde gerne mit ihm Sex haben! Der Anzug ist eine Art … Verpflichtung, nehme ich an."

„Nun, du hast die harte Arbeit des Entwerfens und Schneidens erledigt. Warum gehst du dir nicht die Zähne putzen und schläfst ein bisschen? Eine heiße Dusche würde dir auch guttun. Ich übernehme das jetzt."

Mein Gesicht wird weicher. „Haben wir die Zeit?"

„Die haben wir ganz sicher. Heute wollten wir mit den Vorbereitungen für die Preisverleihungsgala beginnen, an der so viele unserer Kunden teilnehmen. Als ich das letzte Mal nachgesehen habe, mussten wir ein Dutzend Leute für diesen Abend stylen. Aber wir haben noch etwas Zeit. Mach eine Pause, Sloan. Ich mach das schon!"

„Du bist unglaublich, weißt du das?"

„Das tue ich, jawohl!" Freya strahlt. „Außerdem ist diese wütende, feindselige, scherenschwingende Sloan eine große Verbesserung gegenüber dem Trübsal blasenden Chaos, das du normalerweise bist, wenn Sophia weg ist."

Mein Herz klopft bei der Erwähnung meiner Tochter. Dann staune ich darüber, dass ich vierundzwanzig Stunden lang nicht geweint und mir keine Gedanken darüber gemacht habe, was Sophia macht oder wie es ihr geht. Ich kann mich nicht erinnern, wann ich das zum letzten Mal getan habe. „Nun, ich denke, es könnte nicht schaden, mir die Zähne zu putzen."

„Ja, du willst doch nicht, dass dein Gestank auf diesen schönen Stoff kommt." Sie lächelt und hilft mir von meinem Stuhl auf. „Los geht's. Nimm ein schönes Bad und mach die Augen zu. Ich habe das Gefühl, dass alles viel besser aussehen wird, wenn du aufwachst."

Ein paar Stunden später habe ich geschlafen, geduscht und mich zurechtgemacht. In meinen Shorts mit Hahnentrittmuster, schwarzen Strumpfhosen und einer weißen Bluse fühle ich mich wieder wie ein Mensch. Ein Anruf von Sophia, die mir mitteilt, dass sie von der Schule zurück ist, heitert mich noch mehr auf.

Aber es überrascht mich nicht, dass meine Gedanken wieder zu Gareth wandern, als ich die Treppe hinuntergehe und den Anzug sehe, den ich entworfen habe und der jetzt auf einem Kleiderständer im Foyer hängt. Meine Hände fahren über die Nähte, die Absteppungen, die Revers und die marineblauen Knopfverschlüsse. Freya war fleißig. Sie hat sogar das blau-weiß-karierte Einstecktuch fertiggestellt. Der zweiteilige Anzug wurde gebügelt und mit meinem charakteristischen ätherischen Vanilleöl besprüht, das wir auf die Innenseite aller Kleidungsstücke sprühen, die wir an unsere Kunden verschicken.

Ich beuge mich vor und atme ein, stelle mir Gareths dicke Muskeln in dem Stoff vor, die meinen Duft aufsaugen. Das Kribbeln zwischen meinen Beinen ist das einzige Zeichen, das ich brauche, um zu wissen, dass ich ihm das Stück heute liefern werde.

„Entspricht er deinen hohen Ansprüchen?", zwitschert Freyas Stimme hinter mir.

Ich drehe mich um und schenke ihr ein volles, echtes Lächeln. „Er übertrifft sie, wie immer." Ich durchschreite den Raum zwischen uns und ziehe sie in eine Umarmung. Es ist albern, wegen eines Anzugs emotional zu werden, aber er ist ein Symbol für die Rettungsinsel, die Freya in meinem Leben geworden ist. „Du bist eine wahre Freundin, Freya."

„Da hast du verdammt recht." Als ich mich zurückziehe, wirft sie mir einen ernsten Blick zu. „Du weißt, dass ich dafür ein paar schmutzige Details bekomme, oder?"

Ich lache und umarme sie wieder. „Zu gegebener Zeit, Freya. Zu gegebener Zeit."

Nach tausend weiteren Danksagungen sitze ich in meinem Auto und bin auf dem Weg nach Astbury. Freya warf mir einen kalkulierten Blick zu, als ich Sophias Sitzerhöhung in den versteckten Kofferraum meines Fahrzeugs stellte, aber sie ließ mich ohne Fragen entkommen.

Ich kann nicht genau erklären, warum es für mich so wichtig ist, Sophia vor Gareth geheim zu halten. Ich vermute, weil es hier nur um Sex geht und ich keinen Grund sehe, unsere Lebensgeschichten zu teilen. Wenn ich ihm sage, dass ich Mutter bin, könnte das auch sein Bild von mir verändern, und das will ich nicht.

Heute werde ich eine Sexgöttin sein. Heute werde ich in Gareths Haus spazieren und seine Aufmerksamkeit auf mich lenken. Ich werde die starke Frau sein, von der ich weiß, dass ich dazu fähig bin, und ich werde mir von ihm nicht mehr vorschreiben lassen, wie das alles ablaufen soll.

Ich fahre gerade vor sein Tor, als die Sonne untergeht. Auf dem Land ist es so viel heller als in Manchester. Vielleicht habe ich nach dem Tod von Cals Mutter mehr Freiheit, was meinen Wohnort angeht, und kann dann an einen Ort wie diesen ziehen. Allerdings in eine viel billigere Version davon.

Ich drücke den Knopf auf dem Sicherheitspanel und mein Herz macht einen Sprung, als eine Frauenstimme durch die Leitung schallt. „Hallo? Wer ist da?"

Die koketten Worte, die ich für Gareth vorbereitet hatte, bleiben mir im Hals stecken, weil sie für die Person am anderen Ende der Leitung eindeutig unpassend sind. All die Male, die ich hier war, hat noch nie eine Frau an Gareths Sprechanlage geantwortet. Es war immer er. Jedes verdammte Mal. Wer auch immer das ist, muss mit Gareth sehr vertraut sein, wenn sie drangeht.

Hat er mich deshalb gestern Abend aus seinem Haus geworfen? Wollte jemand nach Hause kommen? Eine Freundin? Freya sagte, dass er nie mit Frauen gesehen wird, aber das heißt nicht, dass er nicht eine geheime Freundin haben könnte, die er vor der Öffentlichkeit versteckt.

Ich schaue den Weg hinunter, der genau dorthin führt, wo ich sein will. Der Ort, an dem ich mir vorgestellt habe, mich nackt auszuziehen und mich für eine Stunde oder länger zu verlieren. Offensichtlich ist mir dort schon jemand zuvorgekommen.

„Hallo, ist da jemand?" Die Stimme der Frau ertönt erneut in meinem Auto und meine Hände verkrampfen sich am Lenkrad.

„Ja, ich bin hier", antworte ich, während Wut den Schock ersetzt. Ich lehne mich aus dem Fenster und schreie in den Lautsprecher: „Und ich habe eine Nachricht für Gareth Harris. Sag ihm, dass ich keine Nummer ziehe und dass er sich jemand anderen suchen soll, mit dem er sich anlegen kann!"

„Was?", fragt die Frau, aber ich höre nicht, was sie sonst noch sagt. Ich trete mit dem Fuß auf das Gaspedal, um den Rückwärtsgang einzulegen, und ein lauter Knall von hinten schreckt mich auf.

Meine Hände verkrampfen sich, während ich meine Stirn mit einem Stöhnen gegen das Lenkrad drücke. Ich glaube, ich weiß, was ich getroffen habe, und ich wage zu behaupten, dass es den Zusammenstoß nicht überlebt hat.

Ich gleite aus dem Auto und wackle auf den Absätzen über den Kies, um zu sehen, was ich umgestoßen habe. Eine blöde Vogeltränke aus Stein, die einst ein malerisches, verziertes kleines Ding war, liegt jetzt in einem Haufen von acht Teilen am Straßenrand.

„Fuck!", rufe ich und sehe mir den Schaden an meinem Auto an. Eine schöne, vogelbadgroße Delle ist in der Ecke der Stoßstange eingedrückt. „Verdammte Scheiße!", schreie ich und kicke gegen ein paar Steine, denn das ist einfach typisch. Warum sollte ich mein Auto nicht in blindwütiger Eifersucht auf einen Mann beschädigen, mit dem ich kaum eine Beziehung begonnen habe? Das macht absolut Sinn.

Aus der Ferne knirscht Kies. Mein Blick schweift die Auffahrt hinunter und trifft auf Gareth, der direkt auf mich zu joggt. Meine verräterischen Augen sehen zweimal hin. Seine Brustmuskeln wippen lächerlich unter seinem T-Shirt bei jedem Schritt, den er macht. Er hat ganz schön Nerven.

„Mein Gott, Sloan, geht es dir gut?" Gareths Gesicht ist voller Sorge, als er ein paar Zahlen in die Tastatur seines Tores drückt. Sobald es weit genug geöffnet ist, schlüpft er hindurch und läuft über die Straße zu mir.

„Mir geht es gut", antworte ich mit warnendem Tonfall und gehe an ihm vorbei zu meiner Autotür. „Ich bezahle die Kosten für deine Vogeltränke, aber du solltest dir überlegen, ob du sie nicht irgendwo anders als direkt hinter deiner Einfahrt aufstellst. Das ist unsicher."

„Das ist nicht meine Vogeltränke", argumentiert er. „Sie war schon da, als ich das Haus gekauft habe."

„Du hättest trotzdem daran denken sollen, sie irgendwo hinzustellen, wo es mehr Sinn ergibt!", schnauze ich, öffne meine Tür und lege meine Finger um den Rahmen, in dem das Fenster offen steht. „Ich meine, welche Vögel baden schon neben einer Straße?"

„Das ist eine Privateinfahrt", brüllt Gareth und verschränkt die Arme vor der Brust. „Sie führt nur zu meiner und Hobos Einfahrt."

„Nun, du hast eindeutig Gäste!" Ich deute mit den Händen in Richtung des Hauses, wo seine Freundin uns wahrscheinlich schon aus dem Fenster anstarrt, während wir sprechen.

„Die meisten Leute fahren vorwärts aus meiner Einfahrt heraus. Du weißt schon … weil sie tatsächlich mein Grundstück betreten." Er starrt mich mit einem starren Blick an, den ich nicht ganz verstehe.

„Oh, glaub mir, ich weiß! Ich hatte ein nettes Gespräch mit deinem derzeitigen Gast. Sie klingt so schön auf deinem kleinen Lautsprecher. Sie hat wahrscheinlich eine Zukunft in der Telefonpornografie, wenn sie das will."

„Wovon redest du?", fragt er. Sein Körper ist angespannt, als würde er sich gleich auf mich stürzen.

Ich schließe meine Tür, verschränke die Arme vor der Brust und lehne mich zu ihm hin. „Die Frau, die rangegangen ist, als ich gerade geklingelt habe. Bitte, lass dich nicht von mir aufhalten, ihr zu dienen."

„Ihr zu dienen?" Sein gezwungenes Lachen lässt eine dicke Ader an seinem Hals hervortreten. „Glaubst du, dass jemand, den ich ficke, mein Sicherheitstor öffnen würde?"

„Ich weiß nichts von deinem Leben!" Ich drehe mich um, um meine Tür wieder zu öffnen, aber mit einer schnellen Bewegung stürmt Gareth hinter mir her, packt mich am Arm, dreht mich zu sich herum und knallt die Tür zu.

„Läufst du schon wieder weg, Sloan?", faucht er und drückt sich so nah an mich, dass ich meinen Rücken durchdrücken muss, damit mein Gesicht nicht seins berührt. „Genau deshalb habe ich dir gestern

Abend gesagt, dass du gehen sollst. Du hast nicht die Kraft, bei diesem Arrangement einen kühlen Kopf zu bewahren. Wenn es ungemütlich wird, läufst du weg wie vor einem Jahr."

„Ich laufe nicht weg!", rufe ich und stoße gegen seine Brust. „Denkst du, ich bin nach Astbury gefahren, um die englische Landschaft zu bewundern?"

„Warum gehst du dann?", fragt er mit geblähten Nasenflügeln und beugt sich einen Zentimeter vor, sodass wir Nase an Nase sind.

„Weil ich, ob zwanglos oder nicht, nicht eine von vielen sein will!" Ich heule fast, also beiße ich die Zähne zusammen, um mich zu beherrschen. Ich reagiere völlig über, aber ich kann nicht anders. Alles, woran ich denken kann, ist Cal und seine Lady Godiva, und ich bereue es schon wieder, das überhaupt getan zu haben. „Das ist für mich die schlimmste Art von Déjà-vu, und ich werde mich nicht noch einmal darauf einlassen."

„Sloan", er packt meine Arme, damit ich aufhöre, mich mit dem Öffnen meiner Tür abzumühen, „die Stimme, die du gehört hast, war nicht jemand, mit dem ich schlafe. Es war meine Haushälterin, Dorinda. Sie ist hier, bis ein Sicherheitsbeamter kommt, um meine Kameras zu überprüfen, weil heute Morgen in Hobos Haus eingebrochen wurde."

„Oh mein Gott." Mein Atem stockt, als ich mir mit der Hand den Mund zuhalte. „Geht es ihm und Brandi gut?"

„Ja", antwortet er mit einem Ausatmen und seine Augen blinzeln langsam, während er seinen Fokus ändert. „Hobo und ich waren beide beim Training und Brandi war mit ihrer Mutter in London."

Ich verschränke unbeholfen die Arme vor der Brust und wünschte, ich könnte auf die Größe eines Kieselsteins schrumpfen. „Was ist passiert?"

Gareth zuckt mit den Schultern. „Ein paar Typen sind durch sein Sicherheitstor gekommen und haben einen Haufen Zeug gestohlen. Sie haben das Grundstück verwüstet. Es hätte schlimmer sein können, wenn sie zu Hause gewesen wären."

„Wie furchtbar." Meine Stimme ist leise und ich kann Gareth kaum in die Augen sehen, als ich mich umdrehe, um etwas Abstand zu ihm zu gewinnen. Ich bin so ein Freak, weil ich angenommen habe, dass die Person, die rangegangen ist, jemand sein könnte, mit dem er intim ist. Das ist beschämend. „Bitte entschuldige mich bei Dorinda."

Gareth sieht mich an und lässt einen schweren Seufzer los. „Du hast sie doch schon mal getroffen. Ich bin überrascht, dass du ihre Stimme nicht erkannt hast."

Ich lehne mich gegen die Motorhaube meines Autos und starre beschämt auf meine Füße. „Du willst, dass ich dich dominiere und du bist da drüben und setzt logische Dinge voraus? Nichts von dem hier ist logisch."

Ich werfe einen Blick auf seine Reaktion, und die Intensität in seinen Augen raubt mir fast den Atem. Er kommt zu mir herüber und legt seine Hände auf beide Seiten von mir, um mich wie das wilde Tier, das ich gerade bin, zu umschließen. „Ich will nicht, dass du mich dominierst, Sloan. Ich will mich dir einfach nur hingeben."

„Warum?", frage ich und überlege, ob ich mich bei dieser verrückten Idee jemals sicher fühlen werde.

„Weil ich es auf eine bizarre Art und Weise brauche, die ich nicht ganz verstehe. Und ich glaube, du brauchst es auch." Er atmet zittrig ein und legt seine Hände an meine Taille, um mich mit den Handflächen zu umschließen und zu fesseln. „Dich gestern Abend zu bitten, zu gehen, war verdammt brutal, aber ich musste einen gewissen Abstand zwischen uns schaffen, um sicherzustellen, dass unsere Grenzen klar bleiben und nicht verschwimmen. Schließlich geht es hier wirklich nur um Sex, und letzte Nacht wurde es unglaublich intensiv. Ähnlich wie bei unserem ersten Mal zusammen. Ich hatte das Gefühl, wenn du weggehst und trotzdem zurückkommst, dann können wir das auch richtig zusammen machen. Habe ich recht?"

„Ich bin doch hier, oder?", erwidere ich und versuche zu ignorieren, wie sehr ich die Wärme seiner Hände an meinen Seiten liebe. Das ist intensiv, aber alles mit Gareth ist intensiv. Er ist ein intensiver Typ. Ich mag es aber nicht, wenn er an mir zweifelt.

Gareths Augen funkeln mit einem schlecht versteckten Grinsen. „Genau genommen stehst du mit einer kaputten Stoßstange mitten auf der Straße."

Ich schnaube und ignoriere, wie sein Körper vor lauter Lachen vibriert. Ich ignoriere die Art, wie er mich ansieht, während ich wegschaue. Aber die Frage, die mir auf der Zunge liegt, kann ich nicht ignorieren. „Gareth, ich muss noch einmal fragen … Warum ich?"

Seine Augen schließen sich, als würde er seine Antwort in seinem Kopf abwägen, bevor er sie mir gibt. Als er sie öffnet, ist das dunkle Glimmen in den haselnussbraunen Tiefen zum Verzweifeln. „Treacle, ich möchte mich dir hingeben, weil ich spüre, dass es lange her ist, seit du mit jemandem zusammen warst, der deine Bedürfnisse in den Vordergrund stellt." Er führt seine Hände zu meinem Gesicht und fährt mit seinen Daumen über meine Wangen. „Ich habe jahrelang zugesehen, wie du in mein Haus gekommen bist, mich gestylt hast, meinen Schrank gefüllt und deinen Job gemacht hast. Aber erst an dem Abend, an dem wir miteinander geschlafen haben, hatte ich das Gefühl, dein wahres Ich zu sehen."

„Ich war an jenem Abend ein Wrack."

„Du warst ein Wrack, bis du es nicht mehr warst … Bis du die Kontrolle übernommen hast. Bis du mich gebeten hast, niederzuknien. Dann warst du die verdammt schönste Frau, die ich je in meinem Leben gesehen habe. Das hat mich so stark angetörnt, wie ich es noch nie gefühlt habe. Das ist also keine völlig selbstlose Bitte, die ich da äußere."

Mein Körper bebt als Reaktion auf seine Worte. Seine Stimme ist wie eine sexy Liebkosung über einen stillen Teil meiner Seele, den ich seit Jahren versteckt habe. Ich greife nach oben und nehme sein Gesicht in meine Hände, um alle seine Züge zu erfassen. Plötzlich erdrückt mich ein starkes, überwältigendes Besitzgefühl. Er gehört mir, um ihn zu benutzen, ihn zu befriedigen und mich um ihn zu kümmern. Um zu geben und von ihm zu nehmen. Ich will ihn so haben. Ich möchte das, was wir hier tun, umarmen und mich kopfüber in ihn stürzen.

Meine Stimme ist entschlossen, als ich antworte: „Okay. Lass es uns tun, Gareth Harris. Ich bin voll dabei."

Er leckt sich über die Lippen und ein zufriedenes Grinsen umspielt seine Mundwinkel. Er greift nach unten, hebt mich auf die Motorhaube meines Autos und klemmt sich genau zwischen meine Beine, sodass wir Nase an Nase sind. Er drückt seinen Mund ganz nah an meinen, aber ich ziehe mich mit einem scharfen Atemzug zurück. „Nicht die Lippen", erinnere ich ihn.

Sein Kiefer zuckt einmal, bevor er seinen Mund zu meinem Hals hinuntergleiten lässt und mich dort küsst, wobei er mit verlockenden Bissen an meiner Haut knabbert. Er wandert auf die andere Seite meines Halses, während seine Hände meine Rippen hinaufgleiten und meine Brüste durch den weichen Chiffon drücken.

Ich hake meine Knöchel hinter seinem Rücken ein und ziehe ihn fest an mich, sodass sein Schwanz sich in meine Wärme drückt. Sein großer, fester Körper fühlt sich so gut an, dass ich alles vergesse, worüber ich mir Sorgen gemacht habe. „Nimm mich mit rein", befehle ich.

Er zieht sich zurück und sieht mich so ernst an, dass ich denke, er will etwas Schlimmes sagen. „Okay. Und nur zu deiner Information, ich gebe dir den Code für mein Tor." Seine tiefe Stimme vibriert auf meiner Haut, während er sich zu mir herabbeugt und meinen Kiefer mit federleichten Küssen überhäuft. „Denn während wir beide tun, was auch immer wir tun, verspreche ich dir, dass ich keine andere Frau auch nur anschauen werde."

Mein Herz hämmert in meiner Brust aufgrund des unbehaglichen Gefühls, das mir sein Versprechen verursacht. Seine Hingabe. Der Ausdruck in seinen Augen. Die Aufrichtigkeit seiner Berührung. Ich glaube ihm. Ich glaube ihm mehr als an dem Tag, an dem Cal „Ich will" zu mir sagte. Es ist verrückt, wie eine Beziehung, die nur aus Sex besteht, trotzdem so verbindlich sein kann.

Um die Stimmung aufzulockern, nehme ich sein Gesicht in meine Hände und antworte: „Das ist gut zu wissen, denn ich will die Vogelbad-Killerin, in die ich mich gerade eben noch verwandelt habe, nie wieder sehen."

Er lacht nicht, wie ich es erwartet habe. Er starrt mir auf den Mund und antwortet mit todernster Miene: „Das ist verdammt schade, denn ich mochte sie irgendwie."

Ich schlage ihm auf die Brust, eine Geste, die mir immer besser gefällt. Er lacht, als er mir von der Motorhaube hilft und mir die Fahrertür öffnet. „Ich glaube, es ist an der Zeit, dein Auto von der Straße zu holen, was meinst du?"

Sein Zwinkern entlockt mir selbst ein Lächeln. „Möchtest du mitfahren?"

„Ja, Sloan Montgomery. Diesmal eine richtige Fahrt."

Gareth

Ich eile in die Küche, um Dorinda und ihrem Sohn Robert – der meine Mahlzeiten für die Woche zubereitet – zu sagen, dass sie für heute nach Hause gehen können. Ich habe noch etwa eine Stunde Zeit, bis der von mir angeheuerte Wachmann eintrifft, und ich will diese Zeit gut nutzen. Dorinda wirft mir einen neugierigen Blick zu, als sie ihre Handtasche einsammelt und durch die Seitentür der Küche geht, wo ihr Auto geparkt ist.

Dorinda arbeitet für mich, seit ich das Haus gekauft habe, also weiß sie, dass ich keine Frauen hierher bringe. Eigentlich bringe ich niemanden hierher. Sloan ist wohl nur wegen einer Formalität reingerutscht.

Als ich nach Astbury zog, hoffte ich, dass meine Familie mich oft besuchen würde. Ich habe viel Geld für einen Innenarchitekten ausgegeben, um das Haus zu einem Heim zu machen, zu dem die Leute gerne kommen würden, um zu bleiben. Im Grunde ist es das genaue Gegenteil von unserem Elternhaus.

Ich erinnere mich noch gut daran, als unser Vater mit uns aus der Wohnung in Manchester auszog. Es war eng mit vier Kindern und dem neugeborenen Booker, aber es war gemütlich und glücklich. Ich freute mich darauf, nach Hause zu kommen.

Dann wurde Mum krank und Dad entwurzelte uns alle, um dauerhaft in dem riesigen Haus in Chigwell im Osten Londons zu leben, das er gekauft hatte. Da sie das Haus noch nicht lange besaßen, hatte Mum nie die Möglichkeit, es einzurichten, bevor sie bettlägerig wurde.

Nach ihrem Tod hat mein Vater so viel wie möglich von ihrem Andenken beseitigt, auch alles aus der Wohnung in Manchester. Das Haus in Chigwell war so karg und kalt, dass die Jungs gerne mit ihren Autos im Foyer spielten, weil ihre Stimmen von den Wänden und dem Marmorboden widerhallten.

Wir versammeln uns immer noch alle zum Sonntagsessen in diesem Haus, obwohl wir nicht viele schöne Erinnerungen daran haben. Die einzigen guten Erinnerungen sind die, als wir um den Küchentisch saßen und mit Tomatensoßenflaschen als Spielfiguren Fußballaufstellungen mit Dad durchgingen. Das waren die einzigen Momente, in denen er überhaupt mit uns sprach.

Unnötig zu erwähnen, dass meine Küchentheke keine Hocker hat. Aber die Einrichtung des Hauses genau so zu gestalten war umsonst, denn Dad hat seit Mums Tod nie wieder einen Fuß in die Stadt Manchester gesetzt, geschweige denn nach Astbury. Und meine Geschwister kommen nur selten zu Besuch. Wahrscheinlich, weil ich sie nie einlade.

Je länger ich hier lebe, desto weniger möchte ich von ihnen besucht werden. Wie ein echter Masochist ertappe ich mich dabei, wie ich nach London zurückkehre und in dem Haus bleibe, das ich zu hassen schwöre. Ein Therapeut hätte einen Heidenspaß mit mir. Erst vor kurzem habe ich gemerkt, dass das Leben, das ich mir hier in Manchester aufgebaut habe, immer sinnloser zu werden scheint.

Ich verlasse die Küche und entdecke Sloan, die im tief liegenden Wohnbereich rechts von der geschwungenen Treppe herumläuft. Sie streicht mit den Händen über ein verspiegeltes Buffet vor einem großen Glasfenster an der Westwand. Die Sonne fällt auf ihre langen, kastanienbraunen Locken, während sie Dorindas Auto wegfahren sieht.

Ich räuspere mich, um ihre Aufmerksamkeit auf mich zu lenken. „Nun, jetzt bist du hier. Was willst du mit mir machen?"

Sloans Augen schweifen über meinen Körper und das Lächeln, das ihre Lippen umspielt, ist fast verrucht. Was ist ihr durch den Kopf gegangen, während ich mit Dorinda gesprochen habe? Die unsichere, feindselige Frau von draußen ist verschwunden. Die Frau, die vor mir steht und den kurzen schwarzen Schal um ihren Hals hin und her schiebt, ist eine verdammte Sirene, die Schiffe vom Meer herbeiruft. Sie ist bezaubernd. Oberflächlich betrachtet ist sie ein Pfirsich mit Sahne, mit einer süßen, angenehmen Art. Aber unter ihrer Oberfläche lodert ein Feuer, das sich nicht leugnen lässt.

„Für den Anfang habe ich ein Geschenk für dich, Harris." Sie deutet mit dem Kinn zu einem Wandleuchter an der Wohnzimmerwand, an dem ein Kleidersack hängt. „Ich war fast die ganze Nacht wach, um das für dich zu machen. Es scheint, wenn ich wütend bin, bin ich ziemlich produktiv."

Sie kichert vor sich hin, als ich den Reißverschluss des Sackes öffne und einen marineblauen Anzug darin entdecke. Ich streiche mit meinen Händen über den Stoff und genieße die typische Weichheit von allem, was Sloan für mich kauft. Meine Stimme ist verblüfft, als ich krächze: „Den hast du gemacht?"

Ich schaue zu ihr und sie zuckt mit den Schultern. „Freya hat das meiste genäht, aber ja, ich habe ihn entworfen."

Ich ziehe die Schulter auf einer Seite heraus, um einen besseren Blick zu bekommen. „Ich hatte keine Ahnung, dass du zu dieser Art von Arbeit fähig bist."

„Es gibt vieles, was du nicht über mich weißt, Gareth."

Ich drehe mich um und sehe in ihre großen braunen Augen, die schnell blinzeln, als wäre sie sich selbst nicht sicher, wer sie ist. Ich hoffe, dass das, was wir jetzt vorhaben, ihr dabei hilft, denn ich weiß, dass sie viel mehr ist, als sie zugibt.

„Soll ich ihn anprobieren?", frage ich und hoffe, dass das unser Vorspiel sein wird, denn für mich klingt das ungefähr so heiß wie ein Studentin-Professor-Szenario.

Verlegen rümpft sie die Nase. „Das kannst du später allein machen. Jetzt möchte ich erst einmal eine Tour." Sie macht auf dem Absatz kehrt und verschränkt die Arme vor der Brust, als wäre sie eine Maklerin bei einem Geschäftstreffen. „Und die kannst du auch ohne Shirt machen."

„Oh, kann ich das?", platze ich heraus, grinse wie ein Trottel und staune über ihren raschen Sinneswandel.

„Das ist, was ich gesagt habe." Sie leckt sich über die Lippen und versucht vergeblich, ihr ungezogenes Grinsen zu verbergen, das ihre ernste Fassade bedroht.

„Was immer du sagst, Treacle." Ich ziehe mein T-Shirt aus und lasse es neben meinen Füßen auf den Boden fallen. Sloans Augen sind wie ein langsames Brennen, das sich über jedes Haar auf meiner Brust ausbreitet und meinen Bauch in Erwartung anspannen lässt.

Sie räuspert sich. „Also, worauf wartest du noch?"

Ich versuche, nicht über die komische Situation zu lachen, und gebe mein Bestes, sie herumzuführen, ohne eine Erektion zu bekommen. Das ist nicht ganz einfach, wenn man bedenkt, dass sie mich nicht nur wie ein Stück Fleisch beäugt, sondern wie *ihr* Stück Fleisch. Das macht mich total an.

Ich deute auf die Tür auf der gegenüberliegenden Seite des Wohnzimmers, die durch einen gläsernen Flur in einen Medienraum mit einer Leinwand und Sitzgelegenheiten wie im Kino führt. Sloan nickt anerkennend und fragt mich, welche Art von Filmen ich mir gerne anschaue.

Wir gehen durch den Flur in den Trainingsraum, der so gut ausgestattet ist wie ein kommerzielles Fitnessstudio. Ich habe viele der Geräte, die wir auch im Trafford Training Centre haben, denn auch an freien Tagen trainiere ich immer. Es gehört zu meinem Job, fit zu bleiben, so wie ein Geschäftsführer jeden Tag seine E-Mails checken muss.

Hinter dem Fitnessstudio sehe ich, dass Sloans Augen wirklich leuchten. „Du hast einen Pool!", quietscht sie, während sie an mir vorbeiläuft und gierig die Schwimmhalle erkundet. Das Sonnenlicht, das durch die gläsernen Oberlichter hereinstrahlt, reflektiert bunte Punkte auf ihrem Gesicht, während sie mich angrinst. „Wie oft benutzt du den?"

„Nie", antworte ich ehrlich.

Ihr fällt die Kinnlade herunter. „Was? Das würde ich jeden Tag machen!"

Ich zucke mit den Schultern. „Er ist nicht groß genug, um darin Runden zu schwimmen, also sehe ich keinen Sinn darin, wenn ich ihn nicht zum Trainieren benutzen kann."

„Was ist mit Spaß, Gareth?" Sie zieht herausfordernd eine Augenbraue hoch.

Ich kann nur wahrheitsgemäß antworten. „Davon habe ich nicht viel, fürchte ich."

Ihr Blick verengt sich, als sie auf mich zugeht und ihre Absätze leise auf dem Beton klacken. Sie streicht mit dem Zeigefinger über meine nackte Brust und sagt: „Das sollten wir ändern, oder?"

Ich eile durch den Rest der Tour, wobei es mir immer schwerer fällt, eine Erektion zu verhindern, je länger ich ihre Augen auf mir spüre. Je mehr wir uns im Haus bewegen, desto selbstbewusster wird sie. Es ist für sie wie ein seltsames Vorspiel, mir dabei zuzusehen, wie ich mein Haus vorführe.

Ich achte darauf, mein Schlafzimmer für den Schluss aufzuheben und verspüre ein triumphierendes Gefühl der Erleichterung, als wir endlich die Tür erreichen. „Ich glaube, du warst schon mal hier drin."

Ihr Lächeln ist verspielt. „Einmal oder zweimal."

Sie legt ihre Hand flach auf meine Brust und schiebt mich rückwärts ins Zimmer, wobei sie mit mir bis zum Sofa am Fußende des Bettes geht. Mit festen Händen auf meinen Schultern drückt sie mich in eine sitzende Position.

„Ich hatte letzte Nacht viel Zeit zum Nachdenken, als du mich aus deinem Haus geworfen hast."

„Ich habe dich nicht …"

„Pssst." Sie drückt ihren Finger auf die Lippen und senkt ihr Kinn. „Ich spreche. Du hörst zu." Sie mustert mich nachdenklich, dann verringert sie den Abstand zwischen uns, sodass ihre Brust in meinem Gesicht ist, während sie auf meinen Schoß klettert. Mit ihren Beinen auf beiden Seiten setzt sie sich rittlings auf mich und hält sich mit ihren Händen an meinem Nacken fest, um das Gleichgewicht zu halten, während sie es sich bequem macht.

Es ist intim. Es ist selbstbewusst. Es ist genau das, was ich von ihr will.

Es juckt mich in den Fingern, ihren Rücken hinaufzufahren, aber ich halte sie stattdessen zu Fäusten geballt neben mir. Es geht darum, die Kontrolle loszulassen. Es geht darum, auf ihre Wünsche zu hören. Nicht auf meine eigenen. Und wenn sie auf mir ist, sehne ich mich nach der betäubenden Entspannung, die ich letztes Jahr mit ihr hatte.

Sie wirft ihre langen, gewellten Haare über eine Schulter und ich muss mir ein Stöhnen verkneifen, als der köstliche Duft ihres Parfüms in meine Sinne eindringt.

„Also habe ich darüber nachgedacht, wie sehr es beim Sex um Vertrauen geht." Ihre goldenen Augen tanzen auf meiner Brust, während sie ihre Hände nach vorne schiebt und mit ihren Fingerspitzen über meine Brustmuskeln streicht, um sie zu massieren. „Vor allem bei der Art von Sex, die wir haben werden, wenn wir nicht wirklich eine Beziehung miteinander haben."

„Ich höre zu", murmle ich und schließe die Augen, während sie meine Schultern drückt und ihre Hüften auf meinem Schoß rollt.

„Um Vertrauen aufzubauen, könnte es helfen, wenn du beim Sex die Augen verbunden hast."

Meine Augen weiten sich augenblicklich und ich beginne zu widersprechen. „Sloan …"

Sie drückt ihre Hand auf meinen Mund und bringt ihr Gesicht so nah an mich heran, dass ich wieder den grünen Kreis um ihre Pupillen sehen kann. „Ich habe das Sagen, Gareth. Du willst es und ich nehme es mir. Du musst mir vertrauen, dass ich dieses Schiff führe, denn ich bin bereit, es wirklich zu versuchen. Letzte Nacht war ein Appetithappen. Das hier wird der Hauptgang sein."

Ich schlucke langsam. Die Erektion in meiner Jeans wächst und drückt schmerzhaft gegen den Reißverschluss, während sie sich gierig an mir reibt. Sie fängt an, abwechselnd zu schaukeln und ihre Hüften zu schwingen. Ihr Hintern ragt hinter ihr auf, als ob sie ein Doppelgelenk hätte.

„Fick mich, Sloan." Ich drücke meine Stirn an ihre Brust. Ich bin mir ziemlich sicher, dass ich diese Erfahrung nicht überleben werde, aber es wird den wilden Ritt wert sein.

„Genau das werde ich tun", sagt sie und öffnet langsam ein paar Knöpfe ihrer Bluse direkt vor meinem Gesicht.

Ich ziehe mich zurück und beobachte, wie sie drei weitere öffnet, bevor sie ihre Hand in den Stoff gleiten lässt und einen weißen Spitzen-BH und jede Menge üppige Haut zum Vorschein bringt. Sie fährt mit dem Finger über die Wölbung ihrer linken Brust und greift mit dem Zeigefinger in das Körbchen ihres BHs. Ein Hauch ihrer rosa Brustwarze lugt hervor und ich weiß sofort, dass ich alles tun werde, was sie von mir verlangt.

„Du hast mich gestern Abend auf die Probe gestellt. Jetzt stelle ich dich auf die Probe." Sie zieht den dünnen, schwarzen Schal von ihrem Hals und hält ihn mir vor die Nase. „Lass dich einfach darauf ein, nur meinen Befehlen zu folgen. Ich verspreche dir, es wird sich lohnen."

Dunkelheit umgibt mich, als sie den Stoff um meine Augen wickelt und mir den erregenden Anblick nimmt. Als tastsensibler Mensch ist es ein entwaffnendes Gefühl, wenn mir die Sicht genommen wird. Zu sehen, was auf mich zukommt, hilft mir, mich auf Dinge vorzubereiten, die eine negative Reaktion bei mir auslösen könnten. Aber ich vertraue Sloan mehr als den meisten, wenn es um meinen Körper geht. Sie wusste von der ersten Sekunde an, wie sie mich berühren kann. Und das Licht in ihren Augen, das sich in mich gebrannt hat, kurz bevor sie mir die Augen verbunden hat, macht mich mehr an als nur ihr Körper. Wenn es das ist, was sie braucht, dann werde ich es ihr geben. Hundertprozentig.

Ihre Lippen streichen über mein Ohrläppchen, während sie den

Knoten festzieht. „Vertrau mir, Gareth. Die Momente, in denen du aufhören willst, in denen du nachdenken willst, in denen du kontrollieren willst … zwinge dich einfach, diese Gefühle zu überwinden. Zwinge dich, mit mir im Jetzt zu sein. Keine Vergangenheit. Keine Zukunft. Nur meine Stimme.“

Ich spüre, wie mein Adamsapfel durch den sinnlichen Ton in meiner Kehle wippt und ich will es. Jetzt. Ich will meine Jeans ausziehen. Ich will, dass sie sich auszieht. Ich will in ihr sein. Ich will alles, was sie mir verwehrt.

Mehr als alles andere möchte ich frei sein. Von meinem Verstand. Von meinen Gedanken. Von meiner Vergangenheit und meiner Zukunft. Ich will das.

„Lass es uns tun, Treacle.“

Sloan

Mein Slip ist durchnässt, als ich von Gareths Schoß rutsche und seinen Gladiatorenkörper ohne Hemd und mit verbundenen Augen vor mir betrachte. Sein stoppeliges Kinn. Seine Brust hebt und senkt sich vor Spannung, während das Geräusch meiner zu Boden fallenden Kleidung die Szene untermalt.

Es ist verdammt erotisch. Wenn ein so starker, maskuliner, intensiver und mysteriöser Mann einfach hiersitzt und auf meinen nächsten Schritt wartet, ist das die sinnlichste Erfahrung meines Lebens.

„Was machst du da, Tre?“, fragt er, seine Stimme ist nun zaghafter als zuvor. Die Erwartung lastet offensichtlich schwer auf ihm.

„Ich ziehe mich aus.“ Ich beiße mir auf die Lippe, damit ich ernst bleibe, denn das hier ist ernst. Er traut mir zu, selbstbewusst zu sein, und ich traue mir zu, Frau genug dafür zu sein. Deshalb musste ich diese Sache mit der Augenbinde machen. Ich habe gesagt, dass es um Vertrauen geht, und das tut es auch teilweise. Aber vor allem, weil ich das Gefühl habe, dass ich eine Barriere zwischen uns brauche. Einen Schutzschild, um die verrückten Nerven zu verbergen, die in meinen Gliedern toben.

Ich will nicht nervös sein. Ich will mutig sein. Ich will mich kopfüber in dieses Arrangement stürzen und ein einziges Mal in meinem verdammten Leben leben. Ich kann das schaffen.

Als ich völlig nackt bin, betrachte ich mein Spiegelbild in der Glaswand seines Schranks. Mein Herz stockt. Ich erkenne die Frau, die mich anschaut, kaum wieder. Sie ist nackt und kurvenreich, und ihr Haar ist auf eine sexy, mühelose Art zerzaust, die ich niemals absichtlich nachmachen könnte. Sie hat einen wilden, erregten Ausdruck in den Augen, den ich schon lange nicht mehr gesehen habe.

Die Idee ist verrückt, weil ich in der Modebranche arbeite. Spiegel und Aussehen sind die Eckpfeiler meiner Arbeit. Ich achte sehr darauf, mich so zu präsentieren, dass sich meine Kunden wohlfühlen. Ich sehe aus wie eine stilvolle Stylistin.

Aber irgendwann hörte ich auf, mein Spiegelbild zu betrachten. Ich konzentrierte mich auf die Kleidung, die Haare und das Make-up, aber die Person, die zurückstarrte, sah ich nicht mehr. Vielleicht lag es daran, dass ich nicht mochte, wen ich sah.

Aber ich mag, wer mich jetzt anschaut. Ich mag sie sehr.

„Sloan?" Gareths Stimme reißt mich aus meiner Träumerei.

Meine Antwort kommt sofort. „Steh auf." Mein Kiefer ist angespannt, meine Beine sind breit und meine Augen begutachten jeden seiner Muskeln.

Er zieht neugierig die zusammengezogenen Augenbrauen hoch, während er seine dicken Unterarme benutzt, um sich in eine stehende Position zu bringen. Jetzt, wo ich völlig nackt und barfuß vor ihm stehe, wirkt er wie ein Riese. Ich bin eins fünfundsiebzig groß, aber mit Stöckelschuhen nähere ich mich den eins achtzig, also ist Gareth normalerweise nur ein paar Zentimeter größer als ich. So wie wir jetzt stehen, treffen meine Augen kaum auf sein Kinn.

Das bremst mich nicht aus. „Ich werde dich anfassen, Gareth. Sehr ausgiebig", sage ich und trete so nah an ihn heran, dass ich die Hitze seiner Haut an meinen Nippeln spüre. „Ist das in Ordnung?"

Die Falten in seiner Stirn zeigen, dass er nervös ist. „S-sicher."

„Du musst mir vertrauen, Gareth", antworte ich und drücke eine feste Hand auf die dicke Beule in seiner Jeans. „Wenn du mir vertraust, musst du dir keine Sorgen über deine Texturempfindlichkeit machen. Ich werde dir sagen, was du fühlen sollst."

Seine Kehle bewegt sich mit einem langsamen Schlucken, während er nickt. „Okay."

„Gut", flüstere ich und blase kühle Luft gegen seine Brust.

Ein tiefer Laut dröhnt aus seiner Kehle, während sich eine Gänsehaut über seine Brust legt und seine Nippel unglaublich fest werden.

„Zieh deine Jeans aus."

Er tut, was ihm gesagt wird. Als er sich wieder zu seiner vollen Größe aufrichtet – die Schultern breit, die Beine dick, die Muskeln angespannt und wartend – fühlt es sich an, als stünde ich am Steuer eines Schiffes in einem perfekten Sturm. Einem Sturm, bei dem alles passieren kann. Tod, Leben, Absturz oder die aufregendste Fahrt meines Lebens.

Ohne zu zögern, drücke ich meine nackte Haut gegen die seine. Glatt gegen kratzig. Weich gegen fest.

„Fick mich", murmelt er, als sein nackter Schwanz an meinem Unterbauch reibt.

Ich drücke meine Lippen auf seinen Brustmuskel. „Das habe ich vor", antworte ich, senke meinen Kopf und wirble mit meiner Zunge um seinen Nippel.

„Mein Gott", stammelt Gareth. Seine Hände schlingen sich um meinen Körper, eine in meinem Haar und die andere an meiner Pobacke.

Ich beiße in die Haut und er zischt laut. „Du sollst mich nicht anfassen, Gareth."

Seine Hände sinken nach unten und ich sehe, dass er sie frustriert an seinen Seiten zu Fäusten ballt. Wenn ich seine Augen sehen könnte, würde er mich sicher damit erdolchen.

„Das macht mich verrückt, Sloan."

„Gut."

„Ich will dich spüren."

„Das tust du doch."

„Mit meinen Händen."

„Wo bleibt denn da der Spaß?" Ich lasse meine Hand über seinen Unterarm gleiten, verschränke meine Finger mit den seinen und ziehe sie nach oben, sodass sie zwischen uns sind. „Außerdem geht es hier um meine Kontrolle. Nicht um deine. Hör auf, das Boot zu schaukeln."

Der angespannte Muskel in seinem Kiefer entspannt sich. „Das ist dein zweites Bootswortspiel. Ich fange noch an, dich mit meinem Bruder Camden zu verwechseln, wenn du nicht aufpasst."

„Erinnert dich das an deinen Bruder?", frage ich und lege seine Hände auf meine Brüste.

Seine altkluge Bemerkung ist völlig vergessen, als er merkt, was er da anfasst.

Wenn es einen Teil meines Körpers gibt, auf den ich stolz bin, dann sind es meine Brüste. Die Mutterschaft hat sie nicht ruiniert, wie es bei so vielen Frauen der Fall ist. Meine sind immer noch die gleiche Handvoll, die sie vorher waren. Nicht mehr. Nicht weniger.

Gareths raue Handflächen massieren die beiden Fleischmassen wie ein Höhlenmensch, der die Stärke eines Felsens testet. Ich starre auf seine Hände auf mir hinunter und bin dankbar für die Augenbinde, weil sie mir die Freiheit gibt, ungestört zuzusehen. Seine Haut ist so braun und männlich im Vergleich zu dem blassen Teint meiner Brust.

Ich verkneife mir ein Stöhnen, als er meine Nippel sanft zwischen seinen Fingern rollt. Der Druck lässt eine Wärme durch meinen Körper schießen und ich muss mich an seinen Ellbogen festhalten, um das Gleichgewicht zu halten.

„Es ist, als würde ich Blindenschrift lesen", sagt Gareth, dessen Kinnlade herunterhängt, während er blindlings jeden Zentimeter abtastet. „Du weißt, dass ich die noch nicht in natura gesehen habe, oder?"

„Ich weiß", krächze ich, denn mein Bedürfnis wird mir zu viel. „Du musst dich hinsetzen."

Sein leises Glucksen ist wie frischer Sauerstoff, als er hinter sich nach dem Sofa greift und seinen nackten Körper darauf niederlässt. Ohne ein Wort zu sagen, gehe ich hinüber zu seinem Nachttisch, wo er laut meiner Erinnerung beim letzten Mal ein Kondom geschnappt hat. Ich freue mich, dass er noch mehrere übrig hat. Als ich nach einem greife, fällt mein Blick auf ein winziges Stück vertrauten schwarzen Stoffes. Ich greife nach dem Bündel und breite es aus, um zu sehen, dass es der zerrissene Slip von unserer ersten gemeinsamen Nacht ist. Er hat ihn die ganze Zeit über behalten? Ich weiß nicht, ob ich gerührt sein oder mich gruseln soll.

„Sloan, wo bist du?"

„Ich bin hier", antworte ich, schüttle meine Gedanken ab und kehre zu ihm zurück, wo er auf mich wartet.

Ich stütze mich mit einem Knie auf dem Sofa neben ihm ab und drücke meine Vorderseite gegen seine Seite, während ich mit meinen Händen durch sein dichtes Haar streiche. Er schnurrt regelrecht, als ich seinen Kopf zurückziehe und mit meiner Zunge an seinem Hals entlang fahre.

„Gefällt dir das?", frage ich, knabbere an seinem Ohrläppchen und ziehe meinen Griff in seinem Haar fester.

„Ja", keucht er.

„Willst du mehr?"

„Gott, ja."

Ich ziehe mein anderes Knie hoch, sodass ich neben ihm knie. Mein Hintern wölbt sich nach oben und ich lege eine Hand auf seinen Oberschenkel und die andere auf seine Schulter. Ich küsse mich an seiner Brust und seinen Bauchmuskeln entlang und meide dabei seinen Schwanz, während ich mit offenem Mund jeden seiner muskulösen Oberschenkel küsse.

Ich nehme meine Hand von seinem Oberschenkel und umklammere seine Länge mit einem plötzlichen, starken Griff.

„Oh, fuck!" Er beißt sich auf die Lippe und rutscht unbehaglich hin und her, während ich die Festigkeit seiner Länge teste und kühle Luft auf die dicke Ader blase, die an der Unterseite seines Schwanzes entlang läuft.

„Willst du, dass ich dich ficke, Gareth?"

„Treacle, ich will schon seit einem Jahr, dass du mich fickst."

„Sag das Wort noch einmal."

„Welches?"

„Du weißt, welches."

Er schluckt langsam und stählt sich, um gefestigt zu klingen. „Ficken."

„Ja", flüstere ich.

„Ficken", wiederholt er.

„Ja", flüstere ich wieder und meine Zunge streicht über die Ader an seinem Schaft.

Er springt fast vom Sofa auf. „Ficken!"

Ich umschließe ihn mit den Lippen und sauge ihn so weit hinein, wie ich kann.

„Oh, fuck, fuck, fuck, Sloan", stöhnt er und seine Hände gleiten in mein Haar.

„Zieh mich an den Haaren", keuche ich und lasse mich wieder auf ihn fallen.

Er achtet darauf, mein Haar in einem Pferdeschwanz zu sammeln, damit er alle Strähnen mit demselben Druck zieht. Er passt sich meinen Bewegungen auf seinem Schwanz an, zieht sich zurück und lässt bei jedem Wippen meines Kopfes los, reitet mich, anstatt mich zu steuern. Feuchtigkeit sickert zwischen meinen Beinen hervor und mein Verlangen, mehr zu bekommen, nimmt überhand.

Kurzerhand lasse ich ihn aus meinem Mund fallen und suche auf dem Sofa nach dem Kondom, das ich vorhin liegen gelassen habe. Ich bin froh, dass Gareth meine zitternden Finger nicht sehen kann, als ich das Kondom aufreiße und es über seine pochende, nasse Erektion stülpe.

„Fuck, Treacle." Gareths Stimme ist rau vor Verlangen, als ich mich rittlings auf ihn setze und seine Spitze zwischen meine Falten drücke.

Ich halte inne und genieße seinen Anblick in vollen Zügen. Die Hände seitlich ausgestreckt, die Handflächen nach oben, der Körper angespannt und wartend. Er wartet auf alles, was ich ihm zu geben bereit bin. Er ist so unglaublich sexy. Die meisten Männer würden diese Art von Rollentausch nicht akzeptieren. Sie würden sich entmannt fühlen. Callum wäre es sicher so gegangen.

Aber Gareth ist nicht wie die meisten Männer. Er ist hart und weich. Stark und biegsam. Er ist groß und muskulös, aber bereit, sich mir völlig auszuliefern.

„Nimm die Augenbinde ab", fordere ich.

Er zögert einen Moment, bevor er den Stoff nach unten zieht, sodass er um seinen Hals hängt.

Jetzt ist der Zeitpunkt, zu dem Gareth sich meinen Körper ansehen könnte. Meine Brüste, meine Muschi. Die Stelle, an der sein kondomüberzogener Schwanz sitzt und auf das Eindringen wartet. Es gibt Berge von Haut, auf die er starren könnte, aber seine Augen sind auf die meinen gerichtet. Seine haselnussbraunen Augen – eingerahmt von langen, dunklen Wimpern und einer ernsten Stirn – sind auf mein Gesicht gerichtet und sehen alles, was ich fühle.

Ohne ein Wort zu sagen, lasse ich mich auf ihn sinken und klappe meine Beine so weit wie möglich auf, um ihn so tief wie möglich zu nehmen. Uns beiden fallen die Kinnladen herunter und unsere Stirnen pressen sich aneinander, während sich unsere Körper an den Druck anpassen. Seit Gareth vor über einem Jahr hatte ich mit niemandem mehr Sex, und mein Körper erinnert mich an diese schmerzhafte Tatsache.

Aber diese Art von Schmerz hat immer etwas Schönes an sich, als würde man einen Juckreiz bis zum Orgasmus aufkratzen. Es dauert nicht lange, bis sich meine Hüften gegen seine Enge in mir stemmen und sich in diesen köstlichen Schmerz graben.

„Berühre mich, Gareth." Meine Lippen wandern seine Stirn hinauf, während ich meinen Kopf in den Nacken werfe und noch tiefer auf ihn sinke. „Ich will deine Hände auf mir spüren."

„Mit Vergnügen", knurrt er und fährt sanft meine Beine hinauf über meinen Hintern. Dann gleiten seine Hände weiter meine Wirbelsäule hoch und halten inne, um mein Haar fest zu umklammern.

„Ja", stöhne ich. „Zieh dran."

Er gehorcht und nutzt die Gelegenheit, um seine Lippen auf meinen Hals zu pressen und dabei tief einzuatmen. „Du riechst so verdammt gut", sagt er und saugt an dem Puls, der in meiner Kehle schlägt. „Und du schmeckst noch besser."

„Mehr", krächze ich und lasse meine Hüften auf seinem Schoß kreisen. „Ich muss deine Stimme hören, Gareth. Sag mir alles, was du denkst."

„Ich kann es kaum erwarten, dich auf meinem Schwanz kommen zu spüren", antwortet er sofort, während seine andere Hand sich in die Haut meiner Pobacke gräbt und die Schaukelbewegung meines Beckens mitmacht. „Als ich dich letzte Nacht auf meinen Fingern kommen spürte, musste ich alles geben, um nicht selbst zu kommen."

„Ich wäre so wütend gewesen."

„Warum?", fragt er und macht mir damit klar, dass ich ihm mit schmutzigen Worten antworten soll.

„Weil ich spüren will, wie du kommst", antworte ich, packe ihn fest an den Haaren und reiße sein Gesicht von meinem Hals, damit er mir in die Augen sieht. Ich starre ihn an, während ich seine Schulter als Hebel benutze, um auf seinem Schoß zu hüpfen. „Ich habe dir gesagt, dass dieser Schwanz mir gehört und das meinte ich auch so."

Seine Augen schließen sich bei der zunehmenden Reibung. „Verdammte Scheiße", stöhnt er und seine Hüften schieben sich nach oben, um jeden Druck zu erwidern, den ich auf ihn ausübe.

„Schneller, Gareth. Fick mich. Fick mich hart."

Ein Rausch erfasst uns beide. Bevor ich mich versehe, schreie ich, dass er uns umdrehen soll. Er legt mich quer aufs Sofa und ich stütze mich mit einem Fuß auf der gewölbten Rückenlehne ab, während er sich zwischen meinen Beinen positioniert. Er packt eines davon und stößt so grob in mich hinein, dass ich die Luft anhalten muss, um nicht sofort zu explodieren. Kein Mann, mit dem ich je geschlafen habe, konnte ein solches Tempo halten, aber Gareth scheint es zu schaffen, ohne ins Schwitzen zu kommen.

Das ist also der Grund, warum Frauen nach Sportlern gieren. Die Stärke. Die Muskeln. Das Durchhaltevermögen.

Ich fahre mit meinen Nägeln seinen Rücken hinauf und genieße das Gefühl, wie sich seine Muskeln bei jedem Hüftstoß anspannen, und er stöhnt unter dem Schmerz meines Griffs. Was als warmes, kontrolliertes Feuer im Ofen begann, hat sich zu einem rasenden Hausbrand entwickelt, der jeden bewussten Gedanken in meinem Kopf zerstören wird.

Ich kann nicht sprechen. Es kommen zwar Laute aus mir heraus, aber nicht mit Absicht. Und obwohl ich mich so sehr nach Gareths schmutzigem Mund sehne, habe ich weder die Energie noch den Verstand, auch nur eine einzige Forderung zu stellen.

Ich weiß nicht mehr, wer die Kontrolle hat. Alles, was ich weiß, ist, dass wir schließlich gemeinsam über die Klippe stürzen – der Feuerwehrschlauch erstickt das tobende Inferno –, und alles, was übrig bleibt, sind Rauch, Schweiß und schweres Atmen. Eine Wolke von wahnsinniger Ekstase.

Gareth zieht sich heraus und hebt sein schweres Gewicht von mir, setzt sich zwischen meine Beine und zieht das Kondom direkt vor mir ab. Ich beobachte die Adern in seinen Unterarmen, als er einen Knoten macht und das Gummi auf den Boden fallen lässt. Mit einer schnellen Bewegung rollt er uns so, dass ich auf ihm liege. Sein weicher Penis drückt gegen meinen Bauch, während sich mein Kopf und meine Haare auf seiner feuchten Brust ausbreiten.

Seine Finger greifen in mein Haar, während ich an die Wand starre und mich von dem Schock eines so starken Orgasmus erhole. Ich hätte gedacht, dass das glitschige Gefühl von verschwitzter Haut auf verschwitzter Haut Gareth stören würde, aber er scheint nicht angespannt zu sein. Er wirkt entspannt und das Heben und Senken seines Brustkorbs verlangsamt sich, während er zu Atem kommt.

Gareths Stimme klingt heiser und dumpf in meinen Ohren, als er krächzt: „Wenn das der Hauptgang war, hoffe ich, dass du Nachschlag anbietest." Seine Finger streichen über meine Kopfhaut, während er gedankenlos mit meinem Haar spielt.

Mit einem Lächeln nehme ich all meine Kraft zusammen, um meinen Kopf zu heben und mein Kinn auf seine Brust zu legen. „Ich glaube, ich bin definitiv bereit für einen Nachschlag."

11

SEX UND FUẞBALL

Gareth

Manche sagen, Sex und Fußball passen nicht zusammen. Wenn man bedenkt, dass ich heute das Spiel meines Lebens gespielt habe, sage ich: Meldet mich bitte für einen zweiten Nachschlag an.

Die Stollen unserer Schuhe klappern auf dem Beton des Stadiontunnels, als wir das Spielfeld des Chelsea Football Clubs verlassen. Spiele an der Stamford Bridge im Südwesten Londons sind immer spannend. Die Fans der Blues sind bekannt dafür, dass sie den Ruhm jagen und Chelsea hat eine unglaubliche Saison hinter sich. Die Tatsache, dass ich einen Schuss ihres Starstürmers Vince Sinclair nur zwanzig Sekunden vor Schluss abwehren konnte, bedeutet also, dass ich von den Fans kein Lächeln ernten werde.

Die Atmosphäre in den Tunneln ist nach den Spielen immer ganz anders als vor den Spielen. Vor einem Spiel ist es wie ein Familientreffen. Es wird sich gegenseitig auf die Schulter geklopft und es werden Erinnerungen zwischen alten Mannschaftskameraden ausgetauscht. Oft gibt es eine Jugendgruppe oder Fans, die von der Gastgebermannschaft hinausbegleitet werden. Die Energie ist voller Intensität und Aufregung.

Nach einem Spiel ist das eine ganz andere Sache. Wir müssen uns vom Spielfeld entfernen, Seite an Seite durch einen einzigen Gang. Die Verlierermannschaft ist wütend, weil sie verloren hat. Die Siegermannschaft ist euphorisch, weil sie gewonnen hat. Jeder ist auf einem anderen emotionalen Level und das testosterongesteuerte Adrenalin brodelt unter der Oberfläche. Das bedeutet, dass es in den Tunneln regelmäßig Trash-Talking und Schlägereien gibt. Heute Abend ist die Luft so angespannt, als würde jemand gleich zuschlagen wollen.

Ich kann es kaum erwarten, Sloan wiederzusehen.

Nach unserem Experiment mit der Augenbinde, das in jeder Hinsicht ein voller Erfolg war, haben wir uns noch ein paar Mal gesehen, aber jetzt habe ich sie eine ganze Woche lang nicht gesehen. Sie sagte, sie würde beruflich verreisen und erst am nächsten Montag zurück sein. Ich dachte, das würde mich umbringen, aber ihre sexy SMS und eine Telefonsex-Session epischen Ausmaßes haben mich am Laufen gehalten.

Dieses Loslassen der Kontrolle funktioniert bei mir tatsächlich. Sie macht die Regeln. Sie legt die Zeiten fest. Sie geht jeden Abend nach Hause. Ich bin ihr buchstäblich ausgeliefert und ich war noch nie so sexuell befriedigt. Ihre selbstbewusste Stimme über die Telefonleitung zu hören, ihre Augen vor Kraft leuchten zu sehen ... das ist das ultimative Aphrodisiakum. Wenn sie will, ist sie ein echter Perversling und es scheint ihr richtig Spaß zu machen, meinen Schwanz zu necken, was mich umso mehr anmacht. Ich genieße das Vergnügen, das es ihr bereitet und habe Orgasmen, von denen ich nicht einmal wusste, dass es sie gibt.

Es ist das perfekte Arrangement.

Und zum Glück ist sie in zwei Tagen zurück, denn ich fühle mich wie ein ausgehungerter Fleischfresser, der seit Tagen kein Fleisch mehr bekommen hat. Ich bleibe bis zum Abendessen am Sonntagabend bei Dad in London. Am Montagmorgen werde ich den ersten Zug nach Hause nehmen, um mich auf eine Nacht voller Ausschweifungen mit Sloan vorzubereiten – meine verdammt wunderschöne Treacle.

Vince Sinclair joggt plötzlich im Tunnel an mir vorbei und stößt aggressiv mit Hobo zusammen, der ein paar Schritte vor mir ist.

„Oh, ich bitte um Verzeihung, dass ich so verdammt gut sichtbar bin!", ruft Hobo und stößt von hinten gegen Vince.

Ich reiße Hobo an den Schultern nach hinten und zwinge ihn, neben mir zu laufen. Vince macht auf dem Absatz kehrt, geht rückwärts und lächelt das gleiche beschissene Grinsen, das er auf dem Spielfeld immer aufsetzt. Er ist dafür bekannt, ein eingebildeter Arsch zu sein. Die Fans lieben und hassen ihn.

Seine dunklen Blicke schweifen in meine Richtung, verlieren jeden Humor und fixieren mich mit einem mörderischen Blick. Ich starre mit Gleichgültigkeit zurück. Ich bin zu alt, um mich auf den Quatsch mit den Neulingen einzulassen. Kämpfe gibt es nur zwischen Spielern, die sich ihres Platzes auf dem Spielfeld unsicher sind. Vinces Vertrag wurde letztes Jahr fast verkauft, also ist er das, was ich im Fußball einen zappelnden Guppy nenne, der versucht, wieder ins Meer zu springen.

Vinces Teamkollegen drängen ihn, weiterzulaufen. Zum Glück gibt er widerwillig nach. Ich atme aus und versuche, die Angst abzuschütteln, die an meinen Nerven zerrt. Vince ist ein Trottel, aber das ändert nichts an der Tatsache, dass er heute Abend fast einen an mir vorbeibekommen hätte. Er ist schnell, beidfüßig und schwer zu berechnen. Mein Foul gegen ihn am Ende hätte sehr leicht zu einem Elfmeter für Chelsea führen können, was uns ganz schön geschadet hätte.

Aber die Entscheidung wurde nicht getroffen, trotz Vinces dramatischem Verhalten auf dem Boden und seiner unerträglichen Streitereien mit dem Schiedsrichter. Das bedeutet, dass wir unseren Sieg über Chelsea mit 1:0 halten konnten.

Hobo gibt mir einen Stoß an die Schulter. „Meine Güte, ich hasse diesen Kerl. Ich war froh, dass du ihn zu Fall gebracht hast, aber du hast uns allen einen Herzinfarkt verpasst, als du es im Sechzehner so gemacht hast."

Ich werfe ihm einen mürrischen Blick zu. „Ich wusste, was ich tat." Die Wahrheit ist, dass Vince verdammt viel schneller ist als ich. Ich stelle fest, dass viele Stürmer heutzutage fast an mir vorbeikommen. Ich bin zweiunddreißig Jahre alt. In der Welt des Fußballs ist das der Status eines Opas. In den letzten Jahren musste ich meine Verteidigung anpassen, um mithalten zu können.

Wir gehen durch den Korridor zu unserer Umkleidekabine, wo eine Menge Kameraleute, Fotografen und Medienvertreter vor der Tür stehen. Ich will wortlos vorbeigehen, aber eine Journalistin, die Sloan erschreckend ähnelt, fällt mir auf.

„Gareth! Was sagst du zu den Gerüchten, dass du und alle deine Brüder ausgewählt werden, um diesen Sommer für England bei der Weltmeisterschaft zu spielen?"

Meine Schritte stocken, als die Frau eine perfekt gezupfte Augenbraue hochzieht. Einige meiner Mannschaftskameraden halten inne und starren aufgrund der Frage, die mein Agent als die Erfüllung seines feuchten Traums bezeichnet hat. Die Schlagzeile, dass vier Brüder für England bei der Weltmeisterschaft spielen, wäre der Werbevertrag ihres Lebens, aber die Wahrscheinlichkeit, dass das passiert, ist geringer als die, dass ich für meinen Vater spielen werde.

Ich bleibe vor der Frau stehen und alle anderen Kameras drängen sich um uns herum, eine stößt mich sogar an die Schulter. „Wo hören Sie diese Gerüchte?"

Die Brünette lächelt ein kokettes Lächeln und zuckt mit den Schultern. „Irgendwo."

Ich nicke wissend und kneife die Augen zusammen. „Es gibt noch eine lange Saison zu spielen, bevor die Auswahl für die Weltmeisterschaft getroffen wird." Ich weiß das besser als jeder andere. Ich habe mich vor vier Jahren für das Weltmeisterschafts-Team qualifiziert, aber ich habe mir am Ende der Saison den Knöchel verstaucht. Es war eine kleine Verletzung im Rahmen meiner Karriere, aber sie hat meine Chance, für England zu spielen, zunichtegemacht.

„Nun, der Hattrick deines Bruders Camden für Arsenal heute Abend hat seinen Platz im Team so gut wie besiegelt."

Meine Augenbrauen heben sich. Jetzt kann ich es kaum erwarten, zu meinem Spind zu gehen, um mich selbst zu überzeugen. Normalerweise gehe ich nach einem Spiel als Erstes vom Platz und schaue auf meinem Handy nach, wie meine Brüder gespielt haben. Vi schickt uns per SMS Updates zu den Spielen der anderen und ihre Kommentare zu unseren Spielen zu lesen, gehört zu meinen Lieblingsbeschäftigungen im Fußball. Ich sage ihr schon seit Jahren, dass sie einen Podcast machen sollte, aber sie lacht nur darüber.

Ich schenke der Reporterin ein breites Lächeln. „Das Einzige, was ich als Tatsache und nicht als Gerücht weiß, ist, dass Camden niemals drei Tore gegen mich erzielt hätte."

Die anderen Reporter brüllen vor Lachen. Dann lächelt die Frau und nickt ein stummes Dankeschön, während die anderen anfangen, Folgefragen zu stellen. Mit einem Zwinkern wende ich mich von der Menge ab und finde Hobo, der an der Tür der Umkleidekabine auf mich wartet.

„Du bist ein selbstgefälliger Mistkerl, weißt du das?", spottet er.

Ich zucke mit den Schultern. „Das liegt in der Familie."

Nachdem ich die Pressekonferenz nach dem Spiel beendet habe, in der ich über die bevorstehende Auszeichnung ausgequetscht wurde, eile ich zum Spielerparkplatz, wo Vi in ihrem Auto wartet. Sie lächelt strahlend, als ich einen Finger hochhalte und zu den wartenden Fans auf der anderen Seite der Absperrung hinüberjogge. Ich eile durch etwa zwanzig Autogramme, bevor ich allen ein Lächeln schenke und mich verabschiede.

Ich gehe zu Vis Auto und werfe meine Tasche auf den Rücksitz ihres SUVs. „Der neue Wagen gefällt mir", sage ich, während ich mich auf den Beifahrersitz setze und meine Jacke über meinen Schoß lege. „Wie ich sehe, hast du dich gegen einen richtigen Minivan entschieden."

Sie rollt mit den Augen. „Hayden wollte einen. Er sagte, er mochte die Bildschirme darin. Ich habe ihm gesagt, dass ich eine Fußballschwester bin, keine Fußballmama. Rocky ist erst eins. Wir haben noch eine Weile Zeit, bis ich Platz für Trikots brauche."

Ich lächle und mustere ihr Aussehen skeptisch. Ihr blondes Haar ist zu einem hohen Pferdeschwanz gebunden. Sie trägt ein T-Shirt von Manchester United mit der Aufschrift HARRIS in großen Blockbuchstaben auf dem Rücken, und ich weiß, dass sie ein Arsenal-Trikot und genug Trikots von Bethnal Green hat, um sie jeden Tag in der Woche zu tragen. Meine Schwester macht sich etwas vor, wenn sie glaubt, dass sie nicht schon eine Fußballmama ist.

„Was immer du sagst, Schwesterherz." Ich werfe einen Blick aus dem Fenster auf die Presse, die draußen wie die Geier wartet. Ich habe ihnen ein dreißigminütiges Interview gegeben und all ihre Fragen beantwortet, aber sie warten immer noch auf mehr. „Gehen wir zu dir nach Hause? Ich will nicht in ein Restaurant gehen. Die Menschenmassen werden furchtbar sein."

Vi nickt. „Ich habe Suppe im Schongarer."

„Perfekt."

„Bleibst du heute Nacht bei Dad?"

Ich nicke. „Es sei denn, du hast plötzlich einen Anbau an deine Wohnung gemacht?"

Sie lächelt. „Ich fürchte nicht."

Vi biegt auf die Straße, die an der Themse entlangführt, in Richtung Nordosten ab. Da es ein Samstagabend ist, ist der Verkehr rege. Geschäftige Londoner sind bereit für eine Nacht in der Stadt. Der Bus fährt erst morgen früh zurück nach Manchester, weil unser Team zur

Eröffnung eines neuen Clubs in London eingeladen wurde. Das ist gute Presse, also sind die meisten Jungs direkt dorthin gefahren.

„Gehst du heute Abend nicht mit dem Team aus?"

Ich sehe sie unverwandt an. „Ich passe."

Sie kichert. „Du bist so ein launischer Kerl. In letzter Zeit bist du total ungesellig. Früher war deine Familie die Ausnahme, aber es scheint, dass wir auch zur Regel werden."

„Was zum Teufel soll das denn bedeuten?"

„Früher hast du nie ein Sonntagsessen verpasst, Gareth. Und du hattest auch kein Problem damit, Camden oder Tanner in einen Club zu begleiten, wenn sie dich brauchten. Zugegeben, du warst nie die männliche Hure, die die Jungs waren. Ich meine, ich musste für dich nie die Bacon-Sandwich-Regel auf ein Mädchen anwenden, aber du warst bekannt dafür, dass du auch mal eine richtige Nacht durchgemacht hast."

Ich stöhne angewidert auf, als sie diese Regel erwähnt. Camden und Tanner haben einen Komplex, weil sie sich eine Gebärmutter geteilt haben, was anscheinend bedeutet, dass sie sich auch um Essen und Frauen streiten müssen. Als wir Kinder waren, stellte Vi die Regel auf, dass wenn einer von ihnen das Essen ableckte, der andere es nicht nehmen durfte. Als die Jungs älter und unausstehlicher wurden, merkten sie, dass die Bacon-Sandwich-Regel auch für Frauen gelten konnte. Die Wichser.

„Ich glaube, selbst du kannst zugeben, dass in diesem Jahr in unserer Familie einiges anders ist", sage ich und schaue aus dem Fenster, als wir die Vauxhall Bridge passieren. „Cam und Tan sind beide verheiratet. Booker wird Vater. Und du sollst auch bald heiraten."

Sie blickt zu mir rüber. „Stört es dich, dass wir jetzt alle in einer Beziehung sind?"

„Nein", schnaube ich abwehrend. „Aber das ist kein Grund, mit meinen Brüdern in einen Club zu gehen und mich auf die Bacon-Sandwich-Regel zu berufen."

„Das ist wohl ein gutes Argument." Vi rutscht unbeholfen auf ihrem Sitz hin und her. „Ich hasse es einfach, wie isoliert du in Manchester bist. Ich weiß nicht, was du die ganze Woche so treibst. Du scheinst jedes Mal, wenn ich dich sehe, immer introvertierter zu werden."

„Vi, ich bin kein launischer Teenager. Ich bin ein Mann und komme gut allein zurecht", verteidige ich mich und verkneife mir ein Grinsen, weil ich letzte Woche nicht allein war, als Sloan mich mit ihrem Maßband gefesselt oder mir mit ihrem Schal die Augen verbunden hatte. Das ist definitiv kein Gedanke, den ich haben sollte, während ich mit meiner verdammten Schwester in einem engen Auto sitze.

Ich kann Vis neugierige Augen auf mir spüren. „Was läuft da zwischen dir und dieser Stylistin?"

„Nichts", platze ich viel zu schnell heraus. Ich räuspere mich und versuche, mich zu beruhigen. „Nichts. Wir sind Freunde. Kollegen, könnte man sagen. Das ist alles."

„Freunde", ahmt sie nach und glaubt mir offensichtlich nicht. „Freunde, die ficken, trifft es wohl eher."

„Vi!", schimpfe ich und werfe ihr einen tadelnden Blick zu. „Du schreist uns an, wenn wir fluchen, aber du redest da drüben selbst wie ein Matrose."

Sie kichert, während sie auf die Straße starrt. „Ich merke, dass etwas an dir anders ist."

„Wie?"

„Ich kann es anhand deines Spiels sehen."

„Blödsinn", spotte ich und zerknülle meine Jacke in meinen verschwitzten Handflächen. Ich will nicht, dass Vi das herausfindet. Was Sloan und ich machen, ist zwanglos. So zwanglos, dass ich sie nicht einmal auf die Lippen küssen kann. Wenn Vi herausfindet, dass wir miteinander schlafen, wird sie sich lächerliche Vorstellungen über meine Zukunft machen.

„Ich habe dich dein ganzes Leben lang spielen sehen, Gareth. Das Foul, das du am Ende gemacht hast, hatte eine gewisse Finesse. Ein Selbstvertrauen, das ich in den letzten Jahren nicht bei dir gesehen habe."

„Das nennt man die Tat eines verzweifelten Mannes. Ich bin alt, Vi."

„Du bist nicht alt. Du bist reif."

„Im Fußball bedeutet das, dass das Pflegeheim in Bereitschaft ist."

„Hör auf", schimpft sie und klopft mir auf die Schulter. „Ich bin nur froh, dass du nicht allein bist."

„Ich bin allein!", brülle ich fast, weil es mich ärgert, dass sie schon jetzt grandiose Ideen in ihrem Kopf hat, ohne überhaupt etwas Konkretes zu wissen. Wenn Vi so wird, kann man nur noch ablenken. „Du bist diejenige, die ihre Hochzeit mit Hayden verschiebt.“

Ihre Kinnlade fällt herunter. „Ich werde ihn irgendwann heiraten!“

„Wann? Wenn du noch ein paar Kinder mehr hast und eine größere Wohnung sowie einen Minivan kaufen musst?“

Sie runzelt die Stirn, schrumpft in ihrem Sitz und kaut nervös auf ihrer Lippe. Ich habe sofort ein schlechtes Gewissen, weil ich merke, dass es keine einfache Angelegenheit ist. „Was ist das Problem, Vi?“

„Nichts!“ Sie zwingt sich ein strahlendes Lächeln auf. „Wir müssen nur erst diese Weltmeisterschaft hinter uns bringen.“

„Nicht du auch noch“, stöhne ich und fahre mir mit der Hand durchs Haar.

„Diese Woche haben alle nur darüber gesprochen! Wenn sie alle vier meiner Brüder auswählen, wäre das das Unglaublichste, was unserer Familie je passiert ist.“

„Du meinst nach der Geburt von Rocky.“

„Ja, nach Rocky.“ Sie rollt mit den Augen. „Rocky will auch, dass ihr bei der Weltmeisterschaft mitmacht. Sie ist euer zweitgrößter Fan, nach mir.“

„Offensichtlich.“ Ich kann mir ein Lachen nicht verkneifen. Rocky ist schon jetzt Vis Miniaturausgabe. Bald wird sie die Schiedsrichter beschimpfen wie ihre Mama.

„Die Fußballweltmeisterschaft ist also wichtiger als deine Hochzeit?“

Vi knurrt wie ein kleiner Hund. „Warum ist das wichtig? Hayden und ich sind glücklich. Wir brauchen kein Stück Papier, das uns das sagt.“

„Ich glaube, es ist Hayden wichtig“, antworte ich und beobachte sie neugierig. Sie verbirgt etwas. Das merke ich daran, wie sie das Lenkrad umklammert und sich weigert, mich anzuschauen. „Was ist denn los? Warum machst du so ein komisches Gesicht?“

„Mein Gesicht ist nicht komisch!“, schreit sie, wobei ihre Stimme höher ist als sonst.

„Doch, das ist es. Spuck es aus. Du weißt, dass ich es irgendwann sowieso aus dir herausbekomme.“

„Du wirst mich auslachen.“ Sie stöhnt und hält an einer roten

Ampel an, wobei sie mich mit einem ernsten Gesichtsausdruck ansieht. „Du musst versprechen, nicht zu lachen.“

Ich rolle mit den Augen. „Ich verspreche es.“

Sie zieht ihre Lippen in den Mund und murmelt etwas, das ich nicht ganz verstehen kann.

„Was hast du gesagt?“

„Ich sagte, dass ich nicht aufhören will, eine Harris zu sein, okay?“

Meine Kinnlade fällt herunter, als ich meine Schwester anstarre. Ich weiß nicht, warum ich schockiert bin. Vi sagt immer, sie sei der Kitt, der unsere Familie zusammenhält, während ich der Fels bin, der uns aufrecht hält. Und niemand ist eine größere Cheerleaderin für unsere Familie als sie. Aber ich habe gesehen, wie sie Hayden ansieht. Ich habe ihre Liebe aus erster Hand gesehen. Sie hatten eine harte Zeit, und ich dachte, ich müsste meinen ersten Mord begehen, aber er hat sich wieder aufgerappelt. Er ist eine unglaubliche Quelle des Glücks für sie geworden. Es war schön zu sehen, wie sie zu einer Familie wurden. Was geht nur in ihrem Kopf vor?

„Vi …“, beginne ich, komme aber nicht zum Ende.

„Sag mir nicht, dass ich zu sentimental bin, okay?“, argumentiert sie, ihre Haltung steif und defensiv. „Ich liebe es, eine Harris zu sein. Ich liebe es, den Namen unserer Mutter zu tragen. Früher hatte ich Angst davor, aber jetzt, wo ich selbst Mutter bin, sehe ich das anders. Ich bin sogar stolz darauf.“

Bei der Erwähnung unserer Mutter schnürt es mir die Kehle zu. Sie war solch eine Quelle des Lichts, selbst am Ende. Ich hasse es, dass unser Vater ihre Abwesenheit mit einer Spur von Dunkelheit belegt hat.

Leider bin ich der Einzige, der wirklich viel über sie weiß. Vi war erst vier Jahre alt, als sie starb. Alles, was sie von ihrer Mutter weiß, ist, dass sie den gleichen Namen haben und am gleichen Tag geboren wurden. Deshalb haben wir uns immer schwergetan, Vis Geburtstag zu feiern. Aber als Vi Rocky den zweiten Vornamen Vilma gab, konnte ich sehen, dass Vi irgendwie ihren Frieden mit ihrem Namen gefunden hatte. Mum wäre so stolz gewesen.

„Ich glaube nicht, dass du übermäßig sentimental bist“, antworte ich, mit einer Stimme voller Emotionen. „Aber ich frage mich, warum du Hayden nicht einfach sagst, dass du deinen Namen behalten willst, wenn ihr heiratet.“

„Ich kann nicht", stöhnt sie.

„Warum nicht?"

„Weil ich mich schrecklich dabei fühle. Hayden ist auch stolz auf seinen Familiennamen. Und die Clarkes sind wunderbar. Was, wenn sie es persönlich nehmen? Was sage ich, wenn ich Hayden erzähle, dass sein Name gut genug für unsere Tochter ist, aber nicht gut genug für mich?"

Ich atme schwer aus. „Ich glaube, du unterschätzt deinen Verlobten, Vi."

„Tue ich das? Ich weiß, es ist altmodisch, aber ist das nicht total entmannend für einen Mann?" Sie hält inne und krallt ihre Finger um das Lenkrad, während sie nach dem sucht, was sie sagen will. „Ich liebe Haydens Männlichkeit. Das ist, was mich zu ihm hingezogen hat … im Schlafzimmer."

„Vi!" Ich stöhne und wende mich ab. Ich kann sie nicht ansehen, wenn sie so redet.

„Es tut mir leid, aber es ist wahr! Er ist ein unglaublich tiefgründiger, gefühlvoller und sensibler Mann, aber all das verschwindet im Schlafzimmer."

„Ich mache keine Witze. Du musst aufhören", krächze ich.

„Er hat diese animalische Seite an sich …"

„Ich werde aus diesem fahrenden Auto springen!", brülle ich und sie zuckt bei der plötzlichen Veränderung der Lautstärke zusammen. „Das würde dir die Chance verderben, deine Brüder bei der Weltmeisterschaft zusammen spielen zu sehen."

„Für einen ausgeglichenen Kerl kannst du ganz schön dramatisch sein, wenn du willst." Sie atmet aus. „Gut, gut. Das reicht jetzt. Ich mache mir nur Sorgen, dass ich eine Seite an ihm verletze, die ich liebe, wenn ich seinen Namen nicht annehme."

Ich tue mein Bestes, um mich bei den Bildern, die ihre Worte in meinem Kopf hervorgerufen haben, nicht zu übergeben und bete, dass ich beim nächsten Spiel eine Gehirnerschütterung bekomme, um diese schrecklichen Gedanken auszulöschen. Ich verdränge meine unreifen Gefühle und helfe meiner Schwester, so gut ich kann.

„Ein selbstsicherer Mann – ein Mann, der weiß, was er hat und sich sicher ist, dass es nirgendwo hingeht – wird sich dadurch nicht entmannen lassen."

„Woher weißt du das? Wirklich."

Ich atme langsam aus und schüttle den Kopf. „Vi, warst du nie neugierig, warum ich Hayden am Abend der Hochzeit seines Bruders mit dir reden ließ, nachdem er dir das Herz gebrochen hatte? Ich meine, die Geschichte zeigt, dass ich ihm einfach in den Arsch treten hätte können."

Sie schaut stirnrunzelnd zu mir rüber, während die Lichter der vorbeiziehenden Ampeln über ihr neugieriges Gesicht gleiten. „Ich schätze, das war ein bisschen seltsam. Das passt gar nicht zu dir, wenn ich so darüber nachdenke."

„Genau", antworte ich mit einem tiefen Lachen. „Es war, weil das, was Hayden gesagt hat, alle Zweifel beseitigt hat, die ich an ihm hatte."

„Was hat er denn gesagt?", fragt sie mit leiser, besorgter Stimme.

„Er nannte dich für immer sein, Vi." Mein Kiefer verkrampft sich, als ich mich an den entsetzten Blick erinnere, den er in jener Nacht aufgesetzt hatte. Er sah aus wie ein Mann, der sein Herz auf dem Schlachtfeld gelassen hatte und meine Schwester war die einzige Person, die ihn wiederbeleben konnte.

Seine Hingabe war beeindruckend, denn die ganze Woche vor jenem Abend hatten Camden, Tanner, Booker und ich ihn bedroht. Wir patrouillierten rund um die Uhr vor seinem Haus, um ihm zu zeigen, dass wir nicht damit einverstanden waren, was er unserer Schwester angetan hatte. Es war ein Harris-Shakedown, der alle vorherigen Freunde von Vi in die Flucht schlug. Wir vier haben immer gesagt, dass ein Kerl, der gut genug für Vi ist, auch bereit ist, sich gegen uns alle zu stellen. Nun, Hayden ist nicht weggelaufen. Er ging bei der Hochzeit direkt auf mich zu und sagte mir, dass Vi ihm gehöre, ob ich es akzeptiere oder nicht.

Ich sehe meine Schwester an, von der ich manchmal vergesse, dass sie noch jung ist und ihr Leben noch nicht ganz im Griff hat. „Hayden hätte alles getan, um dich zurückzubekommen. Da wusste ich, dass er jemand ist, dem ich dein Herz anvertrauen kann."

„Davon hast du mir noch nie etwas erzählt." Vi schnieft und wischt sich eine verirrte Träne von der Wange. „Ihr dummen Idioten habt jeden verdammten Mann in meinem Leben verjagt. Ich dachte nur, Hayden hätte sich an euch vorbeigeschlichen."

„Er hat sich das Recht auf dich verdient“, korrigiere ich und reiche ihr die Hand, um ihre Faust zu ergreifen. „Hayden ist nicht der Typ Mann, der alles auf einmal sein muss. Er kann sowohl dominieren als auch sich hingeben. Es macht ihn sogar noch mehr zu einem Mann, wenn er beides kann. Respektiere ihn genug, damit er dir das selbst sagen kann.“

DANKBAR FÜR WEIN

Sloan

„Sophia! Beeil dich, Schatz. Wir müssen jetzt zu deiner Großmutter fahren, sonst kriegen wir das noch ewig zu hören!", rufe ich die Treppe hinauf, wo ich seit über fünf Minuten im Foyer warte, während meine Tochter das tut, was sie als „herausputzen" bezeichnet.

„Nur noch eine Minute, Mummy Gumdrops!", ruft sie aus ihrem Zimmer.

Ich schüttle den Kopf und lächle. Plötzlich ist sie sieben Jahre alt und verhält sich wie dreizehn. Wann ist das denn passiert? Es hat ihr schon immer Spaß gemacht, sich zu verkleiden und Rollen zu spielen. Aber sich herauszuputzen ist etwas ganz Neues, genau wie einige andere Dinge, die mir seit der Scheidung von Callum an ihr aufgefallen sind. Zum Beispiel, dass sie nicht mehr will, dass ich ihr vor dem Schlafengehen vorlese. Oder dass sie sich weigert, griechischen Joghurt zu essen und zu cool ist, mir einen Kuss zu geben, wenn ich sie zur Schule bringe.

Das ist genau das, was ich befürchtet habe, als ich dem gemeinsamen Sorgerecht zugestimmt habe. Ich kann sie nur fünfzig Prozent der Zeit kontrollieren und sehen, was sie tut. Ich bin nicht jeden Tag da, um die Momente zu sehen, in denen sie damit davonkommt, ihren Vater vor der Schule nicht zum Abschied zu umarmen. Oder wenn sie in den Spiegel schaut und sich fragt, warum ihr Bauch größer ist als der ihrer Freundin Ainsley. Ich bin nicht da, um zu hören, wie Callum ihr sagt, dass sie keine Süßigkeiten mehr essen soll, weil die ihren Bauch so dick machen.

Als geschiedene Mutter habe ich etwas von meiner ursprünglichen Sopapilla verloren. Jetzt verwandelt sie sich in eine neue Mischung, mit der ich mich jede zweite Woche neu vertraut machen muss. Ich weiß, dass viele Familien diesen Lebensstil ertragen und überleben. Für manche ist es sogar besser. Tief in mir drin weiß ich auch, dass ein Leben mit Callum nicht das Vorbild für eine Familie gewesen wäre, das ich Sophia vermitteln möchte.

Ich glaube, es fiel mir schwer, die Scheidung zu akzeptieren, weil ich nicht darauf vorbereitet war. Sie kam schneller, als ich erwartet hatte. Ich hatte immer noch einen Tunnelblick auf den Krebs. Ich stellte mir immer noch vor, wie meine süße Sopapilla so winzig in den großen Krankenhausbetten aussah, also war ich darauf vorbereitet, so zu leben, wie wir es taten, bis ich wusste, dass Sophia wirklich geheilt und aus dem gruseligen Krebswald heraus war. Ich wäre durch das Feuer gegangen, um sie zu heilen, und so erschien es mir im Vergleich dazu viel weniger schmerzhaft, mit Callum verheiratet zu bleiben.

Aber dieses Leben ist mein neuer Alltag. Wir sind Co-Eltern und ich muss das akzeptieren. Genauso muss ich die Tatsache akzeptieren, dass Margaret mir unverhohlene Vorwürfe machen wird, falls ich Sophia zu spät bei ihr abliefere. Und ich bin mir nicht sicher, ob ich noch die mentale Stärke habe, mir bei ihr auf die Zunge zu beißen.

Ich gebe Gareth die ganze Schuld dafür. Bevor ich ihn kennengelernt habe und wir uns letzte Woche auf unsere verrückte Sexfreunde-Situation eingelassen haben, hätte ich mir auf die Zunge gebissen, wenn Margaret vor meiner Tochter mit mir geschimpft hätte. Ich hätte die Luft angehalten, wenn sie sich darüber beschwert hätte, dass meine Hosen viel zu eng, meine Haare viel zu lang oder mein Make-up zu blass für meinen Teint seien.

Ich bin niemand, der gerne Konflikte hat. Meistens schalte ich einfach ab und gehe weg. Als ich Mutter wurde, musste ich mich wirklich dazu zwingen, Sophia nicht alles zu geben, was sie wollte, wenn sie weinte, besonders weil sie ein krankes Kleinkind war. Den Frieden zu bewahren, hat sich immer als der einfachere Weg angefühlt. Wer will schon Angst vor einem Streit mit jemandem haben?

Aber nachdem ich letzte Woche einige Tage mit Gareth verbracht und die Kontrolle über unser Sexleben übernommen habe, habe ich einen neuen Respekt vor Menschen, die sich in diesen Situationen durchsetzen. Es ist ermutigend, dass ein so starker, männlicher Mann so viel Vertrauen in mich setzt. Er stellt meine Bedürfnisse und Wünsche immer an die erste Stelle. Und die Art und Weise, wie er sich auf mich konzentriert, wenn ich bei ihm zu Hause auftauche … Ich kann nicht anders, als mich der Situation zu stellen. Er drängt mich dazu, so zu sein, weil es auch ihn anmacht!

Was für ein Leben ist das?

Diese Art von Hingabe eines starken Mannes sollten alle Frauen mindestens einmal in ihrem Leben erleben. Es würde ihnen die Kraft geben, alle Ziele, die sie erreichen wollen, anzustreben. Alles ist möglich, wenn man die Kontrolle über sein Sexleben übernimmt.

Sophia stürmt die Treppe hinunter und reißt mich aus meinen Gedanken an Gareth. Meine Augen weiten sich und ich muss mir ein Lachen verkneifen, als ich den Anblick meiner Tochter wahrnehme.

Sie sieht aus wie Courtney Love nach einer Sauftour in London. Als Hose trägt sie silberne Metallic-Leggings mit einem Paar lila Gummistiefel. Als Oberteil sehe ich ein rosafarbenes Tank-Top mit silbernen Nieten am Ausschnitt, aber unter ihrem langen, weißen Kunstpelzmantel ist es schwierig, einen guten Blick darauf zu werfen. Ihre normalerweise perfekte Haut wurde massakriert mit Eyeliner, Lidschatten und … *ist das etwa Glitzerlotion?* Ihre großen braunen Augen verlieren sich in einem Meer von Make-up an den falschen Stellen.

Ich versuche, nicht zu lachen, und frage: „Sophia, was hast du getan?"

Ihre Augen fliegen weit auf. „Ich habe mich für Großmama anständig angezogen."

Ich ziehe die Brauen zusammen. „Was meinst du?"

„Großmutter hat gesagt, ich soll meine besten Sachen anziehen, wenn ich zu ihr nach Hause komme", antwortet sie mit ihrem britischen Akzent.

Meine Nägel graben sich hart in meine Handflächen. „Hat sie das, ja?"

Sophia schaut auf ihre Gummistiefel hinunter. „Ich bin mir nicht sicher, ob sie meine Stiefel mag, aber in diese Pfützen *muss* man einfach hineinhüpfen. Das letzte Mal, als ich in meinen Turnschuhen gesprungen bin, musste Daddy mir neue kaufen."

Ärger drückt wie ein stumpfes Trauma auf meine Schläfen. Das ist ein gutes Beispiel dafür, dass ich keine Kontrolle darüber habe, was zu Sophia gesagt und wie es von ihr interpretiert wird. Als Margaret in der Vergangenheit Sophia gegenüber solche Bemerkungen machte, diente ich als Puffer, um sie wegzuerklären.

„Großmutter hat nicht gemeint, dass du mit dem Nachbarsjungen spielen musst, der dich mit Schlamm beworfen hat. Sie meinte, dass die Familien alte Freunde sind, also müssen wir höflich sein."

Ich schreite zu Sophia hinüber, die auf der Treppe steht, und nehme ihre süßen kleinen Finger. „Sophia, auch wenn ich deinen Look toll finde und denke, dass er hundertprozentig für den roten Teppich geeignet ist, denke ich, dass wir nach oben gehen und ihn ein bisschen abmildern sollten."

Sie schaut mich entsetzt an. „Aber Großmama hat gesagt!"

Meine Augen werden groß. „Ich weiß, Baby! Ich weiß. Aber du kannst keinen weißen Pelz auf dem Land tragen!" Ich lache herzhaft und klopfe ihr auf die Schulter. „Die Eisbären werden denken, du gehörst zu ihnen."

Sophias pelzige Augenbrauen ziehen sich zusammen. „Mum, bei Großmama gibt es keine Eisbären."

Mir fällt die Kinnlade runter. „Gibt es nicht?"

Sie rollt mit den Augen. „Nein. Du solltest dich schämen, dass du das gedacht hast, Mum."

Ich lache schallend, werde aber sofort wieder nüchtern. „Ich fühle mich gedemütigt."

Sie umklammert meine Wangen mit ihren Händen. „Nein, aber wirklich, Mum. Sag niemanden, dass du das gesagt hast. Das ist nicht sehr klug."

Das entlockt mir ein echtes Lächeln. Mit ein paar weiteren Lachern überzeuge ich Sophia davon, dass ich sie wie eine meiner Kundinnen stylen darf. Aber da sie so verhandlungssicher ist, muss ich ihr versprechen, dass sie mich in naher Zukunft auch stylen darf. Das ist ein Preis, den ich gerne zahle.

Der Lake District ist gut dreißig Autominuten von meinem Haus entfernt. Normalerweise graut es mir vor der Fahrt. Es ist, als würde ich in den Todestrakt fahren und mich darauf vorbereiten, mein Kind an einen schrecklichen Verbrecher zu übergeben.

Heute ist es allerdings nicht mehr so schwer. Die letzte Woche mit Sophia war so anders als die letzten Monate. Seit der Scheidung war ich ständig auf der Suche nach tollen Dingen, die ich mit Sophia unternehmen kann, damit sie mich mehr liebt als Callum. Ich wollte unbedingt Erinnerungen schaffen und die Last und den Schmerz einer kaputten Familie lindern.

Aber in der letzten Woche war es nicht so, dass wir uns ständig gefragt haben, was wir als Nächstes machen. Ich hatte das Gefühl, im Moment zu leben und ihn in seiner einfachen Schönheit zu sehen. Sophia dabei zuzusehen, wie sie mit ihren Puppen auf dem Fußboden ihres Zimmers spielt, war plötzlich so viel befriedigender als all die Ausflüge, auf die ich sie im letzten Jahr in Manchester mitgenommen habe. Sogar das Makeover, das ich ihr gerade verpasst habe, hat sie mehr zum Kichern gebracht als ein ganzer Tag in einem Museum. Vielleicht ist ein bisschen Ausgeglichenheit in meinem Leben doch gar nicht so schlecht.

Ich fahre den langen Schotterweg hinauf und passiere die perfekt gepflegte Landschaftsarchitektur, oder *Gärten*, wie die Briten sie nennen. Perfekt gestutzte Sträucher, blühende Herbstblumen und orangefarbene Blätter, die überall um uns herum fallen. Ehrlich gesagt, es ist traumhaft. Margaret Coleridges Grundstück ist dem von Callum sehr ähnlich, aber älter. Es ist auch größer, weil es beinahe einen Hektar groß ist und auf einer Anhöhe liegt, sodass man das Gefühl hat, auf ein Schloss zuzufahren.

Ich bin in vielerlei Hinsicht dankbar für das Landgut, denn Sophia macht hier draußen die besten Erfahrungen. Sie ist begeistert von der Natur. Sie liebt es, im Wald zu rennen, in die Pfützen zu springen und auf dem Segelboot zu fahren, wenn Callum sie mitnimmt. Das sind die Art von Erinnerungen, für die ich als Kind über Leichen gegangen wäre.

Als wir um den großen Springbrunnen in der Mitte der Einfahrt herumfahren, kommen Callum und Margaret heraus, die offensichtlich auf unsere Ankunft gewartet haben. Ihnen dicht auf den Fersen ist die atemberaubende, blonde und lächerlich geschminkte Lady Godiva.

Ich habe ihre Anwesenheit bei immer mehr meiner Übergaben mit Sophia bemerkt. Callum hat mich förmlich mit Callie bekannt gemacht und mir gesagt, dass sie es ziemlich ernst meinen. Sie sieht aus wie alles, was Margaret Coleridge hasst. Trotzdem steht Callie hier, umklammert Callums Hand und winkt Sophia zu, als wäre sie eine High-School-Camp-Beraterin.

Sophia quietscht auf dem Rücksitz, als sie Margarets Bluthund Rex an die Autotür traben sieht. „Halt das Auto an, Mum! Rexy braucht mich!", singt sie und schüttelt aufgeregt ihre Gummistiefel.

„Ich halte ja schon an", sage ich mit einem Lächeln.

Sobald das Fahrzeug anhält, schnallt sie sich ab und öffnet die Tür, wobei sie in ihrer Aufregung fast auf Rex drauffällt. Der alte Hund schnüffelt und leckt ihr das Gesicht, als hätte er sie schon seit Jahren nicht mehr gesehen. Sophia kichert fröhlich und rennt mit ihm auf die Wiese. Er hüpft neben ihr her und knabbert an der Unterseite ihres lila Mantels – eine viel dezentere Option über einer praktischen Jeans und einem langärmeligen schwarzen Shirt. Zusammen mit ihren Gummistiefeln ist Sophia perfekt für das Land gekleidet, finde ich.

Ich wende meine Aufmerksamkeit Margaret, Callum und Callie zu, die jetzt neben mir stehen.

„Ihr seid ziemlich spät dran", sagt Margaret und wirft den Zipfel ihres beigen Mantels über die Schulter. „Wir dachten schon, du wärst gestorben. Es wäre schön gewesen, wenn du uns angerufen hättest."

Ich verziehe das Gesicht. „Es wäre schwierig gewesen, anzurufen, wenn ich tot gewesen wäre."

Callum sieht mich mit seinen stahlblauen Augen warnend an. „Vielleicht kannst du anrufen, wenn du auf dem Weg bist, damit Mutter sich nicht unnötig Sorgen machen muss."

Ich rolle mit den Augen. „Klar, Cal. Ich rufe gerne an."

„Dies ist eine gerichtlich angeordnete Vereinbarung", sagt Margaret und die Falten um ihre Augen stapeln sich förmlich übereinander, als sie sie zusammenkneift. „Ich bin sicher, ich muss dich nicht daran erinnern."

„Nein, ich bin mir dessen bewusst", antworte ich mit einem leisen Schnauben und schaue ärgerlich zu Callie, deren große Rehaugen blinzeln, als ob sie unsere Sprache nicht verstehen könnte. „Und wir haben uns verspätet, weil Sophia gesagt hat, dass du bei ihrem letzten Besuch nicht mit ihrem Aussehen zufrieden warst."

Margaret strafft ihren Schal und hält ihren Gesichtsausdruck leer. „Sie trägt zu viel Rosa. Das ist nicht angemessen."

„Sie ist sieben Jahre alt. Wieso ist rosa für eine Siebenjährige nicht angemessen?"

„Sie kann rosa tragen, wenn sie bei dir ist. Wenn sie aufs Land kommt, sollte sie praktischer gekleidet sein."

„Nun, sie versteht nicht, was du mit angemessen meinst. In Zukunft kannst du vielleicht zu mir kommen, wenn du mit etwas nicht zufrieden bist, und nicht erwarten, dass eine Siebenjährige versteht, was angemessene Kleidung für das Land ist. Mit Styling verdiene ich mein Geld, weißt du?"

Margarets Lippen werden schmal, als sie ihren Blick an meinem Körper hinuntergleiten lässt. Ich trage eine schlichte Jeans, Stiefel und ein T-Shirt mit der Aufschrift „I'm a Mom, but a Cool Mom". Ich ziehe meinen Trenchcoat enger um mich, damit sie das Kleingedruckte darunter nicht lesen kann, wo steht: „Now Pass the Wine".

„Sie sieht heute gut aus, also zieh sie in Zukunft mehr so an", sagt Callum und glättet eine Strähne seiner Haare, die sich im Wind vom Gel gelöst hat. „Wir sehen uns nächste Woche wieder."

Ich unterlasse es, mit den Augen zu rollen, als er mich abweist. „Bevor ich gehe, wollte ich mit dir über Donnerstag reden."

Callum runzelt die Stirn. „Diesen Donnerstag? Das ist meine Woche, Sloan."

Ich lecke mir über die Lippen und gebe mein Bestes, um cool zu bleiben. „Ich verstehe, aber diesen Donnerstag ist Thanksgiving. Ich dachte mir, da ihr den Feiertag nicht feiert, kann ich Sophia vielleicht zum Essen einladen. Nur für ein paar Stunden, dann bringe ich sie gleich wieder zurück."

Callum sieht mich an, als ob ich eine andere Sprache sprechen würde, aber es ist Callies Stimme, die antwortet: „Aber wir sind Briten."

Ich sehe sie an und blinzle langsam. „Das ist mir bewusst."

„Wir feiern Thanksgiving nicht." Sie blickt hilfesuchend zu Callum, der nur zustimmend nickt.

Ich kann den Austausch kaum glauben. Schwer ausatmend schaue ich zu meinem Ex-Mann hinüber. „Callum, du hast sicher nicht vergessen, dass ich Amerikanerin bin."

„Nein", spottet er. „Du machst das wirklich schwierig."

„Also, ich würde wirklich gerne Thanksgiving mit Sophia feiern. Es ist in Amerika sehr wichtig und einer meiner Lieblingsfeiertage.

Es tut mir leid, dass ich nicht daran gedacht habe, es in unsere Sorgerechtsvereinbarung aufzunehmen …“

Margaret unterbricht mich mitten im Satz. „Wir werden es besprechen und dir Bescheid geben.“

Mein Blick richtet sich auf sie. Sie sieht aus wie eine wütende Schuldirektorin, die überlegt, welche Art von körperlicher Züchtigung sie mir auferlegen soll. Sie kann sich unmöglich in diese Entscheidung einmischen. Es ist nicht einmal ein Tag, an dem sie Sophia sehen würde.

Callum schaut ängstlich zu seiner Mutter hinüber, offensichtlich ebenfalls unsicher darüber, was sie denkt. Ich hätte nicht gedacht, dass das ein Problem sein würde. Ich habe nicht um einen ganzen Tag gebeten. Nur ein paar Stunden. Da können sie sicher nicht nein sagen.

Margaret sieht Cal an und schüttelt leicht den Kopf. Er nickt als Antwort zurück. Cal ist so schwach. So unterwürfig. Ich könnte Gareth buchstäblich mit einem Seil fesseln und er würde nie auch nur einen Bruchteil so rückgratlos aussehen wie Callum Coleridge unter den vernichtenden Blicken seiner Mutter.

Meine Wut wird gedämpft, als Sophia gegen meine Beine stößt. „Mum, wann können wir in deinem Haus einen Hund bekommen?“

Meine Lippen sind geschürzt, während ich versuche, die Tatsache zu ignorieren, dass sie es nicht „unser Haus“ nennt. Ich hasse es, dass sie mein Haus als einen Ort ansieht, den sie besucht, und nicht als einen Ort, der ihr gehört.

Ich gehe in die Hocke auf Augenhöhe. „Vielleicht eines Tages, Soap, aber ich glaube, wir haben im Moment zu viel um die Ohren.“

Sie seufzt dramatisch. „Bei uns ist nichts los. Ich spiele nicht einmal Fußball wie die anderen Mädchen.“

Ich werfe ihr einen warnenden Blick zu. „Sophia. Mommy ist der Boss, also sei ein braves Mädchen und vielleicht reden wir nächstes Jahr wieder darüber.“

Sie schlingt ihre Arme um meinen Hals und drückt sich an mich. Ihre Stimme klingt gedämpft in meiner Schulter, als sie sagt: „Meinetwegen … Das ist wahrscheinlich gut. Rex wäre traurig, wenn ich einen anderen Freund hätte.“

„So ist es brav“, antworte ich und strahle vor Stolz. Ich drücke meine Lippen auf ihr Haar. „Ich muss jetzt gehen, Baby. Sei brav für deine Oma und deinen Daddy.“

Sie zieht sich zurück und sieht mich an, wobei sie ihre Arme fest um meinen Hals geschlungen hält. „Ich werde dich so sehr vermissen.“

Herzzerreißende Schmerzen. Knie-schwächende Schmerzen. Brennende Verzweiflung in meinem ganzen Körper. „Ich werde dich auch vermissen. Aber wir sehen uns in …“

„Sieben Tagen!“, singt sie und lächelt strahlend.

Hoffentlich früher, denke ich mir. „Gib mir einen Kuss.“

Sie gibt mir einen feuchten Kuss auf die Lippen und drückt mich ein letztes Mal an sich. Während ich wegfahre, versuche ich mich daran zu erinnern, was mich dazu gebracht hat, Cal zu heiraten. Dann sehe ich Sophia im Rückspiegel, wie sie mir zum Abschied zuwinkt, und alles fällt mir wieder ein.

BERÜHRUNG HAT EIN GEDÄCHTNIS

Gareth

Das Abendessen am Sonntagabend bei Dad ist wie immer Wahnsinn. Tanner und Camden versuchen die meiste Zeit des Abends mit mir um Rocky zu streiten, aber ich lehne ab, weil ich beschlossen habe, dass meine Nichte mein Date für heute Abend ist. Alle sind damit beschäftigt, am Tisch glückliche Familie zu spielen, aber ich achte nicht darauf, weil ich das süßeste Mädchen der Welt direkt vor mir habe.

Rockys blaue Augen sind groß und glänzend, als sie mir auf meinem Schoß gegenübersitzt und mit ihren pummeligen Fingern über die Stoppeln an meinem Kinn streicht. Die Berührung ist etwas nervenaufreibend, aber ich konzentriere mich auf ihr flauschiges blondes Haar, das zu einem Pferdeschwanz auf ihrem Kopf zusammengebunden ist. Sie plappert vor sich hin, was nicht sehr viel Sinn ergibt, aber sie erzählt mir eine Geschichte, die etwas mit einem Elefanten, einem Mann und vielleicht ihrer Mummy zu tun hat. Ich bin mir nicht ganz sicher. Aber es ist verdammt niedlich.

Ich kann die ganze Zeit die Augen meines Vaters auf mir spüren. Ich schaue rüber und sehe, wie er Rocky mit so viel Zuneigung beobachtet, dass es mich überwältigt. Die Art und Weise, wie er mit ihr umgeht, ist so ganz anders als das, was wir in unserer Kindheit erlebt haben. Es ist wie ein Puzzle, aus dem ich nicht ganz schlau werde. Ist er so vernarrt in Rocky, weil sie Vis Kind ist? Würde er auch so mit meinem Kind umgehen, wenn ich eins hätte?

Ich rolle bei dem Gedanken mit den Augen. Er wird nicht nach Manchester kommen, um mir bei einem Fußballspiel zuzusehen. Und schon gar nicht würde er ein fiktives Kind anhimmeln, das ich nie haben werde.

Mein Handy vibriert auf dem Tisch und ich schaue an Rocky vorbei, um die SMS zu lesen, die besagt, dass das Taxi, das ich bestellt habe, da ist. „Tschüss, Rockstar", murmle ich und küsse sie auf die Wange, bevor ich sie an Tanner übergebe.

„Wohin gehst du?", fragt Tanner und schaut zu mir auf, als ich aufstehe.

Ich schiebe meinen leeren Stuhl an den Tisch. „Zurück nach Manchester."

„Du gehst heute Abend zurück?", fragt Camden und kommt mit einem verwirrten Gesichtsausdruck herüber.

„Ja", antworte ich schlicht und schnappe mir meine Tasche. „Wir sehen uns nächste Woche."

Dad starrt mich vom Kopfende des Tisches aus an. „Musst du heute Abend gehen?"

„Ja", sage ich mit zusammengebissenen Zähnen, während ich Vi auf die Wange küsse und die besorgten Blicke der anderen ignoriere.

Ich habe gerade die Haustür geöffnet, um zu gehen, als ich die tiefe Stimme meines Vaters durch das dunkle Foyer schallen höre. „Gareth, warte."

Ich drehe mich um und sehe seine große Statur, als er auf mich zuschreitet und in das Licht tritt, das durch den Eingangsbereich fällt. Wenn ich wissen will, wie ich in über zwanzig Jahren aussehen werde, muss ich mir nur meinen Vater ansehen. Abgesehen von seinen blauen Augen und grauen Haaren sind wir identisch.

Sein grau meliertes Haar leuchtet im Licht, die Schatten sind hart, als er vor mir steht. „Warum gehst du heute Abend? Es ist schon spät."

Ich schüttle den Kopf. „Weil ich morgen etwas vorhabe." Eher, weil ich jemanden zu Besuch habe, also freue ich mich tatsächlich darauf, nach Hause zu gehen.

„Nun, ich wollte mit dir über etwas sehr Ernstes sprechen."

„Kann das nicht warten?"

Dad runzelt die Stirn und ignoriert meine Bitte. „Ich möchte, dass du zurück nach London ziehst, Gareth."

„Was?", frage ich, weil ich sicher bin, dass ich ihn falsch verstanden habe.

„Ich will, dass du zurück nach London kommst", wiederholt er mit angespanntem Kiefer und ernsten Augen. „Ich weiß, dass du nie wieder für mich spielen wirst, also habe ich mit dem Manager von Arsenal gesprochen. Das Transferfenster zur Saisonmitte öffnet sich bald und sie wollen ihren aktuellen Verteidiger verkaufen. Du könntest mit Camden spielen, Gareth."

„Für Arsenal?" Seine Worte rauben mir fast den Atem. Ich verschlucke mich an einem Lachen. „Du machst wohl Witze."

„Ich mache keine Witze", antwortet er entschlossen.

Ich kneife mir in den Nasenrücken und ignoriere das Hupen des Taxis hinter mir. „Dad, warum sollte ich zu Arsenal wechseln? Mein Zuhause ist in Manchester. Ich bin der verdammte Kapitän."

Er seufzt schwer, die Angst in seinen Augen ist deutlich zu sehen. „Gareth, ich weiß, warum du zu ManU gegangen bist, aber jetzt ist alles anders. Die Zwillinge sind verheiratet und es kommen Enkelkinder. Ich denke, es ist Zeit, dass du nach Hause kommst."

„Manchester ist mein Zuhause!", rufe ich und schüttle den Kopf, um sicherzugehen, dass ich auch wirklich bei Bewusstsein bin. „Was zum Teufel willst du?"

„Ich will, dass alle zurück nach London kommen", knurrt er fast. „Es gibt eine Menge Veränderungen. Unsere Familie wächst. Rocky wird größer. Booker wird bald Vater. Ich finde, du solltest für die Familie da sein. Das ist unsere Chance … es besser zu machen."

„Besser als was?", frage ich und umklammere den Riemen meiner Tasche auf meiner Schulter so fest, dass ich spüren kann, wie sich der Stoff in meine Haut gräbt

„Besser als die Vergangenheit, natürlich!", ruft er aus und wendet sich von mir ab, um zur Treppe zu deuten.

Ein Schauder läuft mir über den Rücken, als die Erinnerungen an die letzten Tage unserer Mutter mit aller Macht zurückkommen. Das ist ein Ort in meinem Kopf, den ich nicht oft aufsuche, und ich kann nicht glauben, dass er ihn jetzt anspricht.

Mein Ton ist streng, als ich mit zusammengebissenen Zähnen antworte: „Ich muss es nicht besser machen, Dad. Ich war dabei." Ich zeige mit dem Finger auf die Treppe, als würde ich auf einen Tatort zeigen. „Du warst weg, aber ich war da. Vi war da. Wir haben alle zusammengehalten, während du in sieben verdammten Jahren der Trauer verschwunden bist."

„Und ihr habt es mich nie wiedergutmachen lassen!", schreit Dad fast und seine Stimme bricht am Ende. Er tritt näher an mich heran und

flüstert: „Du hast mich bestraft, indem du an den einzigen Ort weggezogen bist, an den ich nicht zurückkehren kann, und ich bin es leid."

„Warum kannst du nicht dorthin zurückkehren?"

„Weil es zu sehr weh tut!" Er heult fast auf und seine Augen werden
glasig. „Ich will eine zweite Chance mit dir, Gareth. Rocky in der Nähe
zu haben, deine Brüder glücklich und zufrieden zu sehen, macht mir
klar, wie sehr ich dich vermisst habe. Du bist nach Manchester gegangen, um dich an mir zu rächen, und ich will, dass diese Zeit vorbei ist."

Seinen Schmerz zu sehen, schürt nur meinen eigenen. Ich war
ein Kind, aber sein Schmerz war wichtiger als der meine. Das ist nicht
richtig. Ich balle meine Hände zu Fäusten, als ich antworte: „Du hast
in meinem Leben nicht das Sagen, Dad. Das hast du nicht mehr, seit
Mum krank wurde und du dich von ihr abgewandt hast."

Meine Worte sind ein Tritt in die Magengrube, auf den er nicht
vorbereitet ist und sein Gesicht verzieht sich vor Emotionen. Emotionen, die er nie zeigt.

Aber ich bin noch nicht fertig. „Du willst, dass ich nach London
zurückkomme, weil du in der Vergangenheit Scheiße gebaut hast, zu
der du immer noch nicht stehen kannst, und das ist nicht mein Problem."

„Gareth, ich stehe dazu! Und ich sage dir, dass in der Familie eine
Menge los ist und ich … ich kann das nicht alles allein bewältigen. Ich
brauche hier Hilfe!" Er stolpert über seine Worte und versucht, mich
zu berühren.

Ich atme scharf ein und trete zurück auf die vordere Stufe, weit
weg von seiner Berührung. Er darf mich nicht berühren. Er kann mir
nichts mehr wegnehmen. Nichts hat sich geändert. Er will nur, dass
ich wieder die Kontrolle übernehme, so wie ich es als Kind getan habe.

Das. Wird. Nicht. Passieren.

„Ich bin nur eine Zugfahrt entfernt. Ich bin wöchentlich in London und nehme täglich Anrufe von allen entgegen. Was brauchst du
noch von mir?"

Dad atmet schwer aus und senkt seine zitternden Hände. „Ich
weiß es nicht."

Ich nicke wissend. „Dann höre einfach weiterhin auf *Vater* und
wir können weiterhin sonntagabends die glückliche Familie spielen,
so wie wir es schon seit Jahren tun, okay?"

Er schluckt langsam und der vertraute Schild der Rüstung senkt sich über sein Gesicht. Seine Emotionen verflüchtigen sich, als er wieder in die Schatten tritt. „Nun gut", murmelt er und wendet sich ab, um den Flur hinunterzugehen.

Ich sehe die Enttäuschung, die meine Worte bei ihm ausgelöst haben, aber das übertrifft nicht die lebenslange Enttäuschung, die ich aufgrund seiner Handlungen empfunden habe.

Er weiß verdammt gut, dass er mich dazu gebracht hat, bei ManU zu unterschreiben. Als ich jünger war, hatte ich sehr wenig Kontrolle über meine Karriere als Fußballspieler. Mein Vater war mein Manager und hat alle meine Vertragsentscheidungen getroffen. Die Wahrheit ist, dass ich nicht wusste, wie gut ich war, bis ich von meinem ersten Premier League-Angebot von Man City Football Club erfuhr. Es war an meinem einundzwanzigsten Geburtstag und ich war mit ein paar Freunden in einem Nachtclub, als zufällig ein altgedienter Stürmer von Man City dort war. Er kam auf mich zu und nannte mich einen Idioten, weil ich einen millionenschweren Vertrag nicht angenommen hatte. Ich fragte ihn, von welchem verdammten Vertrag er sprach, weil ich bei Bethnal sicher nicht so viel Geld verdiente. Dann erzählte er mir von dem Angebot, das mir sein Team im Jahr zuvor gemacht hatte.

Ich war fassungslos. Ich hatte noch nie von so viel Geld gehört, denn mein Vater – mein Manager – hatte es offenbar auf sich genommen, das Angebot abzulehnen.

Ich. War. Wütend.

Aber ich hatte nicht vor, ihn zur Rede zu stellen. Ich wollte eine härtere Strafe für jemanden, der die Frechheit besaß, so zu tun, als läge ihm mein Wohlergehen am Herzen. Ich wollte ihm einen Tritt verpassen, wo es darauf ankam.

Also wandte ich mich an ManU. Zuerst wollten sie meine Anrufe nicht entgegennehmen. Sie nahmen es meinem Vater übel, dass er sich im Schlechten von ihnen getrennt hatte, als meine Mutter krank wurde. Aber sie müssen sich mit meinen Daten beschäftigt haben, denn schließlich bekam ich eine Einladung, mit ihnen zu trainieren. Nicht lange danach bekam ich ein Angebot. Ein Angebot, das alle anderen Angebote in den Schatten stellte.

Es war eine lebensverändernde Menge Geld.

Ich dachte daran, wie wunderbar dieses Geld für meine Familie sein würde. Für meine Schwester und meine Brüder. Ich könnte ihnen alles geben, was sie sich wünschen. Vor allem würden sie unseren Vater nicht mehr brauchen. Sie würden sich nicht mehr auf ihn verlassen müssen. Sie könnten sich auf mich verlassen.

Mit einem schweren Seufzer drehe ich mich um, gehe die Treppe hinunter und steige in das Taxi. Als der Fahrer losfährt, wird meine Kleidung an meinem Körper steif. Ein kalter Schweiß bricht aus, also ziehe ich am Ausschnitt meines Hemdes. Als ich einen Hauch von etwas Süßem rieche, das der Fahrer gerade isst, überkommt mich eine Erinnerung, die ich lieber vergessen würde.

Gareth

8 Jahre alt

Mums Hände sind klamm, während ich beobachte, wie sich ihr Brustkorb mit kurzen, zittrigen Atemzügen hebt und senkt. Ihr ganzer Körper fühlt sich kalt an. Ich schlinge meine heißen Handflächen mit einem entschuldigenden halben Lächeln um ihre Hände, denn sie sind klebrig von der Sahne und der Marmelade, die ich vor kurzem für Vi und meine Brüder auf die Scones geschmiert habe. Die Kinder bitten immer um etwas. Einen Snack, ein Getränk, Hilfe mit dem Fernseher, einen Spielkameraden. Es hört nie auf. Vier Kinder sind zu viel. Ich kann es kaum erwarten, dass Vi in ein paar Monaten fünf Jahre alt wird. Vielleicht kann sie dann schon in der Küche helfen und mir die Zwillinge aus dem Weg halten.

Wenigstens weiß sie, wie man Bookers Windeln wechselt. Das ist ein Job, den ich nie machen werde.

Zu den Kindern kommt noch die Türklingel. Die Nachbarin klingelt ständig an unserem Tor und bringt uns große Pfannen mit Essen, weil sie denkt, dass wir das brauchen. Sie sollte mal mit dem vorbeikommen, was wir wirklich brauchen. Hilfe!

Aber der dumme Dad lässt niemanden zur Tür herein. Die alte Frau muss das Essen am Tor abstellen. Dann bellt er mich an, damit ich es hole. Das macht mich so wütend, denn ich muss bei Mummy sein. Ich habe jeden einzelnen Tag mit ihr verbracht, seit sie vor ein paar Wochen nicht mehr aufgestanden ist. Wenn ich nicht in die Schule müsste, würde ich sie nie verlassen. Sie braucht mich.

Ich müsste wahrscheinlich nicht so viel tun, wenn Dad nicht so ein furchtbarer Fiesling wäre. Er lässt niemanden rein. Freunde, den Nachbarn, nicht einmal unseren Onkel, der in Amerika lebt und den ganzen Weg hierhergeflogen ist, um zu helfen.

Und er lässt uns fast nie raus. Die einzigen Orte, an die wir gehen können, sind der Garten, der Wald hinter unserem Haus und die Schule. Das war's.

Ich hasse ihn.

Aber ich liebe Mummy.

Sie ist meine beste Freundin.

Mein Atem ist immer noch schwer von meinem Sprint die Treppe hinauf, um zu ihr zurück zu eilen. Ich wollte sie nicht allein lassen, aber ich konnte Dad im anderen Zimmer weinen hören. Ich wusste, dass er schreien würde, wenn er die Türklingel wieder hören würde. Er schreit immer. Manchmal knurrt er sogar.

Aber weinen … Das tut er normalerweise nicht.

Weinen bereitet mir Bauchschmerzen.

Wenn, dann lässt mich das denken, dass etwas Schlimmes passieren wird.

Mum und Dad denken, ich wüsste nicht, was los ist. Sie denken, ich wüsste nicht, dass Mummy stirbt. Aber ich bin acht. Ich bin kein Baby mehr. Ich kann verstehen, was der Arzt über Mum sagt, auch wenn er so tut, als wäre sie nicht hier. Dad und der Arzt reden immer über sie. Niemand redet mit ihr.

Nur ich.

Das ist mein Job. Deshalb verbringe ich jeden Tag mit ihr.

Ich könnte ewig mit ihr reden.

Aber ich weiß, dass es nicht für immer sein wird. Als der Arzt das letzte Mal hier war, hat er ein Wort gesagt, das alles noch schlimmer gemacht hat.

„Tage.“

Dummer, furchtbarer, verdammter Krebs.

Ich hasse es. Mum hat versucht, ihn zu bekämpfen. Sie hatte die

Operationen, die sie nicht wollte, weil Dad sie dazu gezwungen hat, aber nichts hat geholfen. Jetzt verlässt mich meine Mummy.

Das Geräusch eines Schniefens lässt mich von Mums Händen zu ihren Augen blicken. Sie flattern auf und offenbaren das hellste Blau, das ich je gesehen habe. Vielleicht liegt es daran, dass ihre Haut so weiß ist, aber sie sehen aus wie die blaue Lebensmittelfarbe, mit der wir Ostereier färben. Es tut fast weh, sie anzuschauen, weil sie so schön sind.

„Wie geht es meinem liebsten Jungen?" Mums Stimme krächzt mit dem hübschen schwedischen Akzent, den sie hat und den ich so sehr liebe. Sie schließt die Augen und zuckt unter ihrem Lächeln zusammen.

„Sehr gut, Mummy. Brauchst du etwas? Willst du, dass ich die Karten raushole?" Ich schaue auf den Tisch, auf dem ich ein paar Dinge verstaut habe, um die Zeit zu vertreiben. Würfel, Karten und einen Notizblock, auf den sie ihre Gedichte schreiben kann. Manchmal schreibe ich sie an ihrer Stelle auf, wenn es ihr schlecht geht.

Sie schüttelt den Kopf. „Keine Karten heute, Schatz. Ich brauche nur dich." Ihr Kinn bebt. „Wir müssen über etwas reden, Gareth. Ich muss dich etwas fragen."

„Alles, Mummy." Ich würde absolut alles tun, was sie von mir verlangt. Ich würde auf Berge klettern. Ich würde gegen Drachen kämpfen. Ich würde ein Feuer löschen, wenn sie sich dadurch auch nur ein kleines bisschen besser fühlen würde.

Sie räuspert sich und berührt meine Wange. „Ich gehe vielleicht bald in den Himmel und ich muss wissen, ob du stark genug bist, um bei mir zu bleiben, bis ich gehe."

Ihre Worte brauchen eine Minute, um in mein Gehirn zu gelangen. Hat sie „Himmel" gesagt? Wie der echte Himmel? Oder redet sie über ein Gedicht von ihr?

„Was, Mummy?", frage ich wie ein dummer Idiot.

„Ich fühle, dass ich sterbe, Gareth. Wenn du nicht stark genug bist, um zu bleiben, musst du jetzt gehen." Ihre Stimme bricht und sie holt tief Luft, als würde sie sich zu sehr bemühen, tapfer zu sein. „Denn so viel Angst ich auch habe, nichts macht mir mehr Angst, als dir wehzutun, mein süßer, lieber, wunderbarer Junge."

Ich blinzle und meine Wangen werden sofort feucht. „Du gehst jetzt also in den Himmel?"

Sie nickt.

Mein Kopf beginnt zu schütteln. „Ich will nicht, dass du in den Himmel gehst!“

Blöder Idiot! Nicht weinen! Mums Gesicht sieht so traurig aus, wie ich es noch nie gesehen habe. Ich hasse es, wenn Mums Gesicht traurig wird! Hör auf, Gareth. Hör auf, ein Baby zu sein! Sie kann es nicht ertragen!

Ich drücke meine Augen ganz fest zu, dann öffne ich sie und versuche, ein tapferer Mann zu sein und kein ängstlicher kleiner Junge. „Musst du wirklich gehen?“

„Ja, mein Junge. Ich bin es leid, mich nicht wohl zu fühlen. Im Himmel wird es mir so viel besser gehen.“ Mum schnieft und wischt sich einen Tropfen Rotz von der Nase. „Dann musst du dich nicht mehr um mich kümmern.“

„Aber ich kümmere mich gerne um dich!“ Ich weine und verliere den Kampf, den ich zwischen dem Jungen- und dem Mannsein führe. Das ist eine Gratwanderung, die ich mache, seit sie mir von ihrer Krankheit erzählt haben. „Ich würde alles für dich tun, Mummy. Was immer du also brauchst. Ich bin hier. Ich werde nirgendwo hingehen.“

Sie nickt und ihr Kiefer ist angespannt. „Das ist gut. Dann halte bitte einfach meine Hand.“

„Bist du sicher, dass ich Dad nicht holen soll?“ Ich schaue nervös auf die Tür. Dad zu holen klingt beängstigend, aber ich habe Angst. Ich habe so viel Angst. Was, wenn ich nicht gut genug dafür bin? Was ist, wenn ich ihr nicht helfen kann?

„Dad kann jetzt nicht hier sein.“ Mums Augen sehen traurig aus. So, so traurig.

Meine Augen verengen sich, Wut ersetzt die Tränen. „Weil er gemein ist.“ Es ist die Wahrheit. Ich hasse ihn.

Ihre trockenen Lippen pressen sich zusammen. „Er ist gemein, weil er mich zu sehr liebt und Angst hat. Angst stellt seltsame Dinge mit Menschen an, Gareth. Weißt du, Daddy war mein bester Freund auf der ganzen Welt. Wir haben zusammen ein Leben aufgebaut, von dem die meisten Menschen nur träumen können, und er verliert diesen Traum. Das ist für ihn schwer zu akzeptieren, wenn ich nicht da bin, um ihm zu helfen. Bitte versuche, nicht zu böse auf ihn zu sein.“

„Das ist dumm. Wenn er dein bester Freund ist, sollte er für dich da

sein. Du bist diejenige, die … krank ist." Ich hasse es, das Wort zu sagen, aber es gibt keine andere Möglichkeit, es zu sagen.

Sie lächelt traurig. „Manchmal, wenn du jemanden zu sehr liebst, ist dein Herz lauter als dein Kopf."

Ich denke kurz darüber nach und bin immer noch wütend auf Dad, weil er ihr das angetan hat. „Deshalb bin ich jetzt dein bester Freund, Mum." Ihre Augen funkeln und ich fühle mich, als wäre ich drei Meter groß. „Ich werde für immer dein bester Freund sein. Und ich werde nicht zulassen, dass mein Herz lauter ist als mein Kopf. Niemals. Ich bin für dich da, Mummy."

„Das freut mich zu hören, Gareth, denn ich brauche gerade einen besten Freund." Sie lächelt, und trotz der Falten um ihre Augen ist sie die hübscheste Frau, die ich je gesehen habe. „Aber eines Tages, mein Junge … Eines Tages wird dein Herz deinen Kopf überstimmen, und das wird mir im Himmel große Freude bereiten."

Sie zieht mich an der Hand, um näherzukommen, ihre andere Hand greift in meinen Nacken und umarmt mich, sodass meine Wange an ihre Brust gedrückt wird. Ich kann ihren Herzschlag hören, aber er klingt weit weg. Und selbst ihre Brust fühlt sich kalt an. Wäre da nicht der weiche, glatte Stoff ihres Pyjama-Oberteils, würde ich ganz vergessen, wie gut sich meine Mutter anfühlt. Es ist komisch, dass ein albernes Shirt mich daran erinnern kann, wie Mum früher war, bevor sie krank wurde. Als sie warm und gemütlich war.

Ihr Atem ist kühl, als sie Küsse in mein Haar fallen lässt und murmelt: „Und lass mich diesen warmen Atem hier spüren." Kuss. „Und dort." Kuss. Sie stößt einen leisen Schrei aus, als sie ihre Finger durch meine kurzen Strähnen gleiten lässt. „Eine Verzückung in meinem Haar zu verbreiten, oh, die Süße des Schmerzes." Sie schüttelt sich und drückt mich ganz fest an sich.

Ich schniefe und schaue ihr in die feuchten Augen. „Ist das eines deiner Gedichte, Mum?"

Sie schüttelt den Kopf. „Das ist Keats, mein Lieber. Momente wie dieser gehören den Profis." Sie rückt mich zurecht, sodass wir an ihrem Brustbein Händchen halten und fügt mit ersticktem Krächzen hinzu: „Berührung hat ein Gedächtnis. O sag, Liebste, sag, was kann ich tun, um sie zu töten und frei zu sein."

„Ich will nicht frei sein!", keuche ich und ein Schrei bricht sich in meiner Brust Bahn, den ich gar nicht kommen sah. Ich drücke ihre Hand so fest ich kann und kümmere mich nicht mehr darum, wie zerbrechlich sie ist. Ich habe schreckliche Angst und wünsche mir so sehr, dass mein Griff sie für immer bei mir halten könnte. Ich greife nach unten und berühre den Stoff ihres weichen Shirts. „Ich will diese Erinnerung nicht töten. Ich will, dass du bleibst, Mummy. Ich hasse den Himmel!"

Ich schluchze und ihre Hand umfasst meine feuchte Wange. „Sei jetzt still, mein bester Freund. Mein bester Freund auf der ganzen Welt."

Sie atmet schnell ein und ihre Augen schließen sich fest, auf den Lidern bilden sich Falten …

Und dann …

Sie werden weicher.

Sie hören auf, zu wackeln.

Sie hören auf, zu zucken.

Sie werden still.

„Mummy?" Meine Stimme klingt widerlich. Ich schüttle sie einmal. „Mum?"

Ich drücke ihre Hände und spüre keinen Druck zurück.

Nichts.

„Mummy", rufe ich noch einmal, aber ich weiß, was gekommen ist. Der Tod.

Es ging so schnell, dass ich nicht alles gesagt habe, was ich sagen musste. All die Dinge, die ich hätte sagen sollen. Ich hätte die Kinder noch einmal zu ihr bringen sollen. Ich hätte ihr sagen sollen, wie gut Vi Bookers Windeln wechselt. Ich hätte ihr erzählen sollen, dass die Zwillinge schon anfangen, das Alphabet zu schreiben. Ich hätte ihr von den Torten der netten Nachbarin erzählen sollen. Ich hätte ihr so viele Dinge erzählen sollen.

Aber er kam zu schnell.

Der Tod.

Er hat sie mir weggenommen.

Meine beste Freundin ist weg.

Das Gefühl ihrer langen, blassen Finger in meinen kurzen, klebrigen Fingern fühlt sich an, als ob tonnenweise Gewicht auf meine Brust drückt. Ein ekelhaftes, widerliches Gewicht. Warum habe ich mir nicht die Hände gewaschen, bevor ich hierher zurückkam? Warum konnte

Dad den Kindern nicht ein einziges Mal ihren Snack bringen? Warum konnte er nicht an die Tür gehen? Irgendetwas tun!

Die letzte Berührung meiner Mutter waren meine klebrigen, schmutzigen Hände, weil ich zu viel zu tun hatte!

Und jetzt ist sie einfach so tot, dass mir schlecht wird. Das ist nicht mehr meine Mum. Das ist der Tod.

Ich lasse sie los und rutsche vom Bett, bis ich mit dem Rücken an die Wand neben dem Fenster stoße. Sie sieht nicht mehr wie meine Mutter aus. Sie sieht ganz anders aus. Sie sieht nicht mehr aus wie die Frau, die ihren Kindern gerne Pfannkuchen mit speziellem schwedischen Sirup machte.

Sie sieht aus wie etwas, das in einem Gruselfilm vorkommen sollte.

So möchte ich mich nicht an meine beste Freundin erinnern. Ich schließe meine Augen und sage die Worte von Keats, die sie gerade zu mir gesagt hat. „Berührung hat ein Gedächtnis. O sag, Liebste, sag. Was kann ich tun, um sie zu töten und frei zu sein."

Keats hat recht.

Ich muss sie töten.

TECHNISCHE SCHWIERIGKEITEN

14

Gareth

Das Reisen ist das Einzige, was ich am Fußball wirklich verabscheue. Das Leben aus dem Koffer. Der ständige Geruch der Umkleidekabine in meinen Klamotten, egal, welches Waschmittel ich benutze. Linienflüge oder Mannschaftsbusse, die bis zum Rand mit Männern gefüllt sind. Es ist ein Albtraum und viel weniger glamourös, als die Zeitungen glauben machen wollen.

Und nach der Verarsche durch meinen Vater gestern Abend, hat sich ein ruhiger Montag zu Hause noch nie so gut angefühlt. Außerdem treffe ich mich heute Abend mit Sloan, also werde ich den Rest des Tages völlig durchdrehen.

Sie soll nach dem Abendessen kommen, also gehe ich in die Küche, um mir etwas zu essen zu machen. Ich bin kein guter Koch, aber die Team-Ernährung ist normalerweise ziemlich narrensicher. Kohlenhydrate, Eiweiß, Gemüse. Montags gibt es bei mir immer Nudeln.

Ich fülle einen Topf mit Wasser und stelle ihn auf den Herd, als mein Sicherheitstor summt. Ich bin ganz aufgeregt, als ich sehe, wie Sloans Fahrzeug mit dem Code, den ich ihr gegeben habe, einfährt. Sie ist fast zwei Stunden zu früh dran und mein Schwanz pulsiert schon bei dem Gedanken daran. Ich stelle den Topf neben dem Herd ab und gehe ins Foyer, um sie hereinzulassen.

Als ich die Haustür öffne, werde ich von Sloans großer, schlanker Gestalt umgerissen. Ihre Handtasche fällt auf den Fliesenboden, während sie ihre Hände auf meine Brust legt und mich in einem spitzen, rechten Winkel gegen die Wand drückt. Sie hebt mein T-Shirt über mein Gesicht und verschlingt meine Brust mit ihrem Mund, fährt mit ihrer Zunge um meinen Brustmuskel und beißt fest in meinen Nippel.

„Verdammte Scheiße, Sloan!", rufe ich. Mein Körper erwacht durch die plötzliche Invasion zum Leben.

„Nenn mich Treacle", knurrt sie und lässt mein T-Shirt los, damit ich ihr dabei zusehen kann, wie sie sich ihr eigenes über den Kopf zieht und ihre Schuhe abstreift. „Von jetzt an nennst du mich Treacle oder Tre. Ich heiße nicht Sloan, wenn ich hier bin."

Der angestrengte Blick in ihren Augen lässt mich die Stirn runzeln. „Geht es dir gut?"

„Das wird es, sobald du dein Shirt ausziehst."

Mein Instinkt sagt mir, dass ich sie ausfragen soll, was sie so verrückt macht, aber mein Kopf ist zu voll, um mir Sorgen zu machen. Wenn ich ihr die Kontrolle überlasse, wird sich das, was sie bedrückt, genauso beruhigen wie das, was mich bedrückt, wenn ich die Kontrolle aufgebe. Also tue ich, was man mir sagt, denn ich will den ganzen Mist, der hinter unseren Augen liegt, auslöschen.

Sie steht vor mir in einem grauen BH und Jeans – ein viel lässigerer Look, als ich je an ihr gesehen habe. Ihr kastanienbraunes Haar liegt weich und wild um ihre Schultern, während sich ihre Brust mit tiefen Atemzügen hebt und senkt. Der Blick, den sie meinem ganzen Körper zuwirft, ist fordernd, als würde sie sich selbst an das Eigentum erinnern, das sie besitzt. Genau genommen gehört es ihr wirklich. Es ist schon viel zu lange her, dass ich sie gesehen habe, und ich würde jetzt alles tun, was sie von mir verlangt.

Sie tritt vor und presst ihre Hände auf meine nackten Bauchmuskeln. „Ich will, dass du mich gegen diese Wand fickst. Grob, schnell und schmutzig. Verstehst du?"

„Ja", keuche ich, mein Schwanz bereits hart in meiner Jeans.

Sie schaut nach unten. „Hol den Schwanz aus der Jeans. Sofort."

Ich tue, was man mir sagt. Verdammt, ich liebe es, zu tun, was man mir sagt.

Sie entledigt sich ihrer eigenen Hose, zusammen mit ihrem BH und ihrem Slip. Verdammt, sie ist umwerfend. Wild und wütend über etwas, wie ein Tier, das nicht zu bändigen ist.

Sie tritt vor, nimmt mich in die Hand und drückt so fest zu, dass ich vor Schmerz zusammenzucke. „Gott, was hast du einen geilen Schwanz", flüstert sie und lässt ihre harten Nippel gegen meine Brust streichen, als sie hinzufügt: „Hast du ein Kondom hier unten?"

Mein Gesicht wird lang. „Scheiße. Nein. Ich kann die Treppe hochlaufen." Ich gehe auf die Treppe zu, aber ich bleibe stehen, weil sie meinen Schwanz als Geisel hält.

„Wann wurdest du das letzte Mal untersucht?", fragt sie mit ernstem Gesichtsausdruck.

Ich schlucke langsam und mein Körper zuckt, als sie mit der Spitze meines nackten Schwanzes über ihre glatte Muschi streicht. Ein Lusttropfen sickert aus mir heraus und benetzt ihre Haut. „Das Team wird zu Beginn jeder Saison untersucht."

„Was soll das heißen? Wann war der Beginn der Saison?"

„Vor zwei Monaten", rufe ich schnell, als sie die Spitze meines Schwanzes zwischen ihre Falten drückt. „Mein Gott, du bist ja schon ganz feucht."

„Verdammt richtig", antwortet sie, räuspert sich und hat offensichtlich genauso viel Mühe wie ich, die Kontrolle zu behalten. „Hast du seither mit jemandem geschlafen?"

Ich schaue weg und antworte: „Nein."

„Gareth." Sie sagt meinen Namen wie eine Warnung. „Ich habe eine Spirale und wurde letzte Woche getestet, also weiß ich, dass ich sauber bin. Aber wenn du mich anlügst …"

„Ich lüge nicht", schnauze ich und sehe sie scharf an, jetzt, wo sie meine Ehrlichkeit infrage stellt.

„Warum willst du dann keinen Augenkontakt mit mir aufnehmen? Ich frage nur, wann du das letzte Mal mit jemand anderem Sex hattest. Ich denke hier über etwas sehr Ernstes nach."

„Ich habe niemanden mehr gevögelt, seit du letztes Jahr hier warst", knurre ich und mein Kiefer zuckt vor Ärger über dieses Geständnis. Es sagt viel über mich aus, dass ich nicht am Teilen interessiert bin, also will ich deswegen wirklich nicht ins Kreuzverhör genommen werden.

„Okay", antwortet sie leise und schaut stirnrunzelnd zu Boden, als ihr diese Tatsache bewusst wird. Sie sieht wieder auf. „Moment mal … Niemand? Ist das dein Ernst?"

Ich atme schwer aus und reumütige Resignation verdrängt meine frühere Verärgerung. „Niemand, Tre. Ich sage dir die Wahrheit."

Ihre Augen leuchten vor lauter Aufregung über dieses Geständnis. „Okay. Ist es für dich in Ordnung, keine Kondome zu benutzen? Denn ich vertraue dir, wenn du mir vertraust."

„Ich vertraue dir", antworte ich ernst und hoffe, dass sie das Funkeln in meinen Augen nicht bemerkt. Verdammt, allein die Vorstellung, nackt, ohne etwas zwischen uns in sie einzudringen, wird mich so verdammt schnell kommen lassen.

„Dann heb mich hoch und stoße diesen großen Schwanz in mich hinein, bis ich um Gnade schreie."

„Ja, Treacle", knurre ich und befolge die Befehle, als wäre es mein verdammter Job.

Als wir in meine Küche schreiten, sind wir beide sauber, halb angezogen und fühlen uns viel ruhiger als noch vor zwanzig Minuten.

Sloan wirft einen Blick auf das Chaos um meinen Herd. „Oh, ich habe dich beim Essen gestört", sagt sie. Es tut ihr eindeutig nicht leid, während sie mich mustert, wie ich nur in Jeans dastehe.

„Ist schon in Ordnung." Ich schüttle den Kopf und kämpfe mit den Nudeln, während ich versuche, mich zu erinnern, wo ich aufgehört habe. „Ich hatte dich erst in ein paar Stunden erwartet."

Ich stelle den Topf mit Wasser auf den Brenner und schalte die Flamme auf hohe Stufe. Dann schalte ich den hinteren Brenner ein, auf dem ich die Nudelsoße vorher stehen gelassen habe.

Sloan beobachtet mich neugierig. „Du siehst so häuslich aus. Ich hätte nie gedacht, dass du für dich selbst kochst."

Ich schenke ihr ein halbes Lächeln. „Wenn du Linguine kochen und Bolognesesoße aufwärmen als Kochen bezeichnest, dann bin ich ein Spitzenkoch."

Sie kichert und schreitet um die Kücheninsel herum, um über den Herd zu spähen. Da sie nur ihre Jeans und ihren BH trägt, habe ich eine schöne Aussicht, als sie den Deckel des Topfes anhebt. „Wer macht deine Soße?"

„Dorindas Sohn Robert", antworte ich und starre auf ihr Dekolleté, während sie ihren kleinen Finger hineinsteckt, um zu probieren. „Er spart für die Kochschule, also habe ich ihn eingestellt, damit er mir hilft, meine Ernährungspläne einzuhalten, womit er sich etwas Geld dazuverdient."

Sie lächelt zufrieden und dreht sich zu mir um, den Finger immer noch im Mund und die goldenen Augen warnend auf die meinen gerichtet. Ich stelle mir sofort vor, wie ihre Lippen etwas anderes umschließen. Als ob sie meine Gedanken lesen könnte, grinst sie und ihr Finger verschwindet aus ihrem Mund. „Es ist gut."

„Nun, es ist genug da, ich hoffe, du hast Hunger." Ich lege meine Hand auf ihre Hüfte und ziehe sie dicht an mich heran.

Sie schaut mit vorwurfsvollen Augen auf meine Umarmung herab. Ich ziehe meine Hand schnell weg und halte sie als stumme Entschuldigung zurück. *Stimmt, Sloan hat das Sagen. Sie sagt, wann, wo und wie.* Mit einem frechen Grinsen nehme ich die Linguine von der Theke und werfe sie in das kochende Wasser.

„Wie war deine Woche?", fragt sie und hievt sich auf den Tresen neben dem Herd.

Ihre Frage ist erfrischend. Sie hat keine Ahnung, dass ich dieses Wochenende ein Spiel gespielt, geschweige denn gewonnen oder verloren habe. Die ganze Stadt Manchester kennt das Ergebnis, und ich werde auf Schritt und Tritt beglückwünscht. Aber Sloan schafft es irgendwie, weiterhin hinterm Mond zu leben.

Ich beschließe, das schreckliche Gespräch mit meinem Vater zu ignorieren und antworte: „Sie war gut. Wie war deine?"

Sie seufzt. „Ziemlich beschissen."

„Ist das der Grund für die frühe Ankunft und den Überfall?" Ich ziehe die Augenbrauen hoch. Ihre Wangen laufen rot an, also füge ich hinzu: „Glaub mir, ich beschwere mich nicht."

Sie lächelt ein wenig, denn meine Bemerkung beruhigt sie. „Ich hatte vorhin nur ein schlechtes Telefonat."

Ich runzle die Stirn. „Ein reicher Trottel, den du stylst, macht dir das Leben schwer?"

Sie lacht höflich und schüttelt den Kopf mit einem neugierigen Blick. „Sagtest du nicht, dein Vater sei eine berühmte Kickerlegende?"

„Du meinst eine berühmte Fußballlegende?", korrigiere ich sie und kneife die Augen zusammen. Sie rollt mit den Augen und ich beantworte ihre Frage mit einem knappen „Ja".

„Bist du so ein Leben nicht gewöhnt?" Sie gestikuliert herum, als ob mein Haus ein direktes Spiegelbild meines Aufwachsens wäre. „Kommst du nicht aus einer reichen Familie?"

„So bin ich nicht aufgewachsen", antworte ich und verkrampfe mich bei der Erwähnung meiner Kindheit. Mein Kiefer spannt sich an, als ich an das Haus in Chigwell zurückdenke, in dem wir lebten, als meine Mutter starb, und wie sehr es sich von der kleinen Wohnung in Manchester unterschied. Die Wahrheit ist, dass ich mir deshalb nur schwer vorstellen kann, Manchester zu verlassen. Hier leben meine einzigen positiven Kindheitserinnerungen weiter. „Wir wohnten in einem großen Haus östlich von London, aber das war kein Zuhause. Es war nicht wie das hier.“

Sloan schaut sich entspannt in der Küche um, wobei ihre nackten Füße hin und her wippen. „Du hast mir vorhin erzählt, dass du einen Innenarchitekten eingestellt hast, weil du wolltest, dass es anders ist als dein Elternhaus. Was hast du damit gemeint?“

Die Angst beginnt in mir zu brodeln, während ich den Rest der Nudeln ins Wasser gebe. Es ist beeindruckend, dass Sloan wirklich zugehört hat. Ich stelle fest, dass die meisten Menschen, die mich treffen, nur dann zuhören, wenn ich etwas sage, das sie hören wollen, weshalb ich den meisten Außenstehenden gegenüber so reserviert bin.

Aber ich weiß noch, wie ich das zu Sloan gesagt habe, als sie anfing, mich zu stylen. Es hat mich nämlich gestört, dass sie mich wie einen typischen Fußballer ansah. Ich wollte nicht in die gleiche Schublade gesteckt werden wie alle anderen, die viel Geld für ihr Styling ausgeben, nur weil sie es können. Ich wollte, dass sie mich anders sieht.

Ich bereue diesen Moment der Schwäche, denn er hat Türen zwischen uns geöffnet, die besser geschlossen bleiben sollten. „Ich dachte, wir sollten nicht so persönlich werden“, weiche ich aus, weil ich nicht mit ihr über meine Vergangenheit reden will. Vor allem nicht, wenn meine Erinnerungen gerade besonders roh sind.

„Sehr empfindlich?“, fragt sie und zieht die Augenbrauen hoch. „Du scheinst ein Typ zu sein, der daran gewöhnt ist, alles zu bekommen, was er will. Ich nehme an, dein Vater hat dich als Kind verwöhnt, nicht wahr? Schicke Autos, die besten Sportcamps, die besten Klamotten.“

Sie sieht mich unverschämt an und mein Blutdruck steigt allein durch seine Erwähnung „Ich habe nichts von meinem Vater bekommen. Und glaub mir, es gibt eine Menge Dinge, die ich will und nicht bekomme.“

„Was denn zum Beispiel?", fragt sie und verschränkt die Arme vor der Brust.

„Was ist das? Ein Fragespiel?" Ich lasse den Löffel auf den Tresen fallen und balle frustriert die Hand zur Faust.

„Wohl kaum!", erwidert sie. „Ich versuche nur, den Mann kennenzulernen, der all das hat und sich einer Frau so leicht unterwirft."

„Ich höre dich nicht klagen", schnauze ich.

„Ich versuche nur, dich einzuschätzen." Sie beugt sich vor, ohne sich von mir einschüchtern zu lassen, was eines der Dinge ist, die mich an ihr am meisten antörnen. Aber das tut nichts zur Sache.

„Das hier ist nur Vögeln", knurre ich und drücke meine Faust gegen den Tresen. Meine Wut überrascht mich. Ich weiß, dass sie mehr mit meinem Vater als mit Sloan zu tun hat, aber ich kann sie jetzt nicht mehr aufhalten. „Das ist nichts Persönliches, Sloan. Es geht ums Ficken, also hör auf zu versuchen, in meinen Kopf zu kommen."

Ich schaue auf und sehe, dass ihr Körper völlig starr geworden ist. Ihre Augen verengen sich, als sie antwortet: „Entschuldige, dass ich dachte, wir wären Freunde."

Sie rutscht von der Theke und geht an mir vorbei aus der Küche zurück zur Haustür. Ein tiefes Knurren vibriert in meiner Brust, als ich meine Hände auf der Kochinsel ausbreite. Das ist alles die Schuld meines verdammten Vaters. Er hat mich in die Enge getrieben. Nein, ich teile nicht gerne, was ein Problem ist, das ich mit anderen Frauen immer wieder hatte. Aber Sloan hat recht. Wir sind Freunde.

Und ich bin ein Trottel.

Mit einem schweren Seufzer überprüfe ich noch einmal, ob die Linguine die richtige Temperatur haben, und schreite dann hinaus, wo ich annehme, dass Sloan sich anzieht und bereit ist zu gehen. Sie ist jedoch nicht im Foyer, wie ich erwartet hatte, und ihr Shirt und ihre Schuhe liegen noch da, wo sie sie auf dem Boden gelassen hat. Ich sehe einen Lichtschein im Flur hinter dem Wohnzimmer und mache mich auf den Weg dorthin.

Ich finde Sloan im Medienraum, wo sie in einem der schwarzen Theatersessel sitzt. Sie fummelt an der Fernbedienung herum und versucht, etwas auf die Leinwand zu projizieren. „Ich weiß nicht, wie man das bedient. Kannst du es mir zeigen?"

Ihre ruhige Stimme überrascht mich, also betrete ich den Raum und nehme ihr die Fernbedienung aus der Hand. Unsere Finger berühren sich und der Funke, den wir immer haben, ist so stark wie eh und je, selbst wenn sie sauer auf mich ist. „Du hast den falschen Eingang gewählt."

Ich drücke einen Knopf und gebe ihr die Fernbedienung zurück, als ein Sportkanal auf dem Bildschirm aufleuchtet.

„Danke", antwortet sie und versucht, den Sender um meine Gestalt herum zu ändern. Sie hat immer noch keinen Blickkontakt mit mir aufgenommen.

„Du gehst nicht?", frage ich und erwarte fast, dass ich jeden Moment in die Eier getroffen werde.

„Willst du das?" Endlich sieht sie auf, ihre Augen leuchten in der Dunkelheit. Ihre Haut ist grün von dem grellen Licht des Projektors hinter mir.

Ich zucke nur mit den Schultern, denn ich bin meiner Gefühle schon überdrüssig. Deshalb wollte ich dieses Kontrollding ausprobieren. Es gibt mir die Freiheit, nicht denken zu müssen. Ich bin erschöpft, wenn ich über meine Familie nachdenken muss. Meine Erziehung. Über *meinen Vater*.

„Ich will, was du willst", antworte ich, denn das ist die Wahrheit. Wenn sie nicht hier sein will, würde ich sie niemals zwingen.

„Nun, ich mag keine Konfrontationen", antwortet sie und ihre Augen verengen sich im Licht. „Wenn du also nicht so ein Arschloch sein könntest, wenn ich nur Smalltalk mache, wäre das viel angenehmer."

Ich ziehe meine Lippen in den Mund und verkneife mir ein schlagfertiges Argument. Sie kann auf keinen Fall wissen, dass das Thema meines Vaters kein Smalltalk ist. Sich über die Familie auszutauschen, ist für die meisten Smalltalk. „Mein Vater war ein riesiges Arschloch, als meine Mutter starb. Fies, wütend. Er hat nicht gut getrauert, und wir haben als Kinder darunter gelitten. Ich werde empfindlich, wenn ich über ihn reden muss."

Sloans Kinnlade fällt nach unten, während sie gedankenlos mit der Fernbedienung in ihrem Schoß herumspielt. „Das ist scheiße."

Ich zucke noch einmal mit den Schultern. „Und ich habe nichts von meinem Vater bekommen. Auch keiner meiner Brüder hat etwas bekommen. Unsere Schwester war die einzige, der er jemals etwas gegeben hat. Und wenn du denkst, dass ich das aus Bosheit sage, dann tue ich das nicht. Vi ist eine Heilige und hat alles verdient, was er ihr gegeben hat."

Sloan hält inne und beäugt mich misstrauisch. „Was hast du verdient?"

Ihre Frage brennt, aber ich weiß, dass sie es nicht so meint. Sie drängt auf Informationen. Sie versucht, der Sache auf den Grund zu gehen, um die es hier geht. Was sie nicht weiß, ist, dass dies eine endlose Grube ist, in die ich selbst nie ganz hineingegraben habe.

Meine Antwort ist eindeutig. „Ich hätte einen besseren Vater verdient. Aber ich will nicht, dass du denkst, ich sei ein reiches Arschloch, das mit anderen reichen Arschlöchern aufgewachsen ist. Das könnte nicht weiter von der Wahrheit entfernt sein."

„Es tut mir leid, Gareth." Ihr Gesicht wird weicher, als sie das, was ich gesagt habe, aufnimmt. „Ich projiziere meine Probleme auf dich. Das ist furchtbar unfair. Es ist nur so, dass ich in meinem Leben viele arrogante Privilegien erlebe und es macht mich manchmal wahnsinnig, dieses Anspruchsdenken zu sehen. Du hast mir das nie gezeigt, also war es unfair von mir, anzunehmen, dass du zu dieser Welt gehörst."

Ich nicke nachdenklich und weiß genau, worauf sie hinaus will. Die Kinder meiner Mannschaftskameraden sind Paradebeispiele für arrogante Privilegien, allesamt ein Haufen von Idioten. Sie sprechen mit ihren ausländischen Kindermädchen wie mit Sklaven, weil sie das für richtig halten. Und die Kindermädchen tolerieren das, weil die Eltern so viel Geld verdienen und sie den Job brauchen. Es ist ein hässlicher Anblick.

In unserer Kindheit hatten wir keine Hilfe, weder von außen noch sonst irgendwo. Als Kinder lernten wir schnell, uns selbst zu versorgen, denn es war klar, dass unser Vater nichts für uns tun würde. Ich weiß noch, wie ich seine Kreditkarten gestohlen habe, um Rechnungen zu bezahlen, wenn er sie vergessen hatte.

„Ich habe für alles gearbeitet, was ich habe, Sloan. Obwohl mein Vater für Manchester United gespielt hat, hat er sich nicht in gutem Einvernehmen von ihnen getrennt. Sie haben mir keinen Gefallen getan, indem sie mich unter Vertrag genommen haben. Ich wollte für sie spielen, weil ich dieses irrationale Bedürfnis habe, besser zu sein als er. Ein besserer Spieler. Ein besserer Vertrag. Bessere Werbeverträge.

Besseres Haus. Mehr Geld. Was auch immer es braucht. Ich habe sogar Rentenpläne für alle meine Geschwister und ein Sparkonto für meine Nichte eingerichtet, von denen keiner von ihnen weiß. Ich kümmere mich so sehr um alle, dass seine Existenz unwichtig wird."

„Bist du darin erfolgreich?" Ihre Frage ist scheinbar unschuldig, aber sie beinhaltet mehr, als sie sich vorstellen kann.

Ich stoße ein Lachen aus. „Was ist Erfolg? Er ist immer noch da und es scheint, als ob jedes Mal, wenn ich eine Grenze erreiche, die ich für mich gezogen habe, um besser zu sein als er, diese nur noch weiter nach hinten verschoben wird. Es ist ein abartiger Kreislauf, in dem ich feststecke, und ich spreche mit niemandem wirklich darüber."

Sie nickt nachdenklich. „Ich glaube, das passiert mit Kindern, die ihre Mütter verlieren, wenn sie jung sind. Sie wollen erfolgreich sein, weil sie etwas beweisen müssen, sei es der Verstorbenen oder sich selbst, oder vielleicht auch der Gesellschaft. Sie wollen all das erreichen, weil sie keine Mutter hatten."

Das bringt mich in Verlegenheit. „Ich tue nicht alles ihretwegen."

„Nein?"

„Versteh mich nicht falsch. Meine Mum war unglaublich. Sie war meine beste Freundin. Als ich sie verlor, hat mich das schier umgebracht. Aber zu sagen, dass ich zu kurz gekommen bin, würde die acht Jahre besudeln, die ich mit ihr hatte. Ich war bei ihr, als sie starb, und so schwer es auch war, die Erinnerung daran ist für mich kostbar." Ich schlucke den Kloß hinunter, der sich in meinem Hals bildet, und zwinge mich, weiterzumachen, um die schmerzhafte Erinnerung zu ignorieren. „Ich tue das alles, weil ich die Kontrolle nicht loslassen kann, außer bei dir."

Sie sieht mich eine Minute lang an und starrt mit einer Million Gedanken und Gefühlen zu mir auf. Es ist ein intensives Eingeständnis, das ich ihr gerade gemacht habe. Es sind Worte, die ich ihr nie sagen wollte, aber es fühlt sich gut an, zu verstehen, warum ich mich so sehr nach dieser Vereinbarung mit ihr sehne.

Als ob sie spürt, dass ich mein Maximum an Mitteilen in einer Nacht erreicht habe, antwortet Sloan leichthin: „Sollen wir jetzt Sex haben?" Ihr darauf folgendes Kichern ist wie ein Lichtstrahl, der meine dunkle Seele erhellt.

„Wie wäre es, wenn wir zuerst essen?" Ich reiche ihr meine Hand, um ihr beim Aufstehen zu helfen. „Ich habe das Gefühl, dass ich meine Kraft brauchen werde."

Sloan

Ich bin übermäßig neugierig auf Gareth. Es geht hier nur um Sex, aber er hat eine so starke Ausstrahlung, dass ich all seine tiefen, dunklen Gedanken kennenlernen möchte. Sogar wenn er lächelt, hat er traurige Augen mit einem fast verfolgten Blick, der nach einem Geheimnis schreit.

Als er mir letztes Jahr erzählte, dass seine Mutter gestorben ist, war ich überrascht, dass ich das nicht schon früher geahnt hatte. Ich war in der High-School mit einem Jungen zusammen, der seine Mutter verlor, als wir zusammen waren. Er und Gareth haben den gleichen Ausdruck in ihren Augen. Ich war bei der Beerdigung dabei, und es war die Hölle. Eine quälende Hölle. Etwa einen Monat später trennten wir uns. Er war ein anderer Mensch als zu Beginn unserer Beziehung. Der Verlust eines Elternteils tut einem so etwas an. Er verändert die Persönlichkeit. Nicht negativ. Einfach nur anders. Ich kann mir vorstellen, dass unsere Beziehung ganz anders verlaufen wäre, wenn ich ihn nach dem Tod seiner Mutter kennengelernt hätte und nicht davor.

Wenn ich Gareth über seinen Vater sprechen höre, weiß ich, dass er so vielschichtiger ist, als ich ihm je zugetraut hätte. Aber er hatte recht damit, eine Schutzmauer zu haben. Was wir hier tun, ist nichts Persönliches. Es geht um Sex. Deshalb küsse ich ihn auch nicht.

Aber nach dem Telefongespräch, das ich mit Callum darüber geführt hatte, dass Sophia zu Thanksgiving nicht zu mir kommen kann, war es mir egal, ob Gareth sich unwohl fühlte. Ich wollte mich mit jemandem streiten, und er war die unglückliche Person, die mir in diesem Moment am nächsten stand.

Es macht mich verrückt, dass ich keine Kontrolle darüber habe, wo Sophia ihr Thanksgiving verbringt und dass Callum mich ohne ersichtlichen Grund ausschalten kann. Nur, weil er es kann. Das ist mein Leben im Moment und es macht mich wahnsinnig.

Also fuhr ich nach Astbury, wie ein Bandit. Ich fuhr zu dem einzigen Ort, an dem ich nicht eingesperrt bin. Der einzige Ort, an dem ich nichts anderes als die Kontrolle über mein eigenes Leben habe, meine eigenen Entscheidungen. Der einzige Ort, der mich vergessen lässt. Gareth und ich sind erst seit ein paar Wochen zusammen, aber sein Haus ist der einzige Ort, an dem ich dem ganzen Scheiß, den ich in meinem Privatleben ertragen muss, entkommen kann.

Ursprünglich hatte ich vor, meinen Tag damit zu beenden, Freya bei den Änderungen zu helfen, zu duschen, mich zu rasieren und mich für die Nacht zurechtzumachen. Aber nachdem Callum mich angerufen hatte, war ich so aufgeregt, dass ich direkt in meiner verdammten Mom-Jeans zu ihm gefahren bin! Ich brauchte Gareths Anwesenheit – seine Männlichkeit, seine Wärme – als wäre ich am Verdursten und nur er könnte meinen Durst stillen.

Deshalb muss ich diese Nacht den Spieß umdrehen.

Zum Essen ziehen wir uns wieder an, denn es ist heißes Essen und es ist gefährlich, ohne Hemden zu essen. Gareth deckt unsere beiden Teller mit den besten Linguine und der besten Bolognese-Soße, die ich je probiert habe. Fast hätte ich nach dem Rezept gefragt, bevor ich mir den Mund zuhalte und etwas davon murmle, dass sie gut zu einem Rotwein passen würde. Nach einem Rezept zu fragen, ist ein Mom-Move. Ein super Mom-Move. Man fragt den Typen, den man fickt, nicht nach Rezepten.

Am Ende spülen wir das Geschirr mit der Hand, weil sein Geschirrspüler immer noch eine Ladung trocknet. Das Streifen unserer Schultern, während wir nebeneinander an der Spüle stehen, ist eine Art perverses Vorspiel, das wahrscheinlich nur eine Mutter antörnen würde. Es hat etwas mit seinen nassen, geäderten Händen zu tun, die in das schaumige Wasser eintauchen und wieder herauskommen. Und vielleicht auch mit der Tatsache, dass Gareth sein Geschirr selbst abwäscht.

Ich trockne mir die Hände ab und öffne den Kühlschrank, um zu sehen, was drin ist. Er ist so leer, dass ich mich normalerweise fragen würde, ob hier überhaupt jemand wohnt. Es gibt nur ein paar Tupperware-Behälter mit vorbereiteten Gerichten – wahrscheinlich von Robert, dem magischen Koch –, ein paar Sportgetränke und eine Limette.

Mit den Augen rollend öffne ich das Gefrierfach. Die Enttäuschung ist groß, als ich nur ein paar eklig aussehende Proteinbällchen sehe. Sportler sind seltsam.

Als ich das Gefrierfach schließe, kommt mir eine Idee. „Kann ich ein Glas haben?"

Gareth schaut mich neugierig an und greift in den Schrank, um ein Glas für mich herunterzuholen. Die Haut, die unter seinem Hemd hervorschaut, als er den Arm hochstreckt, ist so sexy, dass ich es kaum erwarten kann, mein Vorhaben auszuprobieren.

Er reicht mir das Glas und beobachtet mich erwartungsvoll, während ich es bis oben hin mit Eiswürfeln fülle. „Ich glaube, wir sollten bald wieder Sex haben."

Sein verstecktes Lachen wird geschätzt. „Warum nicht jetzt?"

Ich zucke mit den Schultern. „Du hattest vorhin Glück mit einem Quickie, weil ich gerade einen Moment hatte. Jetzt habe ich mich besser unter Kontrolle. Und weil ich dich zuerst quälen muss, versteht sich."

Das veranlasst ihn zu einem herzhaften Lachen. „Nun, ich bin dir zu Diensten, Treacle." Er zwinkert mir zu und ich schwöre, allein sein Blick könnte mich zum Orgasmus bringen, wenn ich mich nur stark genug darauf konzentriere.

„Bist du der Typ, der bei unhygienischen Küchen zimperlich wird?", frage ich und schaue auf die große Kücheninsel aus Granit, die grau mit Glitzer ist.

„Nicht, wenn du es nicht bist", antwortet er, während er seine Hände in die Taschen stopft und die Unterarme anspannt.

„Gut, denn ich will, dass du nackt auf dem Tresen liegst."

Sein Lächeln ist sündhaft. „Was immer du sagst, Tre."

Ich eile ins Foyer, um meine Handtasche mit den Sachen zu holen, die ich für heute Abend besorgt habe, während Gareth sich in der Küche auszieht. Als ich zurückkomme, steht er an der Kochinsel, ohne Hemd und mit aufgeknöpfter Jeans. Mein Blick fällt sofort auf die gestutzten Haare, die zu seiner Leistengegend führen.

Als er nach dem Bund seiner Jeans greift, halte ich ihn auf. „Warte mal."

Er hält inne und lässt seine Jeans am Rande seiner Hüftknochen hängen. Das tiefe *V*, das sich in Richtung seines Schritts neigt, ist so sexy, dass ich die Augen schließen muss, um mich wieder zu beruhigen.

„Halt deine Hände zusammen", sage ich, stelle meine Tasche auf den Tresen und wühle einen Moment lang darin herum.

Als ich ein gelbes Seil aus meiner Handtasche ziehe, werden seine Augen groß. „Meinst du das ernst?"

„Ja. Ist das nicht okay?" Ich runzle die Stirn. „Ich habe es online gekauft. Es ist wie ein Sex-Seil oder so. Sie werden auf Bestellung zugeschnitten. Es schadet deinen Handgelenken nicht so sehr wie ein normales Seil, soweit ich weiß."

Er leckt sich mit der Zunge über die Lippen und seine Augen strahlen vor Hitze. „Es ist okay."

Mit zitternden Händen fordere ich ihn auf, auf den Tresen zu springen. Er tut wie ihm geheißen und streckt mir seine beiden Fäuste entgegen. Ich beginne, das Seil um seine Handgelenke zu wickeln, verknote es und sehe ihm nervös in die Augen. „Warum schaust du mich so an?"

„Weil was immer du tust, es funktioniert", sagt er.

Mein Blick wandert nach unten, um die steife Erektion unter seiner Jeans zu sehen. „Das allein macht dich schon so erregt?"

Er zuckt mit den Schultern. „Du machst mich schon so erregt, Tre." Er schluckt langsam und wirft mir einen ernsten Blick zu. „Du solltest dich gerade sehen. Worüber denkst du nach?"

Ich halte inne, um die volle Wirkung seiner zusammengebundenen Handgelenke wahrzunehmen. Seine Muskeln und breiten Schultern sind straff und angespannt. Die weiche Jeans. Die nackten Füße. Das ist alles … wirklich, wirklich heiß.

„Ich finde das wirklich verdammt aufregend", krächze ich, völlig unsexy. Sein zufriedenes Lachen lässt mich mit den Augen rollen. „Versuch, dein Vergnügen zu zügeln und leg dich bitte hin."

Er grinst und rutscht auf dem Tresen nach hinten. Bei dieser Bewegung spannen sich seine Bauchmuskeln an und zeigen die Linien seines perfekten Sixpacks unter seinen gefesselten Händen. Als er sich auf den Rücken legt, zuckt er wegen des kühlen Granits zusammen und die Linien werden weicher und gehen weiter auseinander.

Ich lasse meine Hände auf seine Unterarme gleiten und ziehe sie nach oben, bis sie über seinem Kopf liegen. Es ist ein unglaublicher Effekt, ihn so zu sehen, wie er mir ausgeliefert ist. „Gott, bist du sexy."

Er gluckst. „Das bist du auch."

Ich verenge meine Augen. „Ich trage ein T-Shirt und Jeans."

Er schüttelt den Kopf und schaut zu den Lichtern hoch. „Trotzdem sexy."

Ich versuche, mein zufriedenes Lächeln zu verbergen, während ich mein Shirt über den Kopf ziehe und meine Jeans von den Hüften gleiten lasse. Es ist erstaunlich, dass wir erst eine Handvoll Male Sex hatten und ich mich schon so wohl fühle, wenn ich nackt vor ihm stehe. Zuerst dachte ich, ich würde heute Abend wieder die Augenbinde wollen, aber das Gefühl, seinen erhitzten Blick auf mir zu spüren, ist ein Teil meiner Tapferkeit, aus der ich schöpfe. Gareth schafft es mit nur einem Blick, dass ich mich wie eine Million Dollar fühle. Er tat es in der Nacht, als ich Cal beim Betrügen erwischte, und er tut es auch heute Abend. Durch ihn fühle ich mich unfassbar stark.

Ich trage nur meinen grauen BH und meinen schwarzen Tanga und stehe neben einem halbnackten Tarzan, der wie mein persönliches Buffet auf dem Küchentisch gefesselt ist. Ich fahre mit meinen Nägeln über seine pelzige Brust und streiche genüsslich über die federnden Muskeln. Er ist so ein prächtiges Exemplar von einem Mann. So männlich und kraftvoll, als wäre er vom legendären Atlas selbst gezeugt worden.

Gareths Augen sind auf mich gerichtet, als ich auf den Tresen steige und mich rittlings auf seinen Schritt setze, ein Bein eng an seine Hüfte gepresst. „Hände über den Kopf", sage ich, tauche meine Finger in das Glas und greife nach einem großen, tropfenden Eiswürfel.

Die Luft zischt zwischen seinen Zähnen, als ein paar Tropfen eiskalten Wassers auf seine Brust tropfen. Ich drücke den Würfel zwischen seine Brustmuskeln und ziehe eine feuchte Spur des Wassers bis hinunter zu seinem Bauchnabel. Meine Haare kitzeln seine Seiten, als ich mich hinunterbeuge und einen sanften Kuss auf seine harten, kleinen Nippel gebe. Mir ist aufgefallen, dass Gareths Brustwarzen extrem empfindlich sind, und ich habe die ganze Woche davon geträumt, wie er auf meine Berührung reagiert.

Ich setze meinen Weg nach unten entlang seiner Bauchmuskeln fort und meine eigenen Nippel verhärten sich in meinem BH, während er sich unter mir windet. Er verschränkt seine Finger über seinem Kopf und seine Armmuskeln spannen sich bei jedem Druck an, während er den Drang bekämpft, sie zu senken und mich zu berühren.

Plötzlich fühlt sich mein BH schwer auf meiner Haut an. „Schließ die Augen", sage ich, lasse das Eis ins Glas fallen und greife nach dem Verschluss.

Er verengt seinen Blick, gehorcht aber. Ich schlüpfe aus meinem BH, nehme ein Stück Eis und stecke es mir in den Mund. Ich lege mich über ihn und lasse das Eis zwischen meinen Lippen hervorlugen, während ich es die Seite seines Halses hinuntergleiten lasse.

Sein leises Stöhnen vibriert gegen meine Brust, während meine harten Nippel seine feuchte Haut berühren. Der Haut-an-Haut-Kontakt ist berauschend, während das Eis in meinem Mund schmilzt. „Fühlt sich das gut an?", frage ich und fahre mit meiner Zunge an einer dicken Sehne in seinem Hals entlang.

Er stößt seine Hüften in mich hinein und seine Erektion drückt auf die bedürftige Stelle in meiner Mitte. „Das sollte dir deine Antwort verraten."

Mit einem kleinen Knurren setze ich mich auf und sehe ihn warnend an. „Ich will hören, wie du es sagst, Gareth."

Sein träges Lächeln ist bezaubernd. „Ja, Treacle. Es fühlt sich gut an. Du fühlst dich gut an."

Ich greife nach unten zu der Festigkeit unter mir. „Sollen wir diese enge Jeans ausziehen?"

„Ja", keucht er und sieht mir dabei zu, wie ich ihn fest durch den Stoff streichle.

Er lässt seine Arme sinken, als ich mich wieder neben ihm positioniere. Als er seine Hüften anhebt, schiebe ich seine Jeans über seinen Hintern und von seinen Beinen und lächle stolz, als ich sehe, dass er keine Unterwäsche trägt, wie immer.

Ich entledige mich auch meines Slips und nehme mir einen Moment Zeit, um zu realisieren, dass ich völlig nackt auf der Kücheninsel von Gareth Harris' Haus sitze. Was für eine wilde Wendung mein Leben genommen hat. Ich bin mir nicht sicher, ob ich noch mehr Glück haben könnte, als ich auf seinen harten Schwanz starre, der sich in Richtung seines muskulösen Bauches bewegt, wobei die Ader darunter gleichzeitig wütend und vielversprechend aussieht.

Ich krame in dem Glas nach mehr Eis. Das meiste davon ist geschmolzen, also führe ich es für einen kühlen Drink an meine Lippen und greife nach den kleinen Brocken am Boden. Ohne ein Wort zu sagen, neige ich meinen Kopf und lasse die Spitze seines nackten Schwanzes in meinen Mund gleiten.

„Oh, fuck", stöhnt Gareth, als die Kälte des Eises und die Hitze meines Mundes ihn in eine Reizüberflutung treiben. „Mein Gott, Sloan."

Seine Finger finden mein Haar, während er meine Bewegung reitet. Ein paar Eisstücke rutschen aus meinem Mund und fallen auf den Tresen unter ihm. Ich lasse ihn los und kaue auf dem restlichen Eis herum, während ich ihn mit meiner Hand halte. „Treacle oder Tre, Gareth. Das habe ich dir doch gesagt."

„Tut mir leid, Tre. Treacle. Ich hab's verstanden", sagt er und schaut mich mit einem anbetenden, entschuldigenden Blick an.

Ich fühle mich mutig und neugierig und frage: „Hat dir das Eis gefallen?"

Er nickt und wackelt mit den Augenbrauen. „Ich würde es gerne bei dir anwenden."

Ich lächle und schüttle den Kopf. „Das ist nicht das, was in dem Porno passiert ist, den ich gesehen habe."

Er lacht, sein Tonfall ist ungläubig, als er fragt: „Du schaust Pornos?"

„Einmal", lüge ich. Auf keinen Fall erzähle ich ihm, dass ich die ganze Woche auf *Porn Hub* nach Ideen gesucht habe, was wir machen können. Er würde mich für eine Perverse halten. „Ich glaube, es hat mir wirklich geholfen, dich unter Kontrolle zu bekommen."

Seine Bauchmuskeln straffen sich mit einem leisen Glucksen, aber seine Belustigung vergeht, als ich wieder auf ihn steige und seine Hände auf seine Brust lege. „Ich werde dich reiten, aber deine Hände müssen genau da bleiben, wo sie sind: auf deiner Brust. Verstanden?"

Er nickt eifrig, also positioniere ich mein Becken über seiner Spitze und lehne mich ein wenig nach vorne, sodass meine Brüste in seinem Gesicht sind. Ich spüre, wie seine gefesselten Finger mich berühren wollen, also schimpfe ich kichernd mit ihm. „Nicht anfassen oder ich fixiere dir die Hände über dem Kopf."

Ich drücke meine Handflächen auf seine Unterarme, um mir Halt zu geben. Der Druck zieht an seinen Handgelenksfesseln, während ich die Spitze seines Penis zwischen meinen Falten positioniere.

„Mein Gott", knurrt er, beobachtet das Geschehen zwischen unseren Körpern und kämpft gegen das Seil um seine Hände.

„Probleme?", frage ich und schaue besorgt zu ihm auf.

Sein Kiefer zuckt. „Ich möchte dich *wirklich* berühren."

Meine Augenbrauen heben sich. „Wie sehr?" Ich lasse mich einen Zentimeter auf ihn sinken und halte mich dort, seine Arme sind der perfekte Balancepunkt für die Kontrolle.

Sein leises Stöhnen ist wunderbar. „Wirklich verdammt sehr, Treacle."

Ich gleite den Rest des Weges hinunter. „Wie wäre es jetzt?"

Die Adern in seinen Armen verdicken sich, als er kräftig an dem Seil zieht. „Lass uns das ausziehen."

„Ich habe das Sagen", antworte ich und beobachte, wie er mich ansieht, während ich mich zurücklehne und mich ihm völlig öffne. Ich bewege mich auf ihm vor und zurück und stemme mich gegen die unglaubliche Reibung.

„Du bist doch …", knurrt er und seine Augen blitzen über meine Brust, während ich meine Brüste zusammenpresse und meine Nippel zwischen meinen Fingern rolle. Er fängt an zu zappeln, um eine Position zu finden, in der er etwas Druck ausüben kann. Sein Tonfall ist frustriert, als er sagt: „Das könnte so viel besser sein, wenn du meine Hände freilassen würdest."

„Warum, Gareth?", frage ich, stelle selbstbewussten Augenkontakt zu ihm her und ziehe eine Augenbraue hoch. Langsam fahre ich mit einer meiner Hände zu meiner Mitte hinunter und mache ein paar langsame, träge Kreise um das Nervenbündel. „Würdest du mich hier berühren?" Ich stöhne und muss mich zwingen, meine lustvollen Augen offen zu halten.

Der verrückte Ausdruck in Gareths Augen ist fast beängstigend. „Scheiße, Sloan … Lass mich frei."

Er knurrt jetzt laut, aber ich höre nicht zu. Ich bin zu sehr auf das konzentriert, was ich tue. Es macht mich an, ihn zu quälen. Diese Position gibt mir so viel Kontrolle, während ich auf ihm hüpfe und große, reibende Kreise mache. Der schmerzhafte Blick in seinen Augen lässt meinen Kopf zurückfallen, während ich ein leises Stöhnen ausstoße und das Gefühl genieße, dass er dick und hart in mir ist.

Ich reite ihn langsam weiter und Gareths Wutknurren wird immer wütender. Er schafft es, mit seinen Füßen etwas Halt zu finden und beginnt, in mich zu stoßen. Tiefe, strafende Stöße, die mich viel schneller an den Rand der Erlösung bringen, als ich erwartet hatte.

„Lass mich frei, Sloan." Seine Stimme ist jetzt ruhiger, kontrollierter, als er seine köstlichen Stöße stoppt. „Lass mich dich berühren. Du fühlst dich so gut an. Ich will, dass du kommst."

Das Bedürfnis nach einem Orgasmus ist so stark, dass ich mich selbst krächzen höre: „Okay."

Ich setze mich nach vorne, sein Schwanz ist immer noch steinhart in mir, während ich meine Füße unter seinen Armen hervorziehe und sie unter mich schiebe. Ich reite ihn noch einen Moment, dann ergreife ich seine Handgelenke und fange an, mit dem Seil herumzufummeln. Es lenkt mich ab, ihn in mir zu haben, während ich versuche, ihn zu befreien, aber er fühlt sich so verdammt gut an.

Als ich nicht weiterkomme, reiße ich mich aus meiner sexuellen Benommenheit und krabble von ihm herunter. Er stößt ein schmerzhaftes Stöhnen aus, als ich mich neben ihn knie und meine Bemühungen fortsetze. Was auch immer ich gerade mit dem Knoten gemacht habe, hat die Spannung nur noch verstärkt. *Das kann nicht gut sein.*

„Was ist denn los?", fragt Gareth und setzt sich halb auf. Sein harter, nasser Schwanz sieht furchtbar wütend aus. „Warum ist das Seil jetzt so straff?"

Meine Hände fangen an zu zittern, während ich auf das Chaos starre, das ich angerichtet habe. „Ich bekomme den Knoten nicht auf", murmle ich außer Atem und versuche, nicht in Panik zu geraten.

„Was?", fragt er und beugt sich mit seinem Gesicht ganz nah an meins heran, um zu sehen, was ich tue.

Mein Blick wandert zu seinen großen haselnussbraunen Augen. „Ich weiß nicht, wie ich das geschafft habe!"

„Du wusstest nicht, was du da tust?"

„Nein!", rufe ich aus und schaue wieder nach unten, ruckle und ziehe, um lose Stellen zu finden, an denen ich etwas losbinden kann.

„Du hast so getan, als ob du es wüsstest", erwidert Gareth, wobei sein Tonfall von Vorwürfen geprägt ist.

„Ich habe nur so getan!", rufe ich und hebe seine Hände hoch, um zu sehen, ob ich irgendwo darunter einen Ansatzpunkt finde. *Mein Gott, da sieht es ja noch schlimmer aus.* „Gareth! Ich kriege das nicht hin!"

Die Emotionen in meiner Stimme sind intensiv, als sich wütende rote Flecken um seine Handgelenke bilden. Plötzlich fängt Gareth an, am ganzen Körper zu zittern. Ich nehme an, dass er eine Art Panikattacke hat, weil ich selbst fast in eine gerate. Aber als ich aufschaue, sehe ich keine Panik in seinen Augen.

Er *lacht*.

Er lacht wie verrückt.

Ihm laufen die Tränen über das Gesicht, weil er so sehr lacht. Ich habe ihn noch nie so gesehen. Es ist wirklich entwaffnend.

„Das ist nicht lustig!", schreie ich, lasse seine Hände mit einem harten Stoß los und schlage meine Fäuste gegen seine Brust, sodass er zurück auf den Tresen fällt.

„Da bin ich anderer Meinung", antwortet er, aber durch sein tiefes, dröhnendes Lachen ist es kaum zu hören.

„Das ist nicht lustig! Es ist beschämend!" Ich fahre mir mit der Hand durch die Haare und versuche, meine Nerven zu beruhigen, damit ich mir überlegen kann, was ich als Nächstes tun soll. Das ist schwierig, denn Gareths Bauchmuskeln sind straff und definiert, während er weiter lacht. Ab und zu sieht er in mein niedergeschlagenes Gesicht, was ihn noch mehr antreibt. Ich meine es nur halbwegs ernst, als ich ihm in den Bauch boxe und hinzufüge: „Wir werden amputieren müssen."

Gareth brüllt noch einmal vor Lachen. Schließlich kann ich es nicht mehr zurückhalten. Ich lächle. Ehe ich mich versehe, falle ich mit einem Kicheranfall auf ihn. Dabei verliere ich so sehr die Fassung, dass ich einen Krampf im Wadenmuskel bekomme und mich von seiner Brust abrollen muss, um mein Bein zu umklammern.

Er scheint das noch lustiger zu finden.

„Fick dich", stöhne ich und wische mir die Tränen aus den Augen. „Das ist so ein Schlamassel. Ich habe so sehr versucht, sexy zu sein."

„Mission erfüllt, Treacle", erwidert er und seine Belustigung lässt nach, sodass nur noch die köstlichen Falten am Rande seiner Augen zu sehen sind. Er ist im Moment ein ganz schöner Anblick. Ein erregender Anblick, und das hat nichts mit der Tatsache zu tun, dass er nackt ist.

„Nenn mich nicht so", stöhne ich, setze mich auf und ignoriere den zärtlichen Ausdruck auf seinem Gesicht. Ich rutsche von der Arbeitsplatte und stemme meine Hände in die Hüften. „Ich bin eine Hochstaplerin. Ich verdiene den Namen nicht."

Mit liebevollen, lächelnden Augen führt mich Gareth zu einer Küchenschere in einer Schublade. Sobald ich die Schere ansetze und sich das Seil löst, springt er von der Theke und stürzt sich auf mich. Seine Hitze wärmt meinen zitternden Körper, während seine Hände sich durch mein Haar wühlen und er uns so dreht, dass mein Rücken gegen die Kücheninsel drückt. Sein heißer Atem leckt verlockende Küsse auf meinen Hals, als er sagt: „Vielleicht brauchen wir doch ein Safeword."

Ich breche in Gekicher aus und halte mir die Hände über die Augen. „Ja. Ich denke, ein Safeword ist klug, wenn man bedenkt, dass ich den Abend total vermasselt habe."

Gareth löst sich von meinem Hals und schaut mit einem feurigen Lächeln in den Augen auf mich herab. Gott, er ist so sexy in diesem Moment. Ich nehme mir vor, ihn beim Sex mehr zum Lachen zu bringen, denn das ist die beste Form des Vorspiels, die ich bei Cal nie hatte.

Mit einem neckischen Wackeln seiner Augenbrauen ergreift Gareth meine Hand und legt sie auf seinen Schwanz. „Fühlt sich das an, als hättest du etwas vermasselt?"

Ich kann mir ein Kichern nicht verkneifen. „Was sagt das über dich aus?"

Sein Körper vibriert mit einem leisen Glucksen. „Dass ich ein verdammter Freak für dich bin."

Mit dem Echo meines Kicherns packt mich Gareth an der Taille und hebt mich auf den Tresen. Er spreizt meine Beine weit und hakt seine Hände unter meinen Knien ein, um mich an den Rand zu ziehen.

Wir lächeln beide, als er seine Spitze zwischen meinen Falten positioniert und in mich stößt, unverblümt, hart und nackt. Meine frühere Erregung ist immer noch zwischen meinen Beinen zu spüren. Ihn so entspannt und sorglos zu sehen, hat mein Verlangen nach ihm ehrlich gesagt nur noch mehr angeheizt.

Er stößt tief in mich hinein, lässt seine Hüften kreisen und trifft den G-Punkt, zu dem er den direkten Weg zu kennen scheint. Es ist unvorstellbar perfekt, als meine Nägel über seine Schultern kratzen. Das Knurren, das er daraufhin ausstößt, ist so verdammt heiß, dass ich kurz vor dem Kommen bin.

„Mach es langsam, Gareth. Mach es gut“, sage ich, lecke mir über die Lippen und schaue nach unten, wo sich unsere Körper berühren.

Er stößt ein weiteres Mal in mich hinein. „Oh, das habe ich vor.“

Gareth

„Du weißt, dass du hier bleiben kannst, wenn du willst“, sage ich, während Sloan sich anzieht.

„Was?“ Sie blickt zu mir auf und schiebt sich eine Strähne ihres kastanienbraunen Haars aus den Augen.

Ich versuche, lässig zu wirken, obwohl ich mich alles andere als das fühle. „Ich sage nur, dass es immer ziemlich spät geworden ist, wenn du gegangen bist, und wenn du mal hier pennen willst, damit du nicht im Dunkeln nach Hause fahren musst, kannst du das tun.“

„Wie soll das gehen?“, fragt sie und runzelt die Stirn, als hätte ich ihr eine komplizierte Mathefrage gestellt.

„Was meinst du?“ Ich schiebe meine Hände in meine Taschen und folge ihr ins Foyer.

Sie hält vor der Tür inne und dreht sich auf dem Absatz um, um mich zu mustern. „Würden wir kuscheln?“

Ein Lächeln breitet sich langsam auf meinem Gesicht aus, weil sie so ernst aussieht. „Ich bin kein großer Kuschler.“ Ich streiche ihr eine Haarsträhne aus dem Gesicht, die über ihr Ohr ragt. „Aber ich könnte mich überzeugen lassen, wenn du willst. Du hast ja schließlich das Sagen.“ Ich zwinkere.

„Nein.“ Sie schüttelt meine Berührung ab, aber der erhitzte Blick in ihren Augen verrät mir, dass sie es mag.

Meine Hand wandert zu ihrem Handgelenk und ich zeichne kleine Kreise auf der Innenseite. Sie beobachtet meinen Finger, während ich mich zu ihr hinunterbeuge und ihr ins Ohr flüstere: „Wenn du in meinem Bett schlafen würdest, könntest du mich jederzeit überfallen, wenn du willst.“

„Oh, ist das so?“

Ihr Ton ist neckisch, aber ich verliere nicht die Nerven. „Ich wäre dir völlig ausgeliefert."

„So ein Geber", erwidert sie, zieht sich zurück und lächelt zu mir hoch. Sie saugt ihre Unterlippe in den Mund, und mein Körper erwacht wieder zum Leben.

Ich hebe die Brauen. „Das wäre ein harter Job, aber ich bin ziemlich stark. Du kannst meine Muskeln spüren, wenn du willst."

Sie schlägt mir auf die Brust und kaut dann nachdenklich auf ihrer Lippe. „Weißt du, Donnerstag wäre gut."

Ihre Antwort verwirrt mich. In unserer ersten gemeinsamen Woche haben wir uns jeden Abend gesehen. Versucht sie, mich weniger zu sehen? „Du kommst also morgen nicht hierher?"

„Gott, nein!", quiekt sie.

Ich sacke zusammen.

„Ich meine, ja!"

„Warte, was?"

„Ich meine, natürlich komme ich morgen und übermorgen. Ich habe die ganze Woche Zeit!" Sie gestikuliert zwischen uns und ihr Gesicht verzieht sich. „Es sei denn, du willst mich nicht so sehr hier haben?"

„Doch, das will ich!", antworte ich schnell und beiße mir auf die Innenseite meiner Wange. *Nimm dich zusammen, Gareth. Du willst doch nicht wie ein völlig sexhungriger Wichser aussehen.* Diese Rolle gehört bereits Tanner. „Ich verstehe nur nicht, warum du ausgerechnet am Donnerstag bei mir übernachten willst."

Sie entspannt sich augenblicklich und streicht sich eine Haarsträhne hinters Ohr, während sie antwortet: „Oh, na ja, am Donnerstag ist Thanksgiving?" Sie sagt es wie eine Frage.

Ich neige neugierig den Kopf. Das ist nicht annähernd das, woran ich gedacht habe. „Ich bin mit dieser amerikanischen Tradition einigermaßen vertraut."

Sie schürzt nervös die Lippen. „Ich könnte für uns kochen, vielleicht?"

Meine Augenbrauen heben sich. „Du kochst?"

„Manchmal." Sie zuckt mit den Schultern. „Ich meine, ich habe noch nie ganz allein ein Thanksgiving-Essen gekocht, aber ich glaube, ich schaffe das schon. Aber ich weiß, dass du Sportler bist, also kannst du vielleicht bestimmte Sachen nicht essen."

Meine Antwort kommt sofort. „Ich kann Sachen essen."

Sie lächelt mit einem liebenswert hoffnungsvollen Glitzern in den Augen. „Es ist nur so, dass es für mich ein besonderer Feiertag ist. Ich denke, es würde Spaß machen, ein Essen zu kochen und, ich weiß nicht … zu feiern. Letztes Jahr bin ich nach Hause zu meiner Mutter gereist. Davor war ich jedes Jahr mit der Arbeit beschäftigt, deshalb habe ich ihn hier in England noch nie gefeiert. Aber ich würde es wirklich gerne tun." Sie schaut verlegen drein und fügt schnell hinzu: „Aber nach dem Essen können wir es auf jeden Fall treiben."

Ich unterdrücke ein Lachen über ihren schrecklichen Versuch, cool zu klingen. „Gehört das auch zur Thanksgiving-Tradition?"

Sie lacht. „Das tut es nicht, aber wir können es auf jeden Fall zu einer jährlichen Sache machen." Als sie merkt, was sie gerade gesagt hat, verzieht sie das Gesicht und schlägt sich die Hände vor den Mund. „Nicht, dass wir das jedes Jahr machen werden. Ich meine nur … Verdammt noch mal. Das sage ich ja gar nicht. Natürlich wird das nicht jedes Jahr so sein. Guter Gott, ich sollte jetzt sofort gehen."

Verzweifelt versucht sie zu fliehen, dreht sich auf dem Absatz um und reißt die Tür auf. Mit einer schnellen Bewegung trete ich vor und schlinge meine Hand um ihren Bauch, um ihren Schwung zu stoppen und sie zurück an meinen Körper zu ziehen. Sie keucht praktisch vor Verlegenheit, als meine andere Hand die Tür zudrückt.

„Ich bin so ein Kotzbrocken", stöhnt sie und bedeckt ihr Gesicht.

„Du bist kein Kotzbrocken", lache ich und presse meine Lippen auf ihr Haar. „Truthahn und Sex klingt perfekt."

Sie entspannt sich in meiner Umarmung und legt ihren Kopf nach hinten, sodass ihr nackter Hals sichtbar wird. Ihr süßer Duft strömt über meinen Körper. Ich muss gegen den Drang ankämpfen, sie umzudrehen, nackt auszuziehen und sie in dieser Sekunde gegen die Tür zu ficken.

Stattdessen schiebe ich eine Hand in meine Tasche, nehme meine Schlüssel und halte sie ihr vor die Nase. „Ich habe bis fünf Uhr Training und ich nehme an, der Truthahn braucht eine Weile, bis er gar ist." Ich ziehe den Schlüssel vom Ring und halte ihn ihr hin. Ich sage gegen ihr Haar: „Haustürschlüssel … zu deiner Bequemlichkeit."

„Danke", flüstert sie, als hätten wir gerade dreißig Minuten Vorspiel gehabt und sie wäre bereit, zu kommen. Sie legt ihre Finger um den Schlüssel und stöhnt fast ihre nächsten Worte. „Ich würde es wirklich lieben, wenn du meinen Hals küsst, Gareth."

Mein Körper erwacht durch den sanften Befehl zum Leben. Ich streiche ihr Haar mit meiner Nase zurück und fahre mit meinen Lippen leicht unter ihr Ohr. Meine Zunge gleitet heraus und zieht eine Linie bis zu ihrem Ohrläppchen. Als ich die zarte Haut zwischen meine Lippen ziehe, sackt sie gegen mich, wölbt ihren Körper in meinen Armen und reibt ihren geschmeidigen Hintern an meinem Schritt.

Gerade als ich denke, dass sie mich in die dritte Runde schickt, zieht sie sich zurück, öffnet die Tür und geht auf wackeligen Füßen hinaus. Ich schaue ihr nach, während Bedauern und Sehnsucht stärker als je zuvor durch meine Adern strömen.

Ich sehe zu, wie ihr Auto wegfährt, dann schließe ich die Tür und merke mit einem nervösen Herzklopfen, dass ich mir das Lächeln nicht mehr aus dem Gesicht wischen kann.

TRUTHAHN UND SEX

Sloan

„Du wirst was?", schreit Freya, als sie mir ins Foyer folgt.

Ich bücke mich, um meine braunen Stiefeletten vom Boden aufzuheben. „Ich habe gesagt, dass ich heute Abend bei Gareth Harris übernachte, also werde ich erst morgen wieder zu Hause sein."

„Ich muss mich hinsetzen." Freya lässt sich auf der Treppe nieder und stützt ihren Kopf in die Hände. „Du hast mir kein einziges Wort gesagt, seit wir den Anzug für ihn gemacht haben, und ich wurde um einige sehr köstliche Details betrogen."

„Freya, du wusstest, dass zwischen uns was läuft." Ich schlüpfe mit den Füßen in meine Schuhe und ziehe die Reißverschlüsse an den Innenseiten hoch, während ich sie mit großen Augen anschaue. „Du hast es sogar unterstützt!"

„Ich weiß! Aber wenn du die Nacht mit ihm verbringst, muss es ja ernst werden!" Sie schaut mich mit großen, hoffnungsvollen Augen an.

„Es wird nicht ernst", korrigiere ich.

„Du warst diese Woche jeden Abend aus", sagt sie, als wäre das eine Bestätigung dafür, dass ich nicht die Wahrheit sage.

„Das heißt aber nicht, dass es ernst wird", spotte ich. Ja, ich bin wieder bei Gareth gewesen. Ja, ich habe ihn in der umgekehrten Cowgirl-Stellung geritten, als wir gestern Abend während der Wiederholung von *Shameless* in seinem Medienraum gefickt haben. Das heißt aber nicht, dass sich etwas geändert hat. Ich bin einfach unersättlich. Ich befinde mich mitten in einem sexuellen Erwachen, von dem ich gar nicht wusste, dass ich es brauche, und ich kann mich nicht davon fernhalten. Und wenn Sophia nach Hause kommt, werde ich ihm eine Woche lang einen Korb geben, also versuche ich, ihn zu kriegen, solange ich kann.

„Und warum übernachtest du dort?"

„Weil wir Sex haben."

Es ist, als hätte ich ihr einen Stromschlag verpasst. „Du vögelst ihn endlich?"

Ich möchte über ihre Unschuld lachen. Wenn sie die ganze Wahrheit wüsste, würde sie wahrscheinlich vor Schreck ohnmächtig werden. „Ja, Frey. Bist du nicht davon ausgegangen?"

„Nun, ich weiß es nicht. Du hast gesagt, dass er dir das eine Mal etwas vorenthalten hat, als du den knappen Slip anhattest, also dachte ich, dass er vielleicht impotent ist oder so."

„Nein", stöhne ich. „Wir schlafen zwar miteinander, aber es ist nur eine Freundschaft mit Vorzügen." Ich zucke mit den Schultern. Die Beschreibung wird der Sache nicht gerecht, aber besser kann ich es nicht ausdrücken.

Ihr Gesicht verzieht sich. „Freunde mit Vorzügen sind etwas, was Jugendliche an der Uni tun. Nicht etwas für fast Dreißigjährige mit Kindern."

„Gareth hat keine Kinder."

„Du schon!"

„Nur für fünfzig Prozent meines Lebens!", rufe ich und balle meine Hände zu Fäusten. Der Gedanke, alle zwei Wochen einen Teil von Sophias Leben zu verpassen, macht mich immer noch verrückt. Das muss man mir nicht auf die Nase binden. „Du bist diejenige, die wollte, dass ich etwas mit meiner Zeit anfange, wenn Sophia bei Callum ist."

„Ja, aber ich dachte nicht, dass es bedeutet, Freunde mit Vorzügen zu sein und das Risiko einzugehen, dass dir das Herz gebrochen wird. Sloan, Gareth Harris ist wie ein Stahltresor. Nicht einmal die Medien bekommen ein persönliches Detail aus ihm heraus."

„Was meinst du? Ich dachte, er ist nur in Sachen Frauen, mit denen er ausgeht, privat?"

Sie schüttelt den Kopf. „Es ist so viel mehr als das. Sein Vater hat früher für ManU gespielt, und wenn die Medien eine Frage über ihn stellen, beendet Gareth das Interview sofort. Außerdem sieht man ihn nie mit seinen Kumpels. Nur mit seiner Familie. Jetzt sagst du mir, dass du regelmäßig mit ihm geschlafen hast. Ich denke, das hat etwas zu bedeuten." Ihre grünen Augen mustern mich intensiv.

„Das hat es nicht", antworte ich scharf und ignoriere das Loch in meinem Bauch, das sich dadurch bildet, dass Gareth mir von seinem Vater erzählt hat. Ängstlich setze ich mich neben Freya auf die Treppe und versuche, es so zu erklären, dass keine von uns beiden völlig ausflippt. „Was Gareth und ich machen, ist so anders als traditionell. Er hat sich anfangs sogar zurückgehalten, um sicherzustellen, dass unsere Grenzen nicht verwischt werden. Ich bin völlig losgelöst und lebe im Moment.“

„Im Moment“, sagt Freya, offensichtlich ungläubig.

„Es ist nur Sex.“

„Es ist nur Sex.“

Ich ziehe ein Bein an meine Brust und drehe mich zu ihr um. „Hör auf, meine Worte zu wiederholen, und vertrau mir, wenn ich dir sage, dass dies das perfekte Arrangement ist. Und was noch wichtiger ist, es ist der beste Sex, den ich je hatte.“

Ihre Augen fliegen vor Aufregung weit auf. „Das ist ja auch kein Wunder. Du vögelst Englands sexysten Fußballer, Sloan. Hast du eine Ahnung, wie viele Frauen über Leichen gehen würden, um deinen Platz einzunehmen?“

Das lässt mich die Stirn runzeln. „Ich versuche, nicht daran zu denken, dass Gareth Sportler ist. Er hat sich für mich immer mehr wie ein Kunde angefühlt. Jetzt ist er einfach nur … Gareth.“

Freya bricht in Gelächter aus und hält sich den Bauch, als der Anfall ihren Körper überkommt. „Und Tom Hardy ist einfach nur Tom Hardy!“

Ich seufze schwer und verdrehe angesichts ihrer Hysterie die Augen. „Ich weiß, dass er berühmt ist, aber wir sind andere Menschen, wenn wir zusammen sind.“

Sie wischt sich eine verirrte Träne aus dem Auge und fragt: „Wie meinst du das?“

Meine Lippen werden schmal, als ich über ihre Frage nachdenke. Ich weiß, warum ich unser Arrangement liebe, aber ich bin mir nicht hundertprozentig sicher, warum Gareth es liebt, die Kontrolle abzugeben. Er hat mich auf einige Ideen gebracht, aber es scheint tiefer zu gehen als die Probleme mit seinem Vater. „Ich weiß es nicht genau, aber es ist, als ob wir beide mit einem Problem zu kämpfen haben und das, was wir miteinander machen, hilft uns dabei.“

Freya lehnt sich vor und flüstert: „Ist er pervers? Hat er einen Sex-Dungeon?"

„Nein", stöhne ich und zupfe an meiner schwarzen Strumpfhose, während meine Gedanken zu dem Gefühl der Ermächtigung abdriften, das ich bekomme, wenn ich mit ihm zusammen bin. „Es steht über all dem. Es ist, als ob Gareths Zuhause zu meiner Zuflucht vor dem Leben geworden ist. Wenn ich dorthin gehe, ist es, als würde ich das WLAN abschalten und mir nicht erlauben, auf Instagram zu scrollen. Ich mache mir keine Gedanken darüber, was Sophia macht oder wie sehr sie sich verändert. Und da Gareth mich und mein Leben nicht kennt, kann ich eine andere Person sein, wenn ich mit ihm zusammen bin. Jemand, der stark, mutig, sexy und begehrt ist."

Freyas Augen sind scharf auf die meinen gerichtet. „Er weiß also nichts von Sophia?"

„Nein", antworte ich und schlucke langsam. Nachdem er mir neulich von seinem Vater erzählt hat, hatte ich ein schlechtes Gewissen wegen dieses wichtigen Teils meines Lebens, den ich noch nicht erwähnt habe. „Er weiß, dass ich geschieden bin, aber das war's auch schon. Ich habe das Gefühl, dass ich das so beibehalten muss. In den letzten Jahren drehte sich so viel von meiner Identität um Sophia. Die Wochen, die ich mit Gareth verbringe, sind eine Chance für mich, die Person zurückzugewinnen, die ich verloren habe, als ich so lange mit Cal verheiratet blieb. Ich brauche diese vierte Wand, um das Gefühl zu haben, dass ich unser Arrangement weiterführen kann."

„Wow." Freya schaut nach vorne und schüttelt den Kopf vor Erstaunen. „Ich sitze hier und schaue Netflix, und du bist da draußen, hast atemberaubenden Sex und lebst das Leben wirklich."

„Ich versuche es." Ich zucke mit den Schultern, denn das ist alles, was ich im Moment tun kann.

„Was denkt er, was du tust, wenn du Sophia hast?"

„Nun, es ist neu, also sage ich ihm einfach, dass ich beruflich unterwegs bin oder zu viel zu tun habe, um dorthin zu fahren. Bis jetzt hat er es noch nicht bemerkt, weil ich das mehr als wettmache, wenn ich frei bin." Ich schenke ihr ein laszives Lächeln und sie verdeckt ihren Mund mit einem Kichern.

„Das ist echt spannender als Zumba!" Sie kichert.

Ich grinse sie breit an und antworte: „Das ist eine Untertreibung."

„Nun, du bist ein Flittchen! Und ich bin ganz grün vor Neid, also nimm es nicht persönlich, wenn ich dich für den Rest unseres Lebens hasse.“

Ich lächle breit. „Ich liebe dich.“

Sie stupst mich mit ihrer Schulter an. „Das meinst du besser ernst.“

Meine Fahrt nach Astbury ist zu einer meiner Lieblingsbeschäftigungen geworden. Es ist die eine Stunde, die ich jeden Tag brauche, um zu meditieren, mich selbst zu reflektieren und mich darauf vorzubereiten, meinen Stress loszulassen und diese neue, stärkere Version von mir selbst anzunehmen. Es ist auch eine gute Zeit, um über all die Dinge zu fantasieren, die ich mit Gareth machen möchte.

Wie das Experimentieren mit heißem Wachs!

Neben all den Lebensmitteln, die ich für Thanksgiving eingekauft habe, habe ich auch ein paar Kerzen eingepackt, um die Stimmung für unser Essen und meine Pläne für die Zeit nach dem Essen zu verbessern. Ich kann es kaum erwarten, heißes Wachs auf Gareths umwerfenden Körper zu träufeln. Ich habe es gestern Abend an mir selbst ausprobiert, und die Hitze, die es in mir auslöste, machte es fast unmöglich, vierundzwanzig Stunden lang von ihm fernzubleiben.

Wie weit ich es gebracht habe!

Als Gareth diese Idee der Kontrolle zum ersten Mal vorschlug, suchte ich im Internet nach Informationen und war wirklich eingeschüchtert von dem, was ich fand. Echtes BDSM ist intensiv und eine große Verpflichtung. Ich wusste, dass ich das meiste von dem, was ich sah, nicht tun konnte. Aber als wir den Abend damit verbrachten, per SMS hin und her zu schreiben, versicherte er mir, dass er nicht auf Peitschen und Ketten aus war. Er wollte nicht, dass ich ihn in einen Sexsklaven verwandle oder dass wir einem Untergrundclub beitreten, in den Menschen mit diesem Lebensstil zum Vergnügen gehen. Er wollte einen simplen Machttausch. Er wollte nicht die Verantwortung für mein Vergnügen übernehmen. Er wollte die Antwort darauf sein.

In den meisten unserer gemeinsamen Nächte habe ich bisher einfach nur die Szene dirigiert. Ich sage ihm, dass ich mich auf sein Gesicht setzen muss. Oder ich sage ihm, dass er mich nicht mit seinen

Händen berühren darf, sondern nur mit seinen Lippen. Manchmal schubse ich ihn aufs Bett und klettere auf ihn drauf, nur um zu sehen, wie seine Augen vor Lust und Ehrfurcht aufblitzen. Wenn ich selbstbewusst bin, sieht er mich voller Ehrfurcht an. Es ist ein glorreicher Stempel der Anerkennung, von dem ich gar nicht wusste, dass ich ihn in meinem Leben vermisst habe.

Callum war immer jemand, der von seiner Kontrolle lebte. Von seiner Macht. Seinem Reichtum. Er war stolz auf all die Dinge, die Gareth in seinem Leben zu ignorieren scheint.

Ich meine, ich bin nicht blind. Ich weiß, dass Gareth nicht seine *ganze* Macht aufgegeben hat. Er findet oft einen Weg, aus der untergebenen Position die Oberhand zu gewinnen, aber es beginnt immer mit meiner Kontrolle. Meiner Planung. Meinem Aufbau. Meinen Bedingungen. Und unsere gemeinsame Zeit liegt ganz in meinem Ermessen.

Die Angst, tatsächlich eine ganze Nacht mit ihm zu verbringen, ist jedoch eine ganz neue Ebene. Zuerst habe ich es bereut, dass ich zugestimmt habe. Was wäre, wenn Sophia mitten in der Nacht krank wird und Cal mich anruft, damit ich komme? Wie furchtbar wäre es, wenn ich nicht sofort zu ihr kommen könnte?

Logischerweise weiß ich, dass das meine Angst ist, die da spricht. Sie ist kein krankes Baby mehr. Sie hat sich vor meinen Augen zu einem gesunden kleinen Menschen entwickelt. Erst letzte Woche, als ich mit ihr zum Zahnarzt ging, konnte ich nicht glauben, wie groß sie im Untersuchungsstuhl aussah. Irgendwann, als ich es nicht bemerkt habe, hat sie aufgehört, ein Kleinkind zu sein. Und jedes Mal, wenn sie nach einer Woche mit Cal zu mir zurückkommt, schwöre ich, dass sie größer und reifer geworden ist.

Das muss ich erkennen, und die Zeit mit Gareth hat mir geholfen, eine neue Perspektive zu finden. Ich bin eine geschiedene Frau, die mit ihrem Ex zusammen erzieht. Das ist kein Todesurteil. Es ist sogar ziemlich befreiend. Ich kann ein Doppelleben führen und den Sinn für Individualität zurückgewinnen, den Callum mir während unserer Ehe genommen hat.

Jetzt befinde ich mich mit Gareth an einem Punkt, an dem ich mutig sein will. Ich will überraschend sein. Verdammt, ich will ein wenig Perversion in unser Leben bringen! Mit Kerzenwachs und allem drum und dran.

Ich fahre in Gareths Einfahrt und tippe den Code für sein Tor ein. Er ist noch beim Training, aber er hat gesagt, dass ich heute jederzeit vorbeikommen kann, weil der Truthahn ein paar Stunden braucht, bis er gar ist.

Als ich die Einkäufe ins Haus geschleppt habe, staune ich darüber, dass ich noch vor einem Jahr von diesem Haus schwärmte und mir vorstellte, wie es sein würde, darin zu leben. Jetzt koche ich ein verdammtes Thanksgiving-Essen in der Küche und war in fast jedem Zimmer nackt. Das Leben kann manchmal wirklich überraschend sein.

Gareth

Als ich durch meine Haustür trete, um Sloan zu sehen, steigt mir sofort der stechende Geruch von verbranntem Fleisch in die Nase. Ich lasse mein Fußballtrikot auf den Boden fallen, als eine neblige Rauchwolke aus der Tür hinter mir aufsteigt, und bin überrascht, dass mein Rauchmelder noch nicht losgeht. Ich fuchtle mit der Hand vor meinem Gesicht herum und mache mich schnell auf den Weg in die Küche, wo die Quelle des Rauches zu sein scheint.

Mein Blick landet sofort auf Sloans Hintern. Sie beugt sich über die Kücheninsel und trägt nur einen winzigen String-Bikini. Ich muss den Drang bekämpfen, ihren Körper zu begaffen, denn so wie sie aussieht, ist sie in keinem guten Zustand. Ihr Kopf ist gesenkt, die Hände bedecken ihr Gesicht und ihre Schultern zittern. Ich schaue nach links und sehe einen verkohlten Truthahn in einem großen Bräter auf dem Tresen stehen. Er ist schwarz. Richtig schwarz. Die Beine sind von den Seiten abgefallen und die Hitze, die von ihm ausgeht, kommt mir fast giftig vor.

„Hallo?" Ich sage es wie eine Frage, weil ich Angst vor der emotionalen Szene habe, in die ich gerade hineingeraten bin.

Sloans Kopf schnellt hoch. Sie atmet tief ein und wischt sich die Tränen weg, während sie sich zu mir umdreht. „Oh mein Gott, du bist schon da?", stöhnt sie und verschränkt unbeholfen die Arme vor dem Bauch.

„Ja … Tut mir leid", antworte ich langsam und neige dann den Kopf. „Weinst du etwa?"

„Nein!", brüllt sie abwehrend. „Ja!"

„Tre", gurre ich und gehe direkt auf sie zu, strecke meine Arme aus und ziehe sie an meinen Körper. „Was ist denn los?"

„Machst du Witze?", murmelt sie mit einem leisen Schluchzen, während sie ihr Gesicht an meiner Brust versteckt. Sie zieht sich zurück und deutet auf den Truthahn. „Ich habe ihn verdammt noch mal ruiniert."

Ich ziehe meine Lippen zwischen die Zähne, um mein Lächeln zu verbergen. „Was ist passiert?"

Sie sieht mich mit großen, feuchten Augen an. „Ich dachte, ich könnte schwimmen gehen, während der Truthahn gart, denn auf der Packung stand, dass er zwei Stunden braucht. Aber ich muss die Temperatur des Ofens falsch eingestellt haben, denn sobald ich mit dem Schwimmen fertig war und aus dem Poolraum trat, roch ich etwas Verbranntes."

„Verdammt", murmle ich und drücke ihren Kopf an meine Brust. „Das ist scheiße, aber es ist keine große Sache."

„Doch, ist es!", schnauzt sie, reißt sich aus meinen Armen und streicht sich über die Wangen. „Ich hatte Pläne, Gareth! Ich habe so hart an einer ausgefallenen Kräutermarinade gearbeitet, die ich auf Pinterest gefunden habe. Ich habe eine Stunde gebraucht, um den verdammten Vogel herzurichten. Jetzt ist das, worauf ich mich heute am meisten gefreut habe, ruiniert."

„Dann gehen wir eben essen", antworte ich und zucke mit den Schultern.

Sie blinzelt ein paar Mal, ihr Schmollmund ist so verdammt sexy, dass es mir schwerfällt, Mitleid zu haben. „Aber … ich meine, ist das okay? Wir gehen nicht zum Essen aus. Und ich meine, kannst du dich einfach so in der Öffentlichkeit blicken lassen? Bist du nicht berühmt oder so?"

Ich winke die Bemerkung ab. „Es gibt eine Kneipe, die sehr gute Fish and Chips macht, und sie ist in der Nähe, also stört mich nie jemand."

Sie nickt und schluckt. „Ich nehme an, das funktioniert. Gott, ich bin so eine Idiotin."

„Nein, bist du nicht." Ich strecke die Hand aus und ergreife die ihre. „Jetzt befiehl mir, diese Tränen wegzuwischen." Das spielerische Wackeln meiner Augenbrauen zaubert ein kleines Lächeln auf ihr Gesicht.

Sie schaut durch die Tür und antwortet: „Komm mit mir schwimmen. Das ist der einzige Raum im Haus, der nicht stinkt."

Meine Mundwinkel verziehen sich zu einem Lächeln. „Mit Vergnügen, Treacle."

Sloan führt mich in den Poolraum und sagt mir, ich solle mich für unser Bad ganz ausziehen. Als ich sehe, wie sie die Schnüre ihres Bikinis lockert und die winzigen Stofffetzen auf den Betonboden fallen lässt, lerne ich endlich, meinen Pool zu genießen.

Es war faszinierend, Sloan in den letzten Wochen dabei zu beobachten, wie sie die Kontrolle übernommen hat. Sie ist nicht die Gelassenste, aber es gibt immer einen Moment, in dem der Funke in ihren Augen überspringt. Der Moment, in dem ich weiß, dass sie endlich den ganzen Ballast und Stress in ihrem Leben loslässt und mit mir in der Gegenwart lebt. Das ist verdammt fesselnd, denn ich fühle dasselbe. Als sie mich bittet, sie auf den Stufen des Pools von hinten zu vögeln und dabei an ihren Haaren zu ziehen, ist es, als ob ich endlich frei wäre. Sie befreit mich von meinen komplizierten, stressigen Gedanken und gibt mir ein Gefühl der Leichtigkeit, das ich noch nie in meinem Leben empfunden habe.

Sloan

Es ist schon dunkel, als wir in mein Auto steigen und Gareth mich zum Horseshoe Inn im nahe gelegenen Dorf Congleton lotst. Wir haben beide einen Bärenhunger und sind froh, dem Gestank von verbranntem Truthahn zu entkommen, der immer noch durch das Haus zieht.

Als wir vor einem extrem alt aussehenden Pub in der englischen Landschaft halten, kann ich das Lächeln auf meinem Gesicht nicht verbergen. „Dieser Ort ist so britisch, ich könnte sterben."

Es ist ein bezauberndes Gebäude mit weißer Putzfassade, das eher wie jemandes Haus als ein Restaurant aussieht. Es hat eine einladende rote Eingangstür und Hängekörbe und Fensterkästen, die mit Herbstblumen gefüllt sind. Es ist genau so, wie ein englischer Country Pub sein sollte.

Gareth lächelt mich an, springt aus dem Auto und läuft schnell zu meiner Tür, um sie zu öffnen. „Ich kenne die Besitzer, Charles und Mary, schon seit Jahren. Sie waren einige der ersten Freunde, die ich gefunden habe, als ich hierher gezogen bin."

Er bittet mich in die schummrige Kneipe und eine ältere Wirtin lächelt uns nicht einmal an, als wir eintreten. Sie schnappt sich ein paar Speisekarten und führt uns zu einer dunklen Sitzecke in der Nähe eines offenen Kamins. Das Lokal ist fast leer, und niemand beachtet uns, als wir Platz nehmen.

„Getränke?", fragt die Frau.

Gareth bestellt ein Wasser und ich bitte um einen Wein. Sie kommt ein paar Minuten später mit unseren Getränken zurück und nimmt dann unsere Essensbestellungen auf.

„Das fühlt sich anders an", sage ich, nippe nachdenklich an meinem Weißwein und beäuge Gareth von der anderen Seite des Tisches aus. „Aus deinem Haus raus und in der Gesellschaft. Ich weiß nicht, wie ich mich verhalten soll."

Er wirft mir einen verwirrten Blick zu. „Was meinst du?"

Ich zucke mit den Schultern. „Na ja, sollte ich jetzt etwa für dich bestellen? Habe ich noch die Kontrolle?"

Meine Frage lässt ihn die Stirn runzeln. Bevor er antworten kann, fällt das Licht vom Eingang herein und Hobos laute Stimme dröhnt in unser stilles Refugium.

„Hallo, Nachbar! Schön, dich hier zu sehen!" Ich drehe mich um und sehe, wie Hobo zurücktritt und Brandi ein Zeichen gibt, vor ihm hineinzugehen. Die beiden machen sich auf den Weg zu unserem Tisch.

Meine Wangen fühlen sich glühend heiß an, als Gareth Hobo ein gezwungenes Lächeln schenkt. „Hallo, Hobo. Brandi."

„Gareth." Brandi lächelt und blickt mich neugierig an. Ihr blonder Pferdeschwanz schwingt, als sie hinzufügt: „Hi, Sloan."

„Wie geht es euch?", frage ich, streiche mir eine Haarsträhne hinters Ohr und versuche, lässig zu wirken.

„Super!" Hobo sieht mich mit einem strahlenden Lächeln an. „Wir dachten, wir kommen für einen Bissen rein, weil wir beide absolut nicht kochen können. Aber das ist toll! Jetzt können wir ein Doppeldate haben!"

„Oh, das ist kein Date." Ich schaue Brandi nervös an, die mich zu inspizieren scheint. Ich schaue Gareth hilfesuchend an, aber er schweigt und wartet auf das, was ich als Nächstes sagen werde. „Gareth und ich haben nur ein Geschäftsessen."

„Ein Geschäftsessen?", wiederholt Hobo, offensichtlich nicht überzeugt. „Das ist interessant. Worüber redet ihr?"

„Oh, ähm …" Ich suche verzweifelt nach einer Ausrede, aber mir fällt nichts ein. In meinem Job ist es nicht üblich, dass ich mit meinen Kunden essen und trinken gehe. Gelegentlich gehe ich mit potenziellen Kunden essen und trinken, aber nicht mit Leuten wie Gareth.

„Wir sind nur Freunde, die zu Abend essen." Gareths tiefe Stimme rettet mich aus meinem Elend. Seine Augen sind so ernst auf meine gerichtet, dass ich nicht weiß, was er denkt. „Sloan hat ein paar Klamotten geliefert und erwähnt, dass sie hungrig ist. Ich habe ihr gesagt, dass es hier die besten Fish and Chips gibt, also habe ich sie hierher gebracht."

Brandi sieht überhaupt nicht überzeugt aus, aber Hobo lächelt strahlend und sagt: „Super! Dann macht es euch sicher nichts aus, wenn wir uns zu euch setzen."

Hobo drängt sich in die Nische und zwingt Gareth um die Ecke neben mich, sodass sich unsere Knie berühren. Brandi rutscht neben Hobo und wir vier beginnen, was ich nur als das peinlichste Nicht-Doppel-Date beschreiben kann, das ich je erlebt habe.

Sie fangen alle sofort an, über Fußball zu reden. Brandi mischt sich ein wie einer der Jungs, genauso leidenschaftlich für den Sport wie die Männer. Ich höre aufmerksam zu und bin wirklich fasziniert, weil ich mich bis zu diesem Zeitpunkt noch nie für Gareths Karriere interessiert habe. Die meisten meiner Kunden sind wohlhabende Sportler oder Geschäftsmogule, und ich finde, je weniger ich weiß, desto besser. Und ich will nie wie ein Fan wirken. Das bekommen meine Kunden schon zur Genüge. Sie brauchen das nicht auch noch von mir.

Ich glaube auch, dass ich mich gegen den Fußballsport sträubte, als ich nach England kam, weil Callum ihn so sehr liebte. Er gehörte zu den britischen Gewohnheiten, die ich ablehnte, als ich unser Leben in Chicago vermisste. Aber wenn ich diese Jungs so leidenschaftlich reden höre, kann ich mich für den Sport erwärmen.

„Also, Sloan, wann, hast du gesagt, kommen meine Kleider?" Brandis blaue Augen sind groß und freundlich.

„Sie sind schon da!" Ich wackle aufgeregt mit den Augenbrauen. „Und sie sind so wild. Ich glaube, eins davon wird dir fantastisch stehen, aber ich sage erst etwas, wenn du sie alle anprobiert hast. Ich glaube, ich habe dich für Montag eingeplant, oder?"

Sie nickt mit einem heimlichen Glitzern in den Augen. „Ja, daran erinnere ich mich. Die Veranstaltung fühlt sich an wie ein Aschenputtel-Moment. Ich bin eigentlich nicht mädchenhaft, aber beim Gedanken, mich für einen richtigen Abend in Schale zu werfen, bekomme ich ganz schön Schmetterlinge im Bauch."

„Ich weiß nicht viel über die Veranstaltung, außer dass ich glaube, dass fast jeder meiner Kunden daran teilnimmt", sage ich schnaubend. „Jedes Mal, wenn es eine Veranstaltung mit Abendgarderobe und rotem Teppich gibt, ist das wie der Super Bowl für meine Firma. Meine Geschäftspartnerin und ich haben alle Hände voll zu tun, alle Muster fertig zu bekommen und die endgültigen Entscheidungen zu ändern."

„Deshalb isst du mit unserem Preisträger hier?", stichelt Hobo und klopft Gareth auf die Schulter.

Ich schaue verwirrt zu Gareth hinüber. „Preisträger? Was meinst du?"

Gareths Kiefer spannt sich an, während er Hobo einen stählernen Blick zuwirft. „Nichts."

„Das ist nicht nichts", spottet Hobo, der sich von Gareths Blick nicht im Geringsten einschüchtern lässt. „Unser Kapitän erhält an diesem Abend die große Auszeichnung. Er wird im Namen der Football Press Association zum Spieler des Jahres gewählt."

Mir fällt die Kinnlade runter. „Ernsthaft?"

Gareth zuckt mit den Schultern, als ob er Schmerzen hätte, als Hobo für ihn antwortet. „Ernsthaft. Er ist ein Hengst. Ich kann nicht glauben, dass er vor dir nicht damit geprahlt hat. Unser Trainer ist ganz aus dem Häuschen."

„W-wow", stottere ich und verziehe das Gesicht, als mir etwas klar wird. Gareth hat kein Styling für diese Veranstaltung beantragt. Ich wusste nicht einmal, dass er daran teilnimmt. Hat er jemand anderen angeheuert, weil wir miteinander schlafen? „Gareth, warum hast du kein Styling bei mir angefordert?"

Endlich nimmt er Blickkontakt mit mir auf und ich kann sehen, dass er meinen verletzten Gesichtsausdruck registriert. Seine Hand greift unter den Tisch und drückt mein Knie. „Weil ich schon einen Anzug habe."

„Welchen?", frage ich, weil ich befürchte, dass er etwas anziehen wird, das er schon einmal getragen hat. Ich weiß, es ist verrückt, aber er sollte für eine Veranstaltung mit rotem Teppich nicht noch einmal denselben Anzug tragen. Die Presse wird es bemerken und ihn darauf ansprechen. Er bezahlt mich dafür, dass das nicht passiert.

Es muss an dem liegen, was wir zusammen machen, dass er das Gefühl hat, mich um nichts bitten zu können. Das ist sehr beunruhigend, denn er hat geschworen, dass unsere Arbeitsbeziehung so bleiben würde wie bisher.

Seine Hand wandert zu meiner Oberschenkelinnenseite, als er erklärt: „Ich trage den, den du gemacht hast."

„Gemacht?", fragen Brandi und Hobo gleichzeitig.

Ich spüre ihre überraschten Blicke auf mir, aber ich kann sie nicht ansehen. Stattdessen sind meine Augen auf Gareth gerichtet, der ärgerlich gleichgültig dreinschaut. „Was meinst du?", frage ich, wobei meine Stimme aus irgendeinem Grund weit weg klingt.

„Der Anzug, den du mir vor ein paar Wochen genäht hast. Ich habe ihn noch nirgendwo getragen. Ich dachte, er wäre perfekt für die Veranstaltung."

„Ich wusste nicht, dass du auch eine Designerin bist", sagt Brandi, sichtlich beeindruckt.

Ich ignoriere sie weiterhin. „Gareth, du solltest Designer tragen. Nicht meine Sachen."

„Ich brauche keine Designerklamotten", spottet er und packt mein Bein fester. „Ich liebe den Anzug, den du gemacht hast. Ich habe ihn anprobiert und er passt perfekt. Ich will ihn anziehen. Ende der Diskussion."

„Nicht Ende der Diskussion", fauche ich und schiebe seine Hand von meinem Bein. „Das ist eine große Sache. Es wird Presse geben, einen roten Teppich, und die Medien werden fragen, wen du trägst."

„Dann sag mir einfach, was ich sagen soll." Er zuckt zusammen, als ihm ein Gedanke durch den Kopf schießt. „Du kannst auch mit mir gehen und es ihnen selbst sagen."

„Mit dir gehen, als was?" Ich bin so schockiert, dass ich nicht weiß, was los ist. Ich habe gerade erfahren, dass ein berühmter Sportler meinen Anzug auf einem roten Teppich tragen wird. Von so etwas können aufstrebende Designer nur träumen, aber diesen Traum habe ich in einem Tresor mit Lebenszielen aus der Zeit vor Sophia weggesperrt. Ganz zu schweigen davon, dass Gareth Harris nie mit Frauen gesehen wird!

„Als mein Date, natürlich." Gareth wendet seinen Blick von mir ab und schaut zu Hobo und Brandi, während er einen Schluck Wasser trinkt.

„Ich bin mir nicht sicher, ob das angemessen wäre", sage ich mit zusammengebissenen Zähnen. Was versucht er, hier zu tun?

Ich schwöre, dass ich Hobo und Brandi von der anderen Seite des Tisches Popcorn essen sehe, während Gareth und ich diesen Nicht-Streit direkt vor ihnen haben.

„Scheiß drauf, was angemessen ist", spottet Gareth. „Wenn ich dich nicht mitnehme, muss ich jemand anderen nehmen. Ich hätte lieber ein freundliches Gesicht als mein Date."

Wut kocht in meinen Adern. Wut, gemischt mit einer Prise Eifersucht. Wäre es für mich in Ordnung, wenn Gareth eine andere Frau mitnehmen würde? Das würde mich mit Sicherheit stören. Vor allem, nachdem Freya gesagt hat, dass jede Frau in England Sex mit ihm haben will. Aber was will er damit bezwecken? Unsere Vereinbarung beinhaltet keine Dates. Es geht ums Ficken. Und dass er mich vor seinen Freunden in Verlegenheit bringt, macht mich wirklich wahnsinnig.

Gareths Augen sind fest auf mich gerichtet und strahlen eine Entschlossenheit aus, die ich bei ihm noch nie gesehen habe. „Es ist eine großartige Gelegenheit für dich, deinen Namen sowohl als Designerin als auch als Stylistin bekannt zu machen. Du kannst Kontakte knüpfen. Es wäre hervorragende Werbung."

„Gareth", sage ich warnend und meine Hände sehnen sich danach, ihm den selbstgefälligen Blick auszutreiben.

„Sloan." Er sagt meinen Namen so bewusst, dass ich weiß, dass es hier um viel mehr geht als um Kontakte und Werbung.

Hobo wirft ein: „Das wird auf jeden Fall eine lustige Party werden. Komm und hab Spaß mit uns. Brandi wird mit mir dort sein und könnte die Unterstützung gebrauchen. Sie hasst immer die Frauen, die meine Teamkollegen zu diesen Veranstaltungen mitbringen."

Brandi stöhnt ihre Zustimmung. „Oh mein Gott, ja. Du wärst eine willkommene Abwechslung für uns alle."

Ich zwinge mich zu einem Lächeln und stimme stillschweigend ihrer verrückten Bitte zu. Ich werde mich nicht mit Gareth vor seinen Freunden streiten, aber wenn wir hier fertig sind, werden wir auf jeden Fall miteinander reden.

Wir beenden unser Abendessen mit viel gemütlichem Smalltalk. Dann folgen Gareth und ich Hobo und Brandi, als wir uns auf den Weg aus dem Pub machen. Wir winken zum Abschied und trennen uns.

Als wir zu meinem Auto kommen, reißt mir Gareth die Schlüssel aus der Hand.

„Ähm, entschuldige, das sind meine Schlüssel", beginne ich zu argumentieren und greife nach den Schlüsseln in seiner Hand.

„Du hattest Wein, Sloan. Ich hatte Wasser. Ich fahre."

Mit einem Stirnrunzeln verschränke ich langsam die Arme vor der Brust und halte meinen Platz vor der Fahrertür. „Ich hatte zwei kleine Gläser Wein in zwei Stunden. Mir geht's gut."

Gareths Blick ist ernst, als er sich über mich beugt und mich mit dem Rücken gegen die Tür drückt. „Ich lasse nicht zu, dass du einen von uns beiden unnötig in Gefahr bringst. Ich werde fahren."

Ich knirsche verärgert mit den Zähnen. Ich weiß, dass er recht hat. Dass er fährt, macht am meisten Sinn, aber es gefällt mir nicht, dass er nicht gefragt hat. Er sagt es mir einfach. Er kommandiert mich. Er kommandiert mich schon den ganzen Abend, und das geht mir auf die Nerven.

Um keine Szene zu machen, beiße ich mir auf die Zunge und gehe auf die andere Seite des Autos. Gareth versucht, mir die Tür zu öffnen, aber ich stoße ihn weg und mache es selbst.

Sobald unsere beiden Türen geschlossen sind und wir in der Stille des dunklen Fahrzeugs versteckt sind, wende ich mich an ihn. „Was zum Teufel glaubst du, was du da tust?"

„Was meinst du?", fragt er, stellt den Fahrersitz ein und steckt den Schlüssel ins Zündschloss.

„Da drinnen … vor Hobo und Brandi. Wolltest du damit angeben?"

„Angeben?", brummt er und legt eine Hand auf das Lenkrad, obwohl er den Wagen noch nicht gestartet hat.

Ich drehe mich in meinem Sitz um, um ihn genauer anzusehen. „Ja, du hast die ganze Szene manipuliert, um mich dazu zu bringen, mit dir zur Preisverleihungsgala zu gehen."

„Ich wollte dich nicht manipulieren. Ich denke nur, dass es eine große Chance für dich ist."

„Aber es ist meine Entscheidung. Nicht deine!", rufe ich und lehne mich näher an ihn heran. Auch wenn ich frustriert bin, kann ich nicht anders, als ihm nahe sein zu wollen. Er riecht einfach zu gut. „Was soll das, Gareth? Du willst, dass ich die Kontrolle habe, aber sobald wir zusammen in der Öffentlichkeit erwischt werden, schaltest du um."

Seine Augen sind streng auf die meinen gerichtet. „Ich habe nicht umgeschaltet."

„Den Teufel hast du!", schreie ich. „Was ist hier los? Habe ich hier noch die Kontrolle oder nicht?"

„Im Schlafzimmer, ja", knirscht er mit zusammengebissenen Zähnen und greift nach unten, um den Schlüssel zu drehen.

„Aber nicht vor deinen Freunden", fauche ich unattraktiv und schaue lachend nach vorne. „Ich kann nicht glauben, dass ich das nicht kommen gesehen habe. Du gibst die Kontrolle nicht ab. Du kontrollierst von unten. Das hast du schon die ganze Zeit gemacht!"

„Das ist totaler Schwachsinn!", brüllt er und schlägt mit dem Handballen auf das Lenkrad. „Wenn wir wieder bei mir sind, kannst du mit mir machen, was du willst, verdammt noch mal. Du kannst mich auspeitschen, wenn du meinst, dass ich das verdient habe, und dass es dich anmachen wird, denn das macht mich an. Aber wenn wir in der Öffentlichkeit sind, weigere ich mich absolut, dass du dir Gelegenheiten entgehen lässt, nur weil wir vereinbart haben, uns auf eine bestimmte Art zu ficken."

„Nun, es wäre schön gewesen, wenn du mich gewarnt hättest."

„Warum?", fragt er. „Weil du dann nicht mit mir in die Öffentlichkeit gehen würdest? Das ist Blödsinn, Sloan, und das weißt du."

„Ich weiß nicht, was ich weiß", knurre ich. Ich fühle mich wie ein bockiges Kind, aber ich fühle mich auch ein wenig aus dem Gleichgewicht wegen dem, was zwischen uns passiert.

Gareths warme Hand ergreift meinen Arm. Als ich mich weigere, ihn anzuschauen, greift er über die Mittelkonsole und nimmt mein Gesicht in seine Hände, um mich dazu zu zwingen. „Sloan, falls du daran erinnert werden musst: Es macht mich an, mich dir hinzugeben." Er hält inne und starrt auf meine Lippen. Seine Nasenflügel blähen sich auf, als er sagt: „Es macht mich sogar an, dich zu ärgern, weil ich weiß, dass das umso mehr dazu beiträgt, was du später mit mir machst. Verdammt, ich werde schon bei dem Gedanken daran hart."

Ich muss mir ein Stöhnen verkneifen, das sich verräterisch den Weg in meine Kehle bahnt, als ich den erhitzten, erregten Blick in seinen Augen sehe. Gott, ich will ihn so sehr unter mir haben, aber er ist noch nicht fertig.

„Aber du musst wissen, dass es eine ganz andere Seite von mir gibt. Eine Seite, die sich nicht unterwirft. Ich bin nicht nur eine Sache."

Meine Augen huschen zwischen den seinen hin und her und versuchen neugierig, ihn wie ein kompliziertes Puzzle zu entschlüsseln. „Und was bist du sonst noch?"

Er leckt sich über die Lippen. „Ich bin mein eigener Mann in der Öffentlichkeit. Das bedeutet, dass ich aufdringlich und durchsetzungsfähig bin und mir nehme, was ich will und wann ich es will. Aber hinter verschlossenen Türen, wenn du vor mir stehst, gebe ich mich dir hin, weil es sich verdammt noch mal richtig anfühlt. Ich kann zwei Dinge sein. Hast du das verstanden?"

Ich verkneife mir ein Keuchen, als er mich loslässt und den Gang einlegt. Er schaut über die Schulter, um rückwärts aus der Parklücke zu fahren, während mein ganzer Körper von Verwirrung durchdrungen ist. Warum ist das so heiß? Er ist so wütend und fordernd. Das ist nicht das, was ich von Gareth will. Ich will die Kontrolle. Ich will die Macht. Ich will sagen, wann und wo. Das hat mir sehr gutgetan! Ich habe mich damit selbst gefunden! Es hat mein Leben auf eine so elementare Weise verändert. Aber in diesem Moment bringt die stählerne Festigkeit in seinem Blick meinen Körper zum Leben.

Anstatt das alles zuzugeben – anstatt mich dafür zu entschuldigen, dass ich ihn angeschrien und eine Szene gemacht habe – schürze ich die Lippen und antworte: „Das ist in Ordnung, aber du wirst dafür bezahlen, wenn wir zu dir nach Hause kommen."

Er runzelt die Stirn und in seinem Kiefermuskel zuckt noch immer die Wut, als er sagt: „Ich bin allein beim Gedanken daran steinhart."

Gareth ist nackt auf seinem Bett ausgebreitet. Das blaue Licht aus seinem Kleiderschrank wirft sexy Schatten auf seine Erektion, die durch den langsamen Striptease, mit dem ich ihn gerade gequält habe, bereits aufrecht steht.

Eine orangefarbene Flamme leuchtet hell gegen meine nackten Brüste, während ich eine Stumpenkerze in ein durchsichtiges Glas halte. „Hast du Angst?", frage ich und meine Stimme verrät, wie sehr mich die Vorfreude auf seinem Gesicht erregt.

Sein Blick streift über meinen nackten Körper. „Absolut."

„Willst du, dass ich aufhöre?", frage ich und schaue ihn vorsichtig an.

Sein Gesicht ist entschlossen. „Niemals."

Ich knie neben ihm auf dem Bett nieder und ziehe meine Füße unter mich. Ich hatte überlegt, wieder sexy Dessous zu tragen, aber das ist etwas ganz anderes für uns, also dachte ich, dass er sich wohler fühlen würde, wenn ich auch nackt wäre. Außerdem gibt mir die Art, wie er mich ansieht, wenn ich nackt bin, das Gefühl, dass ich die verdammte Welt erobern kann.

Ich schaue zu ihm auf und halte die weiße Kerze in der Hand. „Das Wachs duftet nach Vanille, weil du gesagt hast, dass du meinen süßen Geruch magst."

Sein Mundwinkel hebt sich. „Ich liebe es, wie du riechst."

„Nun, es ist Vanille", sage ich und wirble das Wachs, das sich im Glas ansammelt, herum. „Ich verwende ätherisches Vanilleöl als Parfüm. Ich mache es selbst mit Mandelöl und Wasser, weil es viele gesundheitliche Vorteile hat. Ich habe mal gelesen, dass es auch eine aphrodisierende Wirkung hat."

Gareths Bauchmuskeln spannen sich mit einem leisen Glucksen an. „Ich war von Anfang an verloren." Er sieht mich liebevoll an, unser vorheriger Streit bereits vergessen.

„Ganz genau", antworte ich mit einem Grinsen und halte die Kerze über seinen Bauch. „Ich möchte, dass du deine Hände flach neben dich legst und versuchst, dich nicht zu sehr zu bewegen." Seine Muskeln spannen sich an und umreißen sein schönes Sixpack, während er sich auf das vorbereitet, was gleich kommen wird. „Ich möchte, dass du das wirklich spürst. Nicht nur an der Oberfläche, sondern auch in dir selbst. Nimm es in dich auf und sag mir dann, was dir dabei durch den Kopf geht."

Er nickt und sieht gleichermaßen nervös und aufgeregt aus.

Ich kippe das Glas und träufle ein paar Tropfen Wachs auf seine breiten, behaarten Brustmuskeln. Der erste Hitzeschock lässt ihn scharf Luft holen, aber er entspannt sich und schließt die Augen, sobald das Wachs getrocknet ist.

Meine Finger berühren die Pfützen aus getrocknetem Wachs und genießen die glatte Textur auf der rauen Oberfläche seiner behaarten Brust. „Wie fühlt es sich an?"

„Heiß", sagt er mit einem halben Lächeln.

„Sonst noch etwas?" Ich träufle noch ein bisschen mehr. Diesmal läuft es das Tal zwischen seinen Brustmuskeln hinunter und über die Grate seiner Bauchmuskeln.

„Es erzeugt ein Brennen in mir."

„Wie?"

„Ich war schon hart, als wir angefangen haben, und jetzt fühle ich mich, als würde ich gleich explodieren."

„Was würde den Schmerz lindern?"

„Du." Seine Antwort kommt sofort, als er die Augen öffnet und seine Miene todernst wird.

Ich fahre wieder mit meinen Händen über die Tropfen und grabe meine Nägel in das Wachsmuster, das ich geschaffen habe. „Hast du irgendwelche Probleme mit der Textur?"

Er schüttelt den Kopf. „Nicht mit dir."

„Was meinst du?"

Er schluckt und beobachtet, wie das Glas kippt, während ich mehr Wachs auf ihn tropfe. Mit einem Stöhnen antwortet er: „Ich vertraue dir, denke ich. Ich habe mit dir keine Probleme mehr mit der Textur, weil ich immer will, was kommt."

„Sogar heißes Wachs?", stichle ich und schaue auf mein Meisterwerk hinunter.

Als er nicht antwortet, schaue ich auf und sehe, dass seine Augen fast geschlossen sind. „Wenn du sehen könntest, was ich sehe, würdest du es verstehen."

Mit einem zufriedenen Lächeln werfe ich ein Bein über seinen Unterleib und positioniere seine Spitze zwischen meinen Falten. Mit einer schnellen Bewegung gieße ich mehr Wachs auf seine Brust und sinke auf ihn hinunter, um ihn ganz in mich hineinzuziehen.

„Mein Gott, Tre", stöhnt Gareth, der eindeutig unter Reizüberflutung leidet. Seine Augen sind vor Schmerz zusammengekniffen, während ich ganz still auf seinem Schwanz sitze, damit sich mein Körper dehnen und an seinen Umfang gewöhnen kann.

„Wie fühlst du dich jetzt?", frage ich und wechsle die Hand mit der Kerze.

„Dass ich dich ficken will, bis du schreist." Seine ernsten Augen öffnen sich für mich.

„Aber ich habe das Sagen", warne ich.

Er schluckt langsam und sieht fast verloren aus, als er nickt. „Du hast das Sagen."

„Und heute Nacht hast du versucht, mir das zu nehmen", sage ich, mache langsame, kleine Kreise mit meinen Hüften und versuche, mich noch nicht zu sehr hinreißen zu lassen.

„Es war nur zu deinem Besten", sagt er und ballt die Laken in seinen Händen.

„Ich entscheide, was gut für mich ist, Gareth", antworte ich und träufle mehr Wachs auf ihn.

Er stöhnt vor Schmerz und Lust – eine berauschende Mischung aus verwirrenden Gefühlen.

„Ich treffe meine eigenen Lebensentscheidungen", füge ich entschlossen hinzu.

Er seufzt schwer. „Es tut mir leid."

Seine Entschuldigung ist überraschend. Ich dachte, er würde sich mehr gegen mich wehren. Ich dachte, ich würde ihn weiter quälen und bestrafen und ihn daran erinnern, worum es bei uns geht. Stattdessen fügt er sich. Er entschuldigt sich, und das ist wirklich verdammt sexy.

Ich blase die Kerze aus und strecke mich über Gareths Körper, um sie auf den Nachttisch zu stellen. Meine Haare und Brüste streifen sein Gesicht, und seine Hände streicheln meinen Rücken.

Ich ziehe mich zurück und gebe ihm einen Klaps auf die Brust. „Ich habe nicht gesagt, dass du mich anfassen darfst."

Seine Lippen bilden eine dünne Linie. „Es tut mir leid, Treacle."

„Gut", antworte ich und setze mich aufrecht auf seinen Schwanz. Ich presse meine Hände auf seine Brust und fahre mit meinen Nägeln durch die Wachsschicht auf seinem gestutzten Brusthaar. Es ist unordentlich, bröckelig und animalisch, und ich ertappe mich dabei, wie ich mich noch fester an ihm reibe. „Lass mich dich daran erinnern, warum wir das tun."

Es hat fast eine Stunde gedauert, das getrocknete Wachs von Gareths Körper zu kratzen, und es ist fast zehn Uhr, bevor wir geduscht und zurück in seinem Bett sind. Wir beide sind auf meinen Befehl hin immer noch nackt und herrlich befriedigt. Ich beobachte Gareths muskulösen Rücken, als er sich streckt, um die Nachttischlampe auszuschalten.

Er liegt auf dem Rücken neben mir, während ich mich auf die Seite drehe, um ihn anzusehen. „Hat dir das Wachs gefallen?"

Ich kann sein Profil in der Dunkelheit nicken sehen. „Ich mag so ziemlich alles, was du machst. Vor allem, wenn du wirklich darauf stehst."

„Ja?" Ich kneife die Lippen zusammen, um zu verhindern, dass die aufgeregten Schmetterlinge entweichen.

Er nickt und legt eine Hand hinter den Kopf, sodass sein Gesicht zu mir geneigt ist. „Obwohl es mir am meisten *Spaß* macht, wenn du es versaust, was bedeutet, dass der Sex mit dir immer verdammt fantastisch ist."

Ich kann mir das Grinsen nicht verkneifen, das sich auf meinem Gesicht ausbreitet. „Das zu hören, ist so verrückt."

„Warum?", fragt er und mustert mich stirnrunzelnd. „Hattest du nicht tollen Sex mit deinem Ex? Ich meine, du hast ihn geheiratet. So schlimm kann es doch nicht gewesen sein, oder?"

Ich bin dankbar für die Dunkelheit, denn so kann er den schuldbewussten Blick nicht sehen, der über mein Gesicht huscht. „So war es nie", antworte ich und verrate nur ein wenig. „Es war ziemlich einfach. Traditionell. Wenn ich etwas anderes ausprobiert hätte, wäre unsere Ehe vielleicht gerettet worden."

Schweigen breitet sich zwischen uns aus. Ich glaube, Gareth sieht mich an, aber es ist zu dunkel, um es genau zu wissen. Seine Stimme ist sanft, als er fragt: „Wünschst du dir, du hättest deine Ehe retten können?"

Ich runzle die Stirn bei dem Gedanken. Vor ein paar Monaten hätte ich vielleicht ja gesagt, denn Sophia nicht jede zweite Woche zu sehen, brachte mich langsam um. Die dunklen Tage waren es nicht wert, eine lieblose Ehe zu verlassen. Aber jetzt reagiere ich anders. Ich habe ein Leben außerhalb von Sophia gefunden und lerne, es zu schätzen.

„Nein, ich glaube, die Scheidung war für uns bestimmt. Ich habe ihn aus den falschen Gründen geheiratet."

„Was meinst du?"

Ich atme bei seiner schweren Frage aus. Ich kann ihm nicht sagen, dass ich schwanger geworden bin. Und auch wenn das ein wichtiger Grund war, warum wir geheiratet haben, war es nicht der einzige Grund. „Ich war jung, als ich Callum kennenlernte. Ich hatte gerade mein Studium abgeschlossen und war eine kleine Träumerin. Meine Freunde und ich sprachen davon, unsere eigene Boutique zu eröffnen, aber es schien unmöglich, das wirklich zu erreichen. Ich bin nicht wirklich damit aufgewachsen, dass Träume wahr werden."

Gareth dreht sich auf die Seite und schaut mich an. Seine glänzenden Augen sind heiß auf mir, als er fragt: „Wie bist du aufgewachsen?"

„Wir waren pleite", antworte ich mit einem einfachen Achselzucken. „Unser Vater ist abgehauen, als meine Schwestern und ich noch klein waren, also hat unsere Mutter uns alleine großgezogen. Sie hatte zwei Jobs und war trotzdem einen Monat mit den Rechnungen im Rückstand. Sogar Lebensmittel waren schwer zu bezahlen. Ich weiß noch, dass sie Hähnchenstreifen mit nach Hause brachte, die in dem Restaurant, wo sie die Spätschicht arbeitete, in der Fritteuse übrig geblieben waren. Sie bekam immer nur ein paar, also fror sie sie ein, bis wir genug für eine Mahlzeit hatten. Es war nicht schrecklich, aber auch nicht einfach. Dann lernte ich Callum kennen, und er war das Gegenteil von arm. Er war der Inbegriff von Wohlstand und Verantwortung. Er war älter als ich, wirklich etabliert, wirklich stabil. Ich weiß noch, dass er immer maßgeschneiderte Anzüge trug. Er hatte ein gutes Geschäft und eine gute Familie. Ich lernte ihn in einer Bar kennen, und er sah aus, als hätte er alles im Griff. Ich versuchte immer noch herauszufinden, wie ich mein Studentendarlehen zurückzahlen sollte, wenn ich die tilgungsfreie Zeit hinter mir hatte."

Ich halte meine Erzählung inne und denke zurück an das Kind, das ich war, als ich Cal kennenlernte. Ich war ein Baby, das ein Baby bekam. Ihn zu heiraten, schien die einzig verantwortungsvolle Entscheidung zu sein.

Gareth beobachtet mich weiterhin schweigend, ohne das Bedürfnis zu verspüren, die Stille zu füllen. Er weiß einfach instinktiv, dass ich einen Moment brauche.

Schwer seufzend fahre ich fort: „Als er mir einen Heiratsantrag machte, kam ich mich mit jemandem wie ihm verantwortungsvoller vor. Weniger eine Träumerin und mehr eine Versorgerin. Ich wollte Stabilität. Aber wir hatten nie wirklich eine lustvolle Anziehungskraft. Wir übersprangen den Spaß und gingen direkt zu den erwachsenen Dingen über. Alles andere geriet irgendwie in Vergessenheit."

„Du warst also von seiner Stabilität angetan?" Gareths Stimme klingt enttäuscht, und ich weiß, was er denkt.

„Ich war nicht nur auf sein Geld aus, falls du das denkst …"

„Das ist nicht das, was ich denke", unterbricht mich Gareth und packt mich eindringlich am Arm. „Ich versuche nur herauszufinden, wie eine schöne, starke Frau wie du denken kann, dass sie einen Mann braucht, damit sie sich stabil fühlt."

„Damals war ich nicht stark", verteidige ich mich. „Ich war jung, schwach und verängstigt. Ich war nicht diejenige, die ich bin, wenn ich mit dir zusammen bin. Du bringst das in mir zum Vorschein." Ich drücke mich auf meine Ellbogen, stütze meinen Kopf auf die Hände und sehe zu ihm hinunter. „Mit dir zusammen zu sein, hilft mir wirklich, eine Stärke zu finden, die ich mir vorher nie zugetraut habe. Deshalb war ich vorhin auch so wütend, als du dich in meine Angelegenheiten einmischen wolltest. Ich sollte in der Lage sein, diese Dinge selbst herauszufinden."

„Ich habe wirklich nur versucht, zu helfen", antwortet er und spielt mit seiner anderen Hand mit einer feuchten Haarsträhne, die über meine Schulter fällt.

„Ich weiß, Gareth. Ich verstehe das wirklich. Und ich bin nicht wütend. Ich bin … dankbar." Das Wort ist schwer zu finden, aber es ist das richtige für den Moment. „Du warst einfach nur ein Freund. Ich hätte das akzeptieren sollen und dich nicht in die Kategorie Ex stecken sollen."

Seine Augen weiten sich. „Ich will nicht in der Nähe dieses Wichsers sein."

Das bringt mich zum Kichern. „Woher weißt du, dass er ein Wichser ist?"

Gareth fährt mit dem Daumen über meine Unterlippe. „Weil er dich nicht so gesehen hat, wie ich dich sehe."

Mein Mund bleibt offen stehen, während mir die Tränen in die Augen schießen. „Wie siehst du mich denn?", frage ich mit einer Stimme voller Angst.

Er seufzt schwer, als ob er schon seit Ewigkeiten auf seiner Antwort säße. „Wie eine verdammte Löwin. Und jeder rechtmäßige König wäre ein Narr, wenn er sich nicht vor seiner Königin verbeugte."

KEIN NACHSCHLAG FÜR MICH

Gareth

„He! Gareth! Ich habe gefragt, ob du Nachschlag willst?", ruft Booker und schwenkt erwartungsvoll einen Teller mit Vis berühmten schwedischen Pfannkuchen vor mir. „Das ist deine letzte Chance, oder Tanner sagt, er isst den Rest."

Ich schüttle ihn ab und schaue Tanner finster an, als er alle drei auf seinen Teller legt. Als er nach dem Sirup greift, kann ich mir nicht länger auf die Zunge beißen. „Tanner, wie kannst du jetzt so essen?"

Tanner sieht mich mit großen, neugierigen Augen an. „Was meinst du?"

„Du bist mitten in der Saison. Wenn du so isst, werden dich die Fans anschreien: ‚Wer hat die ganzen Kuchen gegessen?', Bruder." Ich schaue zu Camden und Booker am Tisch. Sie nicken beide wissend.

Es ist die Mitte der Saison. Das ist der Zeitpunkt, an dem wir alle in der Regel in Fahrt kommen. Während wir die Sonntage als Schummel-Tage nutzen, weil wir Vis Kochkünste nicht verpassen dürfen, geht Tanner über kleine Schummeleien hinaus.

Tanner rollt mit den Augen, stopft sich einen Bissen in den Mund und murmelt: „Ich hab noch nie besser gespielt. Ich feiere."

Ich schaue zu Dad rüber, der am Kopfende des Tisches sitzt, mit Rocky auf dem Schoß, und sie angurrt, als wäre sie besser als Fußball.

Das ist nicht falsch zu verstehen. Rocky ist eine Million Mal besser als Fußball. Sie ist so ziemlich alles im Leben. Wir sind alle glücklich um ihren kleinen Finger gewickelt. Trotzdem hat Dad den größten Teil unseres Lebens damit verbracht, unsere Diäten und Fitnessprogramme zu kontrollieren, weil er so besessen vom Fußball ist. Er hat uns sogar dazu gedrängt, bis weit in unsere Zwanziger hinein bei ihm zu wohnen, weil er meinte, das sei das Beste für unsere Karriere.

Jetzt stopft sich sein Starstürmer das Gesicht mit Pfannkuchen und Sirup voll und der Mann kann seinen Blick nicht von seiner Enkelin abwenden, um etwas zu sagen. Was ist hier los?

Vi beugt sich über mich, um meinen Teller vom Tisch zu nehmen. „Geht es dir gut, Gareth?"

„Natürlich. Warum fragst du?" Ich stehe auf und nehme ihr das Geschirr aus der Hand. Dabei bemerke ich, dass Dad seinen Blick von Rocky abwendet, um sich der Außenwelt zuzuwenden.

Wir haben nicht mehr darüber gesprochen, dass er mich gebeten hat, zurück nach London zu ziehen. Das war eine lächerliche Bitte. Aber die Wahrheit ist, wenn ich ihn in letzter Zeit sonntags beobachte, kann ich sehen, dass sich definitiv etwas in ihm verändert.

Vi folgt mir zur Spüle in der Küche. „Du siehst aus, als hättest du wieder schlechte Laune."

„Was meinst du *wieder*?" Ich sehe sie stirnrunzelnd an.

„Nun, vor ein paar Monaten warst du so. Dann ging es dir besser. Jetzt …"

„Bist du irgendwie schon wieder scheiße", sagt Camden und stellt ein paar Teller auf den Tresen neben Vi.

„Ich habe keine schlechte Laune", verteidige ich mich, aber tief im Inneren weiß ich, dass es auf jeden Fall so ist.

Sloan macht mich nervös. Wieder einmal hat sie mich um eine weitere Woche vertröstet. Ich bekomme zwar ab und zu SMS und Anrufe, aber ich verstehe sie nicht. In der einen Woche will sie mich jede verdammte Nacht sehen, und in der nächsten Woche lässt sie mich mehrere Tage hintereinander im Stich. Das macht mich verdammt wütend.

Ich weiß, das ist zwanglos, aber es fühlt sich an, als würde sie verdammte Spielchen spielen oder so. Es macht mir klar, wie wenig ich über sie weiß. Ich weiß nicht, wo sie wohnt oder ob sie Mitbewohner hat. Ob sie in einem Haus oder einer Wohnung lebt. Ich weiß einiges über ihre Erziehung, aber nichts über ihr wirkliches Leben, außer dass sie es mag, wenn ich sie ficke.

In den ersten Wochen liebte ich die Erleichterung, die mir der Sex mit ihr verschaffte. Jetzt, wo sie immer öfter bei mir übernachtet, habe ich das Gefühl, dass ich ein Recht auf mehr habe.

„Hier, dein Vater musste einen Anruf entgegennehmen", sagt Hayden und übergibt mir Rocky. Ich drücke sie an meine Brust, während er hinzufügt: „Rocky erhellt alle meine dunklen Tage."

Vi lächelt Hayden liebevoll an, aber Rocky lenkt meine Aufmerksamkeit wieder auf sich, als sie ihre kleinen Finger auf meine Wangen legt. „Garee", gurrt sie.

Ich schwöre bei Gott, mein Herz bleibt stehen.

„Hat sie gerade …", ruft Tanner vom Tisch, und sein Stuhl schrammt laut über den Marmorboden, als er sich aufrichtet.

„War das?" Vis Stimme ist schrill, als sie zu mir rennt, wo ich stocksteif stehe und in Rockys schöne blaue Augen starre. „Hat sie gerade deinen Namen gesagt?"

„Ich weiß nicht", antworte ich und schaue dann wieder zu meiner perfekten Nichte. „Was hast du gesagt, Rocky?", frage ich leise, um sie nicht zu erschrecken.

Mit einem breiten, zahnlosen Lächeln sagt sie es noch einmal. „Garee." Dann klatscht sie mir fröhlich auf die Wangen.

Ich breche in Gelächter aus. „Sie sagt meinen Namen!"

„Das ist totaler Schwachsinn!", brüllt Tanner und stopft sich den letzten Bissen Pfannkuchen in den Mund. „Ich sehe sie viel öfter als er!"

„Garee", gurrt Rocky wieder und bringt mich fast um, als sie ihren Kopf auf meine Schulter legt und mich so herzzerreißend umarmt, wie ich es mir nur vorstellen kann. Sie schmiegt sich an mich, als wäre meine Schulter nur für diesen Moment geschaffen worden.

„Gib sie mir", sagt Tanner und geht mit ausgestreckten Armen auf mich zu.

„Verpiss dich", sage ich und drehe ihm den Rücken zu. „Meine Nichte und ich haben einen Moment."

Vi schlingt ihre Arme um uns beide und flüstert: „Sogar Rocky wusste, dass du eine Aufmunterung brauchst."

EIN SCHALTER

Sloan

Nackt auf Gareth liegend ist keine schlechte Art, jede Nacht einzuschlafen. Wir haben wieder eine ganze Woche damit verbracht, wie wilde Kaninchen zu ficken. Ich habe heute Abend sogar versucht, ihn zu versohlen. Ich kann gar nicht glauben, wie sehr es mich erregt hat, als er mich gegen eine Wand gedrückt und gefickt hat.

Guter Gott, wie soll ich jemals aus diesem Arrangement aussteigen, wenn es nur immer besser wird? Und es geht nicht darum, dass ich die Kontrolle über ihn habe, was mich anmacht. Es ist die Stärke, die er in seiner Unterwerfung zeigt. Jeder kann aus einer Position der Schwäche heraus nachgeben, aber sich wirklich aus freien Stücken zu unterwerfen, nur weil er es will … Das ist so verdammt sexy. Er ist so unerwartet, aber wunderbar perfekt für die Situation, in der ich mich in meinem Leben befinde. Ich kann nicht glauben, dass er mir gehört.

Ich seufze zufrieden und hebe meinen Kopf, um zu ihm aufzuschauen. Der blaue Lichtschein aus seinem Schrank fällt herein und beleuchtet seine attraktiven Züge. Wir sind früh im Bett, weil Gareth morgen ein Spiel hat. Ich habe schnell gelernt, dass er freitagabends seinen Schlaf braucht, aber ich kann mich nicht davon abhalten, eine einfache Frage zu stellen.

„Woher hast du das?", frage ich, stütze mich auf seiner Brust ab und fahre mit dem Finger über den Rücken seiner unvollkommenen Nase.

Bevor er antwortet, stecke ich ihm meinen Finger in den Mund und befehle ihm wortlos zu saugen.

Er saugt.

Ich lächle.

„Fußballunfall", antwortet er, nachdem sich mein Finger zurückgezogen hat.

Er sieht mir hungrig zu, als ich den Finger an meinen Mund führe und seine Spucke ablecke. Es gibt nichts mehr, was mir in Gareths Gegenwart unangenehm ist. Er hat mich von einem unsicheren, emotionalen Wrack einer Geschiedenen in eine Sexgöttin verwandelt, die gerade das Leben liebt. „Was ist passiert?"

Sein Adamsapfel gleitet in seinem Hals auf und ab, während er hinzufügt: „In meiner ersten Saison bei ManU habe ich einen Schuh ins Gesicht bekommen."

„Autsch. Hat es wehgetan?", frage ich und stütze mein Kinn auf meine Hände.

Er zuckt mit den Schultern. „Es hätte vielleicht wehgetan, wenn ich es nicht so sehr gemocht hätte."

Ich ziehe die Brauen hoch. „Du magst Schmerzen außerhalb des Schlafzimmers?"

Er fährt mit seiner Hand langsam meine Wirbelsäule hinauf und seine dicken, rauen Finger lassen eine Gänsehaut auf meinem ganzen Körper entstehen.

„Nein", antwortet er und legt seine Hand flach auf meinen Arm. „Aber es macht mir Spaß, meinem Vater wehzutun."

„Wie hat die Verletzung deinen Vater verletzt?"

„Weil er nicht zu mir kommen konnte. Er konnte sich nicht um mich kümmern, mir nicht helfen und auch nicht an den Arztterminen teilnehmen."

„Warum nicht?", frage ich und runzle neugierig die Stirn.

„Er weigert sich, nach Manchester zurückzukehren."

„Weißt du, warum?"

Gareth schüttelt den Kopf. „Ich bin sicher, es hat etwas mit meiner Mutter zu tun. Etwas, das er nie teilen wird, weil er ein egoistischer Arsch ist."

Ich beobachte ihn misstrauisch. „Und du bist Mr. Mitteilsam?"

Sein entspanntes Gesicht verhärtet sich. „Ich habe mit dir mehr geteilt als mit jedem anderen in meinem Leben. Und jetzt teile ich verdammt viel, oder?"

Sein Tonfall lässt mich die Augen verengen. „Ich weiß, wie du mit anderen Menschen umgehst. Mit der Presse. Du gibst ihnen nichts."

Sein Körper fühlt sich wie Stein unter mir an. „Ich dachte, du recherchierst mich nicht."

„Ich nicht."

„Woher weißt du dann, dass ich nichts mit der Presse teile?"

Ich halte inne und überlege, ob meine Antwort nicht zu viel verraten würde. „Meine … Mitbewohnerin hat es mir erzählt."

„Mitbewohnerin", wiederholt er mit einem gemeinen Lachen. „Das höre ich zum ersten Mal." Sein Ton ist bissig, seine entspannte Stimmung ist völlig verflogen.

„Was meinst du?", frage ich und wappne mich für seine Antwort.

„Ich hatte keine Ahnung, dass du eine verdammte Mitbewohnerin hast, weil ich nichts über dich weiß, Sloan."

Es macht mich wütend, dass er mich Sloan genannt hat. Er weiß, dass ich Treacle bevorzuge, wenn ich hier bin. Ich setze mich auf und kümmere mich nicht darum, dass meine Brüste in voller Größe zu sehen sind. An diesem Moment ist nichts sexy. „Ich habe eine Menge mit dir geteilt. Vor ein paar Wochen habe ich dir sogar meine ganze Erziehung anvertraut!"

Er setzt sich mit mir auf, seine Augen sind dunkel und wütend. Sogar beängstigend. „Aber was ist mit deinem richtigen Leben?"

„Was meinst du?"

„Was tust du, wenn du eine Woche lang verschwindest?"

„Ich arbeite!"

„Blödsinn. Du hast heute gearbeitet. Du wirst auch morgen arbeiten. Ich weiß, wie deine Arbeit aussieht."

„Was willst du damit andeuten?"

„Dass ich nichts über dich weiß, außer dass du dich gerne ficken lässt! Fickst du andere Kerle auf diese Weise? Forderst du sie auf, sich zu bücken, damit du sie wie eine sadistische Hure auspeitschen kannst?"

Ich ohrfeige ihn. Das war keine bewusste Entscheidung. Ich habe es sicher nicht getan, um ihm Freude zu bereiten. Ich tat es, um ihm genauso wehzutun, wie mich seine Worte verletzten.

Meine Handfläche kribbelt, als die Umrisse meiner Hand auf seiner Wange auftauchen. „Du hältst mich für eine Sadistin?" Ich hasse das Zittern in meiner Stimme. Ich hasse es, dass es mir wichtig ist, was er von mir denkt. So sollte es zwischen uns nicht sein.

„Ich glaube, es gibt einen Grund, warum wir so ficken, wie wir es tun, und keiner von uns gibt es wirklich zu."

„Ich will es nicht zugeben", antworte ich, drehe mich um und ziehe meine Füße über die Bettkante. „Darum geht es in unserer Abmachung nicht. Wir haben nicht ohne Grund Grenzen!"

„Ich hab's verstanden, Sloan. Wir haben eine Abmachung. Du hast die Kontrolle und ich nicht."

„Genau!", brülle ich und stehe auf, wobei ich ihn wütend anschaue. „Ich habe die Kontrolle und du hast die Freiheit, nicht zu denken. Das war eine Win-Win-Situation, Gareth. Ich dachte, wir hätten beide Spaß daran."

„Das hatten wir auch!", ruft er, fährt sich mit der Hand durch die Haare und ergibt keinen verdammten Sinn.

„Was ist dann das Problem?", frage ich.

„Vielleicht hat es etwas damit zu tun, dass ich nicht einmal weiß, wie deine Lippen schmecken!"

Seine Antwort haut mich von den Socken. Mit todernster Miene sitzt er auf dem Bett und atmet schwer vor Wut. Seine Muskeln sind vor Frustration angespannt. Adern ziehen sich an seinen Armen hinunter wie wütende Linien auf einer Landkarte.

Das ist nicht das, was ich von ihm erwartet habe. Genau genommen ist es das komplette Gegenteil von dem, was ich erwartet habe. Ein verängstigter Teil von mir dachte, er hätte das mit Sophia herausgefunden, aber er will nur meine Lippen? Er will mich küssen?

„Was zum Teufel soll das denn bedeuten?", frage ich.

Er atmet aus, als würde es wehtun. „Du hältst diesen riesigen Teil von mir fern und das macht mich verrückt."

Ich stoße ein ungläubiges Lachen aus. „Wenn es das ist, was du willst, dann solltest du vielleicht ein Mann sein und darum bitten, anstatt einen verdammten Streit anzufangen!"

Er reißt seine Augen weit auf. „Ich kann nicht darum bitten, weil das nicht unsere Regeln sind! Du entscheidest alles. Ich … füge mich nur."

Das Wort, das aus seinem Mund kommt, sieht schmerzhaft für ihn aus. Ehrlich gesagt, höre ich es nicht gerne, wenn er es sagt. Ich weiß, dass wir uns in einer Art Dominanz- und Unterwerfungssituation befinden, aber so fühlt es sich für mich nicht an. Es fühlt sich wie ein Luxus an. Wie ein Arrangement, das wir beide genossen haben. Aber wenn er es nicht genießt, weil er mich nicht küssen kann, ist das nicht in Ordnung. Es gehört zu meiner Aufgabe, dafür zu sorgen, dass es ihm gut geht. Ich bin auch noch lange nicht bereit, dass unsere Vereinbarung vorbei ist. Der Gedanke, dass Gareth sich wegen dieser harten Linie zurückziehen könnte, lässt Angst in meiner Brust aufsteigen.

„Nun, du kannst mich küssen", sage ich mit leiser Stimme in dem ruhigen Raum.

„Ist das ein Befehl?", fragt Gareth, seine Schultern sind angespannt und voller Zorn. Voll von … Gareth.

„Nein", antworte ich schnell. So sollte das nicht ablaufen. Ich kann ihm nicht befehlen, mich zu küssen. Wenn es ihm so wichtig ist, dass er sich deswegen mit mir streitet, muss es nach seinen Bedingungen geschehen. „Eigentlich will ich nicht, dass du es jetzt tust. Ich will, dass du es tust, wenn *du* es tun willst. Wenn es sich für dich richtig anfühlt."

„Das ist nicht Teil unserer Abmachung", sagt er sichtlich verwirrt.

„Ich weiß. Wenn dir die Idee nicht gefällt, sag es mir und wir können die ganze Sache vergessen."

„Ich mag es." Seine Stimme ist leise, seine Augen sind niedergeschlagen, als würde er sich schämen, diese Worte zu sagen.

Ich nicke langsam. „Dann gehört ein Kuss dir. Wann immer du ihn willst, werde ich ihn annehmen."

Er nickt und starrt auf die leere Seite des Bettes hinunter.

„Hältst du mich wirklich für sadistisch?"

„Nein", krächzt er schmerzhaft und rutscht von der Bettkante. „Ich habe das nur gesagt, um dich zu verletzen. Ich finde, du bist unglaublich."

Ich verschränke die Arme vor der Brust, immer noch verärgert über den Ton, den er mir gegenüber anschlug. Vielleicht schenke ich ihm nicht genug Aufmerksamkeit, nachdem wir getan haben, was wir tun. Nachsorge ist ein wichtiger Faktor in unkonventionellen Beziehungen.

„Ich will nicht, dass sich zwischen uns etwas ändert, Treacle", sagt er und starrt mich an, als wäre ich ein wildes Tier, das gleich die Flucht ergreift.

„Bist du sicher?", frage ich, weil ich wieder die Bestätigung brauche.

Er nickt, seine Augen sind voller Traurigkeit und Scham und einem ganzen Wirrwarr von Gefühlen, die ich nicht mehr auseinanderhalten kann. „Es tut mir leid, dass ich das alles gesagt habe. Ich habe es nicht so gemeint. Das musst du doch wissen."

Ich starre ihn an. Ich weiß es, weil ich Gareth kenne, sexuell und emotional. Ich weiß vielleicht nicht alle grundlegenden Dinge über sein Leben, aber ich weiß, wer er ist. Ich weiß, dass er nicht Cal ist. Weder manipuliert er mich, noch versucht er, mich zu kontrollieren. Er hat einfach Gefühle.

Meine Stimme ist sanft, als ich flüstere: „Du musst mich halten."

„Alles", antwortet er in einem Atemzug. Mit zwei riesigen Schritten zieht er mich in seine Arme und seine Lippen küssen mein Haar. „Es tut mir leid, Treacle. Es tut mir so leid."

Ich nicke gegen seine Brust. „Ich glaube dir", beruhige ich ihn.

Ich beruhige ihn, denn wir kennen uns, trotz dem, was er sagt. Wir kennen uns besser, als ich bereit bin, zuzugeben.

Gareth

Mitten in der Nacht wache ich auf und finde mich vollständig um Sloans nackten Körper gewickelt. Ich dachte, sie würde nach unserem Streit nach Hause gehen, aber das tat sie nicht. Und obwohl sie mir etwas bot, wovon ich gar nicht wusste, dass ich mich danach sehnte, war da immer noch ein Gefühl der Unbehaglichkeit zwischen uns, als wir einschliefen. Vielleicht hätte Versöhnungssex dagegen geholfen. Stattdessen kroch sie ins Bett, wandte sich von mir ab und schlief ohne ein weiteres Wort ein.

Jetzt hat sie mich geweckt, weil sie sich unter der Bettdecke bewegt. Im ersten Moment denke ich, dass sie wach ist und Interesse an Versöhnungssex hat. Aber als ich mich von ihrem Körper löse und mich aufsetze, um sie anzuschauen, wird mir klar, dass sie tief schläft.

Ihre Hüften kreisen gedankenlos in langsamen, kleinen Bewegungen. Ein leises Stöhnen entweicht ihren Lippen. Ich schwöre, ich bin gestorben und in den Himmel gekommen, denn mir dämmert, dass sie einen Sextraum hat.

Ihre Hand schlüpft unter die Decke. Als sie anfängt, sich selbst zu berühren, denke ich, dass ich meinen verdammten Verstand verlieren könnte. Ich hoffe, sie denkt an mich und nicht an ihren verdammten Ex. Unser Streit heute Abend hat wahrscheinlich alte Erinnerungen geweckt, aber ich hasse die Vorstellung, dass sie wieder an ihn denken könnte. Wie viele Jahre hat er nicht gesehen, wie unglaublich sie ist? Wie oft hat er übersehen, wie viel sie zurückhält?

Anstatt hier zu liegen und ihr Unterbewusstsein entscheiden zu lassen, wer ihr Vergnügen bereitet, nehme ich die Sache selbst in die Hand.

Sanft ziehe ich ihre Schulter, sodass sie mit dem Rücken auf dem Bett liegt – eine Position, die ich selten von ihr sehe. Sloan reitet mich die meiste Zeit. Ich glaube, das hilft ihr, die Kontrolle zu behalten, aber im Moment will ich diese harte Kraft nicht sehen. Ich will diese verletzliche Sanftheit sehen, die sie mir schenkt.

Ich drücke meine Hand auf die ihre, wo sie gedankenlos ihren Schamhügel reibt. Sobald sich meine raue Handfläche in die druckvolle Bewegung einfügt, hört sie auf.

Ihre Lider flattern auf und sie schaut zu mir hoch. Ihre Pupillen sind geweitet. Die Lippen sind geöffnet. Ihr kastanienbraunes Haar liegt wild ausgebreitet auf dem Kopfkissen. „Gareth?", krächzt sie durch ihre viel zu großen Lippen.

„Ja", murmle ich und drücke einen verlockend sanften Kuss auf jede ihrer Brüste.

„Was ist hier los?"

„Ich glaube, du hast geträumt", antworte ich und küsse die Vertiefung zwischen ihren Brüsten. „Willst du mir sagen, wovon?" Ich ziehe mich zurück und schaue auf sie herab. Sie schüttelt den Kopf, also fahre ich fort. „Kann ich dir ein Happy End geben?"

Sie sieht zögerlich aus, nickt aber zustimmend.

Ich bewege mich über sie, ihre weichen Beine schlingen sich um mich und umklammern meine Seiten. Sie sieht aus, als wüsste sie nicht, was sie mit ihren Händen machen soll, also ergreife ich ihre Handgelenke, ohne zu fragen, und halte sie über ihren Kopf.

„Oh mein Gott", stöhnt sie laut und wölbt sich mit dem Rücken vom Bett, als ich meine Spitze zwischen ihre Falten drücke. Ich bin noch nicht einmal in sie eingedrungen und sie ist schon ganz wild darauf. Sie hebt ihre Hüften voller Verlangen zu mir hoch. Ihre braunen

Augen sind groß und blinzeln, während sie mich mit einer stummen Aufforderung, sie zu nehmen, anstarrt.

Verdammte Scheiße, sie will, dass ich sie nehme. Sie ist völlig unvorsichtig, und das ist verdammt magisch.

Das ist der Moment, den ich mir nehmen könnte. Ich könnte sie küssen. Ich könnte das Geschenk annehmen, das sie mir heute Abend angeboten hat, aber ein Teil von mir hat das Gefühl, dass das falsch wäre. Wir haben geschlafen und sind uns unserer Umgebung nicht ganz bewusst. Wenn ich meine Lippen auf die von Sloan lege, möchte ich mich an alles davon erinnern. Ich will ihr Gesicht im Licht sehen, wenn ich es tue. Ich will, dass es wichtig ist. Ich weiß nicht, was gerade passiert, und sie zu küssen würde die Situation noch komplizierter machen.

Mit einem sanften, tiefen Stoß dringe ich in sie ein. Ein leises Stöhnen entweicht meinen Lippen, als sich unsere Stirnen aneinander pressen und ich sie bis zum Rand ausfülle. Gott, sie fühlt sich gut an. Sie ist verdammt feucht, weich, eng und bereit. Als wäre sie Lehm unter meinen Händen, bereit, mit sich machen zu lassen, was ich will.

Ich vergrabe mein Gesicht an ihrem Hals und murmle: „Du bist total feucht. Es wird mich alles abverlangen, nicht sofort in dir zu kommen.“

„Gareth!“ Ihr Atem zittert und sie atmet scharf ein, als ich wieder eindringe, langsam und tief.

„Und diesmal hast du nicht das Sagen, Treacle.“ Ich knabbere sanft an ihrem Hals und sauge. „Ich schon.“

„Ja“, schreit sie und ihr Körper windet sich unter mir.

„Ich werde dich jetzt hart ficken“, flüstere ich, ziehe mich zurück und beobachte ihre Reaktion. „Denn ich weiß, dass du das willst.“

Mit großen Augen stöhnt sie: „Ja, ja, ja.“

„Willst du das, Tre?“

„Ja!“, ruft sie mit deutlicher Frustration. „Gott, Gareth. Fick mich einfach.“

Meine Finger krallen sich fest um ihre Handgelenke, ein animalischer Drang überkommt mich bei ihrem heiseren Befehl, während sie meinen Namen in der stillen Dunkelheit der Nacht stöhnt. Selbst wenn ich das Sagen habe, hat sie die ganze Macht.

Ich halte sie weiterhin als Geisel, während ich mich mit kräftigen

Stößen in sie hineinstoße und mich wieder herausziehe. Hart rein, langsam raus. Mit jedem Stoß komme ich tiefer und tiefer in sie hinein. Ich bewege eine Hand nach unten und drücke ihr Bein mit einem schmerzhaften, strafenden Griff. Ich will jeden Zentimeter ihrer Haut auf der meinen spüren. Ich will so tief in ihr sein, wie es noch kein Mann zuvor war.

Ihre prallen Lippen spiegeln sich im schwachen Licht des Raumes. Sie sind feucht und dick und betteln darum, von meiner Zunge gefickt zu werden. Ich will sie für mich selbst. Ich will sie beißen und lecken, bis ich das Stöhnen ihrer Stimme schmecke. Schließlich gehören sie mir. Aber nicht heute Nacht.

Wenn ich in diesem Moment mehr nehme, wird sie zerbröckeln. Ich weiß auch nicht genau, warum ich auf einmal mehr will. Am Anfang wollte ich nur die Freiheit, die ihre Kontrolle mir gab. Wenn wir fickten und sie das Sagen hatte, musste ich nicht über meine Familie, meine Vergangenheit oder meine Zukunft nachdenken. Ich musste nur auf ihre Befehle hören und alles schätzen, was sie mir gab.

Aber in den letzten Wochen haben sich die Dinge verändert. Ausnahmsweise kommt mir mein Verstand nicht in die Quere. Mein Verstand und mein Schwanz sind im Einklang, und sie wollen sie ficken. Sie besitzen. Sie in diesem einen Moment zu meinem Eigentum machen.

Also mache ich genau das. Ich ficke sie um den Verstand, bis der stärkste Höhepunkt, den ich je hatte, uns beide zerreißt …

… und alles zerstört, wovon ich dachte, dass wir es wären.

ANGST-GHOSTING

Sloan

Mein Telefon klingelt aus dem Becherhalter in meinem Auto und ich sehe Gareths Namen zum dritten Mal heute auftauchen.

Freya schaut von ihrem Platz neben mir auf das Display. „Bitte sag mir, dass du rangehen wirst."

„Werde ich nicht", antworte ich und werfe ihr einen vernichtenden Blick zu.

„Du kannst ihn doch nicht schon wieder ghosten. Das hast du schon einmal versucht und es hat nicht geklappt."

„Ich ghoste ihn nicht. Ich habe diese Woche Sophia. Er weiß, dass ich beschäftigt bin."

„Warum versteckst du sie immer noch vor ihm? Es ist doch offensichtlich, dass ihr beide jetzt ein halbwegs regelmäßiges Verhältnis habt."

Meine Hände umklammern das Lenkrad fester. Auf gar keinen Fall werde ich Gareth von Sophia erzählen. Wir verwischen bereits so viele Grenzen, weil ich nicht aufhören kann, in seinem Privatleben zu wühlen.

Ich werfe einen Blick auf Freya. „Ihm zu sagen, dass ich Mutter bin, würde die Dinge noch persönlicher machen, als sie ohnehin schon sind, und das kann ich jetzt nicht gebrauchen. Wir haben nur Sex. Das ist für ihn in Ordnung."

„Warum nimmst du dann seine Anrufe nicht entgegen?"

„Weil ich nicht weiß, was ich sagen will!"

Sie seufzt schwer. „Du hast dich aus seinem Haus geschlichen, bevor er am Samstag aufgewacht ist. Er hat dich das ganze Wochenende angerufen, obwohl er mit einem Heimspiel beschäftigt war. Es ist jetzt Montag. Du hattest etwas Zeit zum Durchatmen. Rede einfach mit ihm und hör auf, eine Zicke zu sein.“

„Ich bin keine Zicke!“, argumentiere ich und umklammere das Lenkrad mit meinen Händen in einem Todesgriff. „Ich versuche herauszufinden, wie ich damit umgehen soll. Wir hatten eine Vereinbarung und er hat sie gebrochen. Jetzt versuche ich zu entscheiden, was das alles bedeutet, bevor ich mit ihm rede.“

„Da wir in ein paar Minuten direkt an seinem Haus vorbeifahren, hoffe ich, dass du heute mit ihm reden wirst. Er hat sein Spiel am Samstag verloren. Er fühlt sich wahrscheinlich furchtbar.“

„Wir haben eine Anprobe mit Brandi.“

„Ich kann mich um die Anprobe kümmern. Du solltest das Auto nehmen und zu seinem Haus fahren. Bring das in Ordnung, damit du aufhörst, wegen deines Handys verrückt zu werden.“

Ich runzle die Stirn, als ich die Privatstraße zu Hobos Haus hinunterfahre. „Gareth ist vielleicht gar nicht zu Hause und ich sollte eigentlich nicht in der Stadt sein.“ Mit einem flauen Gefühl im Magen werfe ich einen Blick auf sein Tor. Ich hasse es, dass er zusätzlich zu dem, was zwischen uns passiert ist, auch noch sein Spiel verloren hat.

„Du bist unmöglich!“, sagt Freya knurrend. „Wenn ich einen Mann wie Gareth Harris hätte, der mich ständig anruft, würde ich es nie auf die Mailbox gehen lassen. Du hast Probleme, Liebes.“

„Als ob ich das nicht wüsste“, murmle ich.

Als wir auf das Grundstück von Hobo und Brandi fahren, wird mir klar, dass ich meine Probleme nicht länger ignorieren kann. Gareth sitzt auf der Eingangstreppe von Hobos Haus und sieht nicht glücklich aus.

Freyas grüne Augen werden groß. „Er sieht wütend aus. Mann, ist der sexy.“

Ich stelle das Auto ab und schlucke langsam. „Das ist mir egal.“

Sie schüttelt den Kopf und schlüpft aus dem Auto. „Ich gehe schnell mit den Kleidern rein und fange mit Brandi an. Du, ähm … kümmerst dich ums Geschäft.“ Freya schlurft unbeholfen mit den Kleidersäcken vom Rücksitz und dreht sich um, als sie sieht, wie Gareth an ihr vorbeigeht, um zu mir zu gelangen.

Mein Herz klopft, als ich merke, dass Sophias Kindersitz noch auf dem Rücksitz ist, also eile ich von meinem Fahrzeug weg in Richtung zweier kleiner Nebengebäude.

Ich werfe Gareth einen wütenden Blick zu. „Hier drüben", schnauze ich und zeige auf die Gasse zwischen zwei baufälligen Scheunen, die mindestens hundert Jahre alt sein müssen.

Ich bahne mir einen Weg durch die schmale Gasse zwischen den beiden moosbewachsenen Backsteinbauten und spüre, wie Gareths Augen Löcher in meinen Rücken brennen. Als ich mich zu ihm umdrehe, gleicht sein Gesichtsausdruck dem eines in die Enge getriebenen Bären.

„Wir müssen reden", knurrt er und die Ader an seinem Hals sieht aus, als könnte sie jeden Moment platzen.

„Das ist nicht in Ordnung!", rufe ich, trete in seinen persönlichen Raum und stoße ihn mit dem Finger auf die Brust. Ich übernehme die Kontrolle über dieses Gespräch. Nicht er. Er hat mich diese Woche schon genug übertrumpft.

Er schlingt seine Hand um meinen Finger. „Was du tust, ist nicht in Ordnung!"

„Gareth, ich arbeite gerade!" Ich reiße meinen Finger weg und balle meine Hände zu Fäusten. „Du kannst nicht einfach bei einem meiner Termine auftauchen und verlangen, mit mir zu sprechen."

Gareth gestikuliert wütend in Richtung des Hauses. „Du hast mir gesagt, dass du auf Reisen bist! Stell dir vor, wie überrascht ich war, als Hobo sagte, du würdest heute vorbeikommen."

„Ich bin auf Reisen. Ich gehe ... später", lüge ich und kann ihm dabei nicht in die Augen sehen. „Das ist das zweite Mal, dass du mich vor Hobo und Brandi lächerlich gemacht hast!"

„Schwachsinn", knurrt er. „Hör auf, mich zu ghosten, dann muss ich nicht so auftauchen!"

„Ich ghoste dich nicht!", erwidere ich und fahre mir frustriert mit der Hand durch die Haare. „Ich bin auf Reisen und ... verarbeite."

„Was verarbeiten? Die Tatsache, dass ich dich gefickt habe und nicht andersherum?"

„Genau!", erwidere ich und meine Stimme wird lauter, während ich mich zu ihm lehne, um ihm meinen Standpunkt klarzumachen. „Das war nicht Teil unserer Abmachung. Ich brauche Grenzen, damit das hier funktioniert, Gareth."

„Warum?", zischt er zurück und sein Blick wandert auf meine Lippen.

Einen Moment lang bin ich in Gedanken versunken, weil ich Angst habe, dass er mich küssen könnte. Ich habe ihm dieses Geschenk gemacht, aber ich bin mir nicht sicher, ob ich damit umgehen kann, wenn er es sich jetzt nimmt. Ich schüttle den Kopf und nehme all meine Kraft zusammen. „Ich will nicht wieder zu der Person werden, die ich einmal war, Gareth. Der Grund, warum diese Vereinbarung funktioniert hat, ist, dass wir klare Erwartungen aneinander hatten. Wenn wir so weitermachen wollen, darf das nicht wieder passieren.“

„Ich will nicht, dass du dich änderst, Sloan!“, ruft er und lässt seinen Blick langsam über meinen Körper gleiten. Seine haselnussbraunen Augen werden zu Feuer, als er mich in Gedanken ganz unverhohlen entkleidet. Seine Stimme wird leiser, als er hinzufügt: „Ich habe nur meine Sorgfaltspflicht erfüllt. Du schienst im Schlaf furchtbar aufgeregt zu sein und ich wollte nicht, dass du dich da unten unwohl fühlst.“

Das sündhafte Funkeln in seinen Augen schickt einen verräterischen Ruck des Bedürfnisses zwischen meine Beine und meine Knie wackeln. Ich atme tief ein und spüre, wie sich meine Wangen so stark erhitzen, dass ich den Blick von ihm abwenden muss, als ich antworte: „Ich muss wissen, dass sich nichts geändert hat, Gareth.“

„Nichts hat sich geändert“, sagt er und rückt näher an mich heran, um mich mit dem Rücken gegen die kühlen Ziegel zu drücken. „Du hast immer noch das Sagen, und ich will mich immer noch verlieren, wenn ich mit dir zusammen bin. Aber ich möchte, dass du nicht jedes Mal wegläufst, wenn du Angst hast.“

Er schließt mich ein, seine Hitze umhüllt mich. Es wäre so einfach, mich vor ihm in eine Pfütze aus Glibber zu verwandeln. Er hat eine starke Präsenz, in der ich mich völlig verlieren könnte. Aber wenn ich diese Vereinbarung fortsetzen will, muss ich meine Gefühle und mein Privatleben in Schach halten und ihn korrigieren. Die Art und Weise, wie er sich mir im Moment nähert, ist wie ein Hund ohne Disziplin.

Ich lasse nicht zu, dass er sich mir gegenüber weiter wie ein Alpha verhält.

Mit zusammengekniffenen Augen stoße ich beide Hände gegen seine harte Brust und drücke ihn rückwärts gegen das andere Gebäude. Auf seinem Gesicht zeigt sich zuerst der Schock, dann die Erregung. Feurige, leidenschaftliche, lustvolle Erregung.

Meine Stimme ist fest, als ich antworte: „Ich habe keine Angst.

Und gut, kein Ghosting mehr. Denk einfach daran, wer das Sagen hat, dann können wir weitermachen." Ich starre auf seine Lippen und lehne mich vor. „Und jetzt geh nach Hause, bevor ich beschließe, dass du etwas Schmerzhafteres als heißes Wachs oder meine Hand brauchst, wenn ich dich das nächste Mal sehe."

Seine Nasenlöcher blähen sich mit einem besitzergreifenden Nervenkitzel auf. „Wann sehe ich dich wieder?"

Da fällt mir sofort Sophia ein. „Ich komme nächsten Montag zurück."

Er runzelt die Stirn. „Du reist wirklich viel."

„Gareth!", schimpfe ich und unterdrücke meine Angst, wie ich das noch länger durchhalten soll, wenn er sich schon so wehrt. „Das ist keine Beziehung. Das ist eine Vereinbarung, die du gerade brichst. Wenn du willst, dass es so weitergeht, warum stellst du mich dann infrage?"

Er hebt seine Hände zur Kapitulation hoch. „In Ordnung, Montag."

„Montag."

Ohne ein weiteres Wort zu verlieren, drehe ich mich auf dem Absatz um. Meine Haare wehen ihm ins Gesicht, bevor ich mit geradem Rücken und gestrafften Schultern davonschreite. Das Gewicht seines hitzigen Blicks auf mir lässt meine Schritte ins Stocken geraten.

Meine größte Herausforderung ist nicht, Gareth zu kontrollieren.

Es geht darum, mich zu kontrollieren.

LÖWIN UND IHR JUNGES

Gareth

Ich stehe in der Mitte des Spielfelds von The Cliff und erinnere mich an die Zeit, als ich etwa sechs Jahre alt war und meine Mutter mich hierher gebracht hatte, um meinem Vater beim Training zuzusehen. Wir durften auf den Platz und ich erinnere mich, wie ich ein paar Grashalme pflückte und sie in meine Tasche steckte, weil ich davon träumte, genau wie mein Vater Fußballspieler zu werden. Er sah hier draußen mit all den anderen Spielern so groß aus. Ich weiß noch, dass ich es für cool hielt, dass ihre Arbeit täglich aus Fußballspielen bestand.

Und Mum sah so glücklich aus, als sie Dad beim Spielen zusah. Ihre Augen waren so groß und aufgeregt, als würde sie ihren eigenen Superhelden dabei beobachten, wie er die Welt rettet. Ich weiß noch, wie ich dachte, dass ich es kaum erwarten konnte, dass sie mich eines Tages auch spielen sah, damit sie mich genauso anschaute.

Meine Erinnerung verblasst, als ich meine drei Brüder auf mich zuschreiten sehe. Tanner und Camden sind mit ihren blonden Haaren und ihrer großen Statur Spiegelbilder voneinander. Sie sind keine eineiigen Zwillinge, und dadurch war es schwer, sie zu unterscheiden, bis Tanner seine Haare und seinen Bart wachsen ließ. Booker sieht mir viel ähnlicher. Wir beide haben die dunkleren Gesichtszüge unseres Vaters, während die Zwillinge und Vi eher das schwedische Erbe unserer Mutter haben.

Die drei tragen warme Fußball-Kleidung. Ich lächle und winke sie zu mir herüber, wo ich mit mehreren Tüten mit Fußbällen in Kindergröße stehe. Heute ist ein großer Tag für Kid Kickers. Ich wollte dieses Programm schon seit einiger Zeit über Manchester hinaus ausweiten, und heute öffnen wir unsere Einrichtung für potenzielle Sponsoren. Sie können die Einrichtung besichtigen, sehen, wie die Camps ablaufen, und entscheiden, auf welcher Ebene sie mitarbeiten wollen. Die Hilfe dabei war eine willkommene Ablenkung von Sloan.

Da ich den heutigen Tag nicht allein bewältigen konnte, habe ich meine Brüder gebeten, mit mir eine Session zu machen. Mein Agent dachte, es wäre eine gute Werbung für die Weltmeisterschaft, die mich aber nicht interessiert. Bei der WM geht es nicht um Werbung. Es geht um das Können. Trotzdem wusste ich, dass ihre Anwesenheit beim Gewinnen von Sponsoren helfen würde, und sie waren nur allzu bereit, sich mir anzuschließen.

Tanner joggt vor der Gruppe her. Ich stütze mich ab, als er in meine Arme springt und seine langen Beine in einer lächerlichen Umarmung um meine Taille schlingt.

„Mein Bruder!", brüllt er in einer Tonlage, die der eines winselnden Hundes ähnelt.

Ich schubse ihn von mir runter und grummle: „Du bist so ein Wichser."

Camden lächelt fröhlich, klopft mir auf den Rücken und umarmt mich. Booker kommt als Nächstes und schenkt mir sein kleines-Brüderchen-Lächeln, obwohl der Trottel größer ist als ich.

„Danke, dass ihr gekommen seid", sage ich mit einem tiefen Ausatmen und versuche, meine Nerven zu beruhigen.

„Immer, wenn ich Training schwänzen und dich sehen kann, bin ich dabei", sagt Camden mit einem spielerischen Schlag auf die Schulter. „Und es ist für einen guten Zweck, das ist wirklich cool."

Tanner stößt mich mit dem Ellbogen an. „Er versucht, so erwachsen und edel zu klingen, aber der Widerling hat seiner Frau die ganze Zeit im Zug heiße SMS geschickt. Das ist so peinlich." Tanner rollt dramatisch mit den Augen, als wäre er nicht gerade eben noch mitten auf dem Fußballplatz in meine Arme gesprungen.

Booker schüttelt den Kopf über die beiden. „Ich war schon als Kind reifer als die beiden."

Ich klopfe Booker auf die Schulter und scherze: „Das ist keine große Leistung."

Tanner breitet seine Arme aus und lässt sich von unseren Scherzen nicht im Geringsten irritieren. „Also, wie wird der heutige Tag ablaufen? Die Kinder lieben mich, also solltet ihr euch darauf einstellen, dass ihr in den Schatten gestellt werdet."

Ich lächle und schüttle den Kopf. „Also, wir machen es uns einfach, denn sie kommen gerade aus der Schule und sind wahrscheinlich ein bisschen erschöpft. Im Grunde genommen wird jeder von uns einer Gruppe von etwa zehn Kindern zugeteilt. Zwei Jungen- und zwei Mädchenteams. Wir haben fünf- bis siebenjährige Kinder, also spielen wir einfach ein paar lustige Spiele und leichte Übungen. Kein Kämpfen um den Ball oder andere Wettkämpfe. Heute geht es darum, Spaß zu haben, und ich habe euch hergebeten, denn niemand weiß besser, wie man Spaß hat, als ihr."

„Das ist verdammt richtig!", sagt Camden und zieht ein Stück Papier aus der Tasche seiner Hose. „Ich habe die besten Spiele im Kopf."

Tanners Gesicht verzieht sich. „Du hast dich vorbereitet?"

„Das stand in Gareths E-Mail, dass wir das tun sollen." Camden lacht herzhaft. „Außerdem habe ich noch nie Kinder trainiert. Ich musste ein paar Ideen nachlesen."

„Scheiße!", murmelt Tanner und schaut mich anklagend an. „Ich habe keine E-Mail gesehen!"

„Ich habe dir geschrieben, dass du deine E-Mails checken sollst, Tanner", schimpft Booker mit einem schweren Seufzer.

„Ich habe nur einen Teil deiner SMS gelesen. Du bist ein wortreicher Wichser. Wer hat schon Zeit, das alles zu lesen?", brummt Tanner und rückt näher an Camden heran. „Teil deine Notizen mit mir, Cam."

„Nein!" Camden reißt sein Papier zurück. „Du hast gerade damit geprahlt, dass du uns alle in den Schatten stellst. Ich werde meine harte Arbeit nicht verschenken."

Tanner mustert Camden mit einem ernsten Blick. „Das ist für die Kinder, Bruderherz. Du solltest teilen."

„Das musst gerade du sagen!", ruft Camden. „Du hast eine Kunstform aus der Bacon-Sandwich-Regel gemacht! Du hast Sachen geleckt, die du gehasst hast, nur weil du nicht wolltest, dass ich sie esse!"

Tanner stemmt die Hände in die Hüften. „So das ist für dierum, bist du nur so?"

Camden übergibt das Papier und Tanner beginnt, die Liste in Windeseile durchzugehen. „Es ist eine Gabe."

Camden und Tanner übernehmen jeweils eine der Jungenmannschaften, während Booker und ich die Mädchenmannschaft übernehmen. Wir vier teilen uns in unsere eigenen, auf dem Spielfeld abgegrenzten Bereiche auf. Der Plan ist, mit ein paar lustigen Spielen zu beginnen, bevor wir mit den Übungen beginnen.

Mehrere Anzugträger kommen in Begleitung von Kid Kickers-Mitarbeitern an die Seitenlinie, die da sind, um Fragen über den täglichen Betrieb der Einrichtung zu beantworten. Ich bin hier, um die Hauptperson zu sein. Das Gleiche gilt für meine Brüder. Unsere Positionen im Fußball geben uns die Macht, wirklich etwas zu bewirken, und deshalb sind wir heute alle hier.

Die kleinen Mädchen kichern und albern herum, also blase ich in meine Pfeife. Ihre großen Augen blicken neugierig auf mich. Die meisten von ihnen haben keine Ahnung, wer ich bin, was die Sache um einiges einfacher macht. Die älteren Kinder wären zu aufgeregt gewesen, um für die potenziellen Sponsoren angemessen aufzutreten, also haben wir uns heute für jüngere Gruppen entschieden.

„Ich möchte, dass jeder einen Fußball nimmt und eine Reihe bildet", erkläre ich, schnappe mir den Sack mit den Bällen und drehe ihn um, um ihn zu leeren.

Die Mädchen kommen mit ihren Pferdeschwänzen, bunten Socken und Schienbeinschonern herbei. Ein paar sind ohne Schoner aufgetaucht, aber unsere Einrichtung hat einen Vorrat für sie parat.

Ich weise ein paar Mädchen an, wo sie stehen sollen. Die anderen fangen an, sich in eine Reihe zu stellen, aber ein Mädchen bleibt zurück und schaut stirnrunzelnd auf die anderen, die sich um verschiedene Bälle streiten.

Ich hocke mich neben die kleine Brünette. „Alles klar bei dir, Kleine?"

Sie nickt, aber der verwirrte Blick in ihrem Gesicht geht ins Leere. „Die heißen doch Fußbälle, oder?"

Sie blinzelt mich mit ihren großen braunen Augen an. Der liebenswert ernste Ausdruck hebt meine Mundwinkel an. „Ja, so nennt man sie."

Sie nickt mit dem Kopf. „Spielen die in Amerika auch Fußball?"

„Ja, das tun sie", antworte ich mit einem Lächeln. „Sie nennen es Soccer und wir nennen es Fußball, aber es ist derselbe Sport."

Sie kaut auf ihrer Daumenspitze und murmelt: „Genau das habe ich befürchtet. Ich bin mir nicht sicher, ob ich das spielen sollte."

„Warum nicht? Magst du Fußball nicht?", frage ich, schnappe mir einen Ball und werfe ihn in meinen Händen hin und her.

„Ja, ich glaube schon, aber meine Mummy würde nicht wollen, dass ich spiele."

„Hat sie die Verzichtserklärung nicht unterschrieben?", frage ich und schaue an der Seitenlinie nach einem Mitarbeiter. Wenn ein Elternteil die Verzichtserklärung nicht unterschrieben hat, kann das kleine Mädchen nicht spielen.

„Mein Vater hat sie unterschrieben", sagt sie und lenkt meinen Blick auf sie.

Ich stehe auf und halte ihr den Ball hin. „Dann sollte alles in Ordnung sein. Du brauchst nur die Unterschrift eines Elternteils."

Sie drückt den grünen Neonball in ihren Händen und starrt ihn aufmerksam an, während sie fragt: „Was ist, wenn ich mich verletze? Mummy sagt, Fußball kann ganz schön grob sein."

Das traurige Herabsinken ihrer Schultern bricht mir fast das Herz. Erneut gehe ich vor ihr in die Hocke und sie fixiert mich mit ihren unschuldigen Augen, die wahrscheinlich genau das sind, was ihren Vater dazu gebracht hat, sie heute gegen den Willen ihrer Mutter mitzubringen. Es wäre verdammt unmöglich, dieser kleinen Schönheit etwas zu verweigern.

Ich lege einen Finger unter ihr Kinn und hebe es mit einem sanften Lächeln zu mir. „Kopf hoch, Kleine. Verletzungen gehören zum Sportlerdasein dazu, aber wir werden es heute ruhig angehen lassen. Heute geht es nur um Spaß. Wir werden nicht grob werden, das verspreche ich."

„Nur Spaß?" Sie wirft mir einen Blick zu, als wäre sie sich nicht sicher, ob sie mir vertrauen kann.

Ich lächle und lege eine Hand auf meine Brust. „Pfadfinderehrenwort."

Ihre Augen leuchten bei dieser neuen Information auf: „Das sind tolle Neuigkeiten." Ohne Vorwarnung lässt sie den Ball fallen und schlingt ihre Arme in einer unerwarteten Umarmung um meinen Hals, wobei sie mich fast umwirft.

Sie lässt mich los, schnappt sich ihren Ball und joggt hinüber zu der Schar wartender Mädchen. Ich gebe Brown Eyes einen Daumen nach oben, als sie einen Platz zum Stehen gefunden hat, und weise dann die Mädchen an, sich auf ihre Fußbälle zu setzen.

Ein Fotograf kommt herüber und fängt an, Fotos zu schießen, während ich in die Hocke gehe und erkläre, was wir machen werden. „Wir werden ein Spiel namens Haie und kleine Fische spielen. Die kleinen Fische bekommen jeweils einen Ball, während die Haie versuchen, sie zu stehlen. Also, wer will ein Hai sein?"

Die Hände aller Mädchen schießen in die Luft, außer die von Brown Eyes.

„Ihr könnt nicht alle Haie sein, also muss ich euch abzählen. Einsen sind Haie, Zweien sind kleine Fische."

Ich fange an, sie zu zählen, und Brown Eyes ist am Ende ein Hai. „Ich wollte eigentlich ein kleiner Fisch sein", schmollt sie.

„Jeder wird die Chance bekommen, beides zu sein."

Sie seufzt schwer. „Okay, ich muss mich nur besonders anstrengen, um einen Ball zu bekommen, weil ich unbedingt einen Ball kicken will. Ich habe noch nie einen Ball gekickt."

„Du wirst heute viele Gelegenheiten haben, einen Ball zu kicken", sage ich lachend.

Haie und kleine Fische ist eine Katastrophe. Keines der Mädchen weiß, wie man einen Ball richtig kickt. Als ich mich den Haien anschließe und versuche, die kleinen Fische zu beklauen, umschwärmen mich die Mädchen und fordern mich auf, ihre Bälle zu klauen. Trotzdem ist das Spiel voller Kichern. Am Ende falle ich sogar auf den Boden, weil ich versuche, ein kleines Mädchen nicht zu verletzen, das ich unter meinen Füßen nicht gesehen habe.

Als ich lachend auf dem Boden liege und versuche herauszufinden, wie ich die Kontrolle über dieses schreckliche Spiel zurückgewinnen kann, fällt mein Blick auf die Seitenlinie. Mein Lächeln erstirbt, als eine vertraute Gestalt ins Blickfeld kommt.

Sloan steht dort drüben und stößt einem Mann im Anzug, der zwischen den anderen potenziellen Sponsoren steht, einen wütenden Finger ins Gesicht. Zuerst denke ich, dass sie daran interessiert ist, einen Beitrag zu leisten. Dann erinnere ich mich daran, dass sie mir gesagt hat, dass sie diese Woche auf Reisen ist. Was zum Teufel ist hier los?

Der Mann ist eindeutig desinteressiert an dem, was sie zu sagen hat und schaut kaum von seinem Handy weg, während Sloan ihn weiter anschreit. Sie hält kurz inne und der Mann schaut schließlich von seinem Handy auf und deutet auf mich.

Sloans Augen mustern das Spielfeld und werden groß, als sie auf mir landen. Sie holt tief Luft, lenkt ihren Blick nach rechts und marschiert mit der Handtasche fest auf der Schulter aufs Spielfeld. Sie ist auf einer Mission.

Ich nehme an, dass sie herauskommt, um mit mir zu reden, aber sie biegt nach rechts ab und geht auf die braunäugige Schönheit zu, die mich in den letzten dreißig Minuten bezaubert hat.

„Sophia, wir müssen gehen." Sloans Stimme ist zittrig, als sie ihre Hand ergreift.

Das kleine Mädchen reißt ihre Hand weg und sagt entschlossen: „Ich bin endlich ein kleiner Fisch. Ich habe gerade einen Ball bekommen! Ich will nicht aufhören, zu spielen. Ich mag Fußball."

„Sophia!", schreit Sloan und dreht mir den Rücken zu. „Diskutiere nicht mit mir. Wir gehen jetzt."

Ich stehe vom Boden auf und gehe zu ihnen hinüber, bereit zu helfen, was auch immer da los ist. Woher kennt Sloan dieses Kind?

„Wir spielen nur. Es ist kein richtiges Fußballspiel. Ich werde mich nicht verletzen!", jammert das kleine Mädchen und fügt am Ende hinzu: „Bitte, Mummy!"

Ich schwöre, mein Herz springt mir in die Kehle. „Mummy?" Ich merke gar nicht, dass ich das Wort laut ausspreche und mein Tonfall klingt, als wäre er hundert Meilen entfernt.

Sloan dreht sich auf dem Absatz um und sieht mich hinter sich stehen. Ihr Gesicht ist eine harte, emotionslose Maske, als wäre ich nichts weiter als ein Fremder für sie. Ich bin nah genug dran, um ihren vertrauten Geruch zu riechen, aber sie nimmt immer noch keinen Augenkontakt mit mir auf.

„Sag kein Wort", faucht sie und hebt einen Finger in meine Richtung, um mich zum Schweigen zu bringen. „Ich meine es ernst. Nichts."

„Mummy, bitte lass mich bleiben. Ich mag Fußball, ich meine, Kicken", korrigiert sich das Mädchen schnell. „Es heißt Kicken, Mami. Ich werde es Kicken nennen, wenn du willst. Bitte!"

„Das ist das Gleiche, Sophia!" Sloans Stimme klingt schrill und panisch. „Und du kannst es nicht spielen."

„Sloan", sage ich und mein Kiefer verkrampft sich vor Angst, als ein paar Fotografen auf uns zugehen. Ich rücke näher an sie heran und versuche verzweifelt, sie zu verstecken. Die Szene zu verbergen. Verzweifelt versuche ich herauszufinden, was zum Teufel hier los ist.

Das ist die Frau, mit der ich geschlafen habe. Die Frau, der ich mich geöffnet habe und mit der ich auf mehr Ebenen intim war, als ich es jemals in meinem ganzen Leben mit einer Person war. Aber alles an ihr ist jetzt so ganz anders als sonst. Die Art, wie sie steht, ihr Tonfall. Sie ist nicht meine Treacle. Sie ist jemand, den ich noch nie getroffen habe.

Ich strecke die Hand aus und berühre ihre Schulter. „Sag mir einfach, was das Problem ist?"

Sie reißt sich von mir los und ihr Blick fällt auf die Kinder und die Leute, die uns anstarren. Aus den Augenwinkeln sehe ich, wie meine Brüder ein paar Fotografen zurückdrängen, um uns etwas Platz zu verschaffen. Sloans Kinn bebt, als sie mir endlich in die Augen sieht und ihren Schild fallen lässt. Ihre goldenen, feuchten Augen sind ein Spiegelbild der Augen des kleinen Mädchens, das sie anschaut. Ich kann nicht glauben, dass ich die Ähnlichkeit nicht gesehen habe.

Sie ist durch und durch ein Klon von Sloan.

„Es tut mir so leid, Gareth", krächzt sie und wischt sich in einem Zug die Nase und die Wange ab. „Ich weiß nicht, was es noch zu sagen gibt."

Ich komme näher, da ich sie berühren will. Ich will ihr den Schmerz nehmen. Das Gefühl, das sie auslöst, ist wie ein Phantomschmerz in meiner Seele, den ich mein ganzes Leben lang zu vermeiden versucht habe und der jetzt mit aller Macht wieder auftaucht.

Sie atmet scharf ein und geht mir aus dem Weg. Mit angespanntem Kiefer ergreift sie die Hand des Mädchens und zieht sie eilig vom Platz. Sie geht an dem Mann vorbei, mit dem sie vorhin geredet hat, und er folgt ihnen mit aufgeregter und aufgeblasener Miene.

Ich blinzle schnell und verarbeite, was gerade passiert ist.

Sloan hat ein Kind.

Was. Zur. Hölle.

Mein PR-Vertreter für Kid Kickers beruhigt die Neugier der Medien auf eine aufgebrachte Mutter, aber meine Brüder lassen sich nicht so leicht abschrecken.

Zurück in der Umkleidekabine stopfe ich gerade meine Klamotten in meine Tasche, als ich Tanners Stimme hinter mir höre. „Das war deine Stylistin", sagt er und sein Tonfall ist ernster als den ganzen Tag über. „Sloan, nicht wahr?"

Ich schaue über meine Schulter und sehe die drei an den Spinden an der gegenüberliegenden Wand lehnen. Sie haben alle die Arme vor der Brust verschränkt, als wären sie für einen verdammten Harris-Shakedown oder so etwas hier.

Kurz angebunden antworte ich: „Ja."

„War das ihre Tochter?", fragt Camden.

Ich drehe mich auf dem Absatz um und sehe in seine ernsten Augen. „Woher soll ich das wissen?", schnauze ich. Ich hasse es, dass meine beiden Welten aufeinander prallen. Ich hasse es noch mehr, dass ich keine Ahnung habe, was mit Sloan los ist.

Bookers Stimme ist zaghaft, als er das Wort ergreift. „Warum hat sie dich so angeschaut? Es ist klar, dass zwischen euch beiden etwas Wichtiges passiert ist, auch wenn du es nicht laut ausgesprochen hast."

„Das geht dich nichts an", knurre ich und fühle mich sofort schlecht, als Booker das Gesicht verzieht. „Ich werde nicht mit euch allen darüber reden."

Camdens Gesicht runzelt sich vor Verwirrung. „Du mischst dich die ganze Zeit in unsere Angelegenheiten ein!"

„Weil ihr mich in eure Angelegenheiten gebracht habt!", rufe ich.

Booker tritt entschlossen vor. „Wir sind Harrise, Gareth. Wir stecken in den Angelegenheiten der anderen. Immer. So funktioniert das in unserer Familie."

„Ach, verpiss dich, Book. Für euch in London mag das ja stimmen, aber ihr habt keine Ahnung, was ich hier in Manchester mache. Keiner von euch weiß es."

„Das ist nicht unsere verdammte Schuld!", brüllt Tanner, tritt vor und drückt mir seine Hand auf die Brust. Ich stoße ihn zurück, aber er lässt sich nicht beirren und fährt fort: „Du bist die launische Sau, die kein Wort über ihr Leben hier verliert. Wir haben einfach angenommen, dass dein Leben immer noch bei uns in London ist. Sag uns, was hier los ist!"

„Ich weiß es nicht, verdammt!", brülle ich und fahre mir frustriert mit den Händen durch die Haare. Ich drücke mir den Nacken und versuche, mich zu beruhigen. „Ich wusste nicht, dass sie ein Kind hat."

Stille umhüllt den Raum, während die unausgesprochenen Worte verarbeitet werden. Sie wissen es. Sie sind meine Brüder und haben noch nie erlebt, dass ich mich über eine Frau aufgeregt habe.

Aber dass ich nicht wusste, dass sie ein Kind hat, macht deutlich, dass unsere Beziehung nicht so einfach ist. Ich dachte, ich hätte bei ihr einen Schritt nach vorne gemacht, als sie mir sagte, dass ich einen Kuss von ihr bekommen kann, wann immer ich will. Ich dachte, das würde bedeuten, dass wir uns weiterentwickeln. Dass wir uns ändern. Vielleicht sogar zum Besseren. Aber was auf dem Spielfeld passiert ist, zeigt mir, wie sehr ich mich geirrt habe.

„Und wie bringen wir das in Ordnung?", fragt Camden und verschränkt seine Arme vor der Brust.

„Das werden wir nicht", knurre ich fast. „Es gibt hier kein ,wir'. Es geht nur um mich. Ich will nicht, dass ihr euch einmischt."

„Du löst alle unsere Probleme!", erwidert Camden, dessen Kiefer wütend zuckt. „Lass uns dir helfen, Gareth."

„Ich komme schon klar." Ich knalle meinen Spind zu und drehe mich auf dem Absatz um, um meine Brüder anzustarren. Die drei stehen Schulter an Schulter. Die Beine breit. Die Brust herausgestreckt. Das Kinn hochgezogen. Als ob sie kampfbereit wären. Meine Brüder – wie Pech und Schwefel und bereit, keine Mühen zu scheuen, ohne auch nur ein Fitzelchen der ganzen Geschichte zu kennen.

Wie soll ich ihnen sagen, was ich die ganze Zeit mit Sloan gemacht habe? Wie soll ich ihnen sagen, dass ich so erschöpft war von meiner Familie, meinen Verpflichtungen, dem Fußball, von allem, dass ich eine Frau wollte, die mich im Schlafzimmer überwältigt, nur um meinem Verstand eine verdammte Pause zu verschaffen? Wie sollten sie das nicht persönlich nehmen? Ich habe ihre Lasten jahrelang getragen, aber ich war nicht bereit, die meinen mit ihnen zu teilen.

Das ist kein Kampf, den meine Brüder mit mir führen können. Sie dürfen mich nicht so sehen. Ich kann nicht zulassen, dass sie von meiner Vereinbarung mit Sloan erfahren. Ich kann ihnen auch nicht zeigen, wie sehr es mich wütend macht, dass Sloan etwas derart Wichtiges vor mir verbergen wollte. Sie hat mir die gesamte Existenz eines Kindes vorenthalten. Was zum Teufel soll das bedeuten?

Ich habe mein ganzes Leben damit verbracht, Dinge mit dem Kopf zu regeln, und man muss sich nur ansehen, wohin mich das gebracht hat. Vielleicht ist es jetzt an der Zeit, „scheiß drauf" zu sagen und einmal mein Herz zu benutzen. Aber mein Herz ist nicht gefügig. Es wird sich nicht ergeben.

Es wird zurückschlagen.

MAMA BÄR

Sloan

Ich zittere, als ich Sophia schließlich ins Bett bringe. Ich zittere förmlich vor Wut, Adrenalin und Angst. Alles davon. Ich bin nicht nur wütend auf Callum, weil er Sophia ohne Absprache mit mir zum Fußballtraining geschickt hat, sondern er hat sie auch noch in meiner Woche von der Schule abgeholt! Er wollte mir an Thanksgiving keine zwei Stunden geben, aber er fand es in Ordnung, Sophias Gesundheit an einem Tag zu gefährden, der mir gehört? Wie kann er es wagen!

Normalerweise geht sie für die ein oder zwei Stunden, die ich brauche, um meinen Tag zu beenden, in eine nachschulische Betreuung. Ich hätte nicht einmal von Sophias Abwesenheit erfahren, wenn ihre Betreuerin mir nicht per E-Mail mitgeteilt hätte, dass sie ihre Kunstaufgabe auf dem Tisch vergessen hat, die sie für morgen erledigen muss. Als ich Callum anrief, um herauszufinden, wo Sophia war, antwortete er mir, dass er sie zurückbringen würde, bevor ich ankäme. Oh, und er sagte, es sei für einen guten Zweck, als ob er jemals in seinem Leben großzügig gewesen wäre!

Als ich meine Tochter auf diesem Feld erblickte, sah ich rot. Der Knackpunkt in dieser wahnsinnig verfahrenen Situation war Gareth. Ich sah ihn erst, als ich schon halb auf dem Feld war und so sehr im Mama-Bär-Modus war, dass ich mich nicht davon abhalten konnte, mein ganzes Leben in die Luft zu jagen.

Ich wusste, dass ich in dem Moment, in dem ich Sophias Hand ergriff, etwas verloren hatte, das nicht einmal ganz mir gehörte. Gareth wird mir nie verzeihen, dass ich ihn so unverhohlen angelogen habe.

Jetzt, wo sich der Staub gelegt hat – jetzt, wo Sophia in Sicherheit und wieder unter meinem Dach ist – wird mir endlich bewusst, was ich alles verloren habe.

Kein Astbury mehr. Keine Flucht mehr. Ermächtigung. Freiheit. Sexuelle Entdeckung …

Kein Gareth mehr.

Meine dunklen Tage werden zurückkehren, wenn Sophia weg ist, und ich muss mir eingestehen, dass das Geheimhalten von Sophia wahrscheinlich der größte Fehler meines Lebens war. Ein noch größerer, als Callum Coleridge zu heiraten.

Dieser Gedanke trifft mich wie eine Tonne Ziegelsteine, als ich die Treppe hinuntereile und meine Haustür aufreiße. Die Winter in Manchester haben nichts mit denen in Chicago gemein, aber die kühle Dezembernacht ist genau das, was ich brauche, um mit allem fertig zu werden.

Ich atme langsam aus und beobachte, wie sich eine Wolke aus Luft an meinen Lippen bildet, als Scheinwerfer am Straßenrand vor meinem Haus zum Stehen kommen. Es ist ein unbekanntes Fahrzeug, also kneife ich die Augen zusammen, um zu sehen, wer auf dem Fahrersitz sitzt.

Mein Herz bleibt völlig stehen, als ich sehe, wie Gareth seinen riesigen Körper aus dem Auto zieht. Wütend knallt er die Tür zu und schaut mich direkt an, als ich im schummrig gelben Licht auf meiner Veranda stehe. Ich ziehe meine Strickjacke fest um meinen Körper, als er sich auf meinen tiefen gusseisernen Zaun zubewegt.

Anstatt zu der Toröffnung in der Nähe meiner Einfahrt zu gehen, packt er den Zaun und zieht sich mit einer schnellen, athletischen Bewegung über das Geländer. Er schreitet durch das Gras in meine Richtung. Als seine dunkle Gestalt vom Licht erhellt wird, sehe ich mit großer Klarheit, dass Gareth *sauer ist.*

Ich schlucke.

Seine Nasenlöcher blähen sich auf.

Ich schlucke wieder.

Sein Kiefer mahlt von einer Seite zur anderen.

Ich atme tief ein, als er einen langen, schweren Seufzer ausstößt, der seine eigene kalte Wolke bildet.

„Wie hast du herausgefunden, wo ich wohne?", stottere ich, als ich schließlich die Stille breche.

Seine haselnussbraunen Augen verengen sich. „Dein Ex."

Meine Hände fliegen hoch, um mein Gesicht zu bedecken. Dieser

Tag könnte nicht noch schlimmer werden. „Wo hast du meinen Ex gesehen?" Ich murmle gegen meine Handflächen und kann Gareth kaum ansehen, weil ich weiß, dass er tatsächlich mit Callum gesprochen hat.

„Sein Haus."

Oh mein Gott, er war in Callums Haus! *Ich glaube, mir wird schlecht.* Ich spähe durch die Schlitze zwischen meinen Fingern. „Wie hast du ihn gefunden?"

Gareths Gesicht entspannt sich leicht. „Wir hatten seine Informationen im Cliff als potenzieller Sponsor. Es war nicht schwer, ihn zu finden." Er tritt näher an mich heran und lässt seine wütende Präsenz über mir aufragen. „Er ist ein echter Scheißkerl, weißt du das?"

Meine Hände fallen, während ich zu ihm aufschaue. „Was hast du ihm über uns erzählt?"

Gareths Augen blitzen vor Wut. „Ich verdiene schon etwas mehr Anerkennung, Sloan."

Ein Knoten bildet sich in meiner Kehle. „Ich wollte nicht …"

„Ich habe ihm gesagt, dass ich eine Bestellung abholen muss und nur deine alte Adresse habe. Es hat mich alles gekostet, ihm nicht den selbstgefälligen Blick aus dem Gesicht zu schlagen, als er mir sagte, wie peinlich ihm dein Verhalten heute war."

„Was meinst du?", frage ich und versuche, den Effekt abzuschütteln, den Gareths Nähe auf mich hat.

„Wie konntest du nur so ein aufgeblasenes Arschloch wie ihn heiraten?"

Ist Gareth *eifersüchtig*? Ich möchte über diesen Gedanken lachen. Oder weinen. Wahrscheinlich beides. „Ist das nicht offensichtlich?"

„Nicht für mich", knirscht er mit zusammengebissenen Zähnen.

„Weil ich schwanger geworden bin!" Ich wirble von ihm weg und gehe ein paar Schritte zurück, damit ich wieder atmen kann.

„Wolltest du es mir jemals sagen?" In seiner Stimme schwingt eine Emotion mit, die ich nicht ganz einordnen kann.

„Ja … Nein … Ich weiß es nicht", antworte ich und fühle mich wie ein Kotzbrocken. Ich verschränke meine Arme, um mich auf seine Reaktion vorzubereiten.

„Warum, Sloan?" Seine Augen sehen mich traurig an. Er ist verletzt. Er ist verletzt, dass ich einen so großen Teil meines Lebens vor ihm versteckt habe.

„Darum ging es bei uns nicht", antworte ich achselzuckend. „Du hast es vor nicht allzu langer Zeit selbst gesagt. Es ging uns nur um Sex."

Er zuckt zurück, als hätte ich ihn geschlagen, und seine Hände ballen sich zu Fäusten an seinen Seiten. „Verstanden. Nachricht erhalten. Ich wusste gar nicht, dass ich von einem Freund mit Vorzügen zu einem Gelegenheitsfick degradiert wurde."

„Gareth!"

„Scheiß drauf", knurrt er und dreht sich um, um wegzugehen.

Ich stürze zu ihm hinüber, packe seinen verkrampften Arm und ziehe ihn mit aller Kraft zurück zu mir. „Hör mir einfach zu!"

„Du hörst mir zu!", ruft er, wirbelt auf dem Absatz herum und packt mich an den Armen. Mit einer schnellen Bewegung drückt er mich gegen die kühlen Ziegel meines Hauses, seine Hände sind auf beiden Seiten meines Gesichts. „Am Anfang haben wir nur gefickt, aber du weißt genau, dass sich das geändert hat."

„Wirklich?", krächze ich und mein Magen dreht sich um, als sein vertrauter Duft mich umweht.

„Ja!", knurrt er. Die Adern an seinem Hals treten hervor, als er auf Augenhöhe mit mir geht. „Wir haben uns verändert. Wir sind nicht mehr nur eine Sache. Wir sind *mehr*, Sloan."

„Treacle", korrigiere ich mit schwankender Stimme.

„Sloan", erwidert er. „In meinen Augen bist du meine Sloan und meine Treacle. Du bist nicht nur eine Sache für mich. Und die Tatsache, dass du mir nicht gesagt hast, dass du eine verdammte Mutter bist, macht mich fertig. Wovor hast du Angst?"

„Dass du mich anders sehen wirst!", schreie ich, wobei meine Augen mit lästigen Tränen feucht werden. „Dass das, was wir haben, aufhört. Seit meiner Scheidung bist du meine Rettung, Gareth. Diese halbe Sorgerechtssache mit meinem Ex hat mich von innen heraus zerrissen. Aber wenn ich mit dir zusammen bin, habe ich mich unter Kontrolle, fühle mich stark und weiß wieder, wer ich bin. Wer ich sein will! Das will ich nicht verlieren. Warum müssen wir uns ändern?"

„Weil ich nicht so weitermachen kann wie bisher", antwortet er und blickt auf meine zitternden Hände, die sich danach sehnen, ihn zu berühren. Seine Stimme ist sanfter, als er hinzufügt: „Und es liegt nicht daran, dass du ein Kind hast. Es ist mir egal, dass du eine Mutter bist, Sloan. Das ändert nichts an den Dingen für mich. Dein Ex hat sich heute auf dem Spielfeld für dich geschämt, aber ich war verdammt stolz. Selbst als ich wahnsinnig wütend auf dich war, weil du mir etwas so Großes verheimlicht hast, konnte ich nicht anders, als zu denken: ‚Verdammt, sie ist die furchterregendste Mutter, die ich je gesehen habe!'"

Ein Schluchzen bricht aus meiner Kehle hervor und ich halte mir den Mund zu, um mich zusammenzureißen. Ich weiß nicht, warum mich seine Worte so sehr berühren, aber sie tun es. Endlich fühle ich mich nicht mehr allein und habe keine Angst mehr, dass ich die Sache mit der Mutterschaft völlig falsch mache. Jemand unterstützt mich. Jemand, der an mich glaubt. Jemand, dessen Meinung ich mehr schätze, als mir bewusst ist.

Aber dann sagt Gareth die Worte, vor denen ich mich am meisten fürchte. „Ich will mehr, Sloan."

Meine reflexartige Antwort ist nicht das, was er hören will. „Ich bin voll ausgelastet, Gareth. Ich tue alles, was ich kann, um eine starke, berufstätige Mutter zu sein. Um besser zu sein, als ich es bisher war. Wenn ich noch mehr gebe, verliere ich mich völlig und Sophia braucht mich zu sehr, als dass das passieren darf. Ich kann ihr nicht weniger von mir geben, denn wenn ich das tue, könnte sie zu Cal werden oder zu seiner Mutter oder zu irgendeinem dieser seelenaussaugenden Geier, mit denen sie verkehren. Ich habe nur fünfzig Prozent meines Lebens mit ihr. Ich muss die volle Kontrolle haben, damit sie alles von mir hat."

„Und du denkst, ich würde dir das wegnehmen", sagt er wissend.

Ich zucke mit den Schultern. „Wir haben eine gute Sache am Laufen. Warum können wir nicht so bleiben, wie wir sind?"

Er zieht sich zurück, fährt sich mit den Händen durch die Haare und greift sich in den Nacken. „Weil es für mich nicht mehr genug ist."

Ich lasse die Schultern hängen und starre auf den Raum zwischen uns. Wir sind einander so nah und doch so fern. Er verlangt etwas, wovon ich nicht weiß, ob ich es geben kann, und ich weiß, dass es mit seinem Weggang enden wird.

Mein Herz beginnt zu brechen. Plötzlich wird seine Wärme gegen mich gepresst. Ich schaue auf, als er mich grob mit dem Rücken gegen die Wand drückt. Seine Hände greifen nach unten und umklammern meine Handgelenke wie Schraubstöcke, während er sie so hoch über meinem Kopf festhält, dass meine Füße fast vom Boden abheben.

Ich schreie schockiert auf, als sich seine Lippen auf die meinen stürzen und mir den wildesten, besitzergreifendsten und leidenschaftlichsten Kuss meines ganzen Lebens geben. Wie ein Wilder spaltet er meine Lippen mit seiner Zunge und saugt die meine in seinen Mund, wobei er ein tiefes Knurren von sich gibt, während er mich verschlingt.

Ich kneife die Augen zusammen und versuche, mich zu konzentrieren, denn ich weiß, dass ich etwas erlebe, das ich noch nie zuvor gefühlt habe. Ich muss alles in mich aufnehmen. Ich darf kein winziges Detail von dem, was zwischen uns passiert, verpassen.

Er versenkt seine Zähne in meiner Unterlippe und saugt sie so fest zwischen seine Lippen, dass es so ist, als würde er jeden Teil von mir aussaugen. All die Teile, die ich zurückgehalten habe. All die Gefühle, die ich wochenlang, tagelang, minutenlang, sekundenlang verleugnet habe. Ich habe diesen Teil von mir von ihm ferngehalten, weil ich genau wusste, was passieren würde, wenn ich es nicht täte.

Dies.

Dies würde passieren.

Gareth Harris würde mich beanspruchen.

Seine Lippen plündern, saugen, kosten, kratzen und reizen meinen ganzen Mund so sehr, dass ich gar nicht anders kann, als mitzumachen. Seine Zunge massiert die meine und er küsst mich, als wäre er dazu geboren worden. So wie ich noch nie zuvor geküsst wurde.

Mein Rücken krümmt sich in seiner Festigkeit, meine Füße tanzen auf dem Boden, während ich mich gleichzeitig nach mehr und nach weniger sehne. Mein Körper und mein Verstand befinden sich im Krieg miteinander, während er das Geschenk annimmt, das ich ihm gemacht habe.

Ein Kuss.

Nur ein Kuss, aber auch so viel mehr.

Als er sich von mir löst, stöhne ich auf, weil er seinen Druck auf mich verloren hat. Meine Hände fühlen sich an die Ziegelsteine über mir geklebt, als er mit einem Feuer in den Augen zurücktritt, als hätte er mir ein Organ aus dem Körper gerissen und würde es als Geisel vor mir halten.

„Wir sind nicht nur eine Sache, Sloan", wiederholt er, seine Stimme ist rau und sein Gesicht gequält, während er mich besitzergreifend von oben bis unten mustert.

Er ist stolz auf die Arbeit, die er geleistet hat.

Dann geht er.

Er geht weg …

… und er schaut nicht zurück.

Ich sehe zu, wie er wegfährt und gestehe mir mit einem erderschütternden Schlag meines Herzens ein, dass wir mehr als eine Sache sind. Aber bin ich stark genug, um mich nicht unter ihm zu verlieren?

FLIP FLOP

Gareth

Ich streiche das Revers meines Anzugs glatt, während ich auf dem Rücksitz einer Stretchlimousine sitze, die gerade vor dem roten Teppich des National Football Museums vorgefahren ist. Fotografen, Fans und andere Besucher drängen sich vor dem großen Eingang, während sich Prominente und Fußballer auf den Weg zur FPA Awards Gala machen. Dieselbe Gala, auf der ich zum Spieler des Jahres gekürt werde.

Wie verrückt ist das denn?

Noch verrückter ist, dass ich mich nur auf das ekelhafte Gefühl konzentrieren kann, das mir dieser Anzug bereitet. Der Anzug, den Sloan für mich gemacht hat.

Die Beschaffenheit des Materials war vorher kein Thema. Wenn ich es mir recht überlege, war nichts ein Problem, wenn ich mit ihr zusammen war. Als wir uns näher kamen, war sie die einzige Frau, die mich so berühren konnte, wie sie wollte, ohne dass mir ein Schauder über den Rücken lief. Meine Texturempfindlichkeit war wie von Zauberhand geheilt. Sie war wie mein persönliches Medikament gegen Angstzustände, das die ungewohnte Belastung linderte, die mir ein Leben lang durch schmerzhafte Erinnerungen zugefügt worden war.

Jetzt tut alles weh. Es ist, als könnte ich spüren, wie die Fäden mit jedem Atemzug enger werden und sich wie eine Schlinge um mich legen.

Mein Handy vibriert in meiner Hand. Ich schaue nach unten und hoffe inständig, Sloans Namen auf dem Display zu sehen.

Dad: Ich bin sehr stolz auf dich, Gareth. Ich wünschte, ich könnte dabei sein.

Der Tonfall seiner SMS lässt mein verräterisches Herz in der Mitte zerspringen. Ein Teil von mir möchte zurückschreiben und ihn fragen, was nötig wäre, damit er mich einmal in seinem verdammten Leben an die erste Stelle setzt. Selbst als er mich bat, zurück nach London zu ziehen, wusste ich, dass er nur an sich selbst dachte. Aber da ist dieser neue Teil meines Herzens – ein Teil, der vorher nicht existierte – der einen winzigen Teil des Schmerzes versteht, den er täglich fühlt.

Es ist schon über eine Woche her und ich habe immer noch keine Nachricht von Sloan. Ich war mir sicher, dass sie sich heute Abend bei mir melden würde, weil das ein großer Moment für mich ist. Aber nichts. Es scheint, als hätte Sloan aufgehört, sich umzudrehen, sobald ich aufhörte, sie zu verfolgen. Und seit ich ihr Haus verlassen habe, wird die Erinnerung an ihre Lippen auf den meinen mit jedem Tag schwächer und schwächer, wie ein schmelzender Eiswürfel, der vor meinen Augen verdunstet.

Wenn sie nur eine beliebige Frau wäre, würde ich mich nicht darum scheren. Ich würde weiterziehen und dankbar sein, dass ich mir keine Gedanken darüber machen muss, wie wenig sie über mich weiß. Aber Sloan ist nicht beliebig. Sie ist nicht zwanglos. Sie weiß Dinge. Und in dem Moment, als ich sie mit ihrer Tochter sah, hat sich etwas in mir verändert. Die Mauer zwischen uns wurde niedergerissen und sie wurde für mich auch außerhalb unserer sexuellen Beziehung zu einem Menschen. Erst als ich meinen aufdringlichen Brüdern gegenüberstand, wurde mir klar, was das wirklich für mich bedeutet.

Ich sah Sloan mit meinem Herzen statt mit meinem Kopf.

Aber es war alles umsonst, denn sie ist nicht hier. Jetzt muss ich heute Abend vor all diese Leute treten und so tun, als hätten die letzten paar Monate nicht alles verändert, was ich über mich zu wissen glaubte. Alles, was ich dachte, über Sloan zu wissen.

Ich schaffe das …

… denn Kontrolle ist etwas, womit ich nur allzu vertraut bin.

Sloan

Mein Herz schlägt mir bis zum Hals, als Gareths große Gestalt aus einer schwarzen Stretchlimousine steigt. Ich stehe hier schon seit einer Ewigkeit in meinem riesigen schwarzen Ballkleid und winke mehreren

Kunden, die ich für den großen Abend gestylt habe, zu, als sie sich auf den Weg nach drinnen machen. Einer von ihnen hat mir ein Ticket für die Veranstaltung besorgt und ich nahm das als Zeichen dafür, dass ich heute Abend genau da bin, wo ich sein sollte. Allerdings wusste ich nicht, um welche Zeit Gareth ankommen würde. Jetzt, wo ich hier wie eine Idiotin stehe, bereue ich diese ganze große Geste.

Ich habe mich vor den Sicherheitsbeamten positioniert, die die Fans zurückhalten, und alle lächeln mich mitfühlend an, als wäre ich ein Mädchen, das beim Abschlussball versetzt wird. Aber als ich Gareths atemberaubende Gestalt in dem eleganten marineblauen Anzug sehe, den ich für ihn entworfen habe, wird mir klar, dass ich für diesen Anblick viel Schlimmeres ertragen hätte. Wegen dieses Moments wusste ich, dass ich mich heute Abend auch stylen musste.

Gareth Harris.

Ich streiche mit meinen Händen über das taillierte Korsett des langärmeligen Kleides von Alexander McQueen, das Freya und ich heute Abend sorgfältig für mich ausgesucht haben. Es ist von schlichter Eleganz – das perfekte Kleid für eine Stylistin, die zu einer Veranstaltung geht, denn das Allerletzte, was man tun möchte, ist, seine Kunden in den Schatten zu stellen.

Es hat einen weit schwingenden Rock mit Taschen und einen schulterfreien Ausschnitt, der mein Schlüsselbein zeigt. Meine brünetten Locken habe ich zu einem niedrigen Dutt zurückgesteckt und einen tiefroten Lippenstift gewählt, um mir die nötige Dramatik zu verleihen, um mutig genug zu sein, heute Abend neben dem Preisträger zu stehen.

Und an der Seite von Gareth zu stehen, ist genau das, was ich auch vorhabe.

Abgesehen vom Stress auf der Arbeit habe ich in der letzten Woche nur an ihn gedacht. Dieser Kuss. Diese Hände. Seine Worte.

Er hat viel gesagt, aber was mich gebrochen hat – was mich in meinem Innersten verändert hat – waren seine Bemerkungen darüber, dass er stolz auf mich war, weil ich Sophia beschützt habe. Gareth hat mich in den zwei Minuten, in denen er mich als Mutter erlebt hat, mehr verstanden als Callum in sechs Jahren Ehe. Als sich diese Erkenntnis im Laufe der Woche verfestigte, wusste ich, dass es nicht unsere Vereinbarung war, die mich stark machte.

Es war Gareth.

Ich wusste auch, dass ich einen großen Moment brauchen würde, um ihm wirklich zu zeigen, dass ich bereit bin, mich darauf einzulassen. Ich bin bereit, mich zu verändern und nicht mehr wegzulaufen. Mein Leben in die Hand zu nehmen … gemeinsam.

Mit einem entschlossenen Nicken mache ich mich auf den Weg zu Gareth, halte aber mitten im Schritt inne, als eine atemberaubende Blondine in einem wunderschönen roten Kleid hinter ihm auftaucht. Er reicht ihr seine Hand, während sie in ihren silbernen Riemchensandalen wackelt, und der liebevolle Austausch zwischen den beiden dreht mir den Magen um.

Gerade als Gareths Hand auf ihren Rücken wandert, streift sein Blick über mich, aber er kehrt sofort zu einem verwirrten, schockierten Ausdruck zurück.

Völlig gedemütigt wende ich mich von ihm ab und dränge mich an dem Sicherheitsteam vorbei, das offensichtlich beschlossen hat, nicht nur Leute draußen zu halten. Sie halten die Leute auch drinnen fest.

„Bitte entschuldigen Sie mich", krächze ich verzweifelt. Mein Bedürfnis zu fliehen ist stark, aber nicht stärker als acht erwachsene Männer.

Warum habe ich gedacht, dass es eine gute Idee sei, unangekündigt aufzutauchen? Warum vergesse ich immer wieder, dass er Gareth Harris ist – ein berühmter Fußballspieler, der mit einem Fingerschnippen jede Frau bekommen kann, die er will? Natürlich würde er nicht eine ganze Woche lang untätig bleiben. Ich bin so eine Idiotin!

Eine schwielige Hand legt sich um meinen Arm und dreht mich langsam in meinen schwarzen Stöckelschuhen herum. „Sloan." Gareths Stimme ist so vertraut und wunderbar, dass ich meine Augen schließen muss, um mich auf seinen Anblick vorzubereiten.

Meine Augenlider flattern auf und ich betrachte seine maskuline, starke Schönheit. Die sexy Stoppeln an seinem Kinn. Seine rauchigen, haselnussbraunen Augen, umrandet von dunklen Wimpern. Die perfekte Krümmung seiner Nase.

„Gareth", antworte ich unbehaglich.

„Was machst du hier?", fragt er und seine Augen suchen mein ganzes Gesicht nach Antworten ab, die zu geben mir peinlich ist.

Ich schaue über seine Schulter zu der Blondine. „Ich hätte anrufen sollen."

„Weshalb?“, fragt er und lenkt meinen Blick wieder auf ihn.

Ich schüttle den Kopf. „Das spielt keine Rolle. Du bist … mit jemandem hier. Das hätte ich mir denken können.“

„Mit jemandem?“, brummt er und packt mich noch fester am Arm. „Meinst du meine Schwester Vi?“

Mir fällt die Kinnlade runter, als ich wieder hinter ihn schaue und sehe, dass die Blondine jetzt von drei riesigen Jungs flankiert wird, die ich sofort als Gareths Brüder erkenne. Ich habe sie kennengelernt, als ich sie letztes Jahr für eine Hochzeit gestylt habe.

„Das ist deine Schwester?“, frage ich, weil ich mich immer noch zwinge, es zu glauben. „Ich … habe sie noch nie getroffen.“

„Der heutige Abend ist eine Art Familienangelegenheit.“ Er zuckt mit den Schultern.

„Wie schön“, antworte ich hoffnungsvoll. „Hat dein Vater es geschafft, zu kommen?“

Gareths Gesicht verfinstert sich und der Muskel in seinem Kiefer zuckt. „Nein.“

Ich fühle mich sofort in Gareths Haus zurückversetzt. Zurück in das wunderschöne Heiligtum, das sein Haus für mich wurde. Für uns. Zurück in die Momente des zärtlichen Austauschs, bei denen wir nur an der Oberfläche gekratzt haben.

Es gibt noch so viel, was ich nicht über ihn weiß, aber ich weiß genug, um den Schmerz hinter seiner Antwort zu erkennen. Ich zwinge mich zu einem wackeligen Lächeln. „Nun, es ist schön, dass deine Geschwister für dich da sind.“

Er nickt und sieht sie wieder an. „Sie gehen heute Abend alle zurück … Sie haben Spiele morgen.“ Er wendet seinen Blick zu mir. „Es ist schön, dich zu sehen. Bist du mit jemandem hier?“

Ich schenke ihm ein schüchternes Lächeln. „Hoffentlich mit dir.“

Der ernste Blick in seinem Gesicht verschwindet. An seine Stelle tritt eine Intensität, die mir die Knie schlottern lässt und von der ich nicht wegsehen kann. Es ist, als ob eine Mauer gefallen wäre und er jetzt nichts mehr zurückhält. „Was hat das zu bedeuten?“, fragt er mit tiefer und melodischer Stimme.

„Wir sind Freunde.“ Ich zucke mit den Schultern, trete näher an ihn heran und fahre mit meinen Händen am Revers seines Jacketts entlang. „Das ist alles, was ich im Moment mit Sicherheit weiß, denn die Sache ist kompliziert. Ich bin Mutter und habe viel Ballast, über den wir reden müssen. Aber ich weiß, dass du mir wichtig bist und dass ich heute Abend mit dir zusammen sein möchte." Ich neige meinen Kopf und schaue ihn durch meine langen, getuschten Wimpern an. „Ist das genug?"

Er starrt auf mich herab. Sehnsucht, Schmerz und Verlangen huschen über sein Gesicht wie eine Diashow nur für mich. „Für den Moment."

Mit süßer, süßer Erleichterung greife ich nach dem Einstecktuch aus seinem Jackett. „Du siehst unglaublich aus."

In seiner Brust vibriert ein leises Lachen. „Ich kenne eine Frau, die denkt, sie sei nur eine Stylistin, aber sie ist so viel mehr."

Mit einem stolzen Grinsen falte ich den Stoff wieder so, wie ich ihn haben will, und stecke ihn zurück in die Tasche. „Ach ja?" Ich schaue zu ihm auf und spüre, wie sich die Schmetterlinge in meinem Bauch aufbäumen.

„Ich habe immer recht", antwortet er mit einem Augenzwinkern und dreht sich auf dem Absatz um, um mir seinen Ellbogen anzubieten. „Bist du bereit?", fragt er und starrt über den roten Teppich, als könne er in die Zukunft sehen.

„Ich bin bereit für das und mehr", sage ich mit einem vielsagenden Blick, den er leicht auffängt. Dann machen wir uns auf einen Weg, von dem ich nie gedacht hätte, dass ich ihn mit einem verdammten Fußballspieler gehen würde.

Es ist ein unangenehmes Gefühl, von einer Beziehung, in der man das Schlafzimmer nie verlässt, ins Rampenlicht vor Freunden, Familie und, seien wir ehrlich, dem Rest der Welt zu treten.

Die ganze erste Stunde über bin ich mit Gareth auf dem roten Teppich, wo Fotos gemacht, Hände geschüttelt und Interviews gegeben werden. Seine Brüder zerstreuen sich, um der Presse ihre eigenen Fragen zu beantworten, aber sie machen sich schließlich mit ihrer Schwester auf den Weg nach drinnen. Gareth hingegen bewegt sich in einem viel langsameren Tempo durch die Menge und nimmt sich großzügig Zeit für alle Medien, die heute Abend seinetwegen da sind.

Obwohl er der Mann der Stunde ist, ist er fest entschlossen, mich in jedes Gespräch einzubeziehen. Ich tue mein Bestes, um höflich zu sein, aber ich kann nicht anders, als zu zappeln, als er mich immer wieder als aufstrebende Designerin vorstellt. Darauf war ich an diesem Abend nicht vorbereitet, und die Fragen, die an mich gerichtet werden, habe ich noch nicht bedacht.

Gareth weicht Fragen nach dem Status unserer persönlichen Beziehung und so ziemlich allem, was mit seinem Vater zu tun hat, gekonnt aus. Er ist so verdammt charmant und bietet nur ein Zwinkern und ein Lächeln an, dass sie ihm das durchgehen lassen.

Vor allem aber ist es eine erhellende Stunde für die Geschichte von Gareth Harris. Mit jeder Frage des Reporters ist es, als würde ich eine weitere Google-Suche über den Mann starten, den ich zwar gut kenne, aber nicht öffentlich. Er wird heute Abend für seine herausragende Saison und die Arbeit mit seiner Wohltätigkeitsorganisation Kid Kickers geehrt. Er spricht so leidenschaftlich über Fußball, aber wenn er die Kinder erwähnt, denen er durch seine Karriere helfen kann, muss ich zugeben, dass ich mehr als einmal beinahe geweint hätte.

Dann ist Gareth an der Reihe, emotional zu werden, als die Presse mit ihm über das WM-Potenzial der Mannschaft spricht. Als er davon spricht, dass er wieder mit all seinen Brüdern zusammen spielen will, presst er die Faust auf den Mund, um die Reaktion zu unterdrücken, die ihn überrascht hat.

Dieser Mann ist so viel mehr, als ich mir jemals zuvor habe anmerken lassen.

Gareth

Als wir endlich drinnen sind, führt der Eventkoordinator Sloan und mich zu einem großen runden Tisch, an dem meine Schwester, meine Brüder, Hobo und Brandi sitzen. Ihre Augen sind auf uns beide gerichtet, wie wir uns an den Händen halten, als wären wir Fremdkörper, die sie noch nie gesehen haben.

Lass sie verdammt noch mal schauen.

Ich bin fertig mit den Spielchen. Ich bin fertig mit der Vereinbarung. Dem Bullshit. Dem Ghosting. Ich weiß, dass ein Teil von mir wütend darüber sein könnte, dass Sloan eine ganze Woche lang nichts von sich hat hören lassen, aber jetzt ist sie hier. Ihre Hand drückt die meine mit einem festen Griff, und die Berührung einer Frau hat sich für mich noch nie so gut angefühlt.

„Sind diese beiden Plätze noch frei?", frage ich mit einem neckischen Augenzwinkern, als wir unseren extravagant dekorierten Esstisch erreichen. Meine Familie und Freunde stöhnen auf und rollen mit den Augen über meine alberne Frage, als ich Sloan den Stuhl herausziehe, bevor ich mich neben sie setze. Ich knöpfe meine Anzugjacke auf und lege meine Hand auf ihre Stuhllehne. „Die meisten von euch kennen Sloan, aber erlaubt mir, euch alle offiziell einander vorzustellen. Das ist Sloan Montgomery. Sloan, das sind alle."

Ich mache eine Geste über den Tisch und zeige auf Camden, Tanner und Booker. Dann stelle ich Vi vor, die meine Treacle schamlos mit ihren Blicken erdolcht. Das ist keine Überraschung. Sie ist in der Rolle der beschützenden, furchteinflößenden Mutter, und ich weiß, dass ich nichts dagegen tun kann.

Sloan wendet ihre Aufmerksamkeit schließlich Brandi und Hobo zu, die auf der anderen Seite von ihr sitzen. Ihre Schultern entspannen sich beim Anblick der beiden bekannten Gesichter.

„Mann, ist das eine schicke Soirée", sagt Hobo und zählt die Gabeln auf dem Tisch, während mehrere Kellner beginnen, die Vorspeisen vor uns zu platzieren. „All das für Leute wie dich, Harris? Wissen die nicht, dass du ohne mich auf dem Spielfeld nichts taugst?"

Ich ziehe die Augenbrauen hoch und sehe Hobo an. „Wie bitte, das sagt der Mittelfeldspieler, der in zehn Jahren für nicht weniger als neun Mannschaften gespielt hat?"

Meine Brüder brechen in Gelächter aus und Hobo sticht sich gespielt ins Herz. „Du hast mich tief getroffen, Harris."

„Ignoriere einfach unseren launischen älteren Bruder", wirft Camden lachend ein. „Er spürt das Brennen in den Knien, das kann ich dir sagen."

Ich werfe ihm einen warnenden Blick zu. „Ich bin mir ziemlich sicher, dass ich in dieser Saison schon ein paar deiner Versuche verhindert habe."

Cam schnaubt. „Ich lasse dich meine Schüsse blocken. Ich habe den größten Respekt vor älteren Menschen."

Sloan kichert neben mir und ich drehe mich um, um zu sehen, wie ihre Wangen vor Lachen erröten. Ich lehne mich dicht an sie heran und schiebe meine Hand unter den Tisch, um ihr Knie zu streicheln. „Ist irgendetwas lustig?" Sie verschluckt sich fast an ihrem Champagner, als meine Hand höher wandert.

Sie leckt sich die Lippen, sieht mich aus dem Augenwinkel an und antwortet: „Ich genieße es einfach, dass dich zur Abwechslung mal jemand zu einer Reaktion bringt."

Ich blinzle bei ihrer überraschenden Antwort, denn noch nie ist mir jemand mehr unter die Haut gegangen als die Frau, die ich gerade anstarre. Ich nähere mich ihrem Ohr und lasse meine Lippen an ihrem Ohrläppchen kitzeln, als ich antworte: „Ich bin mir ziemlich sicher, dass du mir schon öfter Reaktionen entlockt hast."

Sie zieht ihre Unterlippe in den Mund und dreht sich zu mir, sodass unsere Augen nur Zentimeter voneinander entfernt sind. „Tue ich das jetzt etwa?"

Ich ziehe eine Augenbraue hoch und schürze meine Lippen, um das fordernde Pochen meines Schwanzes in der Hose zu ignorieren. Sie sieht mich wieder mit diesen Augen an. Diese kraftvollen, magnetischen Augen, die ich am liebsten am Altar anbeten würde.

Mit einem Lachen nehme ich meine Hand von ihrem Oberschenkel und kehre zu meinem Essen zurück. „Du schaffst das, wie es noch niemand getan hat, Treacle."

Sie lacht fröhlich über meinen vertrauten Kosenamen, und während die Hauptgerichte serviert werden, geht das Geplänkel am Tisch weiter.

Beim Nachtisch schaut Sloan meine Schwester an und sagt: „Vi, ich liebe dein Kleid. Wo hast du es her?"

Vis Augenbrauen heben sich und sie tupft sich mit ihrer Stoffserviette den Mundwinkel ab. „Ich fürchte, ich bin ein bisschen eine Harrods-Liebhaberin."

Sloan nickt wissend. „Wir machen viel Harrods Merchandising für unsere Kunden. Das ist doch ein Nicholas-Design, oder?"

Vi nickt. „Ja, ich liebe seine Sachen."

„Es steht dir wunderbar", antwortet Sloan.

Brandi meldet sich als Nächstes zu Wort. „Sloan hat mich heute Abend auch gestylt. In den Fußballklamotten fühle ich mich auf jeden Fall wohler, aber ich muss zugeben, dass ich mich ziemlich toll fühle. Nächstes Mal will ich aber ein Sloan-Original."

„Original?", fragt Vi und wendet ihren Blick fragend zu mir und Sloan.

Brandi bestätigt, dass der Anzug, den ich trage, von Sloan genäht wurde, und ich kann mir ein Lächeln nicht verkneifen, weil meine Familie ihre Arbeit lobt. Manchmal fällt es ihnen schwer, über etwas anderes als Fußball zu reden, aber sie geben sich große Mühe mit Sloan, was ich mehr als zu schätzen weiß. Sloan ist schließlich talentiert.

Auf dem roten Teppich heute Abend sah ich genauso schick aus wie alle anderen, die bekannte Designer trugen, und ich bin froh, dass sie hier war, um das mit eigenen Augen zu sehen. Ich hatte schon immer das Gefühl, dass Sloan in ihrem Beruf nicht glücklich ist. Schon als ich sie kennenlernte, wusste ich, dass sie in ihrem Beruf keine Erfüllung findet. Heute Abend kann ich jedoch sehen, wie sich ihre Stimmung ändert. Ich kann das Leuchten in ihren Augen sehen, wenn sie alle Fragen am Tisch annimmt und ihre Antworten zurückschmettert. Sie ist umwerfend, wenn sie in ihrem Element ist und leidenschaftlich über etwas spricht, das sie wirklich liebt.

Das macht es verdammt unmöglich, das Lächeln aus meinem Gesicht zu wischen.

Heute Abend ist etwas Wichtiges mit Sloan passiert. Sie ist nicht mehr nervös und unsicher. Sie zuckt nicht mehr so unangenehm wie auf dem roten Teppich. Sie hält sich mit ihren Antworten nicht zurück. Sie hat sich unter meinen Arm geklemmt und sich auf eine Weise an mich gelehnt, wie ich es von ihr noch nie erlebt habe. Es ist nicht nur der physische Akt ihrer Bewegungen, sondern auch der emotionale.

Wir sind verbunden. Vereint.

Sie umarmt mich vollkommen und das fühlt sich verdammt fantastisch an. Es bringt mich dazu, sie auf eine Weise zu begehren, wie ich noch nie eine Frau in meinem Leben begehrt habe. Ihr gegenüber fühle ich mich beschützend. Besitzergreifend. Stolz.

Je länger sich der Abend hinzieht, desto mehr wird mir klar, was genau ich von ihr brauche.

Ich muss sie beanspruchen.

Sloan

Ich entschuldige mich vom Tisch, um auf die Toilette zu gehen, bevor der Teil des Abends mit der Preisverleihung beginnt. Ich brauche eine Minute, um meine Gedanken zu sammeln. Um zu atmen. Um mich zu vergewissern, dass der heutige Abend wirklich stattfindet. Dass Gareth Harris real ist und ich nicht in ein anderes Universum gerutscht bin. Erst als ich aus der Damentoilette trete, bekomme ich endlich eine Dosis Realität ab.

„Hallo", sagt eine Stimme, die meinen Puls mit einer einfachen Begrüßung beschleunigt.

Meine Augen schießen hoch und ich sehe Vi, die sich mit verschränkten Armen an den Waschtisch lehnt und mich anstarrt, als wäre sie eine Art Jessica Rabbit, die mich gleich verhören wird.

„Ähm … hey", antworte ich dümmlich, während ich mich auf den Weg zum nahe gelegenen Waschbecken mache.

„Ich wollte nur kurz unter vier Augen mit dir reden, solange wir noch Zeit haben", sagt sie und beobachtet mich aus dem Augenwinkel. Sie lacht leise und fügt hinzu: „Bis heute Abend wusste ich eigentlich nur, dass du Sloan bist – die Stylistin, die meinen Bruder schon seit einiger Zeit verarscht."

Der Tonfall in ihrer Stimme lässt mir das Blut in den Adern gefrieren. Sie ist so eiskalt wie das Wasser, das aus dem Wasserhahn kommt. Ich betrachte Vis Spiegelbild und antworte: „Es ist viel komplizierter als das."

Sie nickt wissend und betrachtet sich im Spiegel, wobei sie ihre langen blonden Locken sanft auflockert. „Ich kann kompliziert respektieren. Gott weiß, dass ich mit meinem Verlobten Hayden schon genug Komplikationen hatte." Sie hört auf, sich zu frisieren und starrt auf mein Spiegelbild, als sie hinzufügt: „Was ich nicht respektieren kann, sind Lügen."

Sofort sinken meine Augen nach unten und konzentrieren sich auf die Seife, die ich mir in die Hand pumpe, in der Hoffnung, dass sie meine Nerven beruhigt. „Ich bin mir nicht sicher, ob ich weiß, worauf du dich beziehst.“

Sie atmet aus und lehnt sich an den Tresen, um mich anzusehen. „Ich habe gehört, dass du Mutter bist.“ Mein Gesicht verzieht sich noch mehr, als sie mit einem Augenzwinkern hinzufügt: „In der Familie Harris gibt es keine Geheimnisse.“

Ich starre in ihre klaren blauen Augen, um herauszufinden, in welcher Stimmung sie sich gerade befindet. Ihre Augen sind nicht kalt, aber sie sind auch nicht warm. Sie sind … behutsam. Sie sendet mir eine Warnung, und ich höre sie laut und deutlich.

„Du bist auch Mutter, oder?“, frage ich, greife nach einem Handtuch und erinnere mich daran, wie aufgeregt Gareth war, als er letztes Jahr Onkel wurde. Vielleicht wird diese kleine Gemeinsamkeit Vi helfen, meinen Standpunkt zu verstehen.

„Adrienne ist ein Jahr alt“, antwortet sie mit einem ernsten Nicken.

„Dann weißt du ja, wie wichtig es ist, unsere Kinder vor Dingen zu schützen, derer wir uns nicht sicher sind“, antworte ich und straffe meine Schultern.

„Oh, das verstehe ich vollkommen“, antwortet Vi und rückt näher, während sie auf die Toilettentür zeigt. „Adrienne hat vier Onkel da draußen, die buchstäblich eine Kugel für sie abfangen würden, wenn sie sie damit vor etwas schützen würden, das ihr schaden könnte.“

Die Überzeugung in ihrer Stimme treibt mir die Tränen in die Augen. Sie übertreibt kein bisschen. Sie sagt hundertprozentig die Wahrheit. Das ist die Art von familiärer Hingabe, von der ich für Sophia immer nur geträumt habe.

„Das ist unglaublich“, sage ich, weil es einfach die Wahrheit ist.

Vis gerunzelte Stirn bleibt an ihrem Platz, während sie meine Antwort ignoriert. „Gareth ist zwar mein älterer Bruder, aber er hat mich mein ganzes Leben lang beschützt, also bin ich jetzt dran, ihn zu beschützen.“

„Vi, das ist doch nicht nötig …“

„Da wir hier von Mutter zu Mutter sprechen, ich werde dich mit bloßen Händen töten, wenn du ihm das Herz brichst.“ Ihr Kiefer ist angespannt, aber ihr Gesicht ist so schön, dass es völlig im Widerspruch zu ihrer Drohung steht. Ihre Schönheit verhindert jedoch nicht, dass sich auf meiner Kopfhaut eine Gänsehaut bildet.

„Warum denkst du, dass ich ihm das Herz brechen werde?", krächze ich.

Sie schüttelt den Kopf, ihre Augen werden nur ein wenig sanfter. „Weil Gareth nicht lächelt."

„Was?", frage ich mit einem Stirnrunzeln. Was zum Teufel soll das bedeuten? Ich habe ihn schon so oft lächeln sehen.

„Nicht so, wie er dich heute Abend angelächelt hat." Ihre Augen sind nicht mehr furchterregend. Sie glänzen und sind verletzlich. Ängstlich.

„Okay …", antworte ich langsam und meine Stimme wird leiser.

„Von Mutter zu Mutter, vermassle das nicht, Sloan." Ihre Stimme bricht, als sie zurückweicht und sich räuspert. Sie ist sichtlich frustriert, dass ihre Gefühle sie übermannen.

Ich lese aber zwischen den Zeilen. Das ist keine Drohung. Es ist eine Bitte. Eine einschüchternde Bitte, aber eine, die ich in vielerlei Hinsicht verstehen kann.

Sie zupft spielerisch an ihrem Haar. „Ich bin vielleicht nicht so groß wie meine Brüder, aber ich bin mächtig."

Ich lächle daraufhin. „Ich glaube, das ist eine Harris-Sache."

„Da hast du verdammt recht." Ihr stolzes Lächeln ist wieder da, als sie sich auf den Weg zur Tür macht. Als sie innehält, schaut sie über ihre Schulter und fügt leise hinzu: „Danke."

„Wofür?"

Sie nimmt einen tiefen Atemzug. „Dass du mir diese Seite von Gareth gezeigt hast. Ich dachte, sie wäre für immer verschwunden."

Mit diesen Worten verlässt sie die Toilette und lässt mich in einem Sog von Gefühlen zurück, die ich vermutlich erst im Laufe von Jahren vollständig verarbeiten kann.

Gareth

Wenn ich in zwei Worten zusammenfassen könnte, wie sich der heutige Abend angefühlt hat, dann wäre es *verdammte sexuelle Spannung.*

Okay, drei Worte.

Nachdem ich meinen Preis entgegengenommen, meine Rede gehalten und meine Familie zum Abschied umarmt habe, sitzen Sloan und ich wieder in der Limousine und reißen uns gegenseitig die Kleider vom Leib, noch bevor wir die Lichter der Stadt Manchester verlassen haben.

„Der heutige Abend war unglaublich", stöhnt Sloan, als sie sich auf dem Rücksitz der Limousine auf mich setzt. Ihr Kleid ist wie ein Sack zwischen uns hochgerafft, ihre Finger zittern an den Knöpfen meines Hemdes, während meine Hände unter ihrem Rock über ihre nackten Oberschenkel gleiten.

Ich kann mich kaum zurückhalten. Es ist zwei Wochen her, seit ich ihre Wärme gespürt habe, aber es gibt so viel zu besprechen. So viel zu klären. Sie hat sich mir heute Abend hingegeben, aber sie muss wissen, dass ich mehr brauche.

„Musst du nach Hause zu deiner Tochter gehen?", frage ich. Die Worte sind mir unbekannt auf der Zunge, aber sie gehen mir durch den Kopf, seit ich sie heute Abend zum ersten Mal gesehen habe.

Sie schüttelt den Kopf. „Nein, Sophia ist bei Callum."

Sophia, denke ich bei mir. Es ist ein schöner Name, der genau zu dem kleinen Mädchen passt, das ich letzte Woche auf dem Fußballplatz getroffen habe.

Ich drücke Sloans Oberschenkel, um ihre Aufmerksamkeit wieder auf mich zu lenken. „Ich mochte deine Tochter."

Sie unterbricht ihre Aktion an meinem Hemd und schaut auf, um mir in die Augen zu sehen. Ihre Stimme ist zittrig, als sie fragt: „Ja?"

„Sie hatte ein gewisses Feuer in sich. Sie ist mir auf dem Spielfeld sofort aufgefallen", füge ich hinzu und mein Mundwinkel hebt sich, als ich mich daran erinnere, wie ernst sie alle Anweisungen genommen hat. „So viele Kinder haben an diesem Tag nur herumgealbert und nicht aufgepasst. Aber Sophia … Sie hatte Entschlossenheit in ihrem hübschen kleinen Gesicht. Sie erinnerte mich an jemanden, den ich irgendwie mag."

Sloan atmet tief ein und ihre Augen glänzen. „Hat sie das?"

Ich nicke und löse meine Hände von ihren Beinen, um ihr Gesicht zu umfassen, wobei mein Daumen ihre prallen Lippen streift, nach denen ich mich schon lange sehne. Ich ziehe sie zu meinem Mund und küsse sie zärtlich. Es ist nicht sexy. Es ist nicht aufdringlich.

Es ist ein Zeichen des Respekts.

Sloans Augen öffnen sich, als sie sich zurückzieht. Sie sieht mich mit einer solchen Wärme an, dass jeder Nerv in meinem Körper zum Leben erwacht. „Du bist gerade so unglaublich süß, aber ich muss zugeben, dass meine Gedanken verdammt schnell schmutzig werden."

Ich lache herzhaft, als sie ihr Werk an meinem Hemd fortsetzt. Ihre Hitze wärmt meine Leistengegend und lässt jeden Teil meines Körpers zu Stein erstarren. Meine Hände gleiten wieder unter ihren Rock und ich schreie fast vor Schmerz auf, als ich ihren Hintern erreiche und feststelle, dass sie keinen Slip trägt. „Sloan, wo ist dein Slip?"

Sie lächelt und zieht ihre Lippen in den Mund. „Ich habe heute Abend einen auf Gareth Harris gemacht."

„Du hast was?", frage ich, während sie sich auf meinem steinharten Schwanz reibt. Ihr Kopf räkelt sich nach hinten, als wäre ich gerade in sie eingedrungen, aber wir haben noch nicht einmal meine Hose ausgezogen.

„Hast du Unterwäsche an?", fragt sie, während sie ihre Hände gegen das Dach stemmt und mich reitet.

„Nein", antworte ich, während meine Hände ihre Seiten hinaufwandern und ihre Brüste unter dem dünnen schwarzen Stoff umfassen. Sie hat auch keinen BH an. Ich kann ihre verhärteten Nippel genau spüren, und das bringt mich um den Verstand.

Sie lässt ihren Kopf sinken, drückt meine Hände auf ihre Brüste und massiert sich mit meiner Berührung. Ihr kastanienbraunes Haar fällt ihr wie ein sexy Heiligenschein ins Gesicht. „Keine Unterwäsche … ich habe einen auf Gareth Harris gemacht."

„Fuck", knurre ich und drehe uns mit einer Bewegung um, sodass sie mit dem Rücken auf der Sitzbank der Limousine liegt. Ihre Beine umschlingen mich und meine Hand schiebt sich durch die Stoffschichten, um ihren glatten Schamhügel zu berühren. „Du bist völlig durchnässt, nicht wahr?"

„Ja!", schreit sie, als ich mit meiner Handfläche über ihre feuchte Klitoris gleite. „Ich kann nicht anders. Du warst heute Abend verdammt fantastisch. Ich wollte dich so sehr."

„Ich weiß nicht einmal, was ich gesagt habe", flüstere ich, verschlinge ihren Hals und sauge so hart, dass ich hoffe, einen Abdruck zu hinterlassen. „Alles, woran ich denken konnte, war, dich zu mir nach Hause zu bringen und dich zu ficken, bis wir beide sterben."

Ich stoße einen Finger in ihre heiße, feuchte Mitte. Sie schreit auf und ihre Hand umklammert mein Haar so fest, dass ich vor Schmerz aufbrülle.

„Ich meine es ernst. Ich bin so verdammt stolz auf dich", stöhnt sie laut, reitet auf meinem Finger und stemmt ihre Hüften gierig gegen meine Hand. „Es gibt so viel, was ich noch nicht über dich weiß, Gareth. Du bist … Oh mein Gott! Du bist so viel mehr."

Ich unterbreche meinen Angriff und ziehe mich von ihrem Hals zurück, um ihr in die Augen zu sehen. „Sloan, ich werde dich heute Nacht ficken."

„Ja", schreit sie, genervt davon, dass ich sie nicht mehr in den Rausch treibe.

„Und ich werde dich heute Nacht küssen."

Sie nickt, ihre Augen wollen, dass ich weitermache, aber ich will sicher sein, dass sie versteht, was ich meine.

„Was ich damit sagen will, ist, dass es nicht mehr das gibt, was wir waren. Du hast im Moment nicht die Kontrolle, Treacle. Heute Nacht werde ich dich ficken. Ich werde dich beanspruchen. Ich werde so hart in dir kommen, dass kein Mann jemals das haben wird, was ich dir heute Nacht nehme. Hast du das verstanden?"

Ihr Atem verlässt ihren Körper und ihre Pupillen erweitern sich zu Untertassen. Sie zieht sich dicht an mich heran und ihr Körper bebt vor Verlangen, während sie mein Gesicht in ihren Händen hält. „Ja, Gareth. Ja zu allem."

Es kostet mich meine ganze Kontrolle, um uns nicht alle Klamotten vom Leib zu reißen und in ihr zu versinken. Damit ich sie auf der einstündigen Fahrt nach Astbury nicht bis zur Unkenntlichkeit ficke. Aber ich will sie nicht in einer Limousine beanspruchen. Ich will sie in meinem Haus. In meinem Bett. An dem einen Ort, an dem ich sie schon einmal beansprucht habe. Aber dieses Mal werde ich nichts zurückhalten.

Als wir bei mir zu Hause ankommen, kann ich meine Lippen kaum von Sloan lösen, während wir langsam die Stufen zur Haustür hinaufsteigen. Die Limousine ist schon lange weg, aber ich kann nicht genug bekommen von Sloans Geschmack, um den Kuss zu unterbrechen und die Tür zu öffnen.

Schließlich stößt sie mich weg. „Wenn ich dir die Verantwortung überlasse, kommen wir nie ins Haus und es ist eiskalt."

Ich ziehe sie in meine Arme. „Ich kann dich aufwärmen."

Kichernd deutet sie mir an, die Tür aufzuschließen. Als ich meine Schlüssel aus der Tasche fische und am Schloss herumfummle, merke ich, dass wir umsonst gewartet haben, denn die Tür ist bereits aufgeschlossen. Habe ich vergessen, sie abzuschließen? Das ist durchaus möglich, denn mein Kopf ist im Arsch, seit ich letzte Woche Sloans Haus verlassen habe.

Ich trete zurück und lasse Sloan den Vortritt. Noch bevor ich sie auffangen kann, fällt sie vor mir auf den Boden. Ich höre eine vertraute Stimme von drinnen, aber mein Instinkt sagt mir, dass ich mich hinhocken und zuerst nach Sloan sehen muss.

Plötzlich trifft ein heftiger Schlag meine linke Schläfe, und ich stürze neben ihrem reglosen Körper zu Boden. Das Letzte, was ich sehe, bevor mir schwarz vor Augen wird, ist eine Blutlache, die sich zwischen uns bildet.

Fortsetzung folgt ...

Die Geschichte von Gareth und Sloan geht weiter! Amys
gesamte Harris-Brüder-Reihe wird auf Deutsch erscheinen.
Du findest alle deutschen Bücher von Amy, inklusive Band 5,
Dominate hier auf ihrer:
Website:amydawsauthor.com/deutsch

Du kannst auch den deutschen Newsletter von Amy Daws
hier abonnieren, um über neue Veröffentlichungen Bescheid
zu bekommen:
www.subscribepage.com/amydaws_deutscher_newsletter.

MEHR ÜBER DIE AUTORIN

Bestseller-Autorin Amy Daws schreibt heiße Romance-Geschichten, die sowohl in Amerika als auch in England spielen. Sie ist vor allem für ihre wortwitzigen fußballspielenden britischen Harris-Brüder bekannt und dafür, dass sie im Wartezimmer einer Werkstatt geschrieben hat. Wenn Amy gerade mal nicht schreibt, richtet sie meist ausgefallene Boards mit allerlei herzhaften Leckereien von ihrem Zuhause in South Dakota aus an, wo sie mit ihrem Mann und ihrer Tochter lebt.

Mehr von den deutschen Ausgaben von Amys Büchern findest du unter: amydawsauthor.com/deutsch/und generell alles von Amy unter den unten stehenden Links.

www.facebook.com/amydawsauthor
www.tiktok.com/@amydawsauthor
instagram.com/amydawsauthor

Abonniere auch den deutschen Newsletter, um keine Neuigkeit zu den deutschen Veröffentlichungen von Amy zu verpassen: www.subscribepage.com/amydaws_deutscher_newsletter

EBENFALLS VON AMY DAWS

Die Harris-Brüder:
Challenge – Ein Bad Boy zum Verlieben
Endurance – Ein Feind zum Verlieben
Keeper – Ein bester Freund zum Verlieben
Surrender – Ein Boss zum Verlieben
Dominate – Ein Fußballstar zum Verlieben

Um herauszufinden, wann diese und weitere Bücher
herauskommen, schau hier auf Amys Website nach:
amydawsauthor.com/deutsch/

Und wenn du einfach per E-Mail informiert werden
möchtest, wenn das nächste Buch erscheint, abonniere
Amys deutschen Newsletter hier:
www.subscribepage.com/amydaws_deutscher_newsletter